带您领略亚洲
全部47个国家的风土人情

走遍亚洲

/Travelling around Asia

王喜民
著

当代世界出版社
THE CONTEMPORARY WORLD PRESS

图书在版编目（CIP）数据

走遍亚洲 / 王喜民著. -- 北京 ： 当代世界出版社，
2023.10
　　ISBN 978-7-5090-1769-2

　　Ⅰ．①走… Ⅱ．①王… Ⅲ．①游记－作品集－中国－
当代 Ⅳ．①I267.4

中国国家版本馆CIP数据核字(2023)第176122号

走遍亚洲

作　　者：王喜民
出版发行：当代世界出版社
地　　址：北京市东城区地安门东大街70-9号
邮　　箱：ddsjchubanshe@163.com
编务电话：（010）83907528
发行电话：（010）83908410（传真）
　　　　　13601274970
　　　　　18611107149
　　　　　13521909533
经　　销：全国新华书店
印　　刷：北京博海升彩色印刷有限公司
开　　本：710毫米×1000毫米 1/16
印　　张：31.25
字　　数：340千字
版　　次：2023年10月第1版
印　　次：2023年10月第1次
书　　号：ISBN 978-7-5090-1769-2
定　　价：128.00元

前言
Preface

　　从茫茫的西西伯利亚平原，到如翡翠般散落的努沙登加拉群岛；

从波光粼粼的红海，到一望无际、海浪翻卷的太平洋。

　　这，就是亚洲！

　　那白雪皑皑的喜马拉雅山脉，那泛着金光的阿拉伯高原上的沙

海，那滔滔而去的湄公河，那平静如镜的浩瀚里海……

　　这，就是亚洲！

　　亚洲，全称亚细亚洲，意为"太阳升起的地方"。相传"亚细亚"

这一名称由古代腓尼基人所起，他们把爱琴海以东称为"日出之地"，

爱琴海以西称为"日落之地"。之后，经过慢慢演化、不断延伸，这

里成为世界上最大的洲，总面积达 4400 万平方千米，约占世界总陆

地面积的 30%，人口总数达 46 亿，约占世界总人口的 60%。

　　亚洲，有着悠久的历史——

　　远古时代，欧洲、非洲的许多民族都发源于中亚的草原地带。

在民族大迁移时，这些民族分别进入南欧、北非、西亚。到上古时代，

西亚的波斯帝国和欧洲的希腊争雄，二者最终被马其顿国王亚历山

大大帝征服，亚历山大大帝还入侵到印度次大陆。后西方罗马帝国崛起，并扩张到中东古巴比伦。中古时代，亚洲西南部兴起了强大的阿拉伯帝国，其势力席卷南欧、西亚、中亚和北非。公元1453年，拜占庭帝国被奥斯曼帝国灭亡，后者雄踞中东、小亚细亚及北非地区400多年。18世纪以后，随着欧洲资本主义和殖民主义的兴起，殖民主义者开始发掘亚洲资源，亚洲成为列强争夺的领域，许多国家沦为殖民地或半殖民地。随着蒙古帝国势力的瓦解，沙皇俄国雄踞亚洲北方土地。19世纪末，日本向周边国家发动战争，势力遍布太平洋区域。

亚洲，有着灿烂多彩的文化——

亚洲地大物博、民族众多，造就了绚烂的文化。世界四大文明古国中，中国、古印度、古巴比伦均在亚洲。早在公元前3000年，亚洲人已经发明了烧制陶器和冶炼矿石的工艺。另外，西亚的苏美尔人首先发明了文字和系统的灌溉工程；中亚人发明了马鞍、挽具和车轮；东亚的中国人发明了瓷器、马镫、火药、指南针、造纸术、印刷术和种植稻谷的技术；南亚的印度人和主要居住在西亚的阿拉伯人发明了十进位计算技术。亚洲是佛教、伊斯兰教、基督教三大宗教的发源地，此外，还有道教、犹太教和印度教。亚洲是丝绸之路的发源地。公元前202年，中国西汉时期，汉武帝派张骞出使西域，开辟了自中国长安（今西安）经中亚、西亚，连接地中海各国直到罗马的陆上通道，促进了东西方的文化交流，推动了人类文明的发展。

亚洲，有着众多的世界遗产——

亚洲历史悠久，文化底蕴深厚，拥有众多的世界文化遗产。被列入"世界十大最美历史遗迹"中的有中国的布达拉宫，也门的希巴姆老城等。被列入"世界十大奇迹"的有中国的秦始皇兵马俑和万里长城，土耳其的摩索拉斯陵墓和阿提密斯神殿，伊拉克的巴比伦空中花园等。除此之外，还有中国的故宫、莫高窟、颐和园，柬埔寨的吴哥窟，阿富汗的巴米扬山谷，印度的泰姬陵，印度尼西亚的婆罗浮屠佛塔，约旦的佩特拉古城，叙利亚的大马士革古城，伊拉克的哈特拉，伊朗的苏丹尼耶城，老挝的琅勃拉邦，黎巴嫩的巴勒贝克遗址，等等，这些都被联合国教科文组织列入了世界文化遗产名录。

亚洲，有着诸多的世界之最——

亚洲是世界上陆地面积最大的洲，也是世界上地表起伏最大、大江大河汇集最多的一个洲，拥有世界陆地最高点8848.86米的珠穆朗玛峰、世界陆地最低点负430米的湖泊死海、世界海拔最高的高原"世界屋脊"青藏高原、世界最大的半岛阿拉伯半岛、世界最大的湖泊黑海、世界最深的湖泊贝加尔湖、世界最大的峡谷雅鲁藏布江大峡谷、世界最大的群岛马来群岛、世界最深最大的天坑重庆奉节小寨天坑，等等。亚洲还是世界上火山最多、海岸线最长的一个洲。

亚洲，有着极致的自然风光——

亚洲是除南极洲外世界上地势最高的一个洲，有着一系列高大的山脉、一系列高原、一系列盆地，还有丘陵、谷地、湖泊等，这也让其地表看起来起伏很大。亚洲特殊的地貌造就了极致的自然风光，有位列"世界十大自然美景"之中的土库曼斯坦"地狱之门"，菲律宾的巧克力山，中国的九寨沟，土耳其的棉花堡等。除此之外，还有恒河三角洲孙德尔本斯、苏门答腊热带雨林、阿尔泰金山、乌布苏盆地、辛哈拉贾森林、索科特拉群岛等，多被认定为世界自然遗产。

亚洲，让你领略厚重、亮丽、缤纷的人文景观！

亚洲，令你饱览奇妙、绝美、独特的自然风光！

作者：王喜民

2023 年 8 月

目录
Contents

第三章

南亚：佛教、印度教的发源地

第四章
中亚：苏联解体后的 5 个 "斯坦"

第五章
西亚：世界的石油宝库

第六章
西南亚：阿拉伯半岛上的"油"国

第一章

东亚：亚洲东部临太平洋之国

广袤无垠的蒙古高原，兀立挺拔的喜马拉雅山脉，绵延而去的长城、黄河……这就是东亚。

东亚包括中国、朝鲜、韩国、日本和蒙古5个国家，面积达1177万平方千米。地势西高东低，分为三个阶梯。东亚拥有世界最高峰珠穆朗玛峰、世界屋脊青藏高原、世界第二大沙漠塔克拉玛干沙漠。东亚地形复杂、起伏较大，造就了独特的自然风光：雅鲁藏布江大峡谷、富士山、济州火山岛、塔里木盆地、华北平原……

中国：长城·黄河·珠峰

"大漠孤烟直，长河落日圆。"品读唐代诗人王维的名句，仿佛置身于苍茫孤寂的大漠，让人产生无限遐想。沿河西走廊去往中国西部，我真切地体会到了诗中意境，也感受着这大漠戈壁中的长城、源自青藏高原的黄河、雪域高原上的珠峰的独特风景。

长城

"酒泉西望玉关道，千山万碛皆白草。"汽车离开酒泉，沿着古老的丝绸之路向长城嘉峪关进发。

窗外，薄雾淡笼的天际下，雄伟壮丽的长城赫然出现在眼前。酒泉到嘉峪关只有 20 千米路程。嘉峪关是明代长城最西端的关口，被称作"天下第一雄关""边陲锁钥"。在这里，"丝路"文化和长城文化融为一体、交相辉映，构筑了世界文明、人间奇迹。登上长城，我确有"遥瞻大荒，气概无限"的感觉。茫茫戈壁、绵绵雪山、阡陌绿洲、片片浮云，尽收眼底。"万里长城万里魂"，起伏蜿蜒的古长城，好似伸向中国深处的大动脉，在跳跃、搏动。

长城，又称万里长城，分布在河北、北京、山西、陕西、内蒙古、甘肃等 15 个省市，总长 2.1 万千米。1987 年，长城被联合国列入世界文化遗产名录。

长城内外旅游资源丰富，有悬壁长城、墨山岩画、地下画廊、七一冰川、祁连积雪、瀚海蜃楼等独具特色的西部风光；也有龙林探视、沙漠驼铃、赖河旅行、花海魔城探险等西部独有的体验项目。

与嘉峪关遥遥相望的，是古长城上的另两个关口，即"阳关"和"玉门关"。嘉峪关与阳关、玉门关并称为河西长城"三关"。嘉峪关是明长城，阳关和玉门关是汉长城。三关曾引无数文人骚客吟咏喟叹。

从嘉峪关往西走 400 多千米路程，才是阳关和玉门关。其间相伴的全是砂砾、卵石覆盖的茫茫戈壁。笔直的柏油路把戈壁劈成两半，无限延伸，直入蓝天白云之中，"大路朝天"大抵就是这样子吧。阳关、玉门关就坐落在远离嘉峪关的戈壁沙滩上。

◎ 雄伟壮丽的万里长城

穿行在"天路"上，我幸运地遇到了"海市蜃楼"：眼前突然出现波光粼粼的湖水，袅袅炊烟、茵茵牧草、群群牛羊，隐约又缥缈，触手却不可及……

到达阳关时，万道彩霞把阳关遗址照射得通红一片。走出车门，却被刺骨的寒风吹透，缩成一团，我这才真正体会到"早穿棉袄午穿纱"的滋味。迎着冷风、踩着飞沙，我走向那虽已是残垣断壁，却依旧气势雄浑的烽燧——阳关。王维的诗句随即不经意地脱口而出："渭城朝雨浥轻尘，客舍青青柳色新。劝君更尽一杯酒，西出阳关无故人。"

阳关为汉长城的关隘，是古丝绸之路南道的必经之地。尽管久远的汉长城已破败，但一墩墩烽火土台还残留至今。历史上说"阳关隐去"，而实则阳关犹存。今天，人们在阳关遗址上新建了曲型长廊和关门，左右门框上写有"悲欢聚散一杯酒，东西南北万里程"，横批为"阳关古道"。

"青海长云暗雪山，孤城遥望玉门关。"与阳关遥相对应的是玉门关。玉门关作为汉长城的关隘，是古丝绸之路北道的必经之地，因其在古代是西域美玉进入内陆的关口而得名。玉门关和阳关同被称作丝路古道上的雄关。不过，玉门关附近还保存着150多千米长的汉长城。

玉门关虽小，但其名气不亚于阳关和嘉峪关。玉门关西连沙碛，东近戈壁，北临长城，南接古道，令古今中外文人墨客无限感叹，望景而生情！玉门关也因此得名句、名篇无数。"羌笛何须怨杨柳，春风不度玉门关"，写出了玉门关的苍凉；"玉门山嶂几千重，山北山南总是烽"，描绘了玉门关的雄伟；"闻道玉门犹被遮，应将性命逐轻车"，倾诉了有关玉门关的忧虑。李白的《关山月》是最有气度的："明月出天山，苍茫云海间。长风几万里，吹度玉门关。"

黄 河

黄河，中华民族的发祥地，我们的母亲河，它哺育了千千万万中华儿女，创造了 5000 年华夏文明史。

高原烈日，也阻挡不了我探寻黄河源头的脚步……

我沿唐蕃古道，过共和、鄂拉山口、花石峡到达玛多县。黄河第一桥就设在县城南部。玛多县与黄河有着千丝万缕的联系。玛多县西部的扎陵湖、鄂陵湖是由一众沼泽、古湖盆、溪流汇集而成的，是黄河源区两个最大的淡水湖。当年，松赞干布就是在鄂陵湖畔迎接文成公主的，今天，"黄河源头"的标牌就立在鄂陵湖边。

我在现场看到，黄河源头的水异常清澈，经过扎陵湖乡时，少有浑浊。而当到达玛多时，落差加大，泥沙便随之翻涌……

出玛多县再过野马滩、野牛沟、查拉坪，就到了巴颜喀拉山山口。巴颜喀拉山藏语意为"祖山"，其主峰近在眼前，海拔 5369 米。巴颜喀

◯ 黄河源头

拉山南麓是黄河源头。李白"君不见，黄河之水天上来"诗句中，"天上"指的便是巴颜喀拉山。黄河干流全长5464千米，水面落差4480米。

青藏高原腹地的"江河源头"不仅有黄河源，还有长江源、澜沧江源。这里有海拔5000米以上的雪山、冰川、湖泊、沼泽、草滩，冰雪融化，涓涓细流汇成高原江河，一泻千里。早些年，三江源头特别是黄河源头，因过度放牧、滥挖虫草、捕杀动物，使得雪线上升、湖泊干涸、溪水断流、草场退化。2000年，国家在三江源头设立"三江源自然保护区"，以保护母亲河，保护母亲河源头的生态环境和自然资源。

黄河水源自青藏高原的多股溪流，不少少数民族聚集繁衍在支流河系附近。他们创造了灿烂的民族文化、精湛的民间艺术。青海境内的隆务河是黄河上游的一条支流，我顺着20千米陡峭险峻的隆务峡逆水而上，来到隆务河谷。这里是著名的热贡艺术之乡，只见石刻、彩绘遍布村落。据介绍，"热贡"是藏语的称谓，意为"金色的谷地"。热贡艺术始于14世纪，兴起于藏地，现已发展成"人人会作画，家家干雕刻"的地域性艺术。精美的热贡艺术品在国际上享有很高的声誉，受到世人赞叹，它已成为青藏高原一支盛开的绚丽花朵。

黄河，哺育了古老的民族，也培养了民族将士和佛教领袖。全国人大常委会原副委员长、已故的十世班禅大师就出生在黄河岸边的循化县文都藏族乡毛玉村。我沿着滚滚黄河水下行，来到十世班禅大师的故居。这是一座藏式二层小楼，门前幡竿高立，竿顶经幡飘扬。经堂门上的对联是"九曲安禅爱国早传拒虏，八荒向化护教所以宁邦"。走进院内，我看到十世班禅大师的家人正坐在屋檐下喝茶。据家人介绍，大师于1938年诞生于此地，幼年虚心好学，家乡的文都寺是大师小时出家学经的母寺。文都寺、毛玉村现已成为黄河岸边的景点，吸引了许多游客到这里缅怀大师功绩，瞻仰大师故居。

黄河，哺育了一代又一代人，帮助我们创造出愈加美好的明天。黄河上游，奇峰林立、峡谷幽深、水流湍急、一落千丈，是修筑水电站的理想场地。

沿 25 千米长的积石峡东行，只见天水相连、云峰相接、险山相峙。当行至"野狐桥"时，看到两岸距离仅四五米宽，连野狐都能跃过，这也是桥名的由来。仰望河床，水波从天而降、飞流直下，这时才真正理解了"君不见，黄河之水天上来，奔流到海不复回"这脍炙人口的诗句……

黄河自此东去，奔流不息。"几环咆哮卷沙腾，一路狂涛气势宏。裂岸穿峡惊大地，带云吐雾啸苍穹。"黄河水流经青海、四川、甘肃、宁夏、内蒙古、陕西、山西、河南、山东，进入大海，在国内是仅次于长江的世界第五长河。

珠峰

喜马拉雅山素有"山脉之王"的美称，而它的主峰——珠穆朗玛峰，简称"珠峰"，又被誉为"天峰"。

去珠峰，首先要到日喀则。

我是从拉萨出发的。出日喀则，过拉孜县，顺中尼公路南行，翻过海拔 5038 米的嘉措拉山口到达定日县。"定日"藏语意为"定声小山"，说是一位喇嘛掷石"定"的一声落在此地，便取名为"定日"。

从定日去珠峰的路上，我见到许多藏民在路边摊出售各种各样的贝壳和螺蛳化石。从此可知，这里过去确实是一片大海。若干万年之后，沧海变桑田。又是若干万年，陆地再度升高隆起，直到形成天峰。

珠穆朗玛的"珠穆"藏语意为"女神"，而"朗玛"藏语意为"第三"，合起来就是第三女神。珠穆朗玛峰在我国早有记载，早在康熙年间就已发现珠峰是世界第一高峰，后来逐步为人们所认定，其高度为 8848.86 米。

攀登珠峰，是很多人所向往的。那高大却又婀娜的身姿，庄重而又神秘的容颜，洁白不染纤尘的衣衫，如女神一般独立于苍天之下，令世人"竞折腰"。珠穆朗玛，地球的第三极，有多少人仰望而不可触，又有多少人追寻而不可得，不得不永远长眠于女神脚下。

1924 年，英国登山人员马洛里和欧文登珠峰缺氧致死……

1974 年，法国人德渥阿松登珠峰遇雪崩身亡……

1982 年，日本登山队员宗部明在珠峰闭上了双眼……

昔人已去，却有后来人相续。尽管不少人在征服珠穆朗玛峰途中不幸丧生，但还是有人跃跃欲试，珠峰的吸引力可见一斑。

珠峰被誉为"地球之巅""万山之首"。举目眺望，珠峰英姿瑰丽，气势雄浑。在其周围群峰遍布，气势连绵。

观珠峰还要看冰川，这里有 10 多条冰川，最大的是绒布冰川，长 26 千米，厚达 120 米。走进绒布冰川，你便走进了冰的世界，那笔直的冰柱、倒挂的冰塔，千奇百态，晶莹剔透。

珠峰下的绒布寺是世界上海拔最高的寺庙，寺庙里藏有大量珍品。绒布寺是观看珠峰的最佳位置，再加上这里佛教气氛浓厚，引来不少国内外游客。为此，寺庙腾出了一些房间，供游客食宿。

珠峰周围的群峰中有 3 座 8000 米以上的高大山峰，它们是世界第四高峰洛子峰、世界第五高峰马卡鲁峰、世界第六高峰卓奥友峰，其海拔高度分别为 8516 米、8463 米和 8201 米。这些山峰的雪线高度一般

◎英姿瑰丽的珠穆朗玛峰

为 5500 米至 6200 米。

珠穆朗玛峰是晶莹亮丽的。从远处仰望，会发现托起珠峰的喜马拉雅山系的雄伟。喜马拉雅山系逶迤延绵在西藏的南缘。梵文"喜马"意为"雪"，"拉雅"意为"住房、家乡"，合起来意为"雪的家乡"。喜马拉雅山系分东段、中段、西段。东段指南迦巴瓦峰至绰莫拉利峰，中段是绰莫拉利峰至纳木那尼峰，其西至南迦帕尔巴特峰为西段。喜马拉雅山系全长 2450 千米，宽 200 千米至 350 千米，平均海拔 6000 多米，是地球上最雄伟而又最年轻的高大山系。

在托起珠峰的喜马拉雅山下，还有辛勤劳作的藏族同胞创造的人间奇迹，那就是一座座与珠峰交相辉映的艺术珍宝——寺庙，如由女活佛住持的金碧辉煌的桑顶寺、藏汉合璧建筑风格的夏鲁寺、有"中国第二敦煌"之称的萨迦寺等，都是景观绝妙的珍品。

珠穆朗玛峰，不愧为"山脉之王""万山之首""地球之巅"。

朝鲜：平静的平壤

从辽宁省丹东市乘火车出发，准备去往朝鲜。

早晨 8 点钟，越过中国与朝鲜的界河鸭绿江，到达河对岸的新义州，又换乘朝鲜列车，我开始了这次对朝鲜的踏访。

窗外，是一垄垄绿油油的稻田、一队队手持农具劳作的人们、一排排整齐的房舍、一座座直立天空的"永生塔"、一条条笔直的乡间路……

这就是朝鲜民主主义人民共和国。

下午 4 点多钟，我到达朝鲜首都平壤，入住大同江中的羊角岛上一座 47 层高的酒店——羊角岛国际酒店，这是朝鲜最好的酒店之一。

第二天，在平壤市内踏访。平壤位于朝鲜半岛西北部地势低洼的地段，因地势平坦、环境幽静而得此名。平壤西北部是屏风般的峰峦，东部是连绵起伏的丘陵，大同江和它的支流普通江穿域而过。平壤作为朝鲜首都已有 5000 多年历史，檀君陵是考证朝鲜及平壤历史的宝贵文化遗产。

万景台景区是金日成的故居，在平壤西南 20 千米处。一进景区，

◎ 平壤的地标建筑柳京饭店

立刻置身于一个绿树成荫、青草萋萋、鲜花盛开、清新幽静的境地。

汽车七拐八扭，停在一处建有茅草屋的院落前，这便是金日成的诞生地。院落很小，有两间草房、一个草楼、一间仓库和半间牛棚。草房十分矮小，里边摆放着金日成用过的草苫、草筐、草篓及一些简陋的家具，围墙也是以茅草扎成。

距草房 30 米处，有一口用石头砌成的水井，不远处有清泉、滑岩、树林，这些都是金日成童年时代玩耍的地方。

主体思想塔是平壤的标志性建筑，是为庆祝金日成七十岁生日而建，耸立在大同江东岸。当我来到这里时，天空突然暗下来，乌云遮住了太阳。一眼望去，塔顶刺破黑云，好像把整个天空支撑起来，颇为壮观。据介绍，塔高 170 米，最顶端的火炬高 20 米，用天然材料制成；塔身

◎ 朝鲜革命博物馆前竖立着金日成铜像

◎ 朝鲜姑娘献花

高 150 米，上端前后各用朝鲜文写有"主体"二字。塔的前方有三人雕像高 29.7 米，为工人、农民和知识分子，分别举着锤头、镰刀和毛笔。两边立有 6 座高 10 米的群像。塔对面的大同江心，建有两个喷泉，喷水高度达 150 米。

◎ 平壤的主体思想塔

　　与主体思想塔隔江相望的是金日成广场，这是朝鲜人的政治活动中心和集会的地方。周边有朝鲜美术博物馆、人民大学习堂、朝鲜民俗博物馆和朝鲜历史博物馆，再向北是万寿台艺术剧院、万寿台议事堂、金日成铜像、朝鲜革命博物馆及千里马铜像。前往广场的路上挤满了人，他们是去金日成铜像前吊唁的，这一天刚好是金日成逝世纪念日。

穿过一条林荫道，眼前豁然开朗，广场到了。只见这里人山人海，有军队方队、有少年儿童队、有工人队、有青年妇女队，还有穿着鲜红色朝鲜服装的姑娘们提着花篮向人们发放鲜花。人们依次走向金日成铜像，献花、鞠躬、默哀。

金日成铜像高 23 米，看上去高大威武，他双目凝望远方、挥手向前，给人一种肃穆庄重的感觉。

金日成铜像和两组群雕是于 1972 年金日成诞辰 60 周年时落成的。面对雕像向右望去，绿树丛中可见直立的千里马铜像。千里马上骑有一男工人和一女农民，工人手执朝鲜劳动党发出的"以千里马气势奋勇向前"的公开信，农民抱着丰收的稻谷。千里马向前飞奔、工人和农民神

◎ 千里马雕像

采奕奕，表现出朝鲜人民建设国家的信心、决心。

平壤的凯旋门，比巴黎、罗马的凯旋门还要高。凯旋门建成于 1982 年 4 月 15 日，正值金日成 70 周年诞辰。据介绍，1945 年 10 月 14 日，金日成回到平壤后在此举行了 40 万人的集会讲话，凯旋门是为纪念这一历史事件而建造的。

金星大街入口处建有一座"永生塔"，塔上刻有"伟大领袖金日成同志永远和我们在一起"的朝鲜文。永生塔在朝鲜有很多。沿这条大街向东一直走，便是锦绣山纪念宫，金日成的遗体就安放在这里。纪念宫本来是主席府，是金日成工作的地方，1994 年他去世后，国家便将其遗体安放在此，供人们瞻仰。纪念宫前是宽阔的广场，地面由白色花岗岩铺就，周边由护城河和绿树包围，宫墙上挂着金日成遗像。走进大厅，

◎ 凯旋门

可见金日成全身立像和水晶棺内安放的金日成遗体。

沿凯旋门大街上行便来到象征中朝友谊的友谊塔。这座友谊塔是为纪念中国人民志愿军抗美援朝而建的。中国人到平壤，一定要去中朝友谊塔献花。

我手执鲜花，迈着庄重的步履，沿台阶而上。这座庄严肃穆的石塔高30米，由1025块花岗岩和大理石垒起，代表10月25日中国人民志愿军赴朝参战，塔的正面有"友谊塔"三个镏金大字，塔顶为五角星，周围由月桂枝环绕，象征着中朝用鲜血凝成的友谊。

献花之后，走进塔下的纪念厅。在这个圆形纪念厅中间有一块大理石基座，存放着志愿军烈士的名册，纪念厅石墙上绘有壁画，展现了中国人民志愿军进入朝鲜的情景和战争的场面以及帮助朝鲜人民建设家园的画面。

电视塔与中朝友谊塔

在平壤，我还参观了平壤火车站、平壤地铁等地，最后访问了一所中学。在学校的主楼大厅挂有两幅彩绘，一幅为金日成的故居万景台，一幅为金正日的出生地白头山，校长介绍了朝鲜的教育情况，学生们演唱了《卖花姑娘》《摘苹果的时候》等朝鲜歌曲。

走近三八线

朝阳初照，五彩缤纷，分外灿烂……

清晨，我从平壤出发，向着三八线行进。汽车刚离开平壤城南市区，一座横跨公路两边的白色雕塑便出现在面前。朝方领队金大日告诉我，这是象征着祖国统一的三大宪章纪念塔。这个纪念塔样式很特别，塔身造型为两位分别代表朝鲜半岛北部和南部的女性高举半岛地图仰望湛蓝的天空，两人长相穿着一样，表明半岛人民是同一个民族。

汽车继续前行。平壤距三八线 168 千米。我们走的是一条高等级公路，路面年久失修，行人和车辆很少，但两旁的风光很美。起伏的山峦、茂密的林木、鲜艳的花朵、平整的田地，农民们一字排开在田间劳作，军人穿梭在林荫道上，其中有许多扛枪的女兵。

前面出现一座古城，那就是朝鲜半岛有名的开城，距三八线只有 8 千米。

开城，朝鲜半岛人的祖籍。从远古时期，朝鲜人的祖先就在这里繁衍。朝鲜半岛上最早的国家高丽国就在这里诞生，并定都开城。到 14 世纪末，这里一直是朝鲜半岛的政治、经济和文化中心。

我在开城参观了崧阳书院，这是开城现存最古老的建筑。走进去，只见一棵棵高大粗壮的古树，四人合抱不住。书院共有三处院落，前面是一座三联门，依次是祠堂、讲堂和斋堂。展室中很多书都是以中国汉字记录的，可见中国与朝鲜悠久而深厚的关联。此院建于1573年，当初为文忠堂，1575年李朝朝廷赐崧阳书院匾牌，后儒生们在此受训，常纪念遇害的高丽末期宰相、著名儒学者郑梦周。

开城距三八线近在咫尺。从开城向南一拐，西南方的旷野出现了两面旗帜，靠南一侧是韩国的太极国旗，高100多米；靠北一侧是朝鲜的红蓝色国旗，高160多米，旗面的宽度为30米。两面旗可同框在镜头里，成为三八线一大景观。两面国

◎ 三八线铁丝网

◎ 高丽博物馆

旗距离4千米，之间为非军事区，中间就是三八线，用铁丝网隔开南北各2千米的缓冲地带。铁丝网扎在2米高的水泥柱上。连绵248千米的三八线，把朝鲜半岛分成南北两块。

进入非军事区前有一个水泥大门，门楣上用朝鲜文写着"祖国统一"四个大字。

1950年6月25日，朝鲜战争爆发，很多人遭遇战火而亡。1953年7月27日，朝鲜战争停战协定签订。停战谈判地点就在前边不远处一个小山村——板门店。

离开大门便是缓冲地带，也就是非军事区。先是一条2米多深的沟道，两旁摆放着一个连一个的3米见方的水泥块，里侧下方有一个小小的石头支架，只要战争一爆发，水泥块会即刻被

◎ 边界旁巨石设障

推进沟道，阻止对方车辆前进。两边的田野中摆放着大小不等的石块，前方是一道密密的铁丝网，向东西两边延伸到无尽的远方。

板门店到了，停战谈判就在这里举行。

经过一个检查站和岗哨西转，穿过一片丛林，便来到"停战谈判会议室"和"停战签字大厅"。两幢房屋相隔20米，门口分别立着一个白色的石碑，上面写着谈判和签字的时间。门的上方镶嵌着一只白色鸽子图案，屋顶飞檐斗拱为人字形木结构。我首先进入"停战谈判会议室"，

听讲解员介绍当年的谈判情况。接着，我又参观了"停战签字大厅"。

最后参观的地点是军事分界线，即三八线。在去往三八线的路上，先经过了一处巨大的名为"亲笔碑"的白色石碑，上面有金日成的亲笔签字。

绕过"亲笔碑"，登上板门阁。这是一座宏伟的建筑，站在楼上阳台观看，正前方不远处是韩国的一幢楼，两座楼一一相对，之间的地平面上建有7间平房，其中白色的4间为朝鲜所有，另外蓝色的3间为韩国所有。

这是一条庄严肃穆的军事分界线。

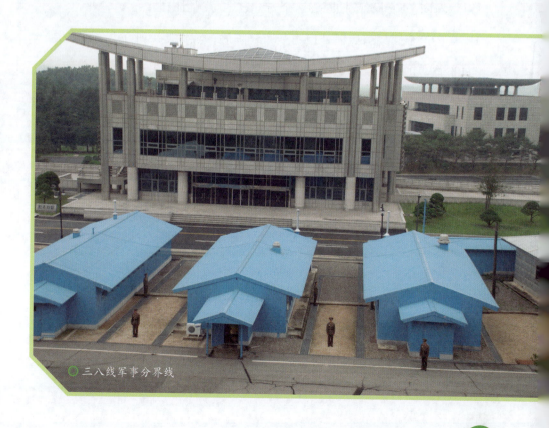

三八线军事分界线

下板门阁，去分界线参观。陪同人员一再强调，不能照相、不能交头接耳、不能离开队伍、不能与士兵搭话、不能……接连提醒了十多个不能，否则就会被视为严重挑衅，会惹出麻烦，包括被枪击等情况。

我走进一幢蓝色的房子，房子占地 100 平方米左右，房内中间摆放着一个长方形谈判桌，上面还放着话筒。话筒线通过桌面的正中央，与屋外的水泥分界线对应相连。这个房间是对朝鲜和韩国游客分别开放的，我看到室内的一个门通向韩方，但门关闭着，门前两名朝鲜军人持枪把守。朝方军人讲解员向我介绍："这间房子尽管横跨两方，但在里边参观是不受限制的，可以随意走动拍照，可以与门口站岗的军人合影，也可以隔着窗子向外看或拍照，这个方寸之地可谓自由世界。"

在这个简易房尽情"自由"了一阵后，我们便离开了，因为韩国一方的游客正在等待。一出门口，世界又重回肃静，没有了片言只语，只听到走路的沙沙声。这时你如果离队，会被视为违反军事法规，有跨越分界线的嫌疑，那后果是不堪设想的。

三八线之行令我感慨良多，希望朝鲜半岛永保和平。

密林中的妙香山

披着朝霞，汽车向着妙香山飞驰……

朝鲜有三大名山，依次为白头山、金刚山和妙香山。

从平壤市出发，路过一片平原和低矮的丘陵，但见田野里很多正在耕种的人。陪同前往的朝鲜翻译小金介绍："朝鲜农村就像改革开放前的中国农村一样，人们一起出工、一起挣分、一起分红。作业班的人们生活水平相当，都是日出而作、日落而归。这里夜不闭户，治安很好。尽管不怎么富裕，但人们很安然，房子是国家帮助盖的，孩子上学及看病就医是免费的。"

从车窗向外望，每个村庄都有一座永生塔，上面写着醒目的标语"伟大领袖金日成同志永远和我们在一起"。

汽车飞驰半个多小时后，进入山区，小金指着高山说："这些山矿藏十分丰富，特别是金矿储量多，过去曾遭到日本的掠夺。"

提到日本，小金有些激动："1905年，日本大举侵略，占领了整个朝鲜半岛。期间将朝鲜的铁矿、金矿、银矿、煤炭、木材、人参等都拉

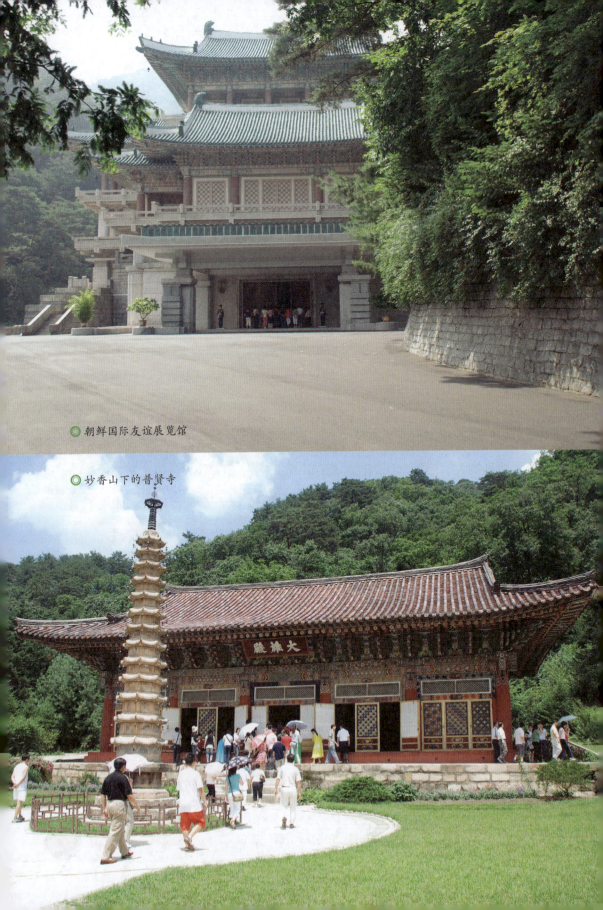

◎ 朝鲜国际友谊展览馆

◎ 妙香山下的普贤寺

到日本，还强行拉走 20 多万妇女和青年劳工。他们在朝鲜半岛整整统治了 40 年！"小金说，日本投降后，1950 年朝鲜战争爆发。停战后，为实现朝鲜半岛和平，朝鲜和韩国进行过多次谈判。小金介绍了双方首脑进行的一次会谈。

2000 年，韩国总统金大中来到平壤，会谈祖国统一问题。双方会谈总达不成一致意见。但关于战犯问题，韩方同意将战犯遣返给朝鲜。有 63 名朝鲜士兵被美国逮捕并关押在韩国监狱中，已长达 40 年。2000 年 10 月，这些老兵跨过分界线终于回到家乡。昔日 20 多岁的小伙，今朝已是两鬓苍苍的老人……

小金的一路讲解，化解了我们长途行车的乏困。随着汽车前行，车窗外的山更加青、水更加绿、树更加密。大约走了 150 千米，汽车顺山路拐进一片密林中。突然，眼前出现一座精致的建筑，它就隐在山洞口。我要参观的地方——朝鲜国际友谊展览馆到了。那一棵棵巨大的青松、一株株高大的翠柏、一排排昂首的杨树、一朵朵漫山遍野盛开的野花，将展览馆门楼掩映在绿植丛中，而馆体则嵌入山体中。

展室位于山洞中，外面天气闷热，室内凉爽宜人。展室非常庞大，存放着世界各国领导人及其他名人赠送给朝鲜领导人的 20 多万件珍贵礼品。

参观完后，乘电梯直上 6 楼，出电梯口有一座很大的观景台。站在观景台上，妙香山的风光尽收眼底：绿树幽幽、溪水脉脉、花盛草长、飞鸟穿梭、蝴蝶纷飞……

离开展览馆，在对面山坡下，与之相对的还有一个陈列馆，陈列着近几年各国送来的礼品。

参观完两处展馆后得知，朝鲜担心战争再起会破坏这些珍品，故而在山体中建造这两座展馆。另外，妙香山森林茂密，展馆也不易被人发现。

　　距展览馆不远处有一座千年古寺庙——普贤寺。

　　深山藏古寺。步行一千米，我来到东山坡下的密林中，果然这里有一座大寺。普贤寺的牌匾以中国汉字书写，两边的对联也同样用汉字刻印。再向里走，可见寺庙的格局、形状与中式庙宇相差无几，且到处都是中文标识。走访寺庙僧人得知，原来普贤寺是在朝鲜高丽时期由中国人建造的，难怪看起来如此熟悉和亲切。

◎ 妙香山风光

韩国："皇宫之城"首尔印象

　　海面碧波荡漾，乘船披风斩浪。

　　乘游轮去往韩国。

　　步入韩国首都首尔，到处是高楼大厦，街上繁华喧闹。韩国在 20 世纪 60 年代还是全球最贫困的国家之一，经过推行"出口主导型"经济战略，短短几十年，一跃成为"亚洲四小龙"之一，经济增长速度位居世界前列，还是拥有世界十大电子工业园之一的国家。

　　韩国人口有 5000 多万，其中首尔有 1000 多万，位居世界特大城市行列。首都规划以汉江为界，北区为老城区，南区为新开发区，城中心部位在北区首尔火车站一带，周围则是卫星城。这是一个高度现代化建筑与丰富的古代建筑和谐并存的城市，有"皇宫之城"的美誉。

　　首尔是一座古老的城市，有着悠久的历史。1395 年，朝鲜王朝太祖李成桂将高丽王朝从旧都开城迁来此地，取名汉城，后改名为首尔，一直发展到现在。

　　首尔最有观赏价值的是景福宫，需从正门光化门进入。看上去，这

◎ 景福宫

座宫殿类似中国的紫禁城。陪同踏访
的韩国外事人员金镇皓介绍，朝鲜半
岛曾遭到日本侵占，沦为殖民地。日本统治时期，景福宫被破坏，日本
人在这里建造了统治机关总督府。国家独立后，人们将总督府拆除，重
建景福宫，恢复了宫廷的原貌。

　　景福宫第一进殿为国王上朝的地方。大殿正上方用中文写着"勤政
殿"三个大字。这个殿是全宫最大的一个殿，也是最有代表性的殿，其
气势宏伟，壮丽多彩。大殿与光化门广场中间有一条主道，专供国王行走。

主道两边分别列有文武官专用道，道路两边分别插着石柱，左边为文官石柱，右边为武官石柱，依次写着"正一品""正二品"……一直到"正九品"。与中国古代一样，正一品官职最大。走进勤政殿，正前方挂有画图，图中的太阳代表国王，月亮代表王后，古松表示长寿。

慈庆殿和交泰殿是王太后和王后的寝殿，虽不如勤政殿宏大，却同样美丽精致。

庆会楼坐落在一片碧水之中，它是招待外宾、举行宴会的地方。除此之外，景福宫还有一个后花园，园中有一处荷塘，水中小岛上建有香远亭，可供休闲。

出景福宫北门神武门，便是韩国总统官邸青瓦台。北岳山、青瓦台、景福宫串联在一条直线上。据悉，朝鲜族很讲究风水，这些建筑都是依照风水而设计的。

○ 青瓦台

○ 商业街

青瓦台戒备森严，由卫兵把守。西侧为国宾馆，专供外国首脑下榻。国宾馆前方的大片草坪中央，立有一座巨大的凤凰展翅雕塑。据介绍，在韩国，凤凰是权力的象征。

出景福宫东门建春门，可见曹溪寺，这是韩国最大的寺庙，为全国佛教总部。韩国佛教是从中国传入的。走进曹溪寺，大雄宝殿凌空而起，高大宏伟。佛堂内僧侣正在专心诵读经文，佛堂外挂满彩条，香火缭绕堂前。

明洞是首尔最著名的商业街，漫步在高楼间，人显得十分渺小。这里很是繁华，餐馆、茶楼、商店鳞次栉比。我走进一家写着中文"百济参鸡汤"的餐馆，静心品尝了一顿人参炖童鸡的美餐，满口余香。

听说首尔的足球场馆很值得一看，我便驱车来到位于汉江边的上岩洞。2002 年，这里曾举办世界杯足球赛。足球场馆掩映在绿树丛中，建筑别具一格，很有气势。

◎ 景福宫内兴礼门

风多、石多、女人多的济州岛

迎着汹涌的波涛，轮船向着济州岛飞速前进……

济州岛，韩国著名的旅游胜地。踏上济州岛伊始，迎面而来的大风让人有些不知所措，不少人帽子被卷走，头发凌乱地飘在空中。为什么岛上的风这么大？原来，济州岛远离朝鲜半岛，处在朝鲜半岛和日本岛之间，岛屿孤零零地矗立在茫茫大海中，周围的海风径直吹过，再加上海岛上的火山产生的气流，形成"多风"这一自然现象。2007年，济州火山岛被联合国列入世界自然遗产名录。

其实，济州岛不只风多，还有石头多、女人多之说，"三多"是济州岛的一大特色。

石头多的原因与火山有关。济州岛最高的山是汉拿山，它是韩国三大名山之一，也是韩国最高的山，海拔1950米。120万年前的火山活动，

○ 济州岛风光

形成了现在的济州岛。所以，济州岛是个火山岛。火山喷发后形成的岩石是黑色的，比一般石头重量轻，站在岛上望去，到处都是黑色的石头。人们用这些黑石头垒墙、盖房。

女人多的原因与战争和生活方式有关。济州岛曾被日本侵略，许多男人战死；岛上人家多以捕鱼为生，男人出海打鱼，由于海上风大浪急，出海遇难的男人很多。这些都是造成济州岛女人多的原因。

济州岛的"三多"和美丽的自然风光吸引着大批游客前来观光旅游，这里每年接待的游客达 800 多万人次。

从地图上看，济州岛的形状像一个椭圆形的鸡蛋，东西长 170 千米，南北宽 47 千米，面积达 1845 平方千米。因为所处的位置在中国大陆和朝鲜半岛及日本岛之间，其历史上曾是一个独立的岛国，即古代所称的"涉罗""耽罗""东瀛洲"，皆是"岛国"的意思。元朝时的 130 多年时间里，济州岛曾归附中国，至今岛上还保留着许多中国元朝时期的印迹。

城邑民俗村是济州岛保存最完好的一个古老村寨。当我走向一户普通人家时，门前摆着的木棍令我不解。此时，一个中年妇女迈出门来，欢迎我们参观，并指着木棍告诉我："寨子家家户户都没有门，只在墙口处摆放木棍说明家中有人还是没有人，或人到什么地方去了。横上一根棍，说明家中只有小孩；横上二根棍，表示主人在田间干活，一会儿回来；横上三根棍，表示家中没有人，主人已出海打鱼；横上四根棍，则表示家中是寡妇，男人是不可以随

◎ 村民家门前的木棍

◎ 村妇讲述"草秸捆接"

便进去的；把棍子全收起来，说明家中有人，可以进来。"

这位中年妇女叫金姬，她用脚踏踏地，发出空洞的声音，而后介绍，济州岛因为是火山喷发而形成的，地下面都是空的，存不住水，只能用草秸捆在树干上接雨水进缸里，再向缸中放青蛙，让其吃虫保洁净，这个接水方式已延续了上百年。我在院子里参观，发现这里的房子顶梁都是四方的，问后得知是因为这里的蛇很多，方形柱可以防止蛇爬上去。为了驱赶蛇，他们还养猪守门。

济州岛迷人的自然风光多源自火山岩浆。在岛的最北部海边，我探察了著名的龙头岩。龙头岩距离济州市区不远，来这观岩的人非常多，大家都感到惊奇：黑色的石岩在海边筑起一条飞龙，龙头、龙身、龙尾十分逼真，尤其是龙头，昂首仰望、神采奕奕。据介绍，这一奇景是火山岩浆在流向大海时与浪潮碰撞形成的，大自然的造化真是太神奇了。

位于济州岛最东边的城山日出峰，同样是大自然孕育而成的。汉拿山周围有 360 个火山峰，其中城山日出峰最漂亮。来到这里，不禁感叹果然风景绝佳。山坡上长满蓝色的野花，很多人直接躺到这"山花烂漫"处，用身心感受自然之美。随着爬山的人群，沿着曲折的山路，我爬到了

◎ 龙头岩

顶峰。山顶是一个火山口，它像一口巨大的锅平放在山峰最高处，直径达600米，深达90米，四周被99块尖石包围。站在火山口向四面瞭望，东、北、南都是悬崖峭壁且三面环海。这里是看日出的最佳地带，"城山日出峰"也由此得名。

正房瀑布处在济州岛的最南端，它是亚洲唯一直接入海的瀑布，很有观赏价值。驱车来到此地，我被眼前壮观的景象震撼。那飞泻而下的浪花，一往无前的决绝，直让人心神俱醉。瀑布高23米、宽8米。这

◎ 身后一边是"正房瀑布"，一边是"徐福过此"石刻

一从悬崖顶部奔出的巨型水柱直落大海，与海浪碰撞翻卷出千堆雪。不得不说，海浪与瀑布交织融成的奇景的确令人惊叹！这里不仅有壮美的景观，还有着神奇的故事。瀑布边悬崖上刻有"徐福过此"字迹，说明济州岛与中国有着很深的渊源。中国秦朝时，秦始皇派徐福带三千童男童女出

◎ 在日出峰上远眺

海为其寻长生不老药，途经济州岛，爬至汉拿山，采到"岩高兰"草药，下山后在正房瀑布悬崖上题写"徐福过此"，以向秦始皇作证。后徐福离开这里前往日本岛，最终下落不明，成为千古之谜。如今西归浦市的"西归浦"三个字就是当年徐福西归故土心切而生的名字，沿用至今。徐福的故事在济州岛家喻户晓。在正房瀑布西边，还有一处天帝渊瀑布，也非常美丽，传说中国公主曾在此沐浴，享受和领略秀美风光。

济州岛海岸边有很多怪石奇景，其中"望夫石"格外引人注目。望夫石耸立在大海中，看起来很像个男人站在汹涌的波浪中。传说，济州岛山寨一妇人的丈夫出海打鱼，多日不归，于是这妇人站在岸边面朝大海天天凝望，然而男人却一直杳无音信。有一天，她突见男人变成一个石头巨人站在大海中……尽管这是一个传说，却反映了济州岛人打鱼为生的艰险。"望夫石"一带海岸十分壮美，韩国电视剧《大长今》曾在此拍摄外景。

◎ 望夫石

又去三八线

从济州岛返回首尔已是灯火阑珊时……

次日清晨，再去三八线。

从韩国首尔乘车，沿汉江东岸行 1 个多小时，我来到朝鲜半岛军事分界线——三八线的南部。

这里有许多石碑、标牌、挂图、雕塑等。走向第一处石碑，可见上面用中文写着三个字：望拜坛。碑前跪满韩国人，有的烧纸、有的点香、有的双手合拜。他们在这里给祖先行祭礼。据介绍，因为"三八线"将朝鲜半岛分成南北两部分，一些祖籍在半岛北部的人不能回到故乡，只能在这里设置望拜坛向先人跪拜，以表达对祖先的思念。

◎ 望乡石

　　望拜坛的东侧 30 米处立有一尊巨大的祈愿石，上面有一男一女握手的塑像，他们分别代表南北朝鲜。塑像下方是韩国著名诗人写的望乡诗，大意是：望乡啊，望乡！失去的年代啊，分别的年代！不管是下雨还是降雪，都在一直思念着故乡的亲人，故乡的亲人……

　　祈愿石后边 20 米处，有一个椭圆形的"望乡石"。石面右侧刻有两个汉字：望乡；左侧刻有细小的韩文，其大意同样是思乡的内容。望乡石前聚集了很多韩国人，多数是年长者，他们站在那里，面朝北方，默默地眺望自己的故土……

　　顺着望乡石前行，有一道 40 多米长的木板墙，墙上挂满了照片，人们有的手捧父母的照片，有的跪拜着老人，有的拿着儿子的照片急切寻找着……墙体下方则贴满了纸条，上面写着"统一祖国,不要分裂""要

◎ 寄托思念的纸条

○ 人们聚在此祈愿祖国统一

和平不要战争""我们朝鲜半岛是一家人"……纸条多是韩国人写的，但也有不少外国游客的纸条，上面有的用英文写着"国家统一""不要外国势力"，等等。

三八线一侧还有一处标志性展示物，那就是"推动祖国统一"青铜雕塑。这里同样围满了人。雕塑中的球体是分成两半的，底下连着，上面分开，每半个球体面上都有朝鲜半岛的地图，示意两个半球总有一天会合在一起，朝鲜半岛也总有一天会统一。人群中，有两名曾经参战的老兵，特意穿着当年的军装，站在雕塑前分别用两只手圈住两个半球留影，意在推动两半球合拢，期盼半岛早日实现统一。

◎ 雕塑表达了人们盼望统一的心声

　　在三八线旁，我还参观了新建的都罗山火车站。2000 年 6 月 15 日，韩国和朝鲜签署《南北共同宣言》后，于同年 7 月 13 日签订连接京义线铁路的协议。2003 年 6 月 14 日，在三八线，南北双方把京义线铁路连接起来。与此同时，都罗山火车站也宣告竣工。

　　都罗山火车站距首尔 56 千米，离平壤 205 千米，建筑物的屋顶造型像太极图，表达了人们期盼南北双方统一、乞求和平的心愿。

日本：东京一日

　　飞机从韩国首尔起飞，穿越日本海，到达日本首都东京。

　　这是一个阳光明媚的日子。走出东京国际机场，沿着通向市区的高速公路行进，满目皆是盛开的樱花，粉白纤弱的花儿一片连着一片，画意诗情盎然。陪同踏访的是东京江东大岛日中友好协会的李家强。他介绍道："樱花是日本的国花。4月初到中旬是樱花盛开之时，现在正是赏樱花的季节，樱花已为日本着上了美丽的衣裳。"

　　小李接着介绍道："提到日本，人们马上会想到樱花、火山、温泉、生鱼片、榻榻米、茶道、和服，还有不断发展的高精尖技术，把这个岛国的国民生产总值提升到了世界前列。对于首都东京来说，它其实在日本明治维新时期，就跃居为世界第二大城市了，它目前也是世界级大都市，人口超千万。"

◎春到东京

汽车穿行在繁华的市区，大厦林立，街道纵横，海湾静谧，樱花吐蕊，垂柳摇曳……迷离多彩的城市，洋溢着浓浓的活力和生机。

东京塔是东京一景，酷似巴黎的埃菲尔铁塔。站在其高处可俯瞰到东京全貌，可远眺东京湾、彩虹大桥、皇宫、银座、隅田川，还可看到富士山。

日本皇宫也是值得一去的地方。从丸之内中央口直行来到日比谷公园，这里同样被盛开的樱花包围。踏着绿地，穿越松林，可眺望皇宫。穿过马路，眼前开阔起来，脚下变成了铺着石子的宽敞广场。仰头望去就是护城河、二重桥和皇宫。这里的游人很多，大家都踩着沙沙作响的石子。有人问，为什么日本有那么多神社？小李解释："日本人信仰神道教，神道教精神的中心是'神'，他们相信大自然的万象都有神灵，相信人死后灵魂会继续活着，认为人类以及大自然都是由天神所造，地上的万物必须遵循神的意志、由神主宰，所以日本有成千上万的神社，神社是神道教的祭祀场所。"

来到横跨护城河的二重桥，只见河水清澈、柳条摇曳，皇宫近在眼前。这里是进入皇宫的特别通道，平时不能从此进去，只有在新年和天皇生日时，被批准后可过桥参观。顺护城河右行，是一片盛开的樱花林，枝头被满树盛开的花朵压弯，直垂向水面；花瓣在微风吹拂下像雪片一样飞入河心，流动的美景如梦似幻。

 遥望东京塔

◎ 皇宫及皇宫广场

　　皇宫所在的位置是千代田区，东面为中央区，两个区均是东京的中心地带。如果说千代田区是皇宫、国会、首相官邸等汇聚的政治中心，那么，中央区便是其商业中心。中央区的银座是东京最繁华的街道。大街两旁各式各样的高楼大厦林立，可见"银座一丁目""银座二丁目"……一直到"银座八丁目"的标牌。"银座四丁目"为中心地带，其东为歌舞伎座，其南为新桥，其西为日比谷公园，其北为东京火车站。走在大街上，可见很多穿西服的男士和穿和服的女士穿梭其间，现代气氛与古老气息交织，却并不感觉违和。

　　前往新宿区，绕皇宫北西行时，经过千岛渊皇宫护城河，河西岸是盛开的樱花，将水面映衬得更加柔美如画。来到新宿后，窗外出现了一个连一个的摩天大楼，直冲云霄。新宿区是东京的副都市中心，特别是东京都府搬来之后，这里新崛起了许多超高建筑，最引人注目的莫过于新都厅了，它是新宿最具代表性的标志性建筑，高达 243 米。来到新都厅楼下的樱花树下，抬头仰望呈 90°，还是看不出楼顶的造型究竟如何。走进楼内乘电梯，秒针只走了不到 50 下就到达 45 层展望台。在展望台，东京全景尽收眼底，千万座高楼大厦像一块块火柴盒直立在窗外，密密麻麻。

从新都厅出来后，我又去了新宿东口著名的歌舞伎町，这里是亚洲最大的色情场所。当时是白天，倒也看不出什么异样，只见街头写着"歌舞伎町一番街""歌舞伎町二番街"等，共有四番街，十分冷清。据说，一到晚上，这里便成了五光十色、热闹非凡的声色犬马之地。

东京北部台东区的浅草寺是东京最古老的寺庙，创建于公元 628 年。来到正面写有巨大"雷门"二字的大红灯笼前，只见会集在这里的游客人头攒动，摩肩接踵。灯笼的背面写有四个字"风雷神门"，灯笼重达 100 千克。这盏特制的灯笼实在是东京一大景观。走进寺院，人流密集，朝圣者在观音、五重塔、香炉前烧香跪拜，在圣水前饮水祈祷。

离开浅草寺，步行来到近在咫尺的隅田川公园，这里又是大片的樱花海洋。隅田川是流经东京东侧注入东京湾的一条河流。我从浅草码头乘游船顺水而下，向东京湾驶去。站在船头，浅酌啤酒，听流水声动，观景色万千，真有"把酒乐陶陶"的醉人之感。两岸盛开的樱花、随风飘飞的花瓣、摇曳微颤

◎ 商业街穿和服的女人

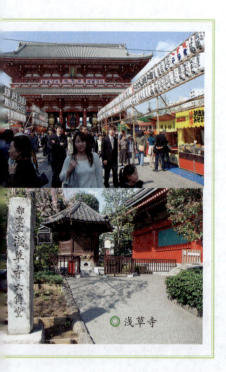
○ 浅草寺

的花枝，可令人品味到"颜色不辞污脂粉，风神偏带绮罗香"的意境。游船飞驶，掠过朝日啤酒大厦、国家科技馆、江户东京博物馆、清澄庭园及吾妻桥、驹形桥、厩桥、藏前桥、清洲桥，各式建筑，不拘一格。

船行1个小时，我来到东京湾，然后乘坐无人驾驶列车过彩虹桥到达台场。台场是东京填海筑地而起的一个副都，是东京的一个新亮点。在这里，我看到台场最有代表性的建筑富士电视大厦、自由女神像、台场海

滨公园、倒金字塔状国际展示场、旧炮台、大江户温泉馆、日本科学未来馆等，这些无不弥漫着浓郁浪漫的时代色彩。

夜幕降临，东京一片迷幻光影。那彩虹大桥流光溢彩的灯光、东京塔闪烁的光线、成千上万的霓虹灯，共同映衬着平静的东京湾，彰显出这座世界级大都市的现代奢华。

○ 河滨大道

登富士山

    春夜，乘车从东京出发，向 80 千米外的富士山进发。窗外，闪耀的灯火、朦胧的山峦、满天的繁星相伴而行。

    富士山，是日本的地标，更是日本的象征。

    车行 2 个小时，来到富士山北麓河口湖畔一个叫汉方灵芝汤的温泉酒店。"汤"在日语中为热水、温泉之意。富士山有"富士五湖"之说，除河口湖外，其他四湖为本栖湖、精进湖、西湖和山中湖。河口湖上建有一座长 1260 米的跨湖大桥，湖中有一小岛名为鹈岛，一座神社坐落其上。夜幕中，从湖边眺望，富士山的侧影影影绰绰，荡漾在湖面上。

    我入住在汉方灵芝汤内的富士健康馆，这里可泡温泉。温泉馆内，汩汩的泉水从地下喷涌而出，水浪翻涌、蒸汽升腾。踏入温泉，水浪冲击、拍打着身体，我整个身心都放松下来。旁边的药池中是黄色的汤波，散发着阵阵药香。那是以中国的灵芝入汤泡制的温泉，日本称"汉方秘汤"，据说对身体有益。

    管理人员介绍道："日本的地热资源十分丰富，这是频繁的地震和遍布的火山带来的。地震让日本人不安，而温泉却让日本人身心放松。"日本岛上到处都是温泉，被誉为"温泉王国"，其中岐阜的下吕温泉、群马的草津温泉和兵库的有马温泉为日本三大温泉。

穿好和服，躺在日本特有的榻榻米上，一夜好眠至天亮。清晨拉开窗帘，富士山上的雪景那样清晰明快，真是一个难得的好天气。富士山中很少有这种天气，十有八九为雾天。

◎ 眺望富士山

出发！我首先绕过河口湖，来到一个专门供人们远眺富士山的瞭望台，然后穿越富士山脚下的一片丛林。

林中有一条马路，直通富士山。从林中看向富士雪山，其层次分明，色彩鲜亮，线条清晰：绿色的是森林，白色的是雪山，蓝色的是天空。富士山被衬托得十分醒目。

穿过森林，我到达富士山"一合目"。"一合目"是富士山的山脚，日本人把富士山的高度分为十段，每段为"一合目"，自下而上，直到"十合目"。"一合目"周围山林覆盖。时下，日本平原的树木已绿满枝条，而此地还是枝干叶枯，可见这里气温较低。站在"一合目"向上仰望，可见富士山拔地而起，高大伟岸。

向"二合目"行进时，李家强介绍了富士山的情况。富士山为日本最高峰，海拔 3776 米，坐落在静冈、山梨两县境内，面积达 90 平方千米。富士山为火山，最后一次喷发在 1707 年。当时，滚滚的火舌吞噬了江户时代的东京，使方圆上百千米的土地都覆盖了火山灰。火山的喷发造就了富士山今日的锥体形状，其最

高处长年被皑皑白雪覆盖，美丽纯洁的雄姿激发了很多文人的创作灵感，"玉扇倒悬东海天"的诗句就出自这里。

走过"二合目""三合目""四合目"，山间树下出现厚厚的积雪，冷风刮来，凛冽刺骨。

"五合目"是登富士山的中转站，此处的几幢小楼中设有餐饮店、邮局、商店，游人可在此小憩。

从"五合目"到"六合目"，山路较为平缓，有不少老人尽管气喘吁吁却还在坚持着，据悉，他们大多是去祭祖的。李家强说："中国古代的徐福在一些日本人中影响很大。据传，当年秦始皇派徐福带三千童男

◎山腰人家

童女寻长生不老药，他们来到日本岛再没有回去。徐福登陆日本后辗转各地，给当地带去了当时中国先进的农耕文化，在一些日本人心目中，那三千童男童女很可能是他们的先人。"

到达"六合目"时已不见树木，只有小草。而到了"七合目"你会发现，连小草也没有了。

过"八合目""九合目"，就到达富士山山顶了。富士山确是座火山，山顶的火山口足以证明山体的岩浆就是从这里喷吐出来的。站在山顶，四处眺望，我发现周围有很多的山峰，原来那就是"富士八峰"，依次是三岳、驹岳、成就岳、伊豆岳、大日岳、久须志岳、白山岳和剑峰。站在富士山巅，"一览众山小"，的确是"无限风光在险峰"！

下山后，我来到芦湖，这里波光潋滟、雪山倒映，堪称绝美。哪知芦湖也是一个火山口，不过其中装满了湖水。

在离芦湖不远的大涌谷，可以感受到火山喷发的痕迹：缭绕的烟雾、沸腾的泥潭和硫磺蒸气孔。我赶来这里，领略到了火山地区的壮观景色。一阵阵火热的蒸气扑面而来，一股股硫磺味刺鼻呛人，尽管如此，人们还是蜂拥而至，参观真正的火山，观看喷气孔的形状。更有当地人将生鸡蛋放在滚烫的热泉里，不一会儿鸡蛋便被煮熟变成黑蛋。当地人将鸡蛋标价 100 日元一个，还夸张地游说游客：吃一个黑蛋可延长 7 年寿命。这样说来，若是吃上 100 个，会不会长生不老呢？

京都岚山行

　　从富士山到京都的高速路上，春日的柔风拂动着垂柳，也抚过缤纷的樱花。此行我一路经过静冈、浜松、名古屋、琵琶湖，到达京都。

　　京都是日本迁都东京前的首都，街道与东京不同，是方方正正的，它是仿照中国古都长安和洛阳的风格规划建设的。京都是一座文化名城，

◎ 明治天皇时期的法院

有189处文化遗产。走在大街上，四周可见许多殿堂神宫、古刹寺庙、亭台楼阁等古建筑，文化遗迹目不暇接，诸如醍醐寺、本愿寺、京都御所、二条城、金阁寺、大德寺、龙安寺、天满宫、伏见稻荷大社、清水寺、三十三间堂等，都很有名。1994年，京都历史建筑群被联合国列入世界文化遗产名录。

汽车路过平安神宫门前时，这座独特的古建筑立刻吸引了我。据介绍，平安神宫是为纪念在京都统治全国的第一位天皇桓武与最后一位天皇孝明，于1895年兴建的，它仿照了中国古代宫殿的设计，红柱碧瓦、飞檐凌空、气势不凡。宫内有中国式亭台楼阁和庭院，还有绿水相围，远远望去，这些掩映在樱花中的建筑更加耀眼。

公交车上、街边巷尾，可见许多身着校服的学生手不释卷，充溢着浓厚的书香氛围。后听说京都出作家、出文化名人，许多鸿篇巨著都源于此，如《源氏物语》等。京都的博士数量占日本各市之首，真不愧文化古都。

穿过京都市区，来到西部的岚山脚下。岚山是日本著名的风景区，其中的渡月桥、保津川、野宫神社、龟石、妙春寺、天龙寺都很有看点。一下汽车，我就被包围在一片樱花之中。沿着市区西去的河道和依山而建的低矮木

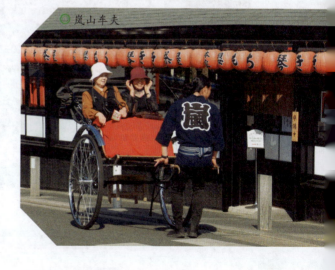
岚山车夫

屋，我朝岚山公园走去。这时，几个衣背上印有斗大的"岚"字的年轻人走了过来，问需要什么帮助，比如，用不用人力车、要不要导游等，我婉言谢绝，想安静而用心地去领略路上的风景。

　　经过半个小时的步行，我来到岚山公园门口。其实这里并没有门，只在旁边立有一块"岚山公园龟山地区"的石柱，表明这里即是岚山地界了。我顺着山坡踏上石头台阶，一步一步向山上走去。环顾四周，岚山看上去并没有什么奇峰怪石，也并不挺拔俊俏，然而山上的樱花却让人心醉。这里流传着许多爱情故事，引来很多游客，很多年轻恋人来此打卡朝圣，更有在岚山举行婚礼和度蜜月的。路上，李家强告诉我，中国末代皇帝溥仪的弟弟溥杰曾到此游览："溥杰与日本姑娘谈情说爱时来到岚山，他们结婚后生下两个女儿，其中一个女儿就住兵库县。"

◎ 岚山公园大门

◎ 周恩来总理《雨中岚山》诗碑

　　说话间，我们来到了周恩来总理诗碑前。这是一小块平坦的山地，周围长满高大的树木，丛林掩映下，一块巨石卧于其中，石块上刻着周恩来总理写的一首诗《雨中岚山》。

　　这首诗是周恩来总理 1919 年 4 月 5 日游岚山时写下的。当时天空飘着毛毛雨，周恩来总理撑着伞，心情苦闷孤寂，他想到当时中国的时局，希望有力量能拯救积贫积弱的中国。1979 年 4 月，为了纪念《中日和平友好条约》缔结，祝愿中日世世代代友谊长青，日本友好团体在岚山公园建造了这座诗碑。

　　《雨中岚山》成了中日友好的见证，愿这座诗碑永远铭刻在中日人民的心中。

大阪城的樱花

虽说富士山是日本的象征，但一提到樱花，你也一定会想到日本。日本是全世界樱花最多的国家，樱花被日本定为国花。在日本，观樱花有三处最著名的地方：上野公园、靖国神社和大阪城。

在东京，我因有事错过了去上野公园观樱花的机会，而靖国神社是中国人最痛恨的地方，那么，只有到大阪城了。

大阪历史悠久，公元5世纪时就是日本的首都。沧桑沉浮千百年，如今的大阪成为现代化工业城市，商业氛围也极其浓厚，被誉为"商都"。从人口数量看，大阪仅次于东京，在日本排名第二；论名胜古迹，大阪更是首屈一指。

大阪城位于大阪市中央区，走进城门，漫天飞舞的樱花花瓣仿佛在欢迎我们的到来。一眼望去，这里就是樱花的海洋，赏花者也是人山人海。穿行在樱花树丛中，稍加留意就会发现，赏花者中恋人多、女人多，很多姑娘深藏于花丛中，人与花儿共娇艳。领队说："樱花树下的日本姑娘格外美丽。中国西部歌王王洛宾所唱的歌曲《达坂城的姑娘》中有一句'达坂城的姑娘真漂亮',想不到日本'大阪城'的姑娘同样漂亮。"

我在樱花树下接连采访了三位日本姑娘。第一位是在第一道护城河边的樱花树下,她叫田美智子,年方6岁。问起她为什么来这里赏花时,她仰着头,虽语调稚嫩却非常认真地回答:"女孩是花,我要在花下快快长大,长大后好做好妈妈!"领队解释:"这一定是妈妈教的。在日本,大人会从小灌输女孩长大要做一个顾家爱子的好女人。"

樱花树下

顺着樱花树穿行,走到第二道护城河的樱花树下时,我采访了年轻女子春子小娟。当被问到为何来此赏花时,她反问:"你知道山口百惠吗?她是著名演员,不过一结婚就宣布退出演艺圈,你知道为什么吗?日本女人是世界上最伟大的女人,只要一结婚就会守在家中、照顾家人,直到终老,我还有两年就要结婚,这两年,我要拼命玩,这是女人一生中

◎ 护城河边的樱花

最美妙的时间，我何不尽赏樱花、一饱眼福呢？"春子小娟答得痛快而透彻，她还分享了山口百惠的故事："山口百惠是私生女，生父从没承认过她。可她出了名之后，生父却来找她讨钱，她不给，也不承认那是自己的亲生父亲。一次，父女俩相约谈判，不经意间，山口百惠发现，自己喝水时会剩一点在杯子中的习惯，竟然与对面的人如出一辙。想到血缘与基因终究无法割断，于是山口百惠对落魄的父亲心生怜悯，便给了父亲一张支票。这就是日本女人！"这个故事打动了我，日本女人的感情真是细腻丰富！这种情感也可能是从小在樱花树下培养出来的。

对第三个姑娘的采访是在大阪城中的天守阁。这个在樱花树下的女人叫栗真，今年52岁。听了我的提问，她说："我一生没有结婚，因为曾走过一段极其坎坷的道路。但是，有每年的樱花陪伴，我并不孤独。

我有一份工作，从年轻时一直做到现在。每个人都有老的时候，即便是樱花，也有凋谢之时。我做了许多日本女人不能做的事，站在樱花树下，我感到很兴奋，因为有勇气的女人永远年轻！"这位自信而优雅的女士让人敬佩。

漫天飘洒的樱花落在我的发间、肩头，猛抬头，城堡就在眼前。轻踏花瓣，穿过花雨，我一步步走上城堡中央的天守阁。这时，讲解员介绍起大阪城的历史来："日本名城大阪城建于16世纪初。丰臣秀吉将其作为统一天下的中心，动用大批人力、物力，在这里建成日本第一大城堡，以彰显其强大的权势。巍然屹立、古香古色的天守阁，坐落在烂漫的樱花丛中，更显得宏伟壮观。"

走下天守阁，走在大阪城的街头，头顶是樱花枝、身边是樱花树、脚下是樱花瓣……这个樱花飞舞的浪漫城市，以及藏于樱花树下的亭亭倩影，都令人难忘……

天守阁下

蒙古：戈壁绿洲乌兰巴托

　　乘国内火车离开二连浩特，我跨过国界，来到蒙古国的边境小镇——扎门乌德。扎门乌德是蒙古国货物出口中国的最大陆路口岸，也是唯一的铁路口岸，横贯亚欧的铁路从这里进入中国。扎门乌德距首都乌兰巴托 700 千米，距二连浩特 4.5 千米，市区人口有 8500 人，以喀拉喀蒙古族为主。

◎乌兰巴托主街道

　　走出火车站，来到站前广场，广场不大，中间有一座圆形喷水池，但池水中有杂物且混浊。水池旁坐着一些当地人，三五成群的黄牛悠闲地在广场上活动，地上留下了些许牛粪。

　　拿到签证，我换乘蒙

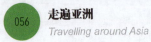

古国火车。一声长鸣后，在叮呤咣啷声中，火车缓缓开动。夜幕中，我穿行在蒙古国的大戈壁滩上。

一夜车程后，天色微亮。隔窗向外看去，是望不到头的大漠戈壁：茫茫黄沙、白色石砾、裸露的土层，冷峻、萧瑟、空旷，只有屹立在原野中的电线杆显露出人类的气息。确实太荒凉了！一路没有看到一个人，直到到达首都乌兰巴托时，才看到一片绿洲。

上午 11 点，我到达首都乌兰巴托市。蒙古国外事办的玛尔嘎德尔德尼告诉我："乌兰巴托有约 150 万人口，于 1639 年初建，当时名为'乌尔格'，意为'宫殿'。建立时，喀尔喀蒙古第一个活佛哲布尊丹巴一世驻足此地。1778 年这里改名为'库伦'，意为'大寺院'。1924 年，蒙古人民革命成功后，又将这里改名为'乌兰巴托'，意为'红色勇士'。"

吃过午饭，我参观的第一处景点就是苏赫巴托尔广场。广场非常宽阔，人在其中感觉很渺小。广场北面是政府大厦，一幢白色的建筑，气势恢宏，昂然屹立。大厦前面有数十根大理石石柱和明净的玻璃，正门内为成吉思汗雕像，顶部为深蓝色，上面飘扬着蒙古国国旗，整个造型颇具民族风情。广场中部为现代蒙古国缔造者苏赫巴托尔的雕塑，雕像栩栩如生、神采奕奕。南部为花草树木繁盛的公园，

◎ 向神柱祈求平安

四周有民族历史博物馆、自然博物馆、歌剧院和国家机关的建筑。

民族历史博物馆后面的自然博物馆为白色建筑，馆前有一对雄狮，门上挂有一幅动物奔跑于大漠戈壁的油画。展厅里收藏着蒙古高原上的大量动物和植物标本，展示出动植物的进化过程。其中，最引人注目的是展厅内庞大的恐龙化石，围在这里参观的人最多。据说，蒙古戈壁的恐龙化石可与美国旧金山山谷的恐龙化石媲美，这里是世界上恐龙化石最丰富的地区之一。恐龙这个占领世界 1.6 亿年之久的物种在 6500 万年前突然灭绝，科学家至今没有找到确切的答案，有趣的是，人类在 150 年前才知道世界上还存在过这一物种。

乌兰巴托有一座很出名的寺庙甘丹寺。来到这里朝圣的人很多，特别是甘丹寺广场一侧的一根木制旗杆边围满了人，他们有的小心触摸、有的安静凝望、有的绕其行走。原来，由于历史战乱，寺庙多次被毁、

◎ 博格达汗宫博物馆

甘丹寺外的旗杆

甘丹寺

几度被烧，唯独这一旗杆屹立在广场岿然不动。所以，蒙古人认为旗杆有灵气，于是每到甘丹寺，必拜大旗杆。甘丹寺是蒙古众多寺庙的缩影，其实，寺庙在蒙古有很多，16世纪以来，蒙古建造了6000多座寺庙。寺庙的出现，主要是由于藏传佛教的传入。

婚礼宫是乌兰巴托特有的建筑，是为青年男女举行婚礼所建。宫中有弓、斧、铃三宝，弓代表孩子的运气好，斧象征着孩子身体强壮，铃意味着孩子聪明伶俐。

苏蒙抗日纪念碑是首都最高的建筑。我从苏赫巴托尔广场出发，沿宽阔的成吉思汗大街南行，经过鄂尔浑河支流图拉河，向博格多山行进，苏蒙抗日纪念碑就建在山顶。汽车只能开到半山腰，剩下的路需双脚完成。下车鸟瞰乌市全景，整个蒙古首都尽在眼前，广场、大厦、街道，

○ 苏蒙抗日纪念碑

清清楚楚。苏蒙抗日纪念碑很有特色：蒙古军人高举的一面旗帜直插云霄，旗帜下面由一个圆形的墙体托起。墙体外壁雕刻着五角星、勋章、国徽等，墙体内壁是彩色的壁画，记述了战争历史和胜利场面。旗帜和墙体的后面是由石头堆起的一座巨大的敖包，上面的经条随风飘起。

下山后，过和平桥顺图拉河西行，我来到博格达汗宫博物馆。博物馆始建于 1893 年，是蒙古国末代皇帝博克多格根的宫殿，这里有他在位期间的生活用品及各国首领和贵族赠送的礼物。

在乌兰巴托，我还参观了总统府、成吉思汗宾馆、中国大使馆、戈壁羊绒衫专卖店，晚上观看了蒙古传统的歌舞表演。

特日勒基自然保护区

汽车在晨风中飞速前进，向着特日勒基……

特日勒基是蒙古高原上的一处国家自然保护区，位于乌兰巴托市东80千米处。

窗外，是巍峨的群山，茂密的森林，奔腾的河流，辽阔的草原，挺立的敖包山……

汽车穿行在博格多山下，博格多蒙语意为"神圣"。山体上，突然出现了三行巨型蒙文，像这样的蒙文，我在乌兰巴托还是第一次见到。陪同考察的玛尔嘎德尔德尼介绍："中国的内蒙古自治区一直保留着蒙文，我们蒙古国没有继承下来，主要是受外来势力的影响，蒙文已被弃用，以字母代替，所以，你们走在大街上，很少见到蒙文。"

翻过写有蒙文的大山之后，前边的山上又出现了一大景观，那是成吉思汗的巨幅头像，白色的线条、清晰的轮廓、安详的面容，几乎占满整个山头。玛尔嘎德尔德尼说："蒙古族百姓太崇拜成吉思汗了！"

◎ 成吉思汗像

　　汽车在高低不平的丘陵上飞驰，路边的羊群、帐篷、马车一闪而过，司机不断播放着蒙古族舞曲，我的思绪也随着豪放的曲调，在茫茫高原上飘荡。

　　大约走了 1 个多小时，马路边出现了一个木牌，上面用字母写着"蒙古国特日勒基自然保护区"。

汽车又绕过一堆敖包山，经过一处放马场，爬过一架奇形山梁，向北一拐，驶入一条狭长的山沟。眼前突然出现一个乌龟形状的山石，原

◎乌龟石

来这就是有名的乌龟石！那昂起的头颅、俯卧的身躯、弓起的脊背，无论从哪个方向和角度看都是一只乌龟，太逼真了！

　　绕过乌龟石，我来到一个蒙古包，到牧民家里做客，蒙古族斯琴大妈热情接待了我并愉快地接受了我的采访。这是一个典型的传统蒙古包，从外边看简简单单，帐篷里却是应有尽有。只见整个帐篷布置得井井有条，桌椅、壁画、地毯、皮衣等都颇具蒙古族特色。斯琴大妈共有3个孩子，养着50只羊、20头牛和5匹马，主要靠放牧为生。她家年收入

◎ 走进帐篷

◎ 蒙古包中的民族舞表演

为500万图格里克，约合3万元人民币。斯琴大妈招呼我坐下。面前一张桌子上摆着塔状点心，蒙语叫"赫云包布"，塔状寓意吉祥如意，共三层。这个"层"也有寓意，一层是吉祥，二层是痛苦，三层是幸福。另一张桌子上摆着一只煮熟的羊，蒙语叫"乌赤"。蒙古人特别淳朴真诚，他们热情地劝我们喝酒、吃肉。担心我们拘谨，他们带头大碗大碗地喝酒、大块大块地吃肉、大口大口地吸烟，这种粗犷和豪爽让人敬佩，他们的热情和好客让人感动。席间，一位蒙古族客人大声朗诵成吉思汗的文章，别有风情。斯琴大妈介绍说，她们最盛大的节日莫过于春节，不过她们的春节叫"查干萨尔"，翻译成中文为"白色的月亮"。蒙古的春节与中国不是同一天，而是根据成吉思汗年历算出来的，斯琴大妈说："今天特别高兴，我们是用过春节招待客人的礼仪来招待你们的。"

出帐篷，我们乘车西行，进入深山丛林之中。突然，前边出现一处平整的草场，四周用木头和铁丝围起，原来这是一个度假村。奇山怪石、一座座白色的蒙古包、成吉思汗骑马飞奔的雕像，皆在绿草鲜花之中，真有世外桃源之感。我们走进一座足可容纳上百人的大型蒙古包。这是一间歌舞厅，专门用来为客人表演节目的。我坐下来，静静欣赏。粗犷豪放的草原歌曲传出蒙古包，飘荡在山峦、草原、森林、河流之上……

伴着动人的歌声，我们南行十千米，钻进一片原始森林，这是乌兰巴托周围保存最好的一块林地。粗大的树干、舞动的枝条、茂盛的绿叶，还有丛生的野草、扑鼻的花香、潺潺的流水、悦耳的鸟鸣，大自然如此美妙。殊不知，在蒙古高原还有这样美丽、幽静、充满生机的地方。林间树下停着许多私家轿车，车旁搭建着帐篷，里面传出悠扬的音乐。据介绍，这是蒙古人度假休闲的好地方。尽管蒙古人还不十分富裕，很多人并未摆脱贫困，但蒙古人，特别是年轻人大都拥有一辆汽车，这些车大都是从日本和韩国淘汰下来的二手车。

离开大森林，走出自然保护区，天已近晚，峰回路转，歌声飘荡，而"特日勒基"的影像，依然在脑海中浮现……

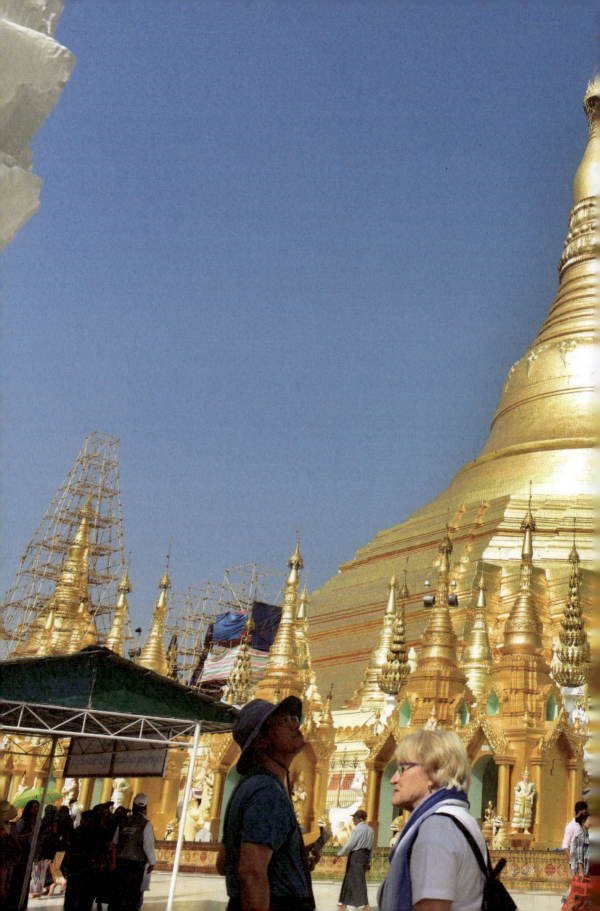

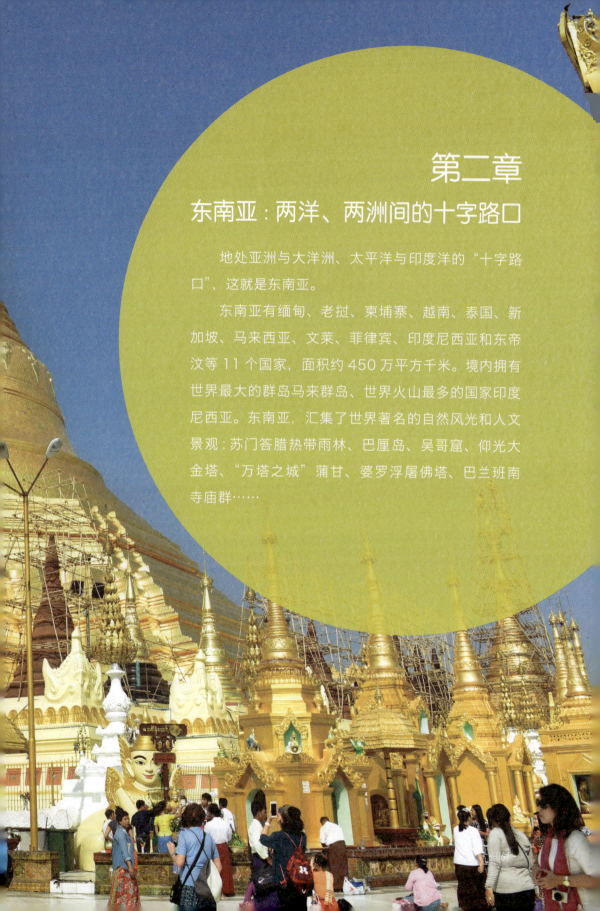

第二章

东南亚：两洋、两洲间的十字路口

地处亚洲与大洋洲、太平洋与印度洋的"十字路口"，这就是东南亚。

东南亚有缅甸、老挝、柬埔寨、越南、泰国、新加坡、马来西亚、文莱、菲律宾、印度尼西亚和东帝汶等 11 个国家，面积约 450 万平方千米。境内拥有世界最大的群岛马来群岛、世界火山最多的国家印度尼西亚。东南亚，汇集了世界著名的自然风光和人文景观：苏门答腊热带雨林、巴厘岛、吴哥窟、仰光大金塔、"万塔之城"蒲甘、婆罗浮屠佛塔、巴兰班南寺庙群……

缅甸：仰光大金塔

蓝天，白云，红日……

飞机越过江河、平原、群山，降落在缅甸仰光国际机场。缅甸是我踏访东南亚诸国的第一站。

汽车驶出缅甸仰光国际机场，穿行在去往市区的路上。我的第一感觉是这里的佛塔如此之多，道路旁、村舍边、乡镇间，到处是金黄色的

◎ 仰光中心广场

佛塔，掩映在林间枝叶中……

向导丁丁女士介绍说："缅甸是个佛教大国，近68万平方千米国土面积上的5458万人口中，85%以上信奉佛教。缅甸人不讲究吃穿，最大的愿望是能建一座佛塔，他们往往在临终前把全部积蓄拿出来建塔，以了却萦绕一生的心愿！所以，才有了缅甸那成千上万的佛塔。"

缅甸人在此地生活的踪迹可追溯至久远的年代。公元前5000年，这里已有人类活动，公元前200年，骠人进入依洛瓦底江边居住，公元849年，建立蒲甘城，1044年，形成统一的国家，并以佛教为国教。1824年起先后由英国和日本占领，1948年独立。

缅甸是东南亚第二大国，森林覆盖率达52%，是世界上柚木储量最大的国家，柚木在缅甸有"树木之王""缅甸之宝"之称。缅甸又是世界上著名的宝石和玉矿产地，全球95%的翡翠、树化玉都产自缅甸。

半小时车程后，我进入仰光市区。仰光是缅甸第一大城市，有500多万人口。仰光曾是缅甸的首都，2005年，因种种原因，缅甸迁都内比都。走在仰光大街上，满眼都是佛塔，金光闪闪，令人目不暇接。

几经辗转，我来到仰光制高点——仰光大金塔，又称"瑞大光塔"。在缅甸语中，"瑞"是"金"的意思，"大光"是"仰光"的古称。

站在仰光大金塔前，那拔地而起的塔体、那金碧辉煌的塔身、那直上云天的塔尖，均令人感到震

◯ "花花脸"的缅甸儿童

撼，不禁感叹于建筑之宏伟！

我在向导丁丁的带领下，跟随着转塔的人群行走。丁丁介绍说，仰光大金塔是仰光最早的建筑，也是世界最高的佛塔，始建于公元前585年，已有2000多年的历史。大金塔塔高112米，由砖砌成，表面贴有7吨黄金，塔形像一只覆在地上的巨钟，底部周长427米，有东、西、南、北4个大门，门外由石狮镇守，门内有玉雕佛像。塔内设有70余级大理石阶梯，塔顶罩着一个5米高、1250千克重的金属宝伞，伞尖上有一颗直径27厘米的金球，球的表面镶有钻石和红宝石共5000多颗。塔檐悬挂着1000多枚金铃和400多枚银铃，周围还有68座小金塔，形状与大金塔相同，组成一个庞大的金塔之林。在大金塔的西北角，还有一口重达25吨的巨钟，铸造于1778年，是缅甸最珍贵的文物之一。

丁丁介绍完时，我们恰好围塔走了一圈。我问："为什么要建这一巨塔呢？"

丁丁说，相传 2500 年前，印度发生灾荒，缅甸人科迦达普陀兄弟俩运去稻米施救，感动了佛祖释迦牟尼，回赠了他们 8 根头发。佛发被运回缅甸，忽显神力，自空中降下金砖，于是众人抬起金砖砌了佛塔。

在仰光，我还去了乔达基卧佛寺、苏里塔、波特涛塔及庆福宫采风。

庆福宫为妈祖庙，是第一代缅甸华人所建，已有上百年的历史。来到这里，只见很多华人在此聚会、品茶、聊天。

仰光市政厅对面的中心广场，广阔的绿地上竖立着独立纪念碑，周围有佛塔、市政府、教堂及殖民时代的建筑。

出仰光，我还深入到村寨，走访农家，体味当地的风土人情。

仰光，宗教气氛浓郁的故都！

仰光，世界佛教的一大圣地！

◎ 缅甸的婚礼

◎ 由华人所建的庆福宫

"万塔之城" 蒲甘

天色未明，披着满天星光，我从仰光启程一路北上，行车 500 千米，
到达蒲甘时，已是万家灯火。

次日，踏着晨露，随着初升的太阳，开始了蒲甘采风之行……

蒲甘，这是一个读音略显生硬的名字，而刚刚踏上这片满眼历史
遗迹的土地，就立刻感受到它的古老、沧桑和悠远。视线所及，那一

◎ 向导介绍古塔分布情况

座座、一群群、一片片古塔千姿百态，高塔、低塔，粗塔、细塔，圆塔、方塔，不一而足。塔的结构丰富而极具层次：塔基、坛台、钟座、复钵、莲座、蕉苍、宝伞、风标、钻球，巧夺天工，风格各异。这里是塔的世界。

陪同踏访的丁丁女士介绍，"蒲甘佛塔甲天下"名不虚传，这里有成千上万的佛塔，因此被赐予"万塔之城"的美誉！

为什么拥有这么多佛塔？我追问答案。丁丁说，这要追溯历史。公元1044年，缅甸建立了历史上第一个王朝蒲甘王朝，并定都蒲甘。阿奴律陀国王是一位佛教徒，这位国王及以后即位的历代国王都大建佛塔，在前后240多年的蒲甘王朝中，先后建造了上万座佛塔，密如蛛网，成为世界上最丰富的佛教建筑群，其历史价值与柬埔寨的吴哥窟及印尼的婆罗浮屠佛塔齐名，成为亚洲三大佛教遗迹之一。

很多佛塔坐落在密林中，我乘坐一辆马车，行驶在蜿蜒的小路上，去寻觅那些隐匿其间的佛塔。

阿南达寺塔到了，这是蒲甘最美的佛塔！

建于1105年的古塔高52米，底部建筑为白色，塔顶部分镀金，可谓"白黄相间"，其看上去下部庄严肃穆，上部金碧辉煌。中央大殿四面入口分别有4尊10米高的贴金巨型佛像，四面回廊还有一个印有佛祖脚印的基座。每年12月中旬至次年1月中旬的满月之夜，这里会吸引

◎蒲甘最美的塔——阿南达寺塔　　◎蒲甘最雄伟的塔——瑞山陀塔

◎ 蒲甘最高的塔——
达宾瑜塔

来成千上万的信徒。大殿之外是一个开阔的内院。这座宏伟的寺塔是缅甸早期寺庙建筑艺术和雕塑艺术的杰出代表,被视为"蒲甘千年灵魂之所在"。

与阿南达寺塔近在咫尺的是摩诃菩提寺塔。这是塔体上小佛像最多的佛塔,建于1218年,是当地历史悠久的佛教圣地。寺塔中央是一座巨型的类似金字塔造型的黑色主塔,塔体布满450座小佛像。摩诃菩提寺塔是缅甸唯一的仿印度菩提伽耶寺的建筑。

登上著名的瑞山陀塔,居高俯瞰,一览众塔,视野开阔。该塔由阿奴律陀国王所建,塔名意为"金色神圣的发舍利",以供奉珍藏在塔内的佛发舍利。此塔高50米,分为5层,为白色的金字塔式,塔顶及第三、第四层设有360度的观景平台,是欣赏塔林日落的绝佳之地。我举目眺望,那茫茫的原野、成千上万的佛塔、波光闪闪的伊洛瓦底江,在金色的阳光下,显得那样宁静而苍凉……

观看提楼明楼塔,阳光映衬着塔体,色彩柔和而温暖。塔底有一些花匠,正现场描绘塔群……

瑞西贡塔是蒲甘最漂亮的佛塔。塔前大门口竖有两尊巨型石狮,足有10米多高。穿过一道廊柱,一座金碧辉煌、闪闪发亮的金色佛塔便呈现

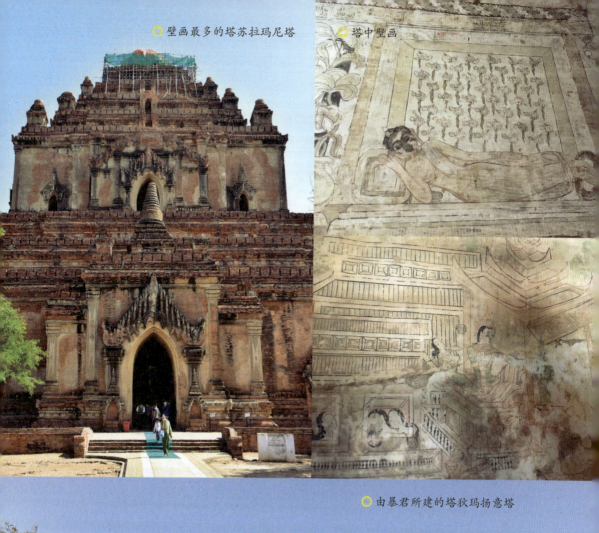

◎ 壁画最多的塔苏拉玛尼塔　　◎ 塔中壁画

◎ 由暴君所建的塔狄玛扬意塔

在眼前。那方形底座、圆形塔尖统统镀金，成为一个整体的金塔。在塔体一侧，有一个微型水坑，据说，若能看到塔的倒影，则说明好运即来。

据介绍，瑞西贡塔是蒲甘最古老的佛塔，从公元 1057 年起，历经两位国王修建，是蒲甘王朝的开国佛塔，也是蒲甘唯一用石头堆砌而成的建筑，为缅甸早期建筑的典型代表。它与仰光大金塔及另外两座塔并列为"缅甸四大圣塔"。

在瑞西贡塔门外，有一座精美的凉亭，为周恩来总理当年访问蒲甘时捐款修建的，是中缅友谊的象征。

蒲甘最高的佛塔为达宾瑜塔，始建于 1144 年，是江喜陀王的孙子阿朗喜胡王下令建造的，塔高 67 米，塔壁上留有著名的巴利文长颂石刻。

苏拉玛尼佛塔的经典之处是内墙的壁画。那一幅幅栩栩如生的描摹佳作令人惊叹，其中"睡美人"是最经典的一幅。

当地人最不喜狄玛扬意佛塔，那是蒲甘地区占地面积最大的佛塔。走进塔内，蝙蝠们飞来飞去，一股股腐臭味道扑鼻而来，实在不大好接受。这是一座从来没有维修过的佛塔，保持了原始状态。当我问及原因时，丁丁回答说，这座塔的建造者是那罗都王，他杀父夺位，为谢罪而建此塔。这个国王残暴无道，做了很多恶事，是个暴君。塔尚未完工，残暴之君即被刺杀而亡。所以，人们既不来朝拜，也不来修缮，任它经受风吹雨打，破败不堪。

太阳偏西，我又返回瑞山陀塔去看日落。

落日的蒲甘，更加壮丽！

蒲甘的落日，分外妖娆！

"文化古都" 曼德勒

从蒲甘乘车 5 个小时，到达缅甸第二大城市曼德勒。

曼德勒因城北的曼德勒山而得名。曼德勒，其巴利语名称为"罗陀那崩尼插都"，意为"多宝之城"，贡榜王朝 1857 年在此建都并为其命名。

曼德勒历史悠久，曾是几个古代王朝建都的地方，也是缅甸最后一个王朝贡榜王朝的都城，佛教胜迹和历史文物不胜枚举，其中有曼德勒皇宫、金色宫殿僧院、碑林佛塔、马哈木尼佛塔、乌本桥等，曼德勒地区也被联合国列入世界文化遗产名录。

从曼德勒山眺望城市

曼德勒皇宫

曼德勒皇宫是一个建在市区中心的宫殿，周边有宽阔的护城河，四周每边长 3.2 千米的城墙保存完好，4 个角楼瞭望塔高高竖起。整个皇宫有 4 道主门、8 道边门。我从东门一进入便看到直上青云的瞭望塔，高 33 米。爬上 121 级，到达塔顶，俯瞰全城。在皇宫，我先后参观了国王上朝召见臣子的主殿、居室、后宫，宫内总共有 104 座大小殿宇。缅甸末代封建王朝贡榜王朝就在这里终结。

金色宫殿是曼德勒一大看点，因大殿内从天花板到主柱都涂有金漆而得名。宫殿最初修建在皇宫内，后来被移到宫墙外并改为僧院。当年皇宫被炮火洗劫时，金色宫殿反而被保留下来，成为现存最大的皇宫建筑。来到金色宫殿，只见它已失去往昔的光彩，变成了一座黑色建筑，但仍可感受到它的不凡气势。

来到碑林佛塔，那一座座、一排排、一片片排列整

金色宫殿

齐的共计 729 块佛塔状石碑，令人感到十分震撼，这就是有"天下最大的书"之称的佛塔碑。佛塔以石碑为页，正反两面都镌刻着密密麻麻的三藏经文。当年，敏东国王召开了第五次佛教集结大会，召集 2400 名和尚以接力的方式诵读经文，耗费 6 个月时间才将这本浩瀚巨著念完。

马哈木尼佛塔是仅次于仰光大金塔的缅甸重要朝圣地。来这里朝拜的人很多，很多男士手拿金箔亲自贴到 4 米高的佛像身上，以表虔诚。走近看去，发现佛像除脸部以外的各个部位已被金箔贴得严严实实。

敏贡古城是曼德勒三大古城遗迹之一，位于曼

◎ 碑林佛塔

◎ 马哈木尼佛塔的大佛像

○ 塔前的巨型石狮

德勒北部 11 千米处。我是乘坐木船沿伊洛瓦底江到达这里的。

上岸后，一眼就望到江边两尊断头少臂的巨型石像，若不是丁丁女士的讲解，真不知道这是残缺的石狮。石狮足有 10 多米高，可以想象这是何等巨大的狮子啊！

在两尊石狮的后面是一座宏伟的巨型塔，那便是敏贡塔。据介绍，这是缅甸贡榜王朝第六任国王孟云所建，当时，他准备建造一座世界上最大的砖制高塔，整个高塔建到三分之一时，因 1838 年发生地震而倒塌，现在看到的只是塔的基座。

在敏贡塔北一步之遥处，保存着一座巨大且未有裂纹的钟。钟高 8 米、直径 5 米、重 90.55 吨。这座巨钟也成为敏贡的一大景观。

巨钟的北部有一座纯白色的塔，名为辛比梅佛塔。这座白塔看上去很像一个多层奶油蛋糕，一圈套一圈，一层连一层，直到塔顶，非常洁净漂亮。据现场解说员讲，此塔是缅甸传说中的宇宙中心"梅如山"，始建于 1816 年，建造它的国王是敏贡塔建造者的继承人。塔的周围一

共有 7 层白色波浪造型的围栏，象征着围绕在梅如山周围的 7 层山峦。

不觉中，太阳已滑至西天。我乘船返回曼德勒城后，又驱车来到乌本桥。乌本桥又称"百年柚木大桥"和"情人桥"，修建于贡榜王朝时期。这座桥飞架东塔曼湖南北，长 1200 米，桥墩、桥梁、桥板皆是珍贵的柚木，是世界上最长的柚木桥。荡舟东塔曼湖，透过乌本桥，一轮落日映照在湖面上，柔美而妖娆……我在这里欣赏有"世界十大最美日落"之一之称的"乌本桥日落"，如痴如醉……

老挝：紧邻边境的首都万象

　　来到老挝首都万象，步行于河滨大道，一边是繁华的万象市区，一边是平静的湄公河。让人难以置信的是，这里就是老挝和泰国的分界线。隔河与泰国相望，万象是世界上少有的紧邻他国边境的首都。

　　站在湄公河堤向南眺望，泛着波纹的河水一泻而下，船公哼着小调儿，独驾木舟荡漾于水面。依稀可见泰国方向的渔民在撒网打鱼。

　　沿河滨大道过东昌酒店行至国王广场，只见手持宝剑的国王雕像朝湄公河对面的泰国凝视。据翻译介绍，在 18 世纪 70 年代末，老挝一部分土地为暹罗（今泰国）占领。这位国王曾从这里涉过湄公河，去收复失去的领土。老挝，别名寮国、崂祀，国土面积有 23.68 万平方千米、人口有 727 万，是个多山的国家，境内 80% 为山地和高原，有"中南半岛屋脊"之称，川圹高原号称"老挝屋脊"。该国森林资源丰富，其中安息香树产量和质量居世

国王雕像坐落在边界，眺望着湄公河对岸的泰国

界首位。

万象，又名"永珍"。在老挝语中"永"是"城镇"之意，"珍"是"庙宇"之意，合起来意为"庙宇林立的都城"。万象城沿湄公河岸呈新月形延伸，因此也被人称为"月亮之城"。此地最早是大片檀木林，再加上林中很多大象出没，"万象"的名字由此而来，也有"檀木之城"的美誉。

穿行在万象市区，体味这座历史古城。公元 1560 年，澜沧王国塞塔提腊国王从琅勃拉邦迁都于此，之后建了很多寺庙、古塔，万象因此有了"塔都"之称。时至今日，万象的大街小巷中、林间广场上、社区民宅旁，都建有很多大大小小的寺庙……

来到闻名遐迩的塔銮，我立刻被其深深吸引，惊叹不已！如此高大的佛塔金碧辉煌，蔚为壮观，真是一座超乎想象、独具艺术特色的建筑！这是澜沧文化的杰作，其方塔顶端，直插青云，闪闪发光。

在向导带领下，我围绕塔銮顺时针观看。据当地解说员介绍，方形塔基每边长 54 米，四边正中均设膜拜亭，第二层有 30 座高 3.6 米的小塔，第三层矗立着方形主塔，塔高 45 米。问及塔銮的始建情况，翻译

◎ 老挝首都万象的塔銮

介绍说："公元前 3 世纪，塔銮下面埋了佛祖释迦牟尼的头发和胸骨。后法昂征服了境内各地领主，统一老挝，设都琅勃拉邦，万象的地位有所下降，塔銮也失去光芒。直到塞塔提腊国王改万象为国都，塔銮于 1566 年得以重修。此佛塔为历代皇室及高僧存放骨灰之地。塔銮已成为老挝国家的象征，并体现在国徽上。"

塔銮前的广场上，仁立着塞塔提腊国王的雕像，但见很多人在此朝拜。

玉佛寺始建于 1565 年，是塞塔提腊国王所建的王室宗庙，用来供奉他从龙坡邦带来的玉佛像，同时引来中南半岛上所有国家的信徒前来目睹这尊"僧伽罗佛像"。然而，公元 1779 年，这里被暹罗王入侵洗劫，玉佛被抢走，现存放在泰国曼谷的玉佛寺。1828 年，万象被暹罗占领，整个城市化为灰烬，玉佛寺也毁于一旦，现在的寺庙是 1936 年重建的，基本保持了原貌。

从玉佛寺出来，对面即是西萨格寺，两座寺庙均坐落于塞塔提腊大街上。走进西萨格寺，出现在面前的是一座色彩浓重的宫殿式建筑，其式样与泰国的寺

◎ 塞塔提腊国王雕像

◎ 玉佛寺

庙相仿。询问向导得知，原来建此寺庙有着历史的原因。西萨格寺建于1818 年，那时的万象王国已经是暹罗王国的属国，所以此寺的建筑风格与暹罗寺院非常相似。1829 年，暹罗王因万象拒嫁公主而出兵攻打万象国，西萨格寺因其建筑风格与暹罗国寺院相似而躲过一劫。这是万象最古老的保存了原始风格的一座寺庙，寺中主尊大佛重 10 万多公斤，所以又称"十万佛寺"，寺庙外围的院墙壁龛架上存放有 6840 个佛像，佛像数量之多成了寺庙的一大亮点。

◎ 老挝国家主席府

万象还有一座金宫，是昭阿努冯国王的王宫，后因战争变成废墟。1973 年，政府重建了金宫，恢复了王宫的原貌，现在王宫成为老挝国家主席府办公地。

万象凯旋门是老挝的标志性建筑，与法国的凯旋门相仿，但顶部融入了老挝的建筑风格。登上凯旋门顶层，可俯瞰全市风光，它面向万象大道，与金宫遥遥相对。

◎ 万象凯旋门

万象，一座饱经战乱的首都！

万象，一座寺庙林立的塔城！

从万象到旧都琅勃拉邦

阳光初照，汽车一路向北，朝着老挝旧都琅勃拉邦前行。琅勃拉邦是一座千年古都，1995 年被联合国列入世界文化遗产名录。万象到琅勃拉邦的直线距离约为 250 千米。

汽车在奔驰，窗外呈现的是一派田园风光。

经过 2 个小时的行进，前方出现大片水域，原来，这是著名的南俄湖，是老挝最大的湖泊，也是湄公河次流域最大的人工湖。在翻译的建议下，我乘木船荡舟湖面，感受南俄湖的魅力。小船儿在水中轻轻地飘荡，远山青青。船公介绍："南俄湖，我们老挝人称之为海，湖中有 320 多座岛屿，被誉为老挝的'千岛湖'，湖中鱼类很多。"船行一小时，我登上一个小岛，岛上只有一户人家，靠打鱼为生。岛民告诉我："现在是旱季，岛可以显露出来；而到了雨季，岛会被淹没，我们只能离岛上岸。"我在岛上

◎ 南俄湖中岛

○ 去溶洞

参观了这位岛民的住宅，一间木房是临时搭建而成的，院落中养了很多鸡鸭。这是一种远离嘈杂世界的宁静生活。

离开南俄湖，汽车继续北上。又经 2 个小时车程，窗外呈现的山水更加美丽，尤其是那一座座的山，平地而起，很像中国桂林的山。原来，我们已经进入老挝的万荣地区。万荣是老挝一个很著名的休闲旅游胜地，位于万象和琅勃拉邦之间，南松河从中穿过，周围全是风光秀丽的喀斯特石灰岩地貌，素有"小桂林"之称。

下午 4 点多钟，我准备前往万荣最负盛名的岩洞——坦普坎溶洞。这是一个天然溶洞，处在半山腰。只见山脚下小桥流水旁的人们，或跳水，或游泳，在这里享受世外桃源的安逸，感受浮华之外的恬静。

溶洞位于一座险要的山体之中，我沿山路拾级而上，手脚并用，几乎是爬着攀登。经过 40 分钟的攀爬，终于到达溶洞口。进入洞内，没有路、没有灯，一点亮光也没有，只能靠头盔上的探照灯照明。只见溶洞

○ 万荣风光

内的乳石，像猴、像马、像牛、像竹、像梅、像松，千奇百怪，令人赞叹！欣赏了没有进行过任何加工的原始溶洞，深感不虚此行。

晚上，宿于万荣。这是一个小镇，一切都那么自然、宁静、纯朴。我走进万荣最具特色的酒吧，参与狂欢派对，品尝世界啤酒中的明珠——老挝啤酒。老挝啤酒是世界十大名牌啤酒之一，曾登上美国《时代》杂志和《纽约时报》。

第二天清晨，在晨曦中，我信步在南松河木桥，眺望远山、晨雾、云霞，万荣小镇的山水太美了！

早餐后，汽车沿13号公路继续北上，朝着琅勃拉邦方向驶去。窗外，仍然是小桂林山水、云海。

汽车翻山越岭，过班纳古、班纳帕，进入川圹高原，海拔上升到2500多米。这里即是"老挝屋脊"。我明显感到气短和胸闷，但四周风光壮丽、迷人。当汽车攀到制高点时，加油小歇。旁边小卖部的食品价格比山下高出一倍，连去厕所的费用也升到每位2000基普（当地币）。

经过5个小时的长途跋涉，汽车到达琅勃拉邦郊外著名的光西瀑布。这条瀑布坐落于原始森林中，位居"全球十大天然游泳池"之列。我穿过大片参天树林，步行40多分钟山路，一道飞流而下的瀑布突然出现在眼前，这就是光西瀑布！瀑布是阶梯式的，平坦处可戏水、游泳。屈指数来，光西瀑布共有三层大的瀑布群，若干小的瀑布群，激流荡漾过层层石灰岩，水落一处处玉潭，形成浅绿色的水池，很像中国的九寨沟。

◎ 光西瀑布

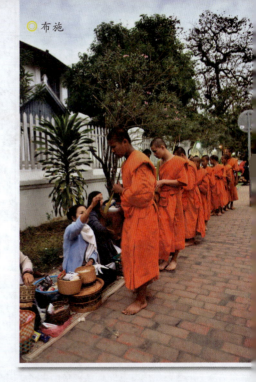
○ 布施

太阳落山，等到达琅勃拉邦时已是灯火阑珊……

第二天清晨5点，琅勃拉邦薄雾弥漫。向导带我沿小巷而行，去往主街观看布施。伴随着杂沓而急促的脚步声，只见街巷中不断往来着僧侣，从坐在道路两旁的居民手中接过米饭、烧饼、粽子等。居民一脸虔诚，僧侣面目和善。这就是传统的布施，给僧侣准备餐饭。这种布施在这里已延续了半个多世纪，从来没有间断过，已形成一种习俗。行至中心大道，只见等待布施的信徒在路旁一字排开，待僧人们到来，便手举米饭、蛋糕等各种食品，一一献给他们。据悉，每天清晨有上千名僧侣从这里走过，接过人们布施的食物，场面很是壮观。

琅勃拉邦是一座历史名城，它被联合国列入世界文化遗产名录是当之无愧的。沿街而行，这座古城中的古庙、古寺、古塔，古建筑比比皆是。据统计，全城共有679座有保存价值的古老建筑物。

早在2000年前，琅勃拉邦就是老挝一个部

○ 王宫

● 勃拉邦金佛塔

落的都城，当时叫孟沙瓦，意为"王都"，1353年澜沧王国建立，将首都设于琅勃拉邦。这里曾经是老挝很多朝代的都城，拥有众多历史遗迹。

顺着古城老街，走进琅勃拉邦王宫，这是一座宏伟的建筑，是老挝西萨旺冯国王的王宫。走进王宫内，我先后参观了国王的议政厅、起居室、餐厅、娱乐室、卧室、接见厅等，了解彼时国王的生活。印象最深的是接见厅墙壁上悬挂的壁画，逼真到如同身临其境，具有非凡的艺术价值。这是一位法国画家绘制的，描摹了老挝传统的生活景象。

琅勃拉邦最有看点的是王宫博物馆内的勃拉邦金佛。勃拉邦金佛是老挝最有价值的艺术品。13世纪时，在位国王得到其岳父柬埔寨国王赠送的83厘米高的勃拉邦金佛。这尊金佛当时被视为"王国的保护者"，同时也被作为镇城之宝珍藏，该城就是在那时更名"琅勃拉邦"的，意为"勃拉邦佛之都"。一直到公元1560年迁都，这尊金佛都没有动过，至今仍珍藏于此。参观金佛时，不能太靠近，只能远望。金佛前香火旺盛，朝拜者排成长队。

在琅勃拉邦，我还去了中心广场，参观最后一位国王的雕像。

夕阳西下。我路过王宫正门，走向夜市一条街。这条街上多是法国殖民时期的法式老建筑，保存良好。夜市中，当地百姓在街道两旁和中央摆满货摊，生意红火，热闹非凡。

琅勃拉邦沉浸在夜幕中，而各处寺庙依然香火缭绕，经声不绝……

畅游湄公河

  清早，我来到湄公河边，乘上游船欣赏两岸的庙宇、佛塔，别有一番情趣。游船缓缓划过河面，迎着吹拂而来的和风，披拂着洒满天际的霞光……

  上午9时许，游船靠岸。著名的香通寺就坐落在湄公河边，正门面向流淌的湄公河水。从船上下来后，我沿着坡堤上岸，走进香通寺。这是一座规模宏大的寺庙，是琅勃拉邦最古老、最漂亮的寺庙，公元1560年由当时的国王所建。主殿中，装饰华美的木柱支撑着覆有法轮的房顶，正面是

◎ 观光湄公河两岸

安详的佛像，左侧还有一尊镀金高僧雕像。据介绍，这位高僧能治百病，药到病除，深受人们尊敬。主殿后面的外墙上镶嵌着壮观的生命之树图案，引来不少游客在此流连。主殿周围还设有大大小小的庙群，既可求子、求财，亦可祈求运程。在东门附近，还有一幢王室的葬仪礼堂，里面陈列着为国王送行的豪华仪仗马车。礼堂外雕刻着史诗《罗摩衍那》中的场景。

　　参观香通寺后，继续乘船荡漾在湄公河中。又经过一段水域，逐渐靠近浦西山。船公介绍说："在神话传说中，浦西山是孙悟空搬过来的，很有灵气。"船靠岸后，我登上大堤，来到浦西山脚下，拾级而上，开始爬山。山并不是很陡，沿途有很多金色的佛像，山腰的岩洞里还有一座寺庙遗址，建于1395年，据传洞内有佛祖脚印的遗迹，引很

◎ 浦西山上的金塔

◎ 远眺湄公河

多人前来朝拜。途中又经过一座帕华寺，它是琅勃拉邦城中少数几个没有经过整修的寺庙，内部雕刻精美，保留了原始状态。329级台阶之后，终于到达山顶。这里是琅勃拉邦城的制高点，俯瞰全城，风光尽在眼下，众多寺庙古塔历历在目。在山顶，我走进瓦宗寺。屹立在山巅的镀金佛塔宗西塔高24米，金光闪闪，是古城的地标建筑，也是老挝新年祈祷队伍的第一站。站在宗西塔前眺望，湄公河像一条白色的玉带飘向远方……

走下浦西山，我又回到船上，继续沿湄公河游览。

行驶的游船划破了水面的平静，湄公河两岸的风光，从眼前一一闪过。

湄公河发源于中国，全长4900千米，流经中国、老挝、缅甸、泰国、柬埔寨和越南。其中，湄公河在老挝琅勃拉邦与南康河汇合，使琅勃拉邦古城状似"L"形半岛。

沿湄公河，我又游览了维苏那拉特寺、玛莫塔、金塔山等。之后，一直向北，去往当地的村落踏访。

沿江，游船通过中国援建的高铁大桥，让我为之骄傲。向导说，中

◎ 中国援建的高铁大桥

◎ 岸边村寨

◎ 村民织布　　◎ 村民制酒

国援建的高铁定会促进老挝的经济发展，尤其是促进交通运输业的发展。从船头望去，一桥飞架湄公河两岸，蔚为壮观！在施工桥上，依稀可见中国建设者们的身影，两行中文大字："共建中老经济走廊，打造中老命运共同体""中铁八局承建琅勃拉邦湄公河特大桥"跃入眼帘。

　　船行半个多小时后靠岸，我走进一个渔村。这是一个保持着原始生态的村庄。沿街而行，纯朴的老挝人不断地向我招手。这个村庄的人们多以打鱼为生，还从事酿酒、纺织、木工等工作。当地一位男士告诉我："我们这里的用品很多都是中国货，中国产品便宜、实惠。"他还自豪地说："我的两个孩子都在中国昆明，一个上学，一个打工。"

　　返航了，湄公河淹没在夜幕中！

　　回程了，琅勃拉邦古城一片灯火！

柬埔寨：世界七大奇迹之一吴哥窟

早霞映衬在洞里萨河上，轮船划破泛着红光的水面，向着暹粒方向的吴哥窟行进。

○ 西哈努克铜像

我的这次柬埔寨之行是从首都金边开始的。金边处在洞里萨河与湄公河的交汇处，在金边期间，我参观了太皇西哈努克铜像、独立纪念碑、金边大皇宫后，登上游船，通过水路去往吴哥窟。

游船漂荡在洞里萨河上，沿途风光

○ 大皇宫

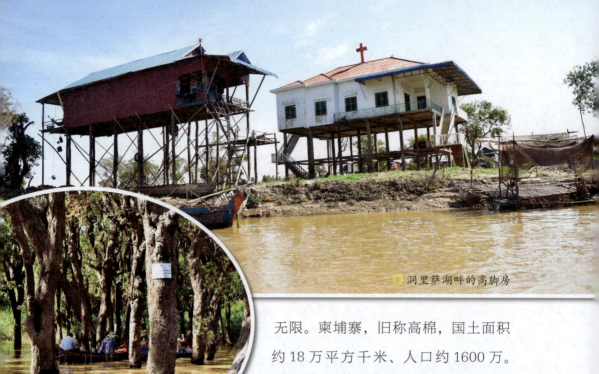

○ 洞里萨湖畔的高脚房

○ 湖中森林

无限。柬埔寨，旧称高棉，国土面积约 18 万平方千米、人口约 1600 万。公元 1 世纪建国，历经扶南、真腊、吴哥等时期。9 至 15 世纪吴哥王朝时为鼎盛时期，创造了举世闻名的吴哥文明，16 世纪改称柬埔寨。自 1863 年起，先后被法国、日本占领，1945 年日本投降后再次被法国占领，1953 年摆脱法国殖民统治，宣布独立。

吴哥古迹地处金边西北约 310 千米处。船行 100 千米，进入洞里萨湖，视野骤然开朗，一望无际的湖面一直延伸到天边。洞里萨湖是中南半岛乃至东南亚最大的淡水湖，又是湄公河的天然蓄水池。每年 12 月至次年 6 月，湄公河到了枯水期，湖水流入湄公河；7 月至 11 月，湄公河涨水，河水倒灌入湖，湖面积可达一万多平方千米。湖畔的高脚房是极具当地特色的建筑。

又经 3 个小时的行进，终于到达暹粒市。暹粒市是柬埔寨暹粒省的省府，世界七大奇迹之一的吴哥古迹便坐落于此。在此，我参观了姐妹庙、皇宫、皇家花园和最古老的酒店。

次日清晨，我乘车北行，去往吴哥古迹。沿路是大片的原始森林，古木参天。吴哥古迹位于暹粒市北 6 千米处，分布在 45 平方千米的莽莽丛林中。吴哥源于梵语，意为"都城"，是 9 至 15 世纪吴哥王朝的都城。现存的吴哥古迹主要包括吴哥王城（大吴哥）和吴哥窟（小吴哥），共有各式建筑 600 余座，为世界珍贵的宗教建筑，也是世界上最大的庙宇群，与中国的长城、印度的泰姬陵和印度尼西亚的婆罗浮屠佛塔并称"古代东方四大奇迹"。1992 年，吴哥古迹被联合国列入世界文化遗产名录。

　　10 分钟的车程后，丛林中出现一道水系，原来这是吴哥窟的护城河，河面宽阔，隔河相望，吴哥窟仿佛嵌在湖水中，神秘莫测。

　　汽车沿着护城河奔驰，绕行至吴哥窟的西面。这里，一座长长的古桥横跨在护城河上，直通吴哥窟西门。至此，一座宏伟的建筑出现在眼前，这就是闻名于世的吴哥窟。

　　吴哥窟是整个吴哥古迹的精华，是吴哥古迹中保存最完好的庙宇。吴哥窟图案还使用在柬埔寨国旗上。吴哥窟，除称小吴窟外，还称吴哥寺，原始的名字是 Vrah Vishnulok，意思为"毗湿奴神殿"，中国

◎ 吴哥窟外景

古籍称之为"桑香佛舍"。

　　行走在石板桥上，穿过护城河，即是吴哥窟的外院正门。吴哥窟坐东朝西，大门为塔形建筑，从黑乎乎的墙体上可品读出它的沧桑。跨过正门，6个蛇头巨雕一字排开，通向吴哥寺庙的石板路两边皆是巨型蛇雕，显得神秘而肃穆。

　　踏行在外院的石板长堤上，首先经过的是左右两边的藏经楼，两幢楼对称而建，保存完好；接着是荷花池，一北一南，相当于轴线。荷花池边会聚了很多游客，从池中可以清晰看到吴哥窟中的五座塔的倒影，许多知名杂志上的吴哥窟照片都取景于此。

　　顺石板长堤继续东行，便进入长方形的内院。吴哥窟的主体寺庙建筑坐落于此。吴哥窟是公元1113年至1150年为敬奉印度教神灵所建，当时真腊国王苏利耶跋摩二世信奉印度教三大天神之一的毗湿奴神，所以起名为"毗湿奴神殿"，后来逐渐演变为寺庙。寺庙中祭坛由三层长方形回廊环绕须弥台组成，象征印度神话中位于世界中心的须弥山。

　　我步入寺庙高出地面3米的一层回廊。回廊南北宽190米、东西长220米，有

◉ 吴哥底院

南北两座"藏经楼"和"千佛阁"，上千个不同样貌表情的舞女石雕像，个个栩栩如生。回廊内有"天子阁"，被中央的十字廊间隔为4个深1米的水池。

进入第二层回廊。这是一个长115米、宽100米的长方形内院，高出第一层5米。在二层可以看到寺庙的塔顶，也是拍摄角塔的极佳位置。这里聚集了很多人，排成长队准备上到吴哥窟的顶层。为保护吴哥窟和游客安全，每次只能上去60人参观。

终于排到了，那通向顶层的"天梯"石阶骤然出现在眼前：石梯台阶陡峭到几乎直上直下，需要手脚并用向上爬。有胆子较小的女士直接放弃。面对"天梯"，现场工作人员说，上梯不容易，下梯更难，曾有一个王后上到梯顶，但下梯时吓哭了，"吴哥窟"成了"吴哥哭"！殖民时期，有一名官员的妻子从这个石梯上摔下而死去。

沿"天梯"爬至吴哥窟的顶层，进入第三层回廊，举目四望，吴哥窟的全景尽收眼底：那四周白色飘带似的护城河，那一眼望不到边的茫茫丛林，那泛着粼粼波光的荷花池，那用石板铺成的长堤，清晰而美丽。

吴哥窟最高的台基为正方形，边长60米。最亮丽、最醒目的祭坛上矗立着五座莲花蓓蕾样式的高塔，按照五点梅花式排列。五座石塔的中间一塔为主塔，四周为角塔，象征印度神话中位于宇宙中心的须弥山的五座峰。

我沿顶部回廊欣赏了东北角塔、西

◎ 奋力攀登天梯

北角塔、西南角塔和东南角塔。各塔门之间、角塔与主塔之间，由田字回廊相连。回廊四隅角塔的塔门，各有 2 道台阶。4 个角塔的形状、大小一致，但雕刻装饰各异。接着，我又对应角塔观看了四大水池及周边的廊柱，只见浮雕多种多样。

最后我来到处在中心的主塔。主塔最高，塔顶高出地面 65 米，且雕刻精美，巍然屹立在 4 个角塔和 4 个池子中间，直上天际，蔚为壮观。人站在塔底感觉非常渺小。主塔内设有四面神像，面朝东南西北四个方向。

参观吴哥窟顶部 5 座石塔后，又沿"天梯"石阶下行。回首身后高塔，更加赞叹：吴哥窟，不愧为"世界七大奇迹"之一；吴哥窟，不失为全球珍贵的佛教建筑群之最。

离开吴哥窟，穿越原始森林，我来到吴哥王城。吴哥王城被边长 3 千米、周长 12 千米的护城河包围，城的正门为南门。站在南门前的护城河桥头可以看到，桥的两侧栏杆上各有 54 座石雕半身像，一边代表神灵，一边代表恶魔。

穿过南门，城内又是浓密的原始森林，绿意围绕。车行中央，左侧出现一片遗址，这就是著名的巴戎庙。始建于公元 1200 年的巴戎庙，坐西朝东，进门墙壁上刻有浮雕，讲述着吴哥的历史故事。庙内错落有致地竖有 49 座石塔，高低不等，每座石塔四面均雕刻着巨大的佛面，表情各异。据向导介绍，四面佛面分别代表慈、悲、喜、舍。最著名的一座四面佛面塔是"高棉的微笑"。塔前排着长长的队伍，人们争着与"微笑佛面"合影留念。在巴戎庙，我走进最高的石塔，黑暗的塔

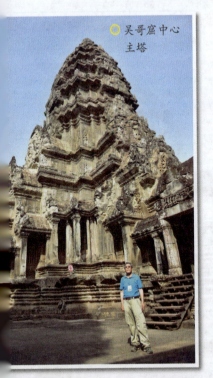

吴哥窟中心主塔

洞内供奉着神像，朝拜的人需要格外小心才能进去。

在吴哥王城，参观了斗象台、十二生肖塔、巴方寺，最后到达塔普伦寺，又称"母庙"，兴建于 1186 年。这是吴哥王朝的国王加亚华尔曼七世为纪念他的母亲所建。《古墓丽影》《虎兄虎弟》等著名电影都曾在此地取景，吸引许多的游客前来参观。来到这座寺庙，看到残垣断壁上长满古树老藤，树裹墙，墙包树，树和墙紧紧环绕在一起，随风摇摇欲坠。此庙从来没有被维修过，保持了原始状态。

吴哥古迹还包含崩密烈寺庙，地处吴哥王城以东 40 千米处。这是一座比塔普伦寺毁坏得还要严重的寺庙，几乎被夷为平地。走在崩密烈寺庙遗迹中，只见一堆堆的乱石、一间间坍塌的房屋，只有古树缠绕的房子还依然伫立着。其实，它的布局和面积与吴哥窟相似，只是随着时光的流逝，它渐已变成废墟……

吴哥古迹，庞大的遗址群，被联合国列入世界文化遗产名录，当之无愧！

◎ 吴哥王城入口

越南："海上桂林"下龙湾

夜航北部湾，向越南下龙湾行进……

这是一艘载有 1000 多人的游船。夜晚的海风很大，甲板上并没有游人观看夜幕下的巨浪。

一觉醒来，船到下龙湾海域。这时的海面风平浪静，更有霞光铺洒。人们纷纷来到甲板上，观看这美丽的海景。

下龙湾，被誉为"海上桂林"，真是名不虚传。只见一座座山从海中升起，星罗棋布于海面之上：筷子山、香鼎山、蘑菇山、镰刀山……

◎ 下龙湾

千姿百态，惟妙惟肖，令人目不暇接。

　　游船划破水面，穿绕石林，犹如在画中行。眼前的水中之山都是海中之岛。据统计，下龙湾1553平方千米的海平面中，有1969座海岛，其中已命名的有989座，如木头岛、巡洲岛、万景岛、吕望岛、蛤蟆岛、马鞍岛、黄土岛，等等。据介绍，这里原是欧亚大陆的一部分，后下沉海中，形成这一奇观。

　　游船绕行无数海岛后，靠近一座长满树木青草的岛屿。我们下船，走向岛上一个名叫惊讶洞的岩洞，它是下龙湾最大最美的岩洞之一。洞口不大，进去后发现别有洞天，里面空间非常宽敞，能容纳数千人。讲解员介绍，战争年代这个山洞是作战指挥中心，胡志明曾在此坐镇。走在山洞里，仿佛进入雕刻艺术的殿堂，石笋丛生，形态各异，给人无限遐想。大自然赋予山洞这特有的艺术魅力，感染着来

◎ 拍摄过电影的岩洞

到这里的人们。

出洞后，登上游船，继续穿梭在如诗如画的仙境中。海上桂林，桂林海上。人们说"桂林山水甲天下"，也有人说"下龙山水天下甲"。桂林的水，是河水，下龙湾是海水；桂林的山在陆地，下龙湾的山在海洋。下龙湾的山水与桂林的山水各有特色。

思绪还在回味风光之时，游船进入又一处绝境佳地，那就是"天井"。我换乘一只小船，从山边一处窄小的石洞向山中划去。穿过小石洞，眼前豁然开朗，环视四周，俱是悬崖峭壁；俯视水面，一汪池水，平静如镜；抬头仰望，小小一圈碧空，白云浮在峭壁之上。真是"坐井观天"呀！据船员介绍，天井是下龙湾一绝，并不是任何时候都能来到这里的，只有在落潮时才能进来，涨潮时海水将通道淹没，与外界完全隔绝，天井就成了"死井"。

下龙湾的海岛之所以未受污染、保存完好，是因为周围几乎没有人居住。整个海湾1000多个岛屿只有一处有居民生活，那就是巡洲岛。巡洲岛出名，源于胡志明曾在岛上居住、办公。岛不大，居民也不多，岛上有淡水，能够耕种粮食和蔬菜。登上这座海岛，只见满眼的青松、白檀、榕树，还有竹林。绿树丛中掩映着一座八角形红色楼房，那便是胡志明曾经的住地。室内摆放着藤制的椅子、橱柜、床等，还有胡志明的办公用品。巡洲岛被越南人视为圣地，专门修建了一条跨海大桥，把巡洲岛同大陆连接起来，人们既可坐船又可乘车来到岛上。

临近中午，游赏过下龙湾之后，船停靠在拜寨海滩。这里归越南广宁省下龙市管辖。下船后，沿海滨沙滩游览，长2千米的海滩边长满了

◎ 出水海礁如雄鸡争斗

◎ 海岛如鱼飞走

椰子树和木麻树，树下摆放着藤椅和藤桌。坐在藤椅上，面朝大海，沐浴着海风，顿觉心旷神怡。

听当地人介绍，下龙湾已于1994年被联合国列入世界自然遗产名录。

下龙湾，海上桂林，它是地球上少见的由陆地下沉而形成的海上奇观！这奇观是独一无二的。越南人相信，这处世界遗产会被越来越多的人所迷恋！

从河内到顺化

初到越南，感受最深的莫过于摩托车"轰轰轰"的声音了。晚上在海防市过夜，通宵都能听到摩托车的轰鸣声。在首都河内，摩托车的声音不绝于耳，更有过之，满街奔跑的摩托车排出长长的队伍，可以称得上一道风景线了！

河内是一座历史名城，人口有805万。在河内，我首先去了人民广场、国会大厦。人民广场旁边是胡志明长眠之地。那是一座黑色建筑，里面的瞻仰大厅庄严、肃穆，一代伟人沉睡在这里。

在河内，我还参观了胡志明的旧居及办公场所。从房间摆设来看，

◎ 越南首都河内的人民广场

○ 胡志明旧居

非常简陋。胡志明生前从不追求奢华，总是以一个平民的姿态出现在百姓面前。胡志明为越南的解放鞠躬尽瘁，他生前发誓，若南越和北越不统一，绝不结婚。

越南军事博物馆坐落在列宁广场对面、中国驻越南大使馆一侧。军事博物馆里展示着越南在抗法和抗美战争中所缴获或击毁的飞机、大炮等军事武器，以及反映越南人民争取和平独立斗争的照片和展品。

红河穿过河内，形成多处湖水和池塘，把河内装扮得美丽而富有灵气。市中心有一处面积颇大的湖，名为还剑湖，湖中还有小岛，景色宜人。市民和游客或闲庭信步于湖边，或乘船畅游于湖心，这是一处极好的悠闲休憩之处。离湖不远，建有一处文庙，进进出出的人很多。我刚走到庙门口，一幅中文楹联豁然亮于眼前，楹联是这样写的：瀛寰

○ 越南人民大会堂

中教目吾道最先万宇舟车同起敬，全境内文祠此地为首千秋芹藻尚留芳。进庙后可见 82 块石碑，上面刻着科举考试进士的名字。在此看到中国汉字，亲切而骄傲的同时，又不禁产生疑惑。后走访工作人员才知，这座文庙是越南李朝皇帝李圣宗组织建造的，已有上千年的历史。据介绍，当时中国的四书五经在越南十分盛行，成为文人的必读书籍。沿石路走向庙宇深处，院落古朴、径幽瓦老、松树参天。

参观文庙后心中颇为感慨！越南的文化习俗与中国这样相似和贴近，两国有着这么久远的渊源。陪同考察的越南外事办负责人说："越南

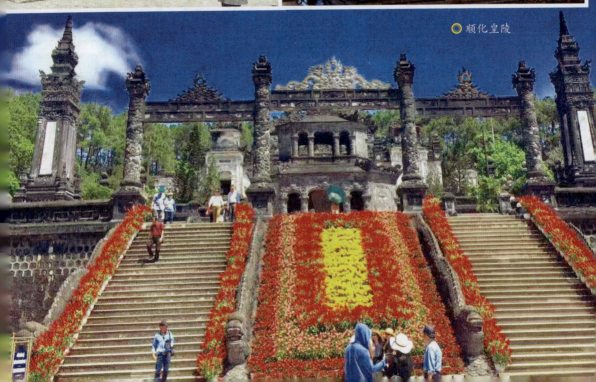

◎ 顺化皇陵

的习俗受中国影响由来已久，中国传统文化在这里有很多体现。"

顺化是越南封建王朝阮朝的国都，或叫京城，城里有保存完好的古代皇宫、陵墓。从建筑风格来看，其皇宫与北京故宫相似，有城墙、午门、紫禁城、太和殿、光明殿、乾成殿、勤政殿及后宫。宫城中多处都有中国汉字，比如，太和殿的9大铜鼎，每个鼎上都铸有汉字。不仅宫廷建筑与中国相似，连皇帝、太子、大臣、三品到九品官的称呼也相近，特别是皇权制度，也与中国相差无几。越南皇帝的后宫也与中国相似，贵妃、婕妤等名目繁多。以嗣德皇帝为例，除上述之外还有106个妻妾。由于顺化古都皇宫保存完好，1993年被联合国列入世界文化遗产名录。

越南文化与中国文化的交融源远流长，这里有很多店铺、寺庙等建筑及室内摆设与中国的十分相似。越南人喜欢读中国的《红楼梦》《水浒传》《三国演义》等名著，也爱看中国的影视剧，如《还珠格格》《康熙王朝》。从传统节日和习俗来看，越南同中国一样会过清明节、端午节、中秋节、春节，一样有除夕包饺子、端午吃粽子、中秋吃月饼的传统习俗。不过，随着时代的变迁，越南人的有些习俗也在悄然变化着，如年轻人结婚，新娘会依照西方的形式穿着长长的白色婚纱走进洞房。

泰国：曼谷漫笔

天幕，云海，长空……

银燕降落于泰国首都曼谷。

到达曼谷，当地向导张春娜女士首先告诉我们三条戒令：忌摸人头，特别是摸小孩子的头；忌女士触碰僧侣；忌用左手向别人递东西。她向我们解释当地习俗观念：头部是人体最高部位，至高无上，触摸是不尊重的表现；寺庙僧侣大都晨往街巷化缘，一旦女士接触，其修行会被毁于一旦，如若女士给僧侣东西，一定要托男士转交；左手常拿不干净的东西，如用左手递东西对方会认为有鄙视之意。

路上，张女士仔细地讲解着。泰语中，"泰国"是"自由之地""自由之国"的意思。在700多年的历史中，泰国是东南亚唯一没有沦为殖民地的国家。泰国的别称为"千袍之国""黄袍佛国""白象之国""万佛之都"，是世界上第一大橡胶生产国及闻名世界的稻米出口国。首都曼谷在泰语中意为"天使城"，是旅游的天堂。曼谷是座古城，已有2000多年的历史。

◎俯瞰城市

　　穿行在曼谷市区，可见拔地而起的高楼大厦，而楼宇之间往往交杂着铁皮盖起的简陋房屋。在这座城市，贫与富就是这样共生共存的。泰国是土地私有制国家，富人可以在自家地皮上盖摩天高楼，经济困难的人家住自己的铁皮屋他人也休动一分，故而高大与低矮、崭新与破旧的建筑穿插交织着。登上曼谷最高的88层摩天大厦向下望去，它的周围全是高不过丈的低矮杂乱的平房。

　　就在这参差不齐的建筑群中，夹杂着许许多多古老的寺院和金碧辉煌的尖塔。寺庙林立成为"千佛之国"的一大特色。

　　佛教是泰国的国教，95%以上的泰国人信奉佛教，几乎家家户户、男男女女都供奉佛像。学校里开设佛教课程，儿童从小接受佛学教育。

到了一定年龄，不管是王室贵族还是平民百姓家的男孩，都要削发为僧一次，进寺庙学习佛教法规，拿到证书后才能找到体面的工作。寺庙各式各样，有玉佛寺、卧佛寺、金佛寺、四面佛寺等。在爱侣湾的四面佛寺中，顺时针转拜 4 个方向，可保平安、升迁、招财、长寿。在泰国 3 万多座寺庙中，玉佛寺最为著名，被视作国宝。

玉佛寺坐落于曼谷市中心的大王宫中，始建于 18 世纪末。大王宫是泰国曼谷王朝一世至八世王的王宫。玉佛寺是专供国王礼佛的地方，寺殿中供奉着头戴金冠、身着金缕的释迦牟尼翡翠玉佛像，高 66 厘米、宽 48 厘米。佛像通身碧绿，是由一整块祖母绿玉石雕刻而成的。这尊玉佛曾被埋在一座佛塔下，身上涂满石灰，开始人们并不知道它是玉刻而成的，当玉佛鼻尖上的石灰脱落后才被发现是国宝。在佛殿中，四壁有释迦牟尼诞生、苦行、得道、涅槃的彩绘。殿外有王殿、藏经阁、金塔等风格各异的建

泰国首都大王宫游人如织

筑。站立在玉佛寺院中，满眼都是金黄色的塔尖。

曼谷另一个看点是五世皇柚木行宫，它是泰王五世的宫殿。来到这里，只见购票者排起长队，可见此地吸引力之大。行宫占地面积比不上大王宫，其豪华程度也不能与大王宫相媲美，但它的幽静、自然却是更

胜一筹。宫院中的林木、鲜花、绿地把行宫装饰得清新脱俗。走进行宫，只见这座用柚木建成的建筑，没有一个铁钉，全部采用榫卯结构。泰王五世曾经的卧室、会客厅、餐厅、书桌、座椅和其他日常用品也一一展示给参观者。

湄公河穿越曼谷城区，乘船畅游曼谷，真是别有趣味。上船伊始，船公便给每人脖颈上戴一串鲜艳的花环。花环很美，又有暗香浮动，心情为之怡然。湄公河水并不清澈，污染严重，但两岸风光却是美丽的。岸边呈现的先是大王宫、玉佛寺，接着是现国王捐助的皇家医院、学校，接下来是高楼大厦及之中夹杂着的铁皮房屋。当木船行至一个叫水门寺的地方，船公提着一大摞面包分发给船上游客，让人们到船边喂鱼。人们将面包抛进水中，一群群大鱼争先恐后，活蹦乱跳地抢食，欢快

◎ 畅游湄公河，赏两岸风光

而热闹！

　　船行 2 个多小时到达曼谷西北 100 多千米的北碧府地区桂河大桥。桂河大桥是当年日本修筑的一座钢筋铁路桥，连接缅甸的一段铁路几乎开凿在悬崖绝壁之上。为了让人们铭记日本的侵略行径，泰国将大桥及铁路开辟为景点供参观。当年为了修筑这座桥，日本抓了成千上万的劳工，造成严重伤亡，留下遍地尸骨。战争片《桂河大桥》反映的就是那段悲惨的历史，一度震惊世界，令人心情沉重。

　　为了缓解游客的郁郁心情，当地开辟了桂河水上漂流卡拉 OK，游人可在船上一边欣赏两岸的山河美景，一边放声歌唱，驱除心中的沉郁。我们乘坐的游船上备有饭菜酒水，可尽情吃喝。

　　伴着水波与浪花，眺望着山林木屋，《歌唱祖国》的音乐与歌声在异国他乡飘荡、飞扬……

◎ 桂河大桥

"人间天堂" 芭提雅

车轮飞转，群雁高飞。汽车向着芭提雅驶去……

有人说："到泰国不去芭提雅等于没到泰国。"芭提雅有美丽的沙滩、海浪、椰林，还有世界上独具特色的人妖演出、大象表演、风月步行街、泰式按摩，每年接待客人上百万。

◎ 人间天堂芭提雅海滩

芭提雅坐落于曼谷东南部 150 千米处。1 个小时车程后，我来到这个 10 万多人口的城镇。走在大街上，感受不到什么异样，马路上静悄悄的，来往行人也不是太多。走到海边，一幅绚丽的热带海岸风光画卷展现在眼前：月牙形的海湾伸向远方，耸立的大树伸向蓝天，清澈的海水翻涌出浪花，雪白的沙滩拥抱着帆船。这就是梦幻的芭提雅，它被誉为"东方的夏威夷""海滩度假的人间天堂"，真是名不虚传。

其实，芭堤雅原是暹罗湾的一个小渔村，从前无人问津。19 世纪60 年代初，美国士兵发现了这处幽静的海滩，于此休闲消遣、放松身心。之后，这里不断发展旅游业、娱乐业。50 多年后，芭提雅发展成世界著名的旅游胜地。

我从芭堤雅码头乘游船去了金沙岛、逍遥岛。这两个岛的海滩细沙非常白润，就像面粉一样。光脚走在沙滩上，脚下细沙滑软、海水凉爽，胸前海风吹拂、衣衫轻扬，远处浪花翻涌、海天一色，感叹芭提雅不愧为旅游胜地！在岸边戏沙、海边游泳、海中乘快艇、海底看浮游世界、空中乘降落伞……各式各样的娱乐项目，让人丢掉一切烦恼、忧愁，尽享人间欢乐。

大象表演设在东芭乐园。在这里，数十头

◎ 大象表演

大象用长鼻向观众示好，非常可爱。大象训练有素，可以踢球、投篮、骑车、跳杆、摇圈、倒立、按摩、绘画等，动作准确利落，赢得阵阵掌声。泰国是产象

○ 圣山

大国，为亚洲产象最多的国家，被誉为"大象之邦"。在这里，大象既是交通工具，又可以做一些重活，还能看护小孩子。在泰国人心中，大象是吉祥之物。

芭提雅有一座著名的圣山——七珍佛山。一幅释迦牟尼的佛像以整个山体为画布，以24K金为墨汁挥毫而成，令人无比震撼。

入夜，华灯齐放，芭提雅变成了另外一个世界：灯红酒绿，纸醉金迷。芭提雅市政府的广告语为"芭堤雅永远不眠，对你而言，它是最好的旅游胜地"。我们在向导张春娜女士带领下参观了风月步行街。快到时，张女士召集大家，一再强调不要掉队。刚走进街头，就被那震耳欲聋又嘈杂的音乐、鼓点、叫喊声笼罩，千奇百怪的霓虹灯变幻莫测，马路两边全是酒吧、咖啡馆、歌舞厅、演艺场、表演队。街中站立着许多男女，不断向人们招手搭讪、卖弄风姿，各显其能，真是一个灯红酒绿的花花

◎ 风月夜

世界。张女士介绍，芭提雅的不夜城世界闻名，来此寻欢的大都是欧洲人。走完 1 千米长的风月步行街，耳边仍回荡着嘈杂的鼓乐声……

风月步行街的尽头，闪耀着"PATTAYA"英文字母，不断变换着颜色，它好像在反复提醒着人们：这里就是芭提雅！这里就是不夜城！

出风月步行街右转，走过一段长长的跨海大桥，便可乘"东方公主号"游船，观看人妖表演。表演者会和观众互动，他们走进人群，主动去拥抱、亲吻客人，动作大胆。因为人们知道人妖是"男士"，所以并不排斥，接受着这些看起来有些"出格"的举动。但如果客人想与人妖合影，就需要付 20 泰珠小费。

归途中，望着大海，我思绪难平：人妖，多是来自生活困苦家庭的孩子，从小被迫接受阉割，他们最多只能活到 40 多岁……

这就是芭提雅！所谓的"人间天堂"……

新加坡：鱼尾狮城

浩瀚的大海，升腾的雾气……

刚刚走下飞机悬梯，一阵热浪扑面而来。新加坡如此之热，简直是灼人……

新加坡的标志性建筑

新加坡是世界上面积小而人口密度高的国家之一，国土面积仅有 728.6 平方千米，还不如中国的一个县大，人口却有 500 多万。

新加坡尽管面积不大，但旅游、金融、海运等产业十分发达，尤其旅游业发展

● 鱼尾狮公园里的鱼尾狮身雕像

得很快，每天吸引世界各地的人前来观光，最著名的旅游景点为鱼尾狮身像，它是新加坡的象征。新加坡许多地方都有鱼尾狮身像，最有看点的三处为鱼尾狮公园、花芭山和圣淘沙岛。

穿过花园式街道，沿海滨大道，过旧国会大厦和高等法院，我来到坐落在海边的鱼尾狮公园，一眼就看到大小两尊鱼尾狮身雕塑屹立在海边新加坡河畔。大小两尊是一对母子狮，母狮面朝大海，嘴里喷射出一股清泉，像一条白色绸带落向水面。狮头威严、雄健，鱼尾柔润、平和。看上去，这头母狮既有勇猛的一面，又有柔和的一面，是强悍和柔情的结合，正是新加坡的象征。据介绍，此两尊母子狮雕是著名雕刻家林南先生和他的两个孩子共同雕塑的，完成于 1972 年 5 月。站在鱼尾狮旁，可见各式各样的建筑，其中有榴莲屋、船形塔楼、荷花雕塑、金融楼群等。

走遍亚洲
Travelling around Asia

为什么新加坡被称为"狮城"？为什么鱼尾狮是新加坡的象征呢？相传，古时候有一位苏门答腊的王子来到一个名叫"淡马锡"的岛屿，在这里他看到一只猛兽，询问此为何物，当地人告诉他是"Singa"，梵语意为"狮子"，于是王子就将这个岛命名为"Singapura"（新加坡）。在梵语中"pura"是"城"的意思，所以新加坡又被称为"狮城"。而鱼尾狮最初是新加坡旅游局的标志。1972 年，时任总理李光耀决定将鱼尾狮标志做成雕像，并希望鱼尾狮能成为新加坡的象征，就如埃菲尔铁塔是法国的象征一样。此后，随着新加坡旅游业的迅速发展和其作为旅游胜地知名度的逐步提高，鱼尾狮就成了新加坡的象征。

汽车沿盘山路一直开到花芭山山巅，一尊白色的石雕鱼尾狮身像深藏于松柏林中，绿树的映衬更凸显鱼尾狮的雄劲。鱼尾狮背靠大海，面

◉ 花芭山上的鱼尾狮身雕像

◉ 圣淘沙岛上的鱼尾狮身雕像

朝市区，好似新加坡的守护神，保护着全国人民。花芭山是新加坡的制高点，站在山顶可俯视全城，又可眺望海中大大小小的岛屿。

新加坡是一个岛国，由新加坡岛及周围60多个小岛组成。圣淘沙岛是新加坡最吸引游人的地方，不去圣淘沙岛等于没到过新加坡。来到圣陶沙岛，又看到了耸立在山上的鱼尾狮身雕像，而且比其他两处的更高大、更雄伟。只见狮头前伸、狮身矗立、鱼尾卷浪，显得更加威武雄壮，俨然武士镇守狮城。这尊鱼尾狮雕像高达37米，号称"狮塔"。我们乘电梯从鱼尾直上狮首，站在鱼尾狮"狮塔"的顶端眺望圣淘沙岛全景。

○ 眺望城市

狮身前是一条水龙，弯弯曲曲舞浪弄波；狮身后是一条云龙，曲曲弯弯腾云驾雾。水龙和云龙两侧有许多景点，诸如梦幻岛、地球仪、沉思像、白沙滩、水族馆、蝴蝶园、珊瑚馆等。下了电梯，天色已晚，夜幕降临，灯光四起，眼前的鱼尾狮被灯光照耀得光怪陆离。鱼尾狮身一会儿变绿、一会儿变蓝、一会儿变黄，狮嘴中喷吐着红光、双眼闪烁着绿光、鼻孔喷射出白色云雾，千奇百怪。

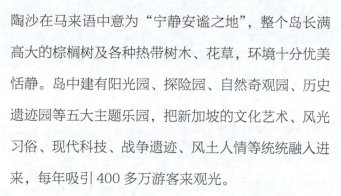

圣淘沙岛原来叫死亡岛，曾遭受英国和日本的侵占和轰炸，后改名为圣淘沙岛。岛东西长 4 千米、南北宽 1.6 千米，山脉为东西走向。圣陶沙在马来语中意为"宁静安谧之地"，整个岛长满高大的棕榈树及各种热带树木、花草，环境十分优美恬静。岛中建有阳光园、探险园、自然奇观园、历史遗迹园等五大主题乐园，把新加坡的文化艺术、风光习俗、现代科技、战争遗迹、风土人情等统统融入进来，每年吸引 400 多万游客来观光。

在新加坡，我们还去了牛车水（即唐人街）、克拉码头、空中花园等地。其中，牛车水是早期华人居住的地方，这里的店铺、庙宇、旅馆、饭庄等都保留了早时样貌。据悉，新加坡华人占总人口的74% 左右。

不大的新加坡，新兴国家的代表！

弹丸之地狮城，著名的旅游胜地！

马来西亚：历史名城马六甲

青山相伴，碧水相随。汽车奔驰在画卷中，向着马六甲城……

窗外，棕榈树漫山遍野。陪同前往的马来西亚向导王保强先生介绍，"马来"在马来语中意为"黄金"，马来半岛又称"黄金半岛"。马来西亚的棕榈树有"软黄金"之说，其棕油生产和出口均居世界第一，故而有"棕榈之国"之称。马来西亚地下埋藏的锡储量居世界之首，又称"锡王国"。王先生告诉我："马来西亚地理位置十分重要，处在亚洲和大洋洲、太平洋和印度洋的十字中心，同时西靠马六甲海峡，形成了多民族、多文化的融合，其中华人占总人口的23%。"

车行250千米，来到历史名城马六甲。马六甲城因马六甲海峡而出

◎ 政府机关及清真寺

名。马六甲海峡位于马来半岛和苏门答腊岛之间，全长约 1080 千米。马六甲河穿马六甲城而过，两岸有印度、荷兰、葡萄牙、中国等多国风格的建筑、多国文化的遗迹。这里曾被阿拉伯人、葡萄牙人、荷兰人和英国人占领，因而留下了多国印迹。2008 年，马六甲被联合国列入世界文化遗产名录。

马六甲与中国缘分深远。早在 15 世纪初，中国明朝三保太监郑和七下西洋、六经马六甲海峡，在驻足马六甲城期间，建造多处仓库贮存粮草，带去了许多中国的瓷器、丝绸、茶叶等，与当地居民结下友谊。当时的马六甲王朝，特以三保太监命名了三保山，即中国山。

驱车来到三保山前，看到山上山下遍布碑林。王先生介绍说："据马来西亚文献记载，自郑和来马六甲后，中国明朝汉丽宝公主远嫁至此，带来 500 名侍女，当时，苏丹王将三保山赐给她们，让她们留下居住、繁衍，死后长眠于此。天长日久，占地 43 公顷的三保山成了华人的灵地。"

绕过三保山，来到三保庙，这是为郑和建造的庙宇，以纪念他六驻马六甲，至今已有 300 多年的历史。只见白墙、红柱、黄瓦、飞檐、彩龙，是典型的中式建筑；而走进庙门，可见廊柱、供桌、石碑也全部都具有中国特色。门柱上对联为："五百年前留圣迹，四方界内显英灵"，横幅为：

"郑和三保公"。院内立有郑和全身青石雕像，基座上刻有郑和下西洋的图解。庙内香火四起、香灰飘撒，很多人席地而拜。供桌一侧是碑文，记述了郑和下西洋的经过及立碑者的姓名。

在三保庙的后院，有一口三保井，一说为郑和所挖，又传当年苏丹王为汉丽宝公主所掘，故三保井又称"汉丽宝井"。这口井是马来西亚最古老的水井，井水矿物质浓度高，甘甜、味美。工作人员在此将一枚硬币投掷入水中而不沉。当地人将其视为神井，称井水为"吉祥之水""平安之水"。

体现中国特色的还有唐人街。走在唐人街上，那高挂的大红灯笼、门前石狮、飞檐斗拱、琉璃瓦墙及汉字牌匾对联等比比皆是，而耳边听到的也都是汉语，在此仿佛置身于国境之内，根本不觉是异国他乡。

出唐人街，过马六甲河桥，进入眼帘的是清一色的红色建筑，只见红墙、红门、红瓦，难怪当地人称之为"荷兰红屋"。其实，真正的荷兰红屋处在荷兰红屋广场一侧，是荷兰殖民时期所建，它与红色外墙的基督教堂和一个荷兰风格的红色钟塔一起把广场围住。荷兰红屋建于1650年，曾是荷兰总督府所在地；基督教堂建成于1753年，是荷兰人为庆祝统治马六甲100年所建。荷兰红屋广场中心地带是一个英式风格的喷水池，名为维多利亚女王喷泉，始建于1901年，是为纪念英国女王而建。荷兰红屋广场不算太大，却是马六甲古城的标志。这里聚集了很多观光者，可谓人山人海。

距离荷兰红屋广场不远处的马六甲河河畔有一处圣地亚哥城堡遗迹。这座城堡最初为葡萄牙人于 1511 年修建，荷兰人赶走葡萄牙人后又进行重建，英国人攻占马六甲后，用炮火摧毁城堡，并赶走荷兰人。这处城堡遗迹记述了马六甲的历史，可以说历尽沧桑。古城门砌石已被风化，城门后是圣保罗教堂废墟，屋顶已不复存在，只余残垣断壁，看不出任何教堂的影子。

据传，马六甲始建于 1403 年，当初为满剌加王国的都城。15 世纪初，满剌加王国兴盛起来，这里成为世界瞩目的海上贸易中转站，由此也引来多国的入侵和占领。

◯ 荷兰红屋广场上的维多利亚
女王喷泉和荷兰红屋

"世界胶都" 吉隆坡

出马六甲城北行赴吉隆坡，一路可见满山遍野的棕榈树，间或大片大片的橡胶林。在马来西亚，天然橡胶的产量同棕榈树的数量一样居世界之首，首都吉隆坡有"世界胶都"之称。沿途还可见多种热带植物，草木茂盛，繁花似锦。

车行 1 个多小时，眼前飞架一座现代化的钢筋牵引大桥。司机将车停稳后邀我们下去观景。原来，前方是马来西亚新的国家行政中心。站在大桥上眺望河面，只见清真寺、首相署、国会大厦倒映在水中，清晰而漂亮。河的两岸，建起许多国家机关办公大楼、公务员公寓、别墅等建筑，这些建筑掩映在绿树丛中，人与自然的和谐共生在这里得到充分体现。谁能想到这里原是一片废弃

马来西亚首都吉隆坡的独立广场

的工厂和橡胶林呢？据介绍，政府本来想在吉隆坡拆旧改建，由于市民呼吁保护原有的建筑，反对大拆大建，最后决定将政府机构包括首相署，建在郊外，把旧城、旧街道保留了下来，作为历史和文化的见证。

吉隆坡距离马六甲150千米，汽车行驶1个多小时进入市区。吉隆坡是马来西亚唯一人口超过百万的城市，行走在这里的街道上，既能看到高楼大厦，摩登而现代，也能看到窄小低矮的建筑，古老而悠久。"吉隆坡"的马来语意为"低洼的泥河口"。起初，这里是一片洼地，潮湿而荒芜。19世纪下半叶，中国广东人叶亚来带领一群华人到此挖掘锡矿、建厂经商。锡矿迅速发展，随后大量人员涌入，这里发展为繁华的城市。可以说，吉隆坡的崛起，华人功不可没。在吉隆坡，我特意参观了一家华人创办的锡器工厂，该厂已有150多年的历史。锡厂制造出多种中式茶叶盒、水壶、餐具和装饰品。据锡厂工作人员介绍，这里的锡厂大多是华人开办的，其锡制手工艺品源源不断地销往世界各地。

国家皇宫建造得宏大雄伟，引世界各地游人前来参观。正门很像凯旋门，由骑马的士兵把守，游客可与之拍照留影。皇宫为典型伊斯兰风格的黄色拱形建筑，前面是大片的草坪。若要知晓皇宫主人在否，可看屋顶是否插有旗帜。

吉隆坡的独立广场是游人必去之地。这里竖立着"世界上最高的旗杆"，顶端飘扬着马来西亚国旗。与广场相邻的街道上仍是典型的伊斯兰风格建筑：尖塔、钟楼、门窗，统统是清真寺式样。

穿过独立广场，不远处是国家清真寺，建造得高大宽敞、气势恢宏。这一天恰逢星期五。来到这里时，朝拜者一个紧挨一个，人山人海，非常壮观。据介绍，伊斯兰教为马来西亚国教，这里有忌用左手送接物品、

◯ 到清真寺朝圣的人群

忌用食指指人等禁忌。为此，马来西亚领队反复告知我们，离境时一定要用右手递护照。

吉隆坡市的标志性建筑是双峰塔，它是马来西亚的象征。塔高452米，地上88层，曾一度是世界上最高的摩天大楼。尽管不再居首，还是很值得一去。乘电梯到达塔顶，全市风光一览无余。双峰塔是马来西亚人的骄傲，很多商店都有双峰塔模型出售，展示着马来人的智慧与能力。

吉隆坡郊外的黑风洞是该市历史最悠久的印度教圣地。黑风洞位于悬崖之上，需要沿272级阶梯步步登高方可到达。洞的前方矗立着一尊巨型金色神像，神像面目温和慈善，人们争相参拜。

吉隆坡还有一处著名的景点——云顶高原，这也是游客必去之地。驱车出市区北行，驶过一段平原后即沿盘山道蜿蜒而上，穿过山林树丛，驶出50千米后，山巅之上出现了数十层楼高的摩天大厦，那就是云顶高原娱乐城。当车快开到山顶时，右侧"蓬莱仙境"四个大字映入眼帘，显然这是由华人所建。紧接着，左侧出现

◯ 双峰塔

黑风洞——印度教圣地

了一腾空驾雾的巨石，上面写有三个巨大汉字：风动石。

到达山顶，云顶高原露出真面目。这里最出名的是云顶赌场，被称为世界四大赌场之一，其规模列在美国拉斯维加斯、摩纳哥蒙特卡洛的赌场之后，超过了韩国首尔和中国澳门的赌场。另外，这里还有六大酒店、人工湖、大吊桥、空中缆车、大剧院、儿童游乐园等，各式各样的娱乐场所和设施一应俱全。

陪同的王保强先生介绍，云顶高原——这个距离首都 50 千米、海拔约 2000 米、规模宏大的娱乐城是由华人林梧桐先生建造的。

夜幕降临，回望山顶五光十色的霓虹灯，透过层层墨黑山峦，仿佛看到了这位林先生在山巅勘察的身影……

文莱：水上荡舟

木船在文莱河河面上荡漾，向着"水上村庄"进发……

文莱,这个国家的名称来自文莱河。文莱是一个君主制国家,全称"文莱达鲁萨兰国",在马来语中"达鲁萨兰"意为"和平之邦"。文莱面积仅有5765平方千米、人口有45.36万,是世界上最小的国家之一,而它又是亚洲富有的国家之一,人均GDP居亚洲第六位。富足源于石油,其储量和产量在东南亚居第二位。据介绍,其石油一天的产量可供全国人民一年的消费。

碧波粼粼,船桨划破水面。我是从首都斯里巴加湾上船的,船行一路,两岸风光关不住,文莱河岸尽朝辉。那闪闪发光的苏丹皇宫金顶、有着29个宣礼塔尖的赛福鼎清真寺、富丽堂皇的王室纪念馆拱顶、

🟡山巅铁架

🟡水上村庄

中国援建的文莱河大桥，一一展现在眼前……据向导介绍，苏丹皇宫是世界上最大的皇家寓所，巨大的圆形拱顶全是镀金，耗资3亿美元。我顺道登陆参观了王室纪念馆和皇宫。

木舟在文莱河几经辗转，突然，水面上出现了大片大片的水上房屋。许许多多的木桩插进水底，上面支起一间间木板房舍。下方波光粼粼，上方白云朵朵，构成了一幅美妙的风景画卷！据悉，这里是世界上最大的水上村庄，有居民3万多人，被誉为"东方的威尼斯"。

走下木舟，沿木梯拾级而上，便走进水上村庄。村庄街道由木板搭建，通向各家各户。居民的晾台上有的晒着衣服，有的养着鸡群，有的喂着小兔。我随机走进一家住户，其木房面积有上百平方米，主人热情地接待了我，他说："这个水上村庄，每家每户都有私人轿车，不过都停在岸边，出行时需乘'水上的士'到岸边，再去驾车。"

走在水上村庄之中，可见这里有水上商店、水上学校、水上清真寺、水上医院、水上警察局等。居民办大部分事情都可足不出村，非常方便。

离开水上村庄，我换乘快艇，

◎ 水上人家

◎ 走进水上人家做客

改海上通道，前往文莱东部"飞地"——淡布隆区。

　　"飞地"淡布隆区是文莱东部的一块陆地，独为一体，被马来西亚林梦地区分隔，北濒中国南海，面积为 1303 平方千米。若去这块"飞地"，一是走陆地经过马来西亚国土，二是从海上去。因为走陆地要办理复杂的出入境手续，所以文莱人大都乘船走海上通道。

　　蓝天，丛林，大海。飞驰的快艇在文莱湾水面上溅起阵阵浪花。船公是一位华裔，原籍广东。他说："这里华人很多，占文莱总人口的10.2%。"接着，他讲起文莱与中国源远流长的交流史。文莱，我国史籍曾称其为渤泥国。早在中国南北朝、隋朝、唐朝、宋朝时期，文莱便有使者不断访问中国。元末明初，渤泥国苏丹马合谟沙和福建移民黄森屏率领的华人势力联合组建文莱国，文莱王室于是奉黄森屏为始祖。所以说，中国和文莱有千丝万缕的关系。船公指着大海西面说："从这里可以眺望中国南海的曾母暗沙，距离不是很远，中国与文莱可谓一衣带水。"

　　经过 1 个多小时的海上航行，快艇停靠在文莱"飞地"淡布隆区码头。登岸后，呈现在面前的是大片热带雨林、原始森林，群山遍绿。在山间小路上，间或有当地人的住宅房舍。我走进一户人家踏访。很巧，这是一户老华人，100 多年前，祖辈从福建来到这里扎根，现在已繁衍了几代人。谈到习俗，主人说仍是延续了中国人的传统，包括吃穿住行，等等。

　　离开华人一家，我乘一只木船，沿着乌鲁博拉龙河逆水而上，去往淡布隆国家自然保护区。

　　水流哗哗，鸟儿翻飞。经过 1 个多小时的水上行舟，过急流险滩，

◎ 途径中国援建的文莱大桥

绕礁石窄道，终于到达保护区。放眼望去，这里尽是参天古树、奇花异草、野生动物，我们走进了一个原始而神秘的世界。最令人惊喜的是，我们看见了长鼻猴，一群群、一伙伙地在树间上蹿下跳，长鼻猴是文莱特有的动物，被认为是最珍贵的野生动物之一。这里的原始森林中有菩提树等多种世界名贵的树种和多种珍稀动物，还有 400 多种不同类型的甲虫。

在保护区向导的带领下，我们穿越密林、翻山越岭，又经过 1 个多小时的山路攀登，艰难到达山顶。登上山巅的铁塔向四周眺望，云海、松涛、河流……景色尽收眼底，无限动容，心情也变得格外惬意。

文莱，虽袖珍，景色却令人心动不已！

◎ 珍贵动物长鼻猴

菲律宾："亚洲的纽约"马尼拉

飞机降落于菲律宾首都马尼拉国际机场。

汽车向着市区进发。马尼拉湾水面波光闪闪，参天的椰林绿意葱葱，宽敞的海滨大道车水马龙。陪同的向导孟女士介绍，菲律宾是个群岛国家，国土面积29.97万平方千米，拥有7000个岛屿，有"千岛之国"的称谓。菲律宾的椰子产量和出口量均居世界前列，有"椰子王国"的美誉。菲律宾多火山，其中，马荣火山为最大的活火山，因其具有完美的圆锥形外貌，而被称为"世界最完美的火山"。

进入市区，那林立的高楼大厦、繁华的街景大道、奢华的酒店宾馆，均一一呈现在眼前。从城市建筑规模看，马尼拉被称为"亚洲的纽约"名不虚传。

穿过一条林荫大道，我来到城市中心广场，那直入云天的独立纪念碑拔地而起，高大醒目。向导介绍，独立纪念碑是全市的地标，它是菲律宾共和国的象征。菲律宾历史上曾遭受多国的侵略，独立来之不易。菲律宾人的祖先是亚洲大陆来的移民，14世纪前后建立苏禄王国。自

独立纪念碑

1565年始，菲律宾被西班牙侵占统治300多年，1898年又被美国统治，1942年被日本占领，二战后重新沦为美国的殖民地，直到1946年宣布独立。

菲律宾是椰树的王国，全国到处是椰树岛、椰树林。为了展现椰子的特色，菲律宾政府专门在马尼拉湾南岸新区用椰子树建造了一座规模宏大的椰子宫，成为马尼拉的一处旅游胜地。我在向导的带领下，专程去参观了椰子宫。这是一座两层楼高的建筑，六角形屋顶由椰树木板搭建，柱子用椰树干做成，墙面贴椰果皮，大厅吊灯的主材是椰壳，大门也是椰皮图案，地板用椰树纤维织成。在餐厅中，一张11米长的餐桌镶嵌着47000块椰皮。据工作人员介绍，建造椰

○ 椰子宫

子宫共使用了 2000 棵树龄 70 年以上的椰子树。这是世界上独一无二的椰子宫殿，无与伦比！

黎刹公园是菲律宾民族英雄黎刹的纪念地，也是菲律宾的爱国主义教育基地。顺罗哈斯大街来到此地，看到很多菲律宾人来此瞻仰。黎刹公园占地 58 公顷，园中有假山、中式庭院，中央是黎刹铜像。黎刹被菲律宾人称为"国父"，其祖籍为中国福建晋江，其高祖父 300 多年前从故乡来到菲律宾谋生。当时，他看到西班牙殖民者实行血腥统治，欺压百姓，心中燃起反抗的烈火，于是组织群众开展反殖民者的独立运动，后被西班牙殖民者逮捕，关押在王城监狱。1896 年 12 月 30 日，年仅 35 岁的黎刹被殖民者杀害。

顺着罗哈斯大街北行，不远处便是王城。当年，黎刹就被囚禁在这里。如今，政府将此地改建为一座纪念馆，馆内有黎刹的塑像，院子里有一串用铜板镶嵌的脚印，意为黎刹当年走向刑场的路。这里同样有很多前来参观的民众，他们踏着黎刹的脚印，感受英雄追求独立的心声。王城原名"圣地亚哥城堡"，建于公元1571年，在西班牙统治时期是殖民者的住地。目前，城堡只剩残垣断壁，但从高大宽厚的城墙可以看出，这是殖民者维护统治的要塞。

　　马尼拉是一座历史名城，城内许多年代久远的建筑被保存下来，最醒目的是众多的古老教堂。菲律宾是基督教盛行的国家，基督教徒占全国人口的90%以上，其中85%信奉天主教。马尼拉城最著名的教堂是建于1599年的圣奥古斯丁教堂，这是菲律宾最古老的建筑，以石材建成。位于黎刹公园西侧的马尼拉大教堂是菲律宾最重要的罗马式天主教堂，内有意大利、德国和西班牙等国赠送的青铜制品、雕塑和工艺品。菲律宾最著名的巴洛克式教堂分别位于马尼拉、圣玛丽亚、帕瓦伊以及米亚高，1993年，它们被联合国列入世界文化遗产名录。

◎ 城门

◎ 脚印

◎ 教堂

◎ 中国城

◎ 唐人街

从王城东去不远，是古老的唐人街、中国城，唐人街又称"王彬街"，号称"世界上最大的唐人街"。王彬街是一条以石块铺成的狭窄街道，两旁全是华人商铺、中文招牌，街口竖立着华侨王彬的铜像。这条唐人街以王彬的名字命名，有着历史意义。华人王彬最早是个印刷工，在参加菲律宾人民反抗西班牙殖民统治的运动中立下汗马功劳，受到当地人的尊敬，当地人便以他的名字命名街道。

在马尼拉，我还去了国际会议中心、马拉干南宫（菲律宾总统府）、国家博物馆等。

马尼拉，不愧为"亚洲的纽约"！

菲律宾，不失为"椰子的王国"！

印度尼西亚："千岛之国"的雅加达

飞机降落在印度尼西亚首都雅加达的国际机场。

印度尼西亚简称"印尼"，是世界上最大的群岛国家，由 17508 个大小岛屿组成，被誉为"千岛之国""赤道上的翡翠"，面积达 191.36 万平方千米、人口有 2.71 亿，是世界第四人口大国。如此之多的岛屿，分散于南北 1888 千米、东西 5110 千米的区域内，地跨赤道，印尼是除中国之外领土范围最广阔的亚洲国家。印尼是东南亚第一大国，东盟最大的经济体；雅加达是东南亚第一大城市。

机场通往首都雅加达的公路很宽，然而一到市区，交通拥堵严重，汽车一辆挨一辆。接机的向导兼翻译小张说，雅加达堵车是有名的，它与泰国首都曼谷并称"亚洲的堵车之都"。这里不仅汽车多，摩托

◎ 印度尼西亚首都为"摩托车之都"

◎ 老教堂

车也很多，人行道、汽车道、汽车夹缝中全是摩托车。小张介绍，雅加达的摩托车达上百万辆，堪称"摩托车之都"。

雅加达是历史名城，500年前称"巽他格拉巴"，意为"椰林密布的世界"，华人称之为"椰城"，1527年改称"查雅加尔达"，简称"雅加达"，意为"胜利之城"，目前已发展到1000多万人。

经过1个多小时的艰难行驶，我终于到达独立广场。这是全市的中心地带，周边有总统府、国家博物馆、大清真寺、老教堂、火车站及政府办公大楼等。

独立广场占地50公顷，广场上最令人瞩目的建筑是民族独立纪念碑。碑柱屹立向上，光彩四溢。据悉，碑高137米，碑顶的火炬用35千克黄金铸成，象征着为民族独立而斗争的精神永放光芒。这座纪

◎ 独立广场

念碑是由前总统苏加诺于 1959 年所建，建成后成为雅加达的象征。

　　雅加达国家博物馆是东南亚最大的博物馆，为古老的欧式风格建筑。馆内展出了很多文物，记述了印尼的历史进程——从公元 3 世纪起，印尼境内就出现了一些小的封建王国。13 世纪末，在爪哇建立了麻喏巴歇封建帝国。15 世纪起，这里先后遭到葡萄牙、西班牙、荷兰、英国侵略。1602 年开始被荷兰殖民统治达 300 多年。1942 年日本人侵，1945 年独立。馆内还展出了中国唐、宋、元、明、清时代的物品，可见印尼与中国的交往是历史悠久且频繁的。

　　从博物馆出来，我启程去往老城区，追踪雅加达的建城史。法塔西拉广场是老城区的中心，是荷兰殖民时期荷兰人的活动中心。广场四周有荷兰政府办事处、邮政局、咖啡馆等多处荷兰式建筑。广场最明显的标志是一门大炮，那是荷兰人遗留下来的，据说，这门大炮是由中国澳门生产后运来的。广场上游人如织，不时有乘客坐着荷兰老爷车穿梭经过，体验旧时光景。

◎ 法塔西拉广场　　　◎ 广场上的古炮

在雅加达，我们去了商业区。印尼是个购物天堂，受很多旅行者青睐。这里有很多特产店、专卖店、工艺品店，物产可谓应有尽有。让我最感兴趣的是猫屎咖啡专卖店。走进店铺，柜台上展出各式各样的猫屎咖啡。猫屎咖啡是咖啡中的极品。这个"猫"并不是我们常见的猫，而是一种叫麝香猫的野生动物。麝香猫吃下咖啡豆，而咖啡豆的核比较坚硬无法消化，会随着麝香猫的粪便排出。因咖啡豆会在麝香猫胃里发酵产生化学反应，因而具有极高的营养价值和药效，将这种屎豆清洗后制成的咖啡味道独特，被称为软黄金，是咖啡中的极品，在国际市场上颇为抢手，而只有印尼才产这种独一无二的猫屎咖啡。我询问了一下，一袋猫屎咖啡的价格约合人民币 320 元。

印尼还有一种特产是燕窝，雅加达的很多超市、商店都有销售。因为印尼是"千岛之国"，燕窝资源丰厚，该特产同样成为国际市场上的抢手货。为了宣传、展示燕窝，印尼政府甚至将燕窝巨雕放在国家博物馆门前，以示此地之特产。不过，这一燕窝巨雕却被命名为"人生旋涡"。

印尼缩影公园位于雅加达市区东南10千米处。在前往的路上，可见中国制造的雅加

○ 国家博物馆前的燕窝巨雕

达至万隆的高铁线路，非常壮观。据悉，这条近 150 千米长的高铁会大大缩短两地之间的运行时间。

到达缩影公园，发现这片园林太大了，占地面积达 30 平方千米。走在绿荫丛林中，不同风格的民族建筑让人眼花缭乱。园内汇聚了印尼各省份、不同种族和宗教的建筑，这些建筑被原汁原味地展示给各方游客，让游客领略印尼的风土人情。在向导的带领下，我先后参观了南苏拉威西民族园、西苏门答腊民族园和西伊里安岛民族园。据介绍，这个缩影公园是 1975 年建成并对外开放的。

雅加达，繁华都市！

印度尼西亚，千岛之国！

◎ 缩影公园的高脚楼

婆罗浮屠佛塔和巴兰班南寺庙

日惹的婆罗浮屠佛塔和巴兰班南寺庙群分别被联合国列入世界文化遗产名录，成为印度尼西亚著名的景点，吸引着人们的目光。

汽车在飞奔，窗外仍是一片田园风光。

婆罗浮屠佛塔处在日惹西边 40 千米的地方。经过 1 个多小时的车程，前边丛林中隐约浮现出一个塔尖，那就是婆罗浮屠佛塔。

汽车飞驰着，越来越靠近……

穿过一片林海，眼前突然出现一座高大的建筑，颇为壮观！这就是举世瞩目的婆罗浮屠佛塔！

佛塔前竖立的世界文化遗产标识非常醒目。

我拾级而上，感受着这座世界文化遗产的独特魅力。一路向上走去，陡峭的步道、神采奕奕的佛像、数不清的神龛、精美的雕刻、众多的尖塔，共同组合成一幅绝美的历史画卷！

陪同踏访的张先生介绍，婆罗浮屠佛塔是印度尼西亚最具代表性的佛教建筑，它与中国的长城、印度的泰姬陵、柬埔寨的吴哥窟并称

◎ 婆罗浮屠佛塔

为"古代东方四大奇迹"，它还是南半球最大、最古老的文明遗迹！

婆罗浮屠佛塔的建造可追溯到公元 750 年。当时，为了安放释迦牟尼的舍利，几十万工匠耗时 75 年，用 200 万块灰黑色的火山岩石搭建，其恢宏的规模难以想象。然而，因地震、火山喷发等原因，它被湮没在火山灰中，直到 1814 年才被发现并重新展现在世人面前。

佛塔共有三部分，塔基、塔身和塔顶。塔基为正方形，边长 123 米、高 4 米。塔基墙壁上有很多浮雕，每个浮雕都描述着一个故事，有母子亲情、饮酒作乐等场景。塔身由五层逐一缩小的正方形石台组成。塔顶由三层圆形石台构成，每一层均建有一圈多孔的舍利塔，三层舍利塔形成三个同心圆。正中是一座主要的圆塔，顶端是建筑的最高处，距地面 35 米。据介绍，佛塔的三个部分代表着通往佛教大千世界的三个修炼境界。塔基代表欲界，塔身代表色界，塔顶代表无色界。

站在塔顶，千年遗迹、茫茫森林，尽在眼前。这就是 1991 年被联

○ 巴兰班南寺庙群

合国列入世界文化遗产名录，2012 年被吉尼斯世界纪录大全确认为世界
上最大佛寺的婆罗浮屠佛塔！

　　离开婆罗浮屠佛塔，我又乘车去往日惹的第二处世界文化遗产巴兰
班南寺庙群。这个寺庙群同样是在 1991 年被联合国列入世界文化遗产
名录的。

　　巴兰班南寺庙群坐落在日惹东边 15 千米处。到达这里后，呈现在
面前的景观与婆罗浮屠佛塔截然不同，这里是一座座单独建起的寺塔，
且一个挨着一个，大小不一、高矮不同。众多寺塔组成的庞大塔群，令
人震撼和惊叹！

　　巴兰班南寺庙是典型的印度寺庙，被誉为印尼境内最美、最大、最
古老的印度教寺庙，是记录印度尼西亚祖先灿烂文化的载体。

　　走在巴兰班南寺庙群内，感受着印尼文化。据介绍，这个寺庙群始

◎苏丹王宫旁的水晶宫

建于公元9世纪左右，由当时的马塔兰王国所为，目的是加强对这里的统治。在8座寺庙中，有3座主要寺庙，分别供奉印度教的3个主神：湿婆、毗湿奴和梵天。湿婆寺庙最大、最美，高达46.5米，其中竖有3米高的湿婆神立像，墙壁上有印度史诗《罗摩衍那》浮雕。毗湿奴庙和梵天庙的规模略小，分别位于湿婆寺庙的北面和南面。每个寺庙里都有神像，如女神、象头神、财神、牛神等，其中象头神是智慧神。还有一种传说，若女士摸到女神像会变得更漂亮。

返回日惹市，天已近晚。日惹是印尼的旧首都，曾是苏丹统治的地区，是一座有数百年历史的古城，又是爪哇文化的发源地。这里除了拥有两处世界文化遗产外，还有其他很多历史遗迹。

日惹苏丹王宫和日惹水晶宫很美。其中，水晶宫曾是王族成员沐浴和戏水之处。

巴厘岛的吉祥门

驶出巴厘岛机场，首先你会看到一幢很大的吉祥门，上面雕刻着很多精美的图案。吉祥门是巴厘岛的符号、名片和象征，伴随着汽车的行驶，

○ 吉祥之门

我不断看到沿途有很多吉祥门。不过，吉祥门并不完全一样，或大或小，或高或低，且雕刻也不尽相同。吉祥门的轮廓像一座山，中间劈开一道缝，可以过人。据了解，这里的人们认为山可以挡住邪恶，中间的缝隙可以夹住妖魔鬼怪，因而把这种门称为吉祥之门、吉利之门！

汽车飞驰在巴厘岛上。除了吉祥门，沿路还有很多的寺庙。街道旁、庭院间、住宅区里，到处都是寺庙。寺庙大都设吉祥门，里面有寺塔、神

◎ 海神庙

殿、神龛。巴厘岛又被称为"千庙之岛"，看来的确如此！

◎ 热情的当地人

巴厘岛是世界著名的旅游胜地，现已成为全世界旅游者追寻的神秘之岛、浪漫之岛，每天有上百架飞机在这里起降。

巴厘岛是印度尼西亚的一个省，位于中部地区，人口约有315万。该岛东西宽140千米，南北相距80千米，总面积5620平方千米。岛上的居民大都是巴厘人，他们信奉印度教，当地庙宇建筑闻名遐迩。在众多的庙宇中，海神庙、圣泉庙最为有名，其他知名景点还有乌布王宫、乡村梯田、库塔海滩、阿贡火山、乌鲁瓦图断崖，等等。

经过1个多小时的车程，我来到著名的海神庙。经过三道吉祥门，来到海边，一眼就看到大海中的庙宇——海神庙。海岸边聚集了很多想要涉水去海神庙的人。海神庙坐落于大海中的一块岩石上，每到海水涨潮之时，岩石被海水包围，整座寺庙与陆地隔绝，孤傲地矗立在大海中，

◎圣泉寺

◎乌布王宫

分外神秘。落潮后，岩石便浮出水面，与陆地相连。据向导介绍，海神庙始建于公元 16 世纪，供当地民众在此祭祀海神。

离开海神庙的下一站是圣泉寺。圣泉寺，因泉水而得名。不过，圣泉寺坐落于陆地，需穿越大片树林才能到达。进入圣泉寺，同样经过了数道吉祥门，每道门都不一样，雕刻极致精美。进入圣泉寺时，只见一个硕大的水池，池中泉眼不断涌出水浪，翻滚扩散开来。这就是当地人所说的"圣水"。在水池的一侧建有庙堂，但只有信仰印度教的人才可以入内。据说圣泉寺的圣水有很好的医疗作用，因此这里专门建有水池，供来客沐浴。此寺始建于公元 962 年，距今已有 1000 多年的历史。圣泉寺的闻名于世，不仅因其有悠久的历史，还在于其建筑群规模宏大、结构完整，具备巴厘岛上所有寺庙的特点。

○ 德格拉朗梯田

　　在巴厘岛踏访的第三站是乌布王宫。王宫坐落在巴厘岛艺术重镇乌布市。进入王宫之前，首先映入眼帘的是吉祥门。这座吉祥门十分宏伟、壮观，雕刻更加精彩、精致，不失为王家之门。走进王宫，可见院落并不是很大，也没有太多建筑，然而这里的建筑精美得让人惊叹！乌布王宫始建于公元 16 世纪，共有 60 间宫殿，每间宫殿都很考究。但可惜的是，有些殿堂并未对外开放，不能进去参观。据悉，王宫内仍然居住着王族的后裔，不过，现在都已泯然众人。

　　返程中，我特意参观了德格拉朗梯田，这是巴厘岛著名的田园风光。梯田中点缀着椰树，和背后的火山一起，绘就出一幅独有的风景画卷。这不就是热带风光与田园美景的完美结合嘛！

　　巴厘岛是美丽的！美得那样沁人肺腑……

　　巴厘岛是神秘的！吸引无数游人探寻……

东帝汶："年轻"的袖珍岛国

从印度尼西亚巴厘岛乘飞机，目的地：东帝汶。

经过 3 个多小时的航行，飞机降落在亚洲小国东帝汶首都帝力的国际机场。

走下舷梯，才发现这是一个很袖珍的机场，停机坪上没有几架飞机。不过，红色"高脚房"候机楼别有民族风味，吸引着人们的视线。接机者介绍说："高脚房是东帝汶的传统建筑。因为这里紧靠赤道，炎热潮湿，这种高脚的房屋防潮防热，还可防止蛇爬进屋内。"

离开机场，汽车向着帝力市区行进。东帝汶位于东南亚努沙登加拉群岛最东端，包括帝汶岛的东部和西部北岸的欧库西地区以及附近的岛屿。东帝汶是一个很小的岛国，面积仅有 1.5 万平方千米，约是中国海南岛面积的一半。

据向导李群介绍，东帝汶是世界上最不发达的国家之一，其贫困落后的主要根源在于国家的不稳定。东帝汶先后受葡萄牙、荷兰、英国、日本、印度尼西亚、澳大利亚等国殖民统治。历遭列强掠夺后又成

◎ 耶稣雕像

◎ 海边的高脚房，
后面的山顶竖有
耶稣雕像

为葡萄牙的"海外省"；1975年发生内战；同年12月印尼出兵东帝汶，1976年其成为印尼的第27个省。1999年，印尼、葡萄牙、联合国三方就东帝汶举行全民公决签署协议。东帝汶全民公决结果赞成独立。2002年5月20日，东帝汶民主共和国成立。成立这一天，中国时任外长唐家璇出席庆典，当天签署建交公报，中国成为第一个与东帝汶建交的国家。

谈到中国与东帝汶的关系，向导李群说："与东帝汶关系最好的国家是中国，很多中国企业在此落地。目前，中国援建的双塔楼是东帝汶的最高建筑。另外，中国人在东帝汶设有很多公司和饭店、商场等。在这里经商的大都是江苏人。"

10分钟车程后，到达帝力市区。沿着海滨大道，我依次参观了国父雕像、伸向大海的栈桥、政府办公大楼、"11月12日"纪念碑、教堂、

○ "11月12日"纪念碑

○ 首都的地标农业丰收塔

灯塔、中国大使馆、高脚房民族传统建筑、巨型耶稣雕像等。

在海滨大道旁的"11月12日"纪念碑前,向导的一番话令我印象深刻:1991年11月12日,是东帝汶人民永远铭记的日子。这一天,东帝汶2500多名当地群众在帝力的圣克鲁斯公墓参加一位被印尼军队打死的青年学生的葬礼,并抗议印度军队滥杀无辜。而就在这一刻,印尼军队再次向参加葬礼和抗议的人群开枪,当场打死200多人。现场一位外国记者将拍摄的资料片藏在公墓的一棵树下,使资料得以幸存并使真相大白于天下,震惊了世界,从而引起国际社会对东帝汶的高度关注。之后,在联合国和国际社会的共同努力下,印尼和东帝汶的宗主国葡萄牙同意东帝汶就国家未来举行公决,最终东帝汶才获得独立。

由此可知,这座纪念碑对于东帝汶人的分量和意义!

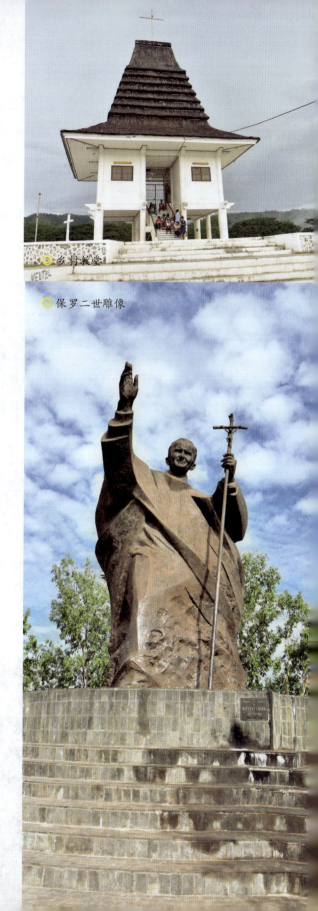

○ 乡村教堂

○ 保罗二世雕像

东帝汶首都帝力很小，仅有28万人。它三面环山，一面朝海。在首都，我还去了帝力博物馆、总统府、圣克鲁斯公墓、大教堂以及农业丰收塔。

离开首都帝力，我开启了环岛行，深入东帝汶踏访。

阳光灿烂，微风轻拂。汽车沿着海岸线行驶，沿路风光无限。

第一站，我来到郊外海边和平公园。这里有3个废弃的盐湖，现在是园林保护区。湖边，有渔民正向湖中撒网打鱼，旁边有一座高脚房式样的民族传统建筑，这是一座乡村教堂，一群孩童正在这里玩耍。据悉，1989年10月12日，罗马天主教教皇保罗二世来到东帝汶，就是在这里举行了一场大型弥撒。

为了探寻保罗二世的足迹，向导带我爬上了附近的一座山。在山顶，竖有一座教皇保罗二世全身雕像。看上去，保罗二世身着长袍，手持十字架拐杖，很是精神。这应该是东帝汶的一个重要纪念地，也是我踏访的第二站。据说，该国91.4%的人信仰天主教。

顺沿海公路行驶，我来到第三站盐场，大大小小形状不规则的盐池泛着耀眼的白色光芒，村民正用古老传统的技术制盐，这成为当地人一项重要的收入来源。信步盐田，身处一片纯白之中，恍惚间仿佛时间停滞，一切都是那么恬静。

途中可看到海边有不少殖民地痕迹。其中，海边监狱是葡萄牙殖民时期的建筑，是关押造反的东帝汶部落国王的地方。这里最初用来关押抗税的东帝汶土著人，后用来关押要求独立并为之进行斗争的东帝汶人民，现在被开设为一个小型纪念馆。

汽车转弯来到一个竹木加工厂。走进厂房，我看到车间里的机器设备全部为中国制造。原来这个厂子是中国援建的，从选料、加工、安装、验收，全部引进中国技术。

最后一站是参观土著人村寨。据悉，东帝汶的土著人占总人口的78%，因为落后，至今还有一些人采用刀耕火种的方式，过着近乎原始

◎ 走进村寨中的民房

的生活。从外表上看，这个村落的房舍都是用竹板搭建的，有的外边涂一层泥巴，原始而简陋。最"奢华"的一处房屋是高脚房，房顶以茅草覆盖，这大概是族长或酋长的房子。在村旁堆有一个土丘，上面插着一根树杈，枝杈上挂着玉米之类的农作物果实。向导说："这是供奉物品，用来祈求丰收！"在向导的带领下，我走进一家房舍，屋内聚集了很多人，都在目不转睛地观看中国的电视剧《西游记》。据说，这里的土著人酷爱中国的电视剧，即便是中文字幕，他们也看得津津

◎ 树杈上挂着供奉物以祈求丰收

有味。走进另一处房舍，我看到床上卧着一只鸡，大为奇怪。鸡怎么能上床呢？原来，这里的人喜欢斗鸡，对鸡分外厚爱，认为鸡是财富的象征。

一路辗转，夜幕降临。返程中，恰好遇到海上日落。那炫目的晚霞、落日的余晖，把东帝汶映照得如此灿烂……

东帝汶，虽袖珍却有独特光环！

东帝汶，虽年轻却具发展潜力！

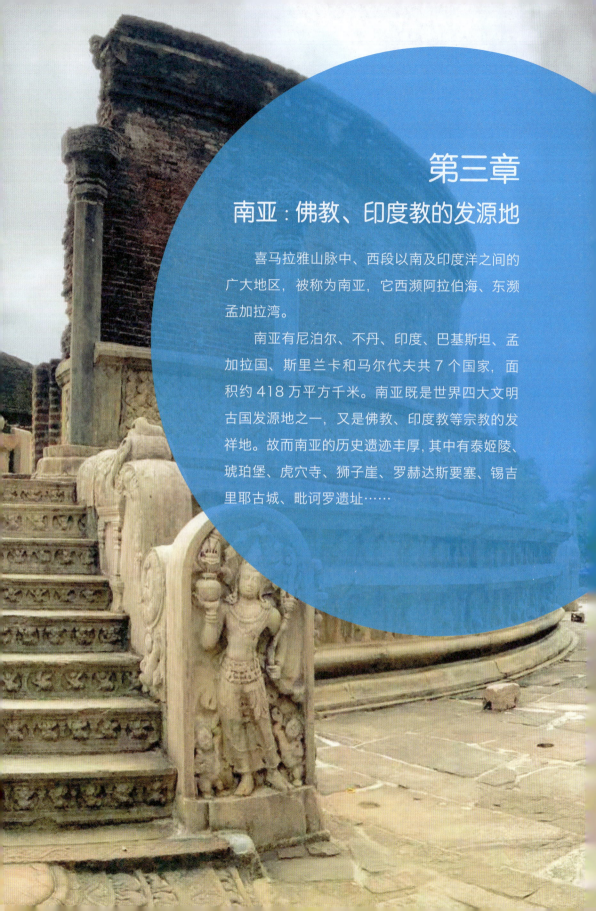

第三章

南亚：佛教、印度教的发源地

喜马拉雅山脉中、西段以南及印度洋之间的广大地区，被称为南亚，它西濒阿拉伯海、东濒孟加拉湾。

南亚有尼泊尔、不丹、印度、巴基斯坦、孟加拉国、斯里兰卡和马尔代夫共 7 个国家，面积约 418 万平方千米。南亚既是世界四大文明古国发源地之一，又是佛教、印度教等宗教的发祥地。故而南亚的历史遗迹丰厚，其中有泰姬陵、琥珀堡、虎穴寺、狮子崖、罗赫达斯要塞、锡吉里耶古城、毗诃罗遗址……

尼泊尔：加德满都谷地里的世界文化遗产

机翼下，时而大海、时而海岛，飞机穿云破雾，向尼泊尔飞去……

尼泊尔，是我踏访南亚的第一个国家。

尼泊尔总面积 14.7 万平方千米，人口约 3000 万，首都常住人口约 500 万人。尼泊尔国家虽小，但历史悠久。公元前 6 世纪这里便建立了王朝，1814 年英国入侵，1923 年宣布独立。尼泊尔素有"山国"之称，有许多 7000 米以上的高峰。

在向导兼翻译杜鲁巴的带领下，我从机场前往加德满都。在汽车上，杜鲁巴介绍道："今天的行程是参观尼泊尔的世界文化遗产加德满都谷地。加德满都谷地处在尼泊尔的中心地带，是镶嵌在中国和印度之间的一

◎尼泊尔首都加德满都主街

片由喜马拉雅群峰包围下的起伏的丘陵谷地，其中有乡野农田，有城镇村庄，有森林牧地。在谷地20平方千米范围内，有尼泊尔的三大古都，即加德满都、巴德岗和帕坦，世界文化遗产就集中在这三大古都。三大古都均有杜巴广场，广场中有马拉国王雕像柱、黄金门、大钟、由活女神库玛丽驻守的印度教寺庙及湿婆神庙。"

加德满都谷地早在1979年就被联合国列入世界文化遗产名录，是尼泊尔的宗教圣地。

经过半个小时车程，我来到海拔1370米的古都加德满都城区。加德满都是座历史名城。公元3世纪李查维王朝时，这里是一个部落聚集区；12世纪时，人们在此用木头建造了一座名叫"加塔曼达"的公共建筑，用于集会。于是，"加塔曼达"的名字流传开，"加德满都"的名字也由此而来。到了马拉王朝，加德满都大兴土木，建造了很多寺庙、宫殿，并保留至今。

穿过繁华的街道，我来到城区西侧的杜巴广场，瞬间，我就被这里的景象所震撼，好像穿越到了公元12世纪。这里满眼是红砖砌成的有着黑色雕花窗棂的尼瓦式古建筑，多重式屋顶、塔式楼阁、红色阶梯，以及精美的雕刻，把人们的目光拉向时光的隧道，穿越回旧时光。

加德满都杜巴广场是尼泊尔最值得一去的精华之地。杜巴广场又称王宫广场。在尼泊尔语中，杜巴意为"王宫"。杜巴广场整个建筑群依次为王宫、库玛丽女神庙、纳拉扬神庙、加塔曼达、湿婆帕尔瓦蒂神庙、玛珠·德瓦寺、大钟、恰辛德嘉寺、白色拜拉弗神像、马拉国王雕像柱、贾格纳神庙、黑色拜拉弗神像、因陀罗普庙、卡凯喜瓦寺庙、塔莱珠女

◉ 加德满都的杜巴广场

◉ 广场一隅

神庙、哈努曼猴神庙等。

　　库玛丽女神庙是杜巴广场最吸引人的地方。寺庙院中挤满了人，他们都是来一睹"活女神"真容的。杜鲁巴介绍说，"活女神"每小时会在三楼中间的窗口出现一次，每次仅两三分钟。于是，我抬眼望向窗口等待着。突然，窗子打开了！一位身着红装的童女露出面容，炯炯目光扫向人群，双肩微动几下，略略点了点头，便收身而去，窗户又一次关闭。这就是"活女神"！瞬间现身，又瞬间消失，却给人们留下了无比深刻的印象。杜鲁巴介绍道，库玛丽女神庙是"活女神"的所在地，"活女神"就叫库玛丽，是尼泊尔人供奉的童贞女神。"活女神"的挑选非常严格，必须从释迦家族3至6岁的女童中选出。其身体必须拥有32项完美无瑕的女童特征，星盘要与国王相合。选中后要经过严峻的考验，她会被关进暗室，接受各种恐怖挑战，如面对血淋淋的水牛头、魔鬼面孔的惊吓，以及走过血腥潮湿的地带等，不被吓倒才算是库玛丽，即"活女神"。入选"活女神"后，女童便住进库玛丽女神庙，从此过着与世隔绝的生活。对她们有很多限制，如双脚不能碰地，不可有外伤流血，不可外出，屋内行走要由专人背着，到"活女神"月经来潮时，其在库玛丽女神庙的生活才终止。

在杜巴广场，我参观了贾格纳神庙。这座庙四周围了很多人，最瞩目的是屋顶斜柱上男女交欢的雕刻，非常精美细致，引很多人驻足欣赏。向导杜鲁巴说："他们认为这种雕刻是创造生命的原动力，当然这也是一种宗教信仰和艺术形式。"

加德满都的博达哈大佛塔也被联合国列入世界文化遗产名录。当我来到城区东侧的佛塔时，又一次感到震撼。宏伟的基座、壮美的圆顶、

◎ 在库玛丽女神庙争看活女神的人们

◎ 活女神

冲天的塔尖，这一切都让人惊叹！这是尼泊尔境内最大的佛塔。

博达哈大佛塔基座有四层面积逐层递减的基台，上面有象征着佛教冥想的图案曼陀罗。白色圆形主塔外缘设有 108 个壁龛，其中有阿弥陀佛浮雕。佛塔环墙上设 147 个壁龛，每个龛中都有转经筒。从塔基到塔顶分为象征五大元素的 5 个部分。其中曼陀罗图案基座是佛教徒修行的道场，代表通向神界的地图；半圆塔身代表忘记一切烦恼进入无我之境；绘饰佛眼的塔尖部分代表教徒必须经过 13 个阶段才能抵达修行的最高境界：涅槃。

◎ 博达哈大佛塔前身着漂亮服饰的尼泊尔人

◎ 前来朝拜的人们

博达哈大佛塔与藏传佛教有着千丝万缕的联系。它是加德满都通向拉萨的一个起始站点，凡是翻越喜马拉雅山去拉萨的商人，都要在这里祈祷平安。许多喇嘛和藏族人，更是把这座佛塔当作朝拜圣地。在现场，我看到很多身着藏服的男男女女，他们或转塔、转经筒，或俯身朝拜，非常虔诚、执着。

加德满都的帕苏帕提纳神庙也在世界文化遗产之列，它距博达哈大佛塔不远，位于尼泊尔圣河巴格马蒂河畔。帕苏帕提纳神庙是谷地三大寺庙之一，为三层建筑，屋顶为烫金色彩。它是典型的印度寺庙，里面供奉着湿婆神化身的帕苏帕提纳，还有金色的公牛南迪像。不过，它只对印度教徒开放，其他人不可入内。为了

帕苏帕提纳神庙外的巴格马蒂河

找到观看寺庙的最佳位置，杜鲁巴带我登山去高处。从巴格马蒂河岸上坡，会经过一排整洁的舍利塔。这些舍利塔的大小相同，塔的四边都有门洞，可以窥见里面的摆设。不过，我经过时，只看到塔内很多修行者在打坐。他们的脸上涂着白粉，穿着鲜艳的长袍，不断招揽路过的人们合影。走上半山坡，可以非常清晰地观看对面的帕苏帕提纳神庙。突然，一阵烟火升起，遮挡了我的视线。杜鲁巴说："帕苏帕提纳神庙外边的巴格马蒂河岸是尼泊尔印度教徒传统的火葬场地。印度教徒相信死后火葬，骨灰随河水可流至神界，灵魂会得到升华。"

尼泊尔的第二处古都为巴德岗，意为"稻米之城"，位于加德满都东边12千米的谷地。公元9世纪起，巴德岗从塔丘帕广场向外发展蔓延，15至18世纪，这里成为马拉王朝的首都，此间，兴建了杜巴广场。

来到巴德岗杜巴广场，我发现它比加德满都的杜巴广场还要宽阔、大气。巴德岗的杜巴广场除有马拉国王雕像柱、黄金门、湿婆神庙、大钟外，还有狮子门、乌格拉昌迪女神和拜拉弗神像、五十五窗宫殿、国家画廊、瓦斯塔拉杜迦神庙、帕苏帕提纳神庙、法希戴噶神庙、希提·拉克希米神庙及神庙群等，其中的帕苏帕提纳神庙是巴德岗杜巴广场最古老的寺庙之一，它和加德满都杜巴广场中的贾格纳神庙一样，有"创造生命原动力"的一系列大胆奔放的雕刻，深受印度教徒膜拜，有很高的艺术价值。

距巴德岗杜巴广场东南方不远处，还有一个陶马迪广场也很闻名，建于公元 18 世纪。广场最有看点的是尼亚塔波拉庙，这是尼泊尔最高的寺庙，为五层屋顶式庙宇。其基座石阶两侧从下向上分别竖立着大力士、大象、狮子、狮鹫和女神，越上层的雕像越有着强大的力量。除此之外，广场上还有拜拉弗纳特庙、尼亚塔波拉咖啡馆等。

第三处古都为帕坦，位于加德满都南方 8 千米处，是谷地里的第二大古城。它的梵文名意为"美丽之城"。这里同样有个杜巴广场，其中的建筑与其他两个杜巴广场的既有相同之处，也有差异，但总的格调、色彩是一致的，同样显示了尼泊尔的艺术造诣。加德满都谷地里的 3 个古城的杜巴广场被联合国列入世界文化遗产名录，真真切切让人折服。

◎ 广场中的雕像

◎ 巴德岗杜巴广场

博卡拉一日

凌晨 4 点，尼泊尔大地处在一片黑暗中……

没有路灯、没有星光，在漆黑中出发，我要去萨冉科特山观日出。

汽车从博卡拉城出发，一路北上。沿着弯弯的山道，碾轧着坎坷不平的路面，迎着阵阵的晨雾，向着萨冉科特山山巅缓行而上。让人难以置信的是，这么暗的夜、这么黑的天，尼泊尔人就开始活动起来了。只见沿途有的人背着背篓，有的人扛着劳作工具，有的人拉着小车，成群

◎ 晨雾

结队地向山上走去。路边的村寨农舍，一早便打开了门，有人扫地，有人打水……真是辛勤的尼泊尔人。

翻译杜鲁巴介绍道："尼泊尔是世界上最贫困的国家之一，尤其是农村和边远地区，连温饱都是问题。和尼泊尔其他地方相比，博卡拉这个地方还算富足，因为它是一个旅游城市。"

说到博卡拉，杜鲁巴说："博卡拉是尼泊尔的第二大城市，有 17 万人口，是除了加德满都谷地以外最著名的旅游佳地，被称为'南亚瑞士'。这里有费瓦湖、佩古纳湖、鲁巴湖，周围环绕着安纳普尔纳雪山。只要是晴天，就能看到安纳普尔纳山雪峰之中的一座鱼尾峰，它是尼泊尔的圣山。"

天逐渐亮了起来。我从山腰向下望，只觉云雾缭绕、如临仙境。汽车继续向上开去，山路越来越陡。据说，博卡拉的日出是极美的，凡是来这里的人都不会错过。当然，也要凭运气了。观日出的最佳地点是萨冉科特山，它位于博卡拉的西北方。如果步行，需要 3 个多小时才能到达。

经过 1 个多小时的盘山行，汽车终于到达萨冉科特村落。

◎ 平静的费瓦湖

◎ 晨雾

东方欲晓，莫道君行早。尽管时间尚早，但这里已停放了许多车辆，眼前更是人山人海，大家都是慕名来观看日出的。此时，观景台上已是摩肩接踵，我已没有位置可以看到日出全景了。

于是我另寻他处，找到一处悬崖边。等待多时后，突然，云开雾散，一轮红日腾空而出，霞光万丈！

下山的路上，天已大亮。刚才我"不识庐山真面目"，现在的喜马拉雅山露出真容。只见白雪皑皑的山峰被蜿蜒的河流、葱绿的森林、红瓦的房舍、黄色的谷地托起，宛然一幅动人的画卷……

费瓦湖是博卡拉最重要的景点之一。上午9点多，我们穿过巴桑达拉公园绿地，来到费瓦湖岸边。于湖光山色中荡舟划桨，是一种享受。我和来自成都的徐啸同乘一叶木舟，荡漾在湖面上，舟尾卷起一条条细长的波纹，打破了身后的平静。左边矗立着墨绿色的山林，湖中呈现出鱼尾峰和安纳普尔纳雪山清澈的倒影，右边是拔地而起的王宫，美景如斯，令人陶醉……

荡舟半个多小时后，我们来到了湖心岛。登岛而望，成群的鸽子围

◎ 岛上的寺庙　　　　　　　　　　　◎ 涂红点

绕着一座庙宇飞翔。这座寺庙建于公元 18 世纪，是博卡拉最有名的印度教神庙，名叫瓦拉希神庙。庙宇为双层阶梯式屋顶，里面供奉着毗湿奴的野猪化身瓦拉哈。凡进去膜拜者，脸上都要被里面的教徒涂上红点。

离开湖心岛，我们又荡舟去了湖东面的鱼尾峰宾馆。这是博卡拉最奢华的宾馆，也是许多名人、高官包括一些外国元首的下榻之地。鱼尾峰宾馆是低矮的圆形建筑，四周被草坪包围着。坐在木椅上休息，既可

◎ 湖心岛

以近距离观赏湖面，又可以从远处眺望鱼尾峰，环境非常宁静幽雅。

博卡拉水资源丰富，是因为喜马拉雅山积雪的融化。这里有很多湖泊和瀑布，最著名的瀑布为大卫瀑布，也称魔鬼瀑布。我驱车来到大卫瀑布前，只见人头攒动，大家都在欣赏这一壮丽的美景：白色水流从天而降，直跌入深不可测的谷底，发出震耳欲聋的涛声。为什么叫大卫瀑布呢？杜鲁巴说："这一瀑布本没有名字，10 多年前，一位叫大卫的瑞

◎ 大卫瀑布　　◎ 世界和平塔

士游客在此观瀑，可能是他太激动了，不小心坠入深渊，意外身亡。当地人为了纪念这位游客，便将这个瀑布命名为大卫瀑布。"

　　天已近晚，我又驱车前往世界和平塔。世界和平塔处在费瓦湖边的一座山顶上，经过半个多小时的车程，我终于到达了顶峰。只见一座巨大的白色佛塔屹立于山巅。在世界和平塔的四面墙壁上，塑着佛祖释迦

牟尼的雕像，他面目慈祥，守护着博卡拉这座城市。站在山巅俯瞰，费瓦湖、飞机场、住宅区，皆一览无余，尽收眼底。尽管天色渐黑，但飞机场里仍有飞机在不断起降，飞机越过世界和平塔，在费瓦湖上空盘旋。

不丹：攀登帕罗虎穴寺

天气晴朗，万里无云。

早晨 7 点钟，飞机离开加德满都谷地向着不丹飞去，陆续穿过世界

第一高峰珠穆朗玛峰、世界第三高峰干城章嘉峰……

飞机徐徐降落，机窗外是山峦、河谷和农舍。突然，机身下行到一

处窄小的山谷，以一种极为夸张的方式降落，抵达了不丹唯一的机场帕

◎ 俯瞰不丹山谷　　◎ 机场里国王与王后的巨幅照片

◎ 不丹帕罗机场

罗机场。

走下飞机舷梯，首先映入眼帘的是一张巨幅照片，那是不丹第五世国王吉格梅·凯萨尔·旺楚克与他的妻子杰遵·佩玛王后的合影，两人长身而立，面露微笑。

不丹机场坐落在山谷，只有一条跑道、三架飞机、八名飞行员，还有一个虽小但很精致的航站楼。

帕罗海拔 2280 米，人们一般不会有高原反应，但敏感的人还是会有反应，尤其是刚下飞机时，或多或少会有不适感。

办完入境手续后，我首先参观了当地的帕罗宗寺庙，又称日蓬堡，意为"一堆珍宝上的城堡"。它是不丹最为知名的寺庙，始建于公元 1644 年。它不仅是宗教活动的场所，也是当地政府的办公地。

接着，我又去了建于公元 7 世纪的祈楚寺，也叫可楚寺，这是不丹最古老的宗教遗产之一。寺庙中的一棵橘树被称为神树，非常茂盛。据佛教教徒说，这棵橘树全年结果，若有好运气，站在树下橘子就会掉下来。这座寺庙与中国藏王松赞干布有着千丝万缕的关联。公元 7 世纪，松赞

◎帕罗宗寺庙

◎在寺庙听取介绍

◎ 祈楚寺

干布共修建了 108 座寺庙，包括不丹的这座祈楚寺。当时，松赞干布采纳了妻子的建议：不仅在西藏修寺，还要在藏南修。所以，他在藏南的不丹修建了这座寺庙。

走出祈楚寺，我看到很多人聚在寺庙外，背着粮食献给寺庙。而另外一些人则衣衫褴褛，正等待领取寺庙发给他们的食品。寺庙信徒说："每天都有人来送粮食，以表虔诚之意。而生活困难的人则会到寺庙求助，寺庙每天都会给他们发放食物。"

上午 9 点 50 分，我们驱车来到虎穴寺山脚下。这是全天行程中最重要的景点。整个不丹最有看点的就是虎穴寺，因为它是世界十大寺庙

◎ 寺庙外等待发放食物的人

之一。

　　站在虎穴寺山门仰望山巅，只见一座红白相间的寺庙挂在峭壁上，险而又险，悬而又悬！这里海拔高，山门海拔 2280 米，而虎穴寺的海拔是 3180 米，落差为 900 米。据介绍，从山门到虎穴寺，至少需要走 2 个小时。有人说，在高海拔走平地如同背 20 公斤重物，那攀崖而上呢？仰望之下，却步之心渐起。

　　但，这是世界十大寺庙之一！

　　10 点整，我们开始爬山。起初山路比较平缓，还不觉得费力，半个小时后，向导身体出现不适，气短、胸闷、头晕，这是典型的高原反应。我们只能走走停停。

　　10 点 50 分，行程过半。仰望虎穴寺，发现它就在眼前的峭壁之上，它看上去非常险要，但又极为壮观，让人不忍心放弃。半山腰恰好有个

◎ 眺望虎穴寺

餐馆，我简单休息一下，吃了些饼干，喝了杯咖啡，便感觉又有了力量。

11 点 10 分，我再次出发。不料山路变陡了，我的心跳更加急促。不过，目光中的经幡也多了起来，沿途尽是飘飞的经幡，这意味着离虎穴寺已经不远了！所以，我勇气大增。一个台阶一个台阶上，一节一节爬，一段一段走。虎穴寺的吸引力是如此的强大……

经幡越来越多，彩绸越来越密，香火的味道越来越浓。转眼间，前面出现了一条瀑布，飞流如练，洁净了山石，却也湿滑了山路。这是最艰难的一道关口，一不小心就会滑到谷底深渊，必须分外小心！我一点点挪步，直到通过最后一个台阶。

刚要庆祝跨过难关，我抬头一看，发现一条悬梯挂在眼前，几乎是直上直下，而悬梯之上就是虎穴寺。

虎穴寺近在咫尺，却又是一项巨大的挑战。唯有努力，才能不负前路。经过艰难攀爬，我终于跨过了这一道险关。

◉ 终于攀登到达虎穴寺前

12 点 10 分，我终于到达虎穴寺！无限风光，尽在眼前！背靠虎穴寺的墙面，手扶虎穴寺的木门，我俯瞰山下，那茫茫的云海、苍翠的森林、无底的深谷，尽收眼底。

虎穴寺里的一砖一瓦一木都是靠人力从山下背上来的，可想而知工程难度是何等之大！虎穴寺在悬崖峭壁上开凿，依山而建，错落有致，雕刻精美，装饰细腻。很多红袍僧侣穿行于寺庙之间。其中一个僧侣向我讲述了虎穴寺的来历。

公元 8 世纪，莲花生大师在一只老虎的带领下，向此悬崖奔来。莲花生大师扮成 8 种红色面孔，双目怒瞪、满脸狰狞，看起来既吓人又生气。大师凭着可怕的面孔，降妖除魔，驱赶邪气。之后，莲花生大师便在此山洞修行、打坐、冥想。因此这里被奉为圣地。后来，不丹国王来此考察，发现了帕罗山洞这个神圣的地方，于是下令在此修建寺庙，取名虎穴寺。莲花生大师后来成了不丹最重要的宗教形象，吸引了许许多多信徒来此膜拜。

在虎穴寺，我特意来到当年莲花生大师修行的山洞。山洞洞口已被圈入寺庙中，旁边竖立着莲花生大师的雕像，面孔狰狞。洞口是关闭的，据说一年之中只打开一次。洞口的这座寺庙装饰有壁画，从一个不大的窗口往外探视，会发现下面就是万丈深渊，深不可测。

围绕着虎穴寺还建有许多寺庙，组成寺庙群，很是壮观。

虎穴寺太震撼了！它贴在刀劈的山壁、悬崖的边缘，悬挂在 900 米深渊之上。凡来参观者无不惊叹！英国一位爵士 1905 年寻访虎穴寺后说："它无疑是我所见过的最富有诗情画意的一组寺庙群。风景的每一个自然特色都得到了充分利用，美丽的古树和悬崖结合在一起，组成一幅宏伟的画面。"虎穴寺不愧为世界十大寺庙之一！

参观了虎穴寺，听了它的故事，在它门前留了影，时针已指向 13 点 10 分，我开始下山。

上山容易下山难。其实，还是下山省力，不过对膝盖磨损太大。下

◎ 藏族风格的建筑

山的路上，我看到不少半途而返者，他们实在没力气，只好原路返回。当地人说，没有体力或身体不适，不能好强和硬挺，否则，高原反应会导致生命危险。

15点20分，又下到半山腰那个餐馆，我稍加休整后，继续下行。16点10分，我返回虎穴寺山门。上上下下，虎穴寺之行总共用去了6个小时，我完成了这次在不丹境内最重要也最难忘的一次旅行。

傍晚，我到多萨里村寨去参观热石浴。热石浴是当地百姓的传统洗浴方式，即把石头烧热，放到一个大的方形木制浴盆中，石头的热量传导入水，水迅速升温，人们随后进入浴盆中泡浴。矿石中含有多种对人体有益的元素，对风湿病、关节炎等疾病的缓解效果明显。

晚间，帕罗旅游公司为来访者举行了一场别开生面的文艺演出。歌声在喜马拉雅山南坡飞扬、荡漾……

"云中国度"首都廷布

次日，我离开帕罗小镇向不丹首都廷布进发。53千米的路途全部是弯弯的山路。窗外一处处民舍与中国西藏的房屋相差无几，我仿佛行驶在西藏的土地上。途中，经幡处处飘扬，藏传佛教在此的影响力可见一斑。

行车路上，当地翻译介绍了不丹的一些情况。不丹王国位于喜马拉雅山南坡，是个内陆国家，面积约3.8万平方千米、人口有74.9万。很早以前，藏传佛教从中国西藏传来，不丹人信奉藏传佛教，国教即为佛教。不丹王国在梵语中意为"西藏的边陲"。不丹国名当地语言叫"竺域"，意为雷龙之地，所以不丹的别称为"雷龙之国"。不丹虽然是一个贫困落后的小国，但它是一个快乐的国度，在2006年"全球178个国家快乐国度排行榜"中列第13位，居亚洲第一。不丹是个山国，还有"森林之国""花卉之国""云中国度"之称。在不丹，可以感受到"最后的香格里拉净土"……

经过2个小时的行驶，山谷中出现了零零散散的楼群，这就是不丹的首都廷布，海拔2320米。举目眺望，山谷很大，旺楚河从中穿过，

◎ 不丹首都廷布位于山谷中

◎ 藏传佛教的佛塔

◎ 羚牛

这个有着5万多人口的首都廷布，在此刻显得十分安静。经过了一座挂满经幡的旺楚河古桥之后，眼前出现一座巨型白塔，这就是首都有名的藏传佛教的佛塔。汽车停下来，我进去参观。佛塔占地面积不大，很多信奉藏传佛教的僧侣都在转塔，还有的匍匐在地，执着而虔诚。在佛塔的一侧，设有很多转经筒，这里同样汇集了很多穿着藏族服饰的僧侣，他们在祈祷、念经、打坐。

我离开佛塔，驱车到半山腰，参观了一处羚牛公园。为什么叫羚牛公园？隔着铁丝网，我看到一头既像羚羊又像牛的动物。饲养员介绍，这是由羚羊和牛交配而生出的一种杂交动物，名为羚牛。看上去，羚牛的体形比羚羊大、比牛的小，面孔既像羚羊又像牛。

羚牛公园的工作人员介绍说："这个羚牛公园建在森林里，建园时，没有砍掉一棵树。在不丹，对于砍伐树木有严格限制，不丹之所以生态环境好，关键是植被没有被破坏。佛陀一生中的4件大事都与树有关。他出生于无忧树下，得道于菩提树下，涅槃于娑罗树下，其弟子首次集结于七叶树下。"

不丹廷布的地标是屹立在首都山巅之上的巨型释迦牟尼铜制坐佛像。当我们爬至山顶、近距离观看巨佛时，不禁叹为观止。站在巨佛前，俯视整个山城，山谷中的藏传佛塔、旺楚河桥、扎西却宗、邮电大楼，均历历在目，尽收眼底。

陪同前往的国家旅游局翻译说："廷布南北只有5千米，东西2千米。扎西却宗以南是城区中心。城区像个等边三角形，底边靠旺楚河，河的西岸是政府办公之地。中心街道叫诺增大街，贯穿南北。大街两旁为商店、宾馆、银行、电影院、饭店等。"

下山后，我在廷布城区参观了邮局，这里不是景点却胜似景点，它是外国游客汇集之地。不丹国虽小，但它的邮票却很有名，凡来不丹的人都要在此寄出一张邮票。

廷布最有看点的还是王宫，即扎西却宗。不过，它的开放时间为下午5点以后。来到王宫时，这里已聚满了游人，他们都在准备参观。王宫位于旺楚河西岸，是一座威严、宏大的宗堡，是现任五世国王的办公

◎ 邮局

◎ 山巅的巨佛

◎ 王宫，又称扎西却宗　　　　　　　　　◎ 山谷里的皇家建筑群

场所以及内政、财政部门的所在地，同时也是宗教首领和中央宗教机构人员夏季的住所。

　　下午5点整，吊杆抬起，人们依次步入这座神秘的王宫宗堡。宫院很大，庙宇很高，有好几座院落。王宫宗堡中，挂有很多国王和王后的照片。我参观了宗堡的每一处高大的建筑，处处都是香火四起、香烟袅袅、香气缭绕……

　　我看到典型的不丹特色。这里既有僧侣，又有职员；既有政府机构，又是宗教场所。

　　夜色渐浓。宗堡，灯火通明。

　　廷布，掩遮在寂静的夜色之中……

　　不丹，静谧于喜马拉雅山脚下……

去米多雄拉山、切米拉康寺、普纳卡宗

汽车离开廷布，北上去往普纳卡，一出城区就钻进了莽莽的山林之中。公路很窄，汽车一路爬坡，颠簸得很厉害。但窗外的风景很美：那雪一样的白云、如洗的蓝天、安静的山谷、尖削的峰顶，一一凝入目光，尤其是山间绿林，盛密而原始，动物不时出现于其中，有的悠闲地觅食，有的急速地飞奔。

◎ 沿途风光

◎ 米多雄拉山顶108座佛塔风光无限

不丹的首都原来设在普纳卡，1955年后才迁至廷布。不丹的旧都普纳卡有一座古老的普纳卡宗，它是公认的全不丹最美丽的宗堡。

普纳卡虽距廷布只有71千米，但却需要2个半小时的车程，原因是山路弯曲，且坎坷不平，要翻越一道道高山峻岭极难。

汽车跑出20千米时，停在了公路旁。翻译说："这里景观独特，是观景的好位置。"我从车窗向外一望，眼前出现了多到数不清的佛塔。

原来，这里是著名的多楚拉山口，海拔3140米。下车后，但见山口一处平坦之地上建有很多佛塔，非常壮观。翻译介绍道："这些佛塔共有108座，一般人都数不清，因为这些塔交错在一起，高低不平，且没有建造规律。这108座佛塔被称为'楚克旺耶纪念塔'，建于2005年，是用来祈祷平安的。"

我走进塔群。这些塔都比较低矮，是同样的建造模式，只有中间一座较为宏伟。整个塔群建在一个山丘上，众多佛塔交织在半圆形的山丘之上。我站在山丘塔群的顶点向下眺望，只见北面的喜马拉雅山壮丽的雪景十分动人，连绵的群山、流动的云彩，那冲天的松树昂扬挺立着，英姿飒爽。

汽车继续北上，同样是山路弯弯、森林密布、山泉流淌、溪水延绵。途中，当地人在路边设摊布点，出售苹果、葡萄、烤玉米，还有一些山里的土特产。

车行45千米后，出现了山间盆地，大大小小的一块块梯田，一片金黄。眼下正是稻谷成熟的季节，一幅金秋的丰收画卷展现在蓝天下，而切米拉康寺就在眼前。

汽车停在公路边的一处院落外，我走进房舍，做客农家。

不丹的午餐味道太鲜美了。用餐之地，正好面对着切米拉康寺。我一边吃饭，一边眺望着这座鲜为人知的寺庙，美味与美景，令人陶醉……

大快朵颐之后，我要步行去切米拉康寺，距离此地3千米，因为没有大道相通，车进不去。不过这样反而能更好地欣赏沿途的田园风

◎ 做客农家

◎ 农家墙上挂有与国王合影的照片

第三章 南亚：佛教、印度教的发源地　187

◎ 踏行田间路

光，了解风土人情了。

　　3 千米的路途均是田间小路，大约需要走 1 个多小时才可到达切米拉康寺。脚下简直像踏在一幅绝美的山水田园画卷之中。一片连一片的金色稻谷铺展在埂垄田野，阵阵大地独有的气息弥散开来。藏式小庙、经幡翻飞、芦花摇曳，实在太美了，这就是不丹的乡野村落。

　　半个小时后，我穿过一个小小的村寨，发现了一个很奇特的现象：这个小村寨的墙壁、房檐、屋顶，都画着男人的阳具；房屋四角吊起的、窗外凉台上摆放的，都是阳具模型；而在村子的小商铺里售卖着与阳具有关的商品，也有很多阳具模型，大大小小的都有，大的足有一米多高。

　　惊诧之余，我走访村民。原来，这个村与北边的切米拉康寺有关联。在当地人看来，阳具是生命之源、力量之源。崇拜它可以顺利繁衍后代，使村寨人丁兴旺。

　　穿过村寨，又走了 500 多米，终于到达切米拉康寺。这座寺庙坐落在旷野中的一个小山丘上，门前是一棵 5 人都合抱不住的巨大树木，枝繁叶茂，生长旺盛。走进庙宇，多见一些有关"性"的标识，特别是在主庙、主座、主神前。红布上放置着三根用象牙、红木、弓箭做成的阳具，

◎ 切米拉康寺隐藏在古树后

非常醒目。

寺庙的工作人员介绍说："切米拉康寺是喇嘛朱卡库拉的堂兄为纪念他而建的寺庙。朱卡库拉是被不丹人广泛尊崇的圣人，不丹人称之为'癫狂圣贤'。切米拉康寺是求子圣地，凡是无子女的妇女来此朝拜，头只要碰一碰红布上的那三根阳具，回去后定会怀孕生子、繁衍后代。"

寺庙中，很多人正在朝拜，男女老少皆有。当地人相信，此地可给人力量，给人幸福。

离开切米拉康寺后，我继续北上。大约又开出 5 千米车程后，汽车停靠在不丹母亲河和父亲河的交汇处，这里又是一番别样的风情。只见两条清澈的河流在此汇合，右边的一条为父亲河，左边的一条为母亲河，涓涓流水汇成滔滔河流，飞流而下。更让人心动的是，就在这两河的交

◎ 两河汇合口

汇口，一座拔地而起的宗堡耸立在对岸，雄伟阔大，蔚为壮观。周围是茂密的林木，冲天而生，挺拔而长。水流、宗堡、森林，蓝天、白云、雪山，共同勾勒出一幅绚丽的画卷，展现在喜马拉雅山脚下，令人迷醉。

这个宗堡就是著名的普纳卡宗，不丹的第二大宗堡。1955 年前，这里是不丹国家政府所在地。这是一个美丽的地方，特别是春季，环绕宗堡的紫色蓝花楹盛开，成了不丹最美妙之景。

穿过一座古老的木桥，便来到普纳卡宗。它太巍峨了！近距离观看更为壮观。据说，从飞机上看下去，整个建筑就像一头大象。进普纳卡宗，需要沿 30 多个台阶拾级而上。宗堡院落高出墙外地面至少 20 米。入门后是一个白色的佛塔，这是典型的藏式佛塔。再里边就是套院，一个连一个，四周和中间都是高大的建筑，香火很旺。

◎ 通向宗堡的古桥

最里面的一个院是第五世国王结婚的地方，其他楼阁有昔日的政府机构、宗教礼拜场所、僧人的住地，政教联合办公，这是不丹的特色。

关于普纳卡宗的建造，翻译

◎ 从桥上看普纳卡宗

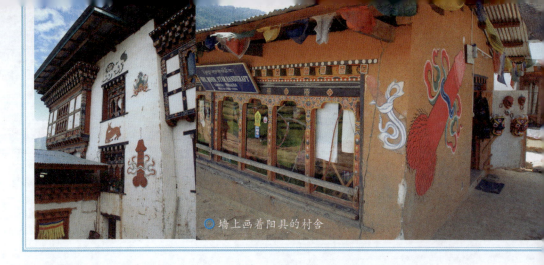
◎墙上画着阳具的村舍

介绍道："当时的国王从西藏请回来一尊很小的佛像，由众人保护，先把它放置在河畔，修建了普纳卡宗后，才将其移至这里。历史久远，而这一尊小小的佛像，至今还完好地保存在普纳卡宗寺庙中。国王非常看重这一佛像，这也是藏传佛教传入此地的实证。"

普纳卡是不丹的旧都，在普纳卡宗一侧是普纳卡的旧城。自将首都搬至廷布之后，旧都普纳卡城就衰败下来，破败之象渐起。为什么1955年迁都？对此说法不一，无从考证。有的说四任国王都出生在廷布，有的说普纳卡太封闭，交通不便。但在感觉上，普纳卡这地方很开阔，气候宜人，海拔也只有1250米。

不丹全国共有4个行政区，20个宗（县），每个宗里都有一个雄伟壮观的宗堡，这里一半是政府机构办公的地方，另一半则是佛教的修行之地。

是夜，我到达旺度波德朗，简称旺迪。

旺迪，坐落在大山深处、森林之中、溪水河畔。晚间，听着小河的潺潺流水声，闻着阵阵稻香，我回味着不丹之行……

不丹，这个小小的王国，血脉里流淌着藏传佛教的底色基因……

不丹，这个小小的山国，原始封闭，却也有着世外桃源的生活……

印度：新德里印象

　　汽车行驶在印度首都新德里郊外的公路上，当地翻译介绍道："中国与印度是邻国，有着千丝万缕的联系，尤其是历史上著名的'唐僧西天取经'。唐贞观元年，既公元627年，25岁的唐僧（玄奘）从长安出发，去往印度佛教中心取经。跨越万水千山，历尽千辛万苦，4年后，他到达印度巴特那东南90千米处的那烂陀寺。当时，那烂陀寺是印度最大的佛学院，僧侣学者上万。玄奘在此5年，潜心学习佛教经论和梵文经典，同时宣讲大乘佛教教义，受到当地佛教界的尊重。公元645年，玄奘历经艰险，带着大量经书、佛像、佛舍利子等回到长安，即今西安。"

　　印度位于亚洲南部的印度次大陆，面积约298万平方千米，人口为14亿多。"印度"得名于印度河，河名出自梵文"信度"，意为"河"。古印度是世界四大文明古国之一，曾创造了灿烂的印度河文明。公元前325年，形成统一的奴隶制国家。1757年以后，逐步沦为英国的殖民地。1950年1月26日，印度宣布为共和国，别称"婆罗多"。

　　新德里位于恒河支流亚穆纳河西岸，分新德里和旧德里两个区域，"德里"，波斯语意为"门槛""门口"，而印度语为"山冈""高地""尽头"

◎ 晨雾中的阿克萨达姆神庙

◎ 莲花寺

之意。全城总人口有 2500 万。新德里与旧德里以印度门和著名的拉姆利拉广场为界，广场以南为新德里，以北为旧德里。新德里街道宽阔，是政府部门所在地；旧德里街道狭窄，有众多古迹，如古堡、清真寺、纪念碑。新旧德里风格迥异，对比鲜明。

来到著名的阿克萨达姆神庙，站在这宏伟的建筑群前，面对这千万处精雕细刻的神像，我不禁为之惊叹！这是完工不久的一座宏大神庙，共耗资 4500 万美元，动用 7000 多名工匠，装饰有 20000 多个男女神像以及数万飞禽走兽，历时 5 年完成。翻译说："印度教是多神教，敬奉的神成千上万，大象、猴子、牛等都被奉为神。印度教又是极世俗化的，最大的 3 个神——梵天、毗湿奴、湿婆都有伴侣。阿克萨达姆神庙的规模、造型、雕刻，在世界上也极为少见，实为一大奇观。"

莲花寺很像一朵含苞欲放的白色莲花，又似澳大利亚的悉尼歌剧院，非常有特色。踏着草坪之中的小路，我向莲花寺走去。向导介绍道："莲花寺和阿克萨达姆神庙一样，是一座新建的寺庙。印度人为奉神，到处修建寺庙，而且规模越建越大。这座莲花寺是巴哈伊教兴建的，于 1986 年

◎甘地纪念碑

◎红堡

◎从红堡眺望泰姬陵

竣工。巴哈伊教源自伊斯兰教什叶派，自成一体，是一个新兴宗教，其信徒在印度每个邦都有。"

走近莲花寺，更加感受到它的宏伟和美丽，尤其是四周的碧绿水池把莲花寺围了起来，寺庙仿佛是坐落在水中的"莲花"，纤尘不染、无比洁净。莲花寺有9面白色大理石墙，在巴哈伊教徒的心目中，"9"是最大的数字，非常吉祥。

来到亚穆纳河西岸，只见在广阔的草地之中，静卧着一块黑色大理石碑——甘地纪念碑，墓后有盏长明灯，燃烧着永不熄灭的火焰，不少人来此献花、祈祷。甘地被称为"印度之父"，1948年1月30日被刺杀，当时震惊世界。根据印度教的习俗，甘地的遗体被运至亚穆纳河畔焚烧。目前所看到的纪念碑，就是昔日的焚化地，后建成了陵园。

与甘地陵园遥遥相对的是北边的红堡，同样坐落在亚穆纳河西岸，它是莫卧儿帝国时期的皇宫，是旧德里最主要的历史遗迹，在 2007 年被联合国列入世界文化遗产名录。我驱车来到这里，只见红堡外墙屹立在旧城区，非常壮观。红堡城墙全部由红砂岩制成，长 2.41 千米、高 33 米。红堡内有公众大厅、私人大厅、明珠清真寺、彩色宫殿、哈斯玛哈勒宫、皇家浴池、喷泉花园等。当地讲解员说："红堡是印度莫卧儿王朝第五代君主沙贾汗建造的，1648 年竣工。这一红堡与阿格拉红堡十分相似，是沙贾汗将首都从阿格拉迁至德里后建造的，所以风格类似。"

走访印度首都就会发现，新德里与旧德里在视觉上差异相当大。新德里遍地是高楼大厦，街道宽阔整洁，环境状况较好，是印度全国的政治、经济文化中心，也是重要的商业中心。相对来说，旧德里很多建筑简陋破旧，环境状况堪忧，街巷拥挤、尘土飞扬。街道上轿车、马车、拖拉机、黄牛并行，叫卖声、吆喝声嘈杂纷乱。许多无家可归者在路边、桥下、楼旁安营暂住。

印度是一夫一妻制，女人一生生育十个八个乃至十四五个孩子都很常见。在这里踏访，感觉印度是世界上人口最密集的国家,确实名不虚传。

古印度是世界四大文明古国之一，佛教的发源地，几千年前留下的遗迹很多。随处而见的古迹，令人惊叹于古印度人的才智。然而，现在的印度公共卫生条件和治安状况相对较差，并没有因古代的文明而让人们对其认可。

"世界奇迹" 泰姬陵

　　泰姬陵是印度最有看点的古迹，是印度伊斯兰教建筑艺术的瑰宝，是"世界新七大奇迹"之一，在 1983 年被联合国列入世界文化遗产名录。

　　泰姬陵处在印度金三角地区的阿格拉。我从新德里驱车向东南行 3 个多小时，车程 250 千米，到达阿格拉市。如果说旧德里给人的印象是比较脏乱差的话，那么，眼下的阿格拉还要加一个"更"字，这里尘土飞扬，到处杂乱而狼藉，三轮车、马车、小拉车、面包车拥挤不堪，车前、车后、车旁都扒满了人，这也算得上印度的一大景观吧！

　　然而，在这个破旧脏乱的城市里，却有一座美丽的建筑——泰姬陵。

　　踏入泰姬陵的大门，只见人山人海，简直没有立足之地。我加入拥挤的人流，边走边看。泰姬陵实在是太漂亮了！主建筑中间高 62 米的塔球耸入云天，四边 4 根 40 米高的塔柱直冲青天。主建筑上有很多大小不一的圆顶。整个建筑全部用纯白色大理石砌建，并用玻璃、玛瑙镶嵌。左右工整对称。陵墓的墙壁上全是精美的雕刻，在光线的折射下变幻莫测，呈现出不同的图景，尤其是在夜晚的月光下，让人感觉仿佛进入了

泰姬陵

梦幻世界。

　　我沿着泰姬陵前长长的大道，步步靠近。走到触手可及的距离，更是惊叹不已！那细致入微的雕刻、高大洁白的墙壁、伊斯兰风格的门窗，无不彰显着泰姬陵的繁复、精致和华美。

　　据讲解员介绍，泰姬陵由印度莫卧儿王朝第五代君王沙贾汗所建，始建于 1631 年，动用了 2 万名工匠，历时 22 年才竣工。建成后，所有工匠和设计师被挖眼断手，目的是这个世界上不能再出现同样的建筑。

　　说到建造泰姬陵的初衷，解说员说："沙贾汗有一个妃子，名叫泰姬·玛哈尔，备受沙贾汗宠爱。沙贾汗继位的第三年，他带着泰姬出巡，途中泰姬临产，不幸过世，这是泰姬生育的第 14 个孩子。临终前，泰姬向沙贾汗提出 3 个请求：一是好好养育孩子；二是终身不能再娶；三是为她建造一座举世无双的精美陵墓。沙贾汗答应了泰姬的请求，第二年便开始建造。"

泰姬陵坐落于亚穆纳河的南岸。站在泰姬陵的制高点，顺着亚穆纳河岸边向远处眺望，一座红色的建筑出现在眼帘。那是阿格拉红堡，是当年沙贾汗居住的地方。讲解员介绍说："沙贾汗生前有个愿望，他准备在亚穆纳河的北岸，也就是泰姬陵的对面，为自己用黑色大理石建造一座陵墓，再用黑、白大理石建一座连心桥，使黑、白陵墓贯通，成为一体，永不分离。然而，美梦成为泡影。期间，沙贾汗的儿子奥朗则布杀死哥哥和弟弟，篡权夺位。沙贾汗被囚禁在阿格拉红堡中……"

沿亚穆纳河畔西行，我来到昔日沙贾汗居住过的阿格拉红堡，它与旧德里的红堡一样，均以红色砂岩建造而成，周围同样有护城河和城墙。其城墙长 2.5 千米、高 21 米。阿格拉红堡与泰姬陵齐名，也被联合国列入世界文化遗产名录。阿格拉红堡是莫卧儿王朝国王与王后们居住的王城。1657 年，沙贾汗的儿子奥朗则布篡位后，将其父即沙贾汗囚禁于此。从此，沙贾汗度日如年，每日通过八角塔楼，注目远处河畔雾气中的泰姬陵。由于他长期专注遥望，导致视力下降，再加上身体虚弱，无法站立，不能再走近窗口，仅借一颗宝石所折射出的泰姬陵解思念之苦。临终前，他仍通过宝石折射遥望自己的爱妻泰姬的长眠之地……

阿格拉还有一处世界文化遗产，是坐落在城西 40 千米的法塔赫布尔西格里城，又称"胜利之城"，这里曾是莫卧儿王朝阿克巴大帝的皇都。由于阿克巴在迁都之后的第二年打了一场胜仗，所以称它为"胜利之城"。

法塔赫布尔西格里城周围城墙长 6 千米，城内有皇宫（又称"胜利宫"）、公众大厅、土耳其苏丹宫、清真寺以及庭院、图书馆及医院等。胜利宫的建材为红砂岩，结合印度、中亚和伊朗一带的建筑风格，雄伟不失华丽。走在城中，看到其外墙虽然有部分损毁，但宫殿保存完好，大门厚重壮观，雕花精美绝伦。因宗教信仰有所不同，阿克巴的妻子们所住的宫殿也不尽相同，其中以伊斯兰教妻子的宫殿最大，其次是印度教妻子的，基督教妻子的最小。迁都 15 年后，圣者离世，加之水源不足，于是皇室把都城迁回阿格拉，一代名城从此人去楼空……

跋涉斋浦尔，登高琥珀堡

　　汽车在平坦的原野公路上行驶，去往斋浦尔。窗外，成片的小麦一片碧绿，郁郁葱葱的树木从车窗边闪过。我的注意力集中在马路上来来回回的汽车、马车、骆驼车、三轮车、拖拉机上，因为不管什么车，上面都坐满了人，有的趴在车顶，有的挤在后门外、有的抓着车门，令人叹为观止。

　　斋浦尔是印度金三角中的一个角，位于阿格拉西、新德里西南，是常规旅游路线中的一站。斋浦尔最著名的建筑是琥珀堡。

　　车行 1 个多小时，来到一个名叫巴拉特普尔的地方。在这里，有一眼古水井，井深延到地面之下 100 多米处，它是印度最深和最大的水井，年代久远。在水井旁边，

◎沿途车辆

◎古水井

有一座古老的庙宇，据说是当年国王朝拜之地。庙宇坐落于高岗上，四周散落着许多雕刻精美的石块。

离开古井和古庙，车行1个多小时，进入斋浦尔城区。斋浦尔又称"粉红城市"，是因为1876年为迎接英国威尔斯王子的到来而把城市建筑的外墙刷新成粉红色。在城区游览，只见到处是粉红色的建筑，在阳光的照射下映出微红的光晕。斋浦尔为拉贾·沙瓦·杰·辛格二世所建，到处布满古老的房屋、富有年代感的街道、历史久远的城堡。在城区，我参观了位于湖中央的水宫、风之宫殿、简塔·曼塔天文台、皇宫博物馆等建筑，最后乘车到郊外参观闻名于世的琥珀堡。

从斋浦尔城区到琥珀堡有12千米车程。汽车出城便驶上蜿蜒的山路。翻过两座山，车窗左侧出现一池绿水，水中倒映着一座城堡，那就是琥

◎古庙宇　　　　　◎斋浦尔城的风之宫殿

◎琥珀堡　　　　　　　　◎堡下碧水

珀堡。视线随景色上移，山上坐落着一座巍峨雄伟的建筑，那就是水中倒映着的城堡，城堡下的碧水是护城河。

在此，我们换乘吉普车上山，车到半山腰，琥珀堡的城门到了。好一座美丽的建筑：高大、精致、壮阔，令人惊叹！

我们拾级而上，走进城堡的大院。解说员介绍道："这座琥珀堡由拉贾·曼·辛格王公于 1592 年开始兴建，历时 125 年竣工。在长达一个多世纪里，琥珀堡一直是卡其哈瓦拉杰普特王朝的首都。王公和他的妻子及 350 位嫔妃住在这里。"

琥珀堡占地面积很广，由不同时期修建的多个宫殿组成，全部采用奶白、浅黄、玫瑰红及纯白色 4 种石料。我游览了象头门、公众大厅、欢喜厅、胜利厅、虚什玛哈勒宫殿、莫卧儿花园等。其中最有看点的是虚什玛哈勒宫殿，又称镜宫，堪称宫殿建筑之极品。宫殿墙壁及天花板都镶嵌着彩色玻璃花片和宝石，闪烁着五彩的光芒，甚是好看。宫殿建筑为拱形屋顶、细格窗棂、大理石柱，非常漂亮。

站在琥珀堡居高临下望去，更能感受到它不仅高大、巍峨，而且地势险要、易守难攻。

琥珀堡作为首都兴盛了很长时间，直到 18 世纪迁都斋浦尔后，这里逐渐冷清了起来。不过，它被保留了下来，而且保持了当年皇宫的原样，没有遭到破坏和遗弃。

孟买的贫民窟

　　进入孟买市区后，眼前是大片大片的贫民窟：低矮的房子、石棉的瓦棚、破旧的墙体、残缺的门窗；篷布搭建的住所残破而凌乱，且有炊烟四起。这就是亚洲最大的达哈维贫民窟。当地向导介绍道："孟买有

◎孟买贫民区中的洗衣坊

2000多个贫民窟,它是孟买的一道景观。贫民窟的人数占全市人口的一半,他们在此繁衍生息,已存在了几个世纪。"

走进贫民窟,我一连走访了3位住户,他们都觉得常年住在这里习惯了。

穿过贫民窟,来到富人区。这里与贫民窟反差很大:高楼大厦林立,私家豪宅比邻。孟买是印度最重要的经贸商业区,有"印度第一城"之称,又是印度的工业中心、电子中心、电脑软件中心、电影制作中心。由于经济发达,众多巨贾富商发迹于此,世界上很多排名靠前的富人就来自孟买。驱车在富人区,我看到几十亿美元盖起的私人住宅大楼不在少数。

◎富人区的富家之女　　　　　　　　　　◎富人区的大鞋屋

这就是印度,赤贫与豪富并存,蓬门与奢宅相连。穷人与富人同样在海边闲庭信步,同样在大街行走游逛,互不干涉。

翻译介绍说:"孟买城始建于6世纪,当时为印度教王朝。从14世纪中叶起,孟买为印度古吉拉特邦苏丹的领地,后割让给葡萄牙,到17世纪时又被作为葡萄牙公主的嫁妆转赠给英国。因此,孟买有很多欧式风格的建筑。"

欧式建筑维多利亚火车站很壮观,一眼望去,那是典型的哥特式建筑,

◎维多利亚火车站

◎印度门

已被列入世界文化遗产。维多利亚火车站是英国统治者在孟买建造的最有代表性的建筑，于 1887 年竣工。火车站中央的圆顶高塔高达 4 米，大门口两侧有狮子和老虎石雕。在塔楼、尖顶、柱子、墙壁上，雕刻有孔雀、猴子、蛇等兽类图案。可见，尽管它是欧式风格，却也融进了印度的元素。车站大厅非常大，能容纳很多旅客。据介绍，这里每天过往的乘客超过 200 万，始发和到达火车超过 1000 列次。从这些数字上看，维多利亚火车站的规模确实很大。它被称为亚洲最繁忙的火车站，名不虚传。

孟买市最南部的一大景观是印度门。我经过市区著名的洗衣厂、圣托马斯教室、高等法院、孟买大学、内瑟斯·艾里亚胡犹太教堂、威尔斯王子博物馆，来到印度门。一座拔地而起的宏伟建筑矗立在眼前，不禁让人为之震撼！印度门是孟买最著名的地标，它的知名度比维多利亚火车站还高。印度门坐落于海边，于 1911 年建造。它其实是一座纪念碑，为的是纪念英国国王乔治五世和王后的到访。看上去整个印度门为玄武岩建筑，大门之上有宣礼塔，拱门建造得壮观大气，周边的装饰为 16 世

◎中心广场

纪的古吉拉特风格。在英国殖民政府统治印度时，这里是海上旅客的通道和站点，还是通向石象石窟的起始地。印度门广场上人山人海，拥挤不堪。

在印度门的斜对面，有一座世界知名的五星级酒店泰姬玛哈酒店，是孟买的地标建筑。其建筑风格多样，既有伊斯兰式的拱门，又有文艺复兴时期的欧式圆顶。它于 1903 年建造，运营一个多世纪以来，接待过众多的世界名人。

孟买处在印度国土的西部，面朝阿拉伯海，这造就了孟买特有的海滨风光。沿海滨大道由南而北行驶，西边为大海，东边为城区，加之海滨为弧形，更增添了美感。海滨大道修筑于 20 世纪 20 年代，南起纳里曼岬，向北经过帕提海滩到马拉巴山脚。孟买是观看大海落日的绝佳之地，因为朝西皆是大海。为此，孟买有着很多可观日落的海滩，如珠瑚海滩、帕提海滩等。经过海上清真寺来到珠瑚海滩时，恰逢日落，这里聚集了很多人，有富人、有穷人，甚至还有很多乞丐，不过秩序还算井然。我光脚走在海滩上，拍下一张"夕阳·海水·沙滩"照，留作纪念。

巴基斯坦：南北大穿越

飞机降落在巴基斯坦首都伊斯兰堡的国际机场。

走下旋梯，一阵清风吹来，眺望四周，山清水秀、绿意盎然。这是世界上最年轻的都城之一，一切都那么清新，我仿佛置身于大自然中……

这次踏访巴基斯坦的线路为伊斯兰堡—塔克西拉—拉瓦尔品第—罗赫达斯要塞—拉合尔—塔塔古城—卡拉奇，全程1500千米。

伊斯兰堡背依喜马拉雅山，面朝印度河平原，一侧山峦起伏，一侧湖光粼粼，真是一个美丽的"花园式城市"。

汽车穿行于伊斯兰堡，我看到很多清真寺，以及街区、机关、学校、兵营。陪同踏访的谢尔盖先生说，巴基斯坦全称为巴基斯坦伊斯兰共和国，"巴基斯坦"是"清真之国"的意思，誉为"圣洁之地"。巴基斯坦面积有79.6万多平方千米、人口有2.08亿人，是世界第六人口大国，95%以上的居民都信奉伊斯兰教。所以，这里的清真寺非常多，首都又被称作"清真寺之城"，是极具伊斯兰教色彩的首都。

伊斯兰堡最著名的清真寺是费萨尔清真寺，它的雄伟和壮丽，在全世界清真寺中独树一帜。该寺占地面积 19 万平方米，主祈祷厅高 40 米，4 座尖塔高 88 米，可容纳万人同时祷告。据悉，这一清真寺由已故沙特国王出资兴建、由土耳其著名设计师罗凯设计。

信步在伊斯兰堡，我没有看到集中而繁华的街区，没有看到车水马龙的街道和高楼大厦，这里有大片的原始森林和众多的公园，如 F9 公园、玫瑰和茉莉公园、山顶公园、后山公园等。在玫瑰和茉莉公园，还生长着 1964 年周恩来总理访问时栽下的友谊树。

出首都伊斯兰堡，汽车沿公路向着塔克西拉飞驰，这是我"南北大穿越"的第二站。

◎花车

一出市区，就看到公路上跑着的汽车色彩斑斓，不论是长途汽车、运输卡车、拖拉机，还是人力三轮车，等等，都装饰得五

花八门、艳丽纷呈，车上不仅有各种图案的彩绘，还有彩旗、彩带、彩杆、彩箱，这成了巴基斯坦公路上一道鲜艳的风景线。

◎玄奘朝拜之地

经过 50 千米车程，我来到著名的古城塔克西拉。这里是欧亚丝绸之路的中转站，是一座有着 2500 多年历史的名城。中国高僧法显、玄奘等都先后到过这里。在公元前 6 世纪，这里是犍陀罗王国的首都；公元前 5 世纪是波斯大流士帝国的一部分；公元前 4 世纪，亚历山大大帝占领此地，并将波斯、希腊文化与当地佛教文化相融合，形成了独特的犍陀罗佛教文化中心。"塔克西拉"就是希腊语"犍陀罗"之意。

　　在塔克西拉，我首先参观了博物馆，这里收藏了很多出土珍品。然后我又去了宏大的佛祖舍利塔遗址、山顶佛学院遗址、亚历山大大帝时期的古城遗址。这三处遗址均被毁坏，佛塔只是一堆土丘，佛学院已破烂不堪，古城只有根基、枯树和乌鸦。1980 年，塔克西拉被联合国列入世界文化遗产名录。向导谢先生说："要想同时看见孔雀王朝阿育王

◎塔克西拉佛塔

◎古城遗址

和希腊亚历山大大帝的足迹，全世界只有在塔克西拉可以实现。"

　　出塔克西拉，汽车向东南行 35 千米，来到拉瓦

◎拉瓦尔品第古城

尔品第市。古城建在古代习演瑜伽的拉瓦尔部族村落的遗址上。这个人口上百万的城市在 1959 年至 1967 年曾是巴基斯坦的临时首都。走在老城区，满街满巷都是人，尽是三轮车，商铺、摊点占满街道，显得十分拥挤。这里的建筑大都比较古旧，但也夹杂着一些英国殖民统治时期的建筑。

告别拉瓦尔品第古城，汽车奔驰在旷野中，又是一片田园风光，多见人们在田中劳作。

汽车南下 100 多千米，到达罗赫达斯要塞，这里于 1997 年被联合国列入世界文化遗产名录。要塞是于 1541 年谢尔沙阿·苏里打败了莫卧儿大军后兴建的。我首先来到城门前，它看上去威武而险要、庄重而高大，且有"一夫当关，万夫莫开"的感觉，不愧为战略要地。这座厚实的城墙长达 5 千米，而且没有多少被损毁，爬到城墙上，可看到城墙外有天然的沟壑及一千米长的护城河，可谓坚不可摧。谢先生介绍说，当年亚历山大大帝攻陷了要塞，活捉了国王，而国王唯一的要求是："让我像国王一样死去！"亚历山大为之动容，下令释放了国王。英雄相惜，令人感佩！

车轮飞转，一路南下。窗外，河山美景不断。

车行3个小时后，我到达历史名城拉合尔。这里距首都伊斯兰堡400多千米。拉合尔是巴基斯坦最悠久、最古老、最具传统特色的古城之一，始建于公元1世纪，1021年加兹纳维王朝在此建都，1525年这里又成为莫卧儿王朝的首都。进城后，我首先参观拉合尔古堡，它与夏利玛尔花园于1981年同时被联合国列入世界文化遗产名录。拉合尔古堡实际上是莫卧儿王朝的皇宫，东西长380米、南北宽330米，用巨大的红褐色岩石筑成垣墙，它是次大陆所有莫卧儿王

◎拉合尔古堡

朝建筑中最宏伟的一座，是建筑艺术的典范。古堡内有亭台、楼阁、池塘、花园等建筑。镜宫是皇后的住所，内壁用白色软玉砌成，拱顶由宝石镶嵌，被称为堡中奇观。古堡被誉为"巴基斯坦的心灵"。

夏利玛尔花园是1642年由莫卧儿王朝第五代皇帝下令修建的御苑。园内一泓湖水，三层水面，错落有致。这是皇室人员休闲娱乐之地。"夏利玛尔"在当地语中意为"娱乐宫""喜乐宫"。

在拉合尔，我还踏访了与古堡相连的皇家清真寺，即巴德夏希清真寺。其2万平方米的大广场可容纳10万人同时祷告。老城区中始建于1634年的瓦齐尔汗清真寺是巴基斯坦的地标性建筑之一，被誉为"拉合尔脸颊上的一颗美丽的痣"。

◎ 夏利玛尔花园

◎ 皇家清真寺

◎ 贾汗吉尔王陵

此外，贾汗吉尔王陵可与印度的泰姬陵媲美，也是游客必去之处。

傍晚，我驱车到印巴边界，观看了印巴降旗仪式。

之后，我继续巴基斯坦大穿越，汽车又开起来了，向着西南方，向着阿拉伯海方向，向着旧首都卡拉奇，疾飞……

沿着丝绸之路，顺着印度河，经过一天的跋涉，傍晚我到达塔塔古城。

塔塔古城也是一处世界文化遗产，于1981年被联合国列入世界文化遗产名录。黄昏，我站在古城遗址上，夕阳下的那一片废墟苍凉孤寂。这里的遗址显然没有整修过。据谢先生介绍，塔塔古城曾是莫卧儿等三代王朝的首都，300多年前曾是一座繁荣的港口城镇，很多建筑既有典型的波斯风格，又有伊斯兰风韵。如今已是黄土翻飞，断壁残垣，但都掩埋不了那繁盛的过去，今天人们依然能够从遗迹中看出昔日的辉煌。塔塔古城被人们称为"一座逝去的城市"。

◎ 印巴边境降旗仪式

除古城外，这里还有号称世界上最大的古墓群，占地达 15.5 平方千米，这里埋葬着 16 至 17 世纪当时各个朝代的国王、王后，还有许多学者、哲学家和贫民长眠于此。可从陵墓和墓碑雕刻样式判别朝代，莫卧儿时期的陵墓雕刻精细，相当突出和醒目，其中规模最大的一座是 1644 年去世的国王墓地，该国王生前就开始修建此墓地，建成后将建筑师斩首，以保证自己的陵墓是世界上独一无二的。

大穿越的最后一站是卡拉奇，从塔塔古城西行 100 千米，可看到阿拉伯海，濒临海岸的是巴基斯坦第一大城市卡拉奇，它被誉为"巴基斯坦的香港"。1947 年巴基斯坦宣布独立后，卡拉奇作为首都，迅速发展成欧、亚、非三大洲的交通枢纽和国际航运中心。市内有老城和新城区，既有高楼大

◎ 塔塔古城遗址　　　◎ 古城遗址上的打柴女　　　◎ 寻宗的人们

厦，又有古旧的民房，还有不少欧式建筑。在市区，我去了呈半球形的巴图大清真寺、大巴扎、印度庙、教堂。印象最深的是巴基斯坦国父真纳墓纪念堂，该建筑庄严、圣洁，是卡拉奇的地标，瞻仰大厅内有中国赠送的一盏水晶大吊灯。

巴基斯坦大穿越结束了。1500 千米的路跋涉到尽头！一路上，我感受到了"巴铁"情。无论走到哪里，"巴铁"们总是投来友好、真挚的目光。无论停在哪里，"巴铁"们总会热情地与你合影、握手、拥抱，甚至高喊"巴中友谊万岁"。无论到哪个关口、关卡，都是一路绿灯！在大街上，只要说你是中国人，一定有当地人请你到他家吃饭。他们视中国人为亲人，处处表现出对中国人热情。在这里不必担心安全问题，我真正感受到巴基斯坦人民的真挚、友好、诚恳！

◎热情的巴基斯坦青年

孟加拉国："三轮车之都"达卡

　　进入孟加拉国首都达卡市区，我惊讶于这里三轮车非常多。汽车道、自行车道、人行道，大街、小巷、胡同，遍地都是三轮车，川流不息，浩浩荡荡！达卡被称为"世界上三轮车数量最多的都市"，这一点也没有夸大。据说，达卡拥有 50 万辆三轮车，三轮车夫达 30 万人。

　　30 万人从事三轮车夫行业，这对于 800 万人的达卡来说也是个不小的数字。

　　信步在达卡市区，处处可见三轮车上五颜六色的装饰，像流动的画卷展示在大街小巷，又像飞旋的飘带招摇过市。三轮车的顶篷、座架、靠背上绘制的绚丽多彩的图案，有青山绿水、美女帅男、历史人物、飞禽走兽、名胜古迹，还有妖魔鬼怪，等等，可谓五花八门、精彩纷呈。

"三轮车之都"闻名于世，还源于美国前总统吉米·卡特的夫人曾在此乘坐过三轮车。20 世纪 60 年代，卡特夫人罗莎琳·卡特来到孟加拉国，她在达卡特意乘坐三轮车观光，还说乘车的感觉"妙不可言"。从此，"三轮车之都"享誉全球。

在达卡市，我也选择了乘坐三轮车。坐在三轮车上，车夫拉着车一路疾驰，不由令我想起了中国的"骆驼祥子"。不过"骆驼祥子"早已在北京消失，但在达卡还是非常盛行。我问起车夫的收入，他说："一辆人力三轮车每天由两人轮班拉，每 8 小时为一班，一天下来每人可挣到 60 塔卡(当地币)，这 60 塔卡可以养活一家老小。"这位车夫还介绍说，三轮车绿色无污染，且价格便宜，还能给人们带来就业机会。但是，最近政府计划用机动三轮车代替人力三轮车，这遭到很多人的反对。

穿过人流，车夫拉着我来到达卡大学门口。没想到，学校门卫对三轮车一律开绿灯，三轮车可以随便出入。车夫一直把我拉到校园深处，在科尔松大厅前停下。科尔松大厅原本是英国总督府，于 1904 年建造，融合了英国及印度的建筑风格，现在为该大学的物理系教学大楼。达卡大学于 1921 年创建，是按牛津大学的教育模式创建的，因此这所大学有"东方牛津"之称。

我乘三轮车观光的第二站是语言运动纪念碑。1947 年，印度和巴基斯坦分治，今天的孟加拉国曾隶属巴基斯坦，时称东巴。巴基斯坦官方语言为乌都尔语，在东巴只有极少数人会说。为了争取使用母语的权利，孟加拉人进行了语言运动。1952 年 2 月 21 日，语言运动遭到警察的镇压，5 名示威者被枪杀。语言运动拉开了孟加拉国独立的序幕。为纪念语言运动的先驱，孟加拉人在首都达卡竖起了这座纪念碑。1999 年 11 月，

◎ 达卡大学

联合国教科文组织把每年的 2 月 21 日定为"国际母语日"。

我观光的第三站是解放战争博物馆，这是为纪念孟加拉国独立而修建的。

接着我又参观了国家博物馆，馆内展厅展示了孟加拉国的历史。孟加拉地区曾数次建立过独立国家，版图一度包括印度西孟加拉、比哈尔等。16 世纪时，这里已发展成次大陆上人口最稠密、经济最发达、文化最繁荣的地区。18 世纪中叶，成为英国对印度进行殖民统治的中心；19 世纪后期，成为英属印度的一个省。1947 年印巴分治，孟被划归巴基斯坦（时称东巴）。1971 年 3 月东巴独立。1972 年 1 月成立孟加拉人民共和国。独立后的孟加拉国面积有 14.76 万平方千米、人口约 1.7 亿，是世界上人口密度最高的人口大国。

◎ 语言运动纪念碑

此外，我还去了距达卡 20 千米的索纳尔冈，那是孟加拉国 13 世纪至 16 世纪的旧都，很有看点！

◎ 解放战争博物馆

毗诃罗的"八百里路云和月"

凌晨，披着月光，汽车从孟加拉国首都达卡出发，去往佛教寺庙——毗诃罗遗址，这里是印度次大陆最著名的佛教寺院，于 1985 年被联合国列入世界文化遗产名录。

毗诃罗遗址坐落在孟加拉国西北部，位于瑙冈区的帕哈尔普尔，从地图上看，它靠近焦伊布尔哈德市，离印度边界不是太远，距达卡市 400 千米。

汽车沿布拉马普特拉河一路北上，窗外田园风光无限。

车行 1 个多小时后，路旁出现了一座座铁皮房舍，我很感兴趣，于是停下车来，走进村舍探访。这是一个非常宁静的村庄，所有房屋、院墙都

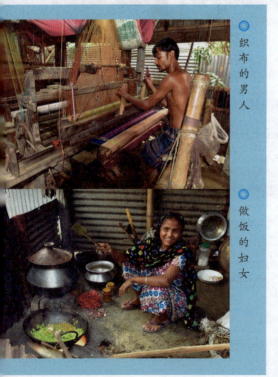

◎ 织布的男人

◎ 做饭的妇女

是由铁皮搭建的，里面居住着当地土著人，他们仍保持着原始生活模式。我访问一位正在做饭的农妇，问她日子过得怎么样，她说："生活尽管贫困，但还能解决温饱。"她家的隔壁是一家作坊式纺织厂，一群男人用原始的织布机纺着粗布。

汽车继续前进。公路坑坑洼洼，颠簸得厉害，一路上我看到过往的长途汽车，与在印度看到的一样，车顶上坐满了人，很是好奇。司机告诉我："孟加拉国人口密集，车少人多，所以乘车比较难。车顶乘客的票价减免一半，所以很多人喜欢坐在车顶。""车顶乘客"成为这里的一道风景线。

正午，汽车穿越布拉马普特拉河吉姆那大桥，这是世界上最长的大桥之一，没想到，在桥上行车时，

◎ 世界最长的大桥之一

恰好对面开来一列火车，车厢顶上同样挤满了乘客，看起来比长途汽车更为壮观而又不可思议，这真是一大景观！

下午2点多钟，汽车路过莫霍斯坦戈尔

◎ 莫霍斯坦戈尔考古遗址

考古遗址，这是孟加拉国迄今为止发现的最早的考古遗址，也是世界上最古老的考古遗址之一，其出土的一块古印度石板可以追溯到公元前3世纪。

◎ 村妇竹编

◎ 村民们

汽车又行驶了一段路途，我发现沿途的村舍建筑风格有了变化，所有的房子都是由竹皮和茅草搭建，很有特色。这时，我又叫停汽车，走进这个土著人的村庄踏访。这里距印度边界很近，村子里的有些习俗源于印度。我走进一位老者家访问，得知这里很是贫穷，很多人家尚没有解决温饱问题。村民们的生活来源主要依靠手工竹编，他们编织一些箩筐等售卖，挣得微薄的收入来养家糊口。

夕阳西下，云霞万朵。汽车在

◎ 毗诃罗遗址

大地上飞驰。过边境城市焦伊布尔哈德时，眼前出现了大片古遗迹，我感觉这就是毗诃罗遗址。

行车 400 千米！我到达目的地的心情是兴奋和愉快的。看到世界文化遗产的标识时，我更进一步证实了自己的感觉，这里的确就是毗诃罗遗址。

眺望着前面的毗诃罗遗址，环视着四周的残垣断壁，脚踩着地下的碎石瓦砾，我在古遗址中感受着曾经的辉煌和历史的沧桑。

据当地讲解员介绍，这个遗址全名为"帕哈尔普尔的佛教毗诃罗遗址"，又称"佛教大寺院"，始建于公元 7 世纪，由达马帕拉国王修建，占地 9 公顷，设东、南、西、北四座大厅。考古工作者在此挖掘出了 63 尊石雕和 3000 件陶制斑块，有很高的艺术价值，特别是基座上的浮雕，活灵活现、栩栩如生，这是世界历史上的重大发现。

"毗诃罗"，梵语即"僧院、精舍"之意。梵语原意指"散步"或"场所"，后专指僧侣的住处。

该遗址的主体建筑是一座寺庙，建于公元 8 世纪。在参观寺庙遗址时，讲解员说："中国和孟加拉国颇有渊源，早在 1000 多年前，中国唐代高僧玄奘就徒步来到这座佛教名寺，将佛教的精华与中国信徒联系在一起。"

毗诃罗遗址宏大而精美，感动世人，它被联合国认定为世界文化遗产当之无愧！

斯里兰卡："印度洋的珍珠"

  飞机抵达斯里兰卡的科伦坡机场时，太阳刚刚升起。汽车沿着机场高速公路向科伦坡行驶。这条高速公路由中国援建，平滑、宽敞、笔直。中国与斯里兰卡自1957年建交以来，一直保持着友好交往和兄弟情谊。

  汽车飞驰，披着霞光，一路向前。陪同踏访的朱瑞女士介绍说，斯里兰卡是印度次大陆南端印度洋上的岛国，古称僧伽罗，即狮子国。"斯里兰卡"在僧伽罗语中意为"乐土"或"光明富饶的土地"，因风景秀丽，素有"印度洋上的珍珠"之称。全国面积有6.56万平方千米、人口有2000万。斯里兰卡曾处在荷兰殖民者统治之下，达一个半世纪之久。1796年，英国殖民者侵入，取代荷兰。1948年获得独立，国名为锡兰。1972年改国名为斯里兰卡共和国。1978年改称斯里兰卡民主社会主义共和国。斯里兰卡有三宝，即椰树、茶叶和宝石。

  半个小时车程，汽车下高速公路后，满眼皆是椰树。据介绍，公元前200多年，斯里兰卡岛上长着遍地的野生椰林。公元前161年，当地人开始栽种椰树，并将椰树树苗传至岛外。当今世界分布着很多常绿椰

◎ 独立广场

◎ 中国大使馆与佛像相邻

树，据说都来自斯里兰卡。椰树是斯里兰卡的主要作物之一，椰子为当地人的第二食粮，椰汁当饮料，椰树花酿酒，椰肉可以榨油，椰木可做家具和建筑材料，椰壳可制纤纱、地毯、垫子，等等。椰树为斯里兰卡一宝，名不虚传。

汽车进入科伦坡市区，"科伦坡"在僧伽罗语中意为"绿芒果"，它又被誉为"东方十字路口"。这是一个非常漂亮干净的城市，位于西南沿海克拉尼亚河口南岸，海风将整个城区吹洗得格外清新。沿街看到许多十字路口塑有佛像，可见这个国家佛教盛行。汽车穿过住宅区时，还看到一些人家门口或挂有冬瓜，或吊有辣椒，据说这是教徒的一种信仰

◎ 贝拉湖上的禅思中心

◎ 钟楼

◎ 国际会议大厦

和习俗。

在科伦坡城区，我参观了独立广场、老议会大厦、贝拉湖及西玛·马拉卡亚禅思中心、古老的钟楼、宗教寺庙、老运河、国家博物馆、纪念碑，最后来到班达拉奈克国际会议大厦，这是周恩来总理代表中国政府送给斯里兰卡人民的礼物，或者说是中国援建的，它是中斯两国人民友谊的象征。它的对面是中国驻斯里兰卡大使馆，大使馆旁边竖有一座巨型佛像，现代文明与古代文明交织融会为一体。

临近傍晚，我走进斯里兰卡宝石陈列室和茶叶展厅。

宝石作为斯里兰卡的国宝，令斯里兰卡人很是骄傲。斯里兰卡又称"宝石岛"，宝石之多在世界有名，是当今世界五大宝石生产国之一。我看到陈列室中摆放着各式各样的宝石，颗颗大放异彩。斯里兰卡在梵语中是"宝石"之意，因为在这个独岛上有很多天然宝石，其种类有红宝石、蓝宝石、绿宝石等。中国古典《诸蕃志》中对斯里兰卡的宝石有这样的记述："产猫儿眼、红玻璃、瑙、青红宝珠。"最珍贵的为猫眼石，平时观看其碧绿剔透，光照时则出现猫眼的幻象，非常奇妙。

斯里兰卡出产了很多世界著名的宝石，如世界最大的"东方巨蓝""罗根蓝宝石""霍普猫眼石"等。一块563克拉被称为"印度之星"的蓝宝石珍藏在纽约自然历史博物馆，一块举世无双的紫翠玉藏于伦敦大英博物馆，一块300克拉的"东方蓝宝石"被美国一位富翁收藏，一块纯

◎ 婚礼归来

重393克拉的世界第三大蓝宝石"兰卡之星"珍藏于科伦坡博物馆。

斯里兰卡到处都是宝石，阿拉伯名著《一千零一夜》描写斯里兰卡时写道："我们去到最高处，漫步走道，发现岛中有一条湍急的河渠，从

一座山肚子里淌出来，流向对面的山肚子里。河床附近的地区散布着珠宝和各种名贵矿石，光辉灿烂，数目之多，有如沙土。"

的确，斯里兰卡宝石蕴藏量十分丰富。斯里兰卡法律规定，任何人都不得随意去挖掘宝石，除非向政府申请取得许可才可以，否则会受到处罚，因为私自挖掘宝石是非法的。

斯里兰卡有许多宝石城，其中科伦坡东南的拉特纳普拉闻名遐迩，拉特纳在僧伽罗语中为"宝石"的意思，普拉是"城"的意思，该城被称为最有看点的宝石城，满街皆是宝石店。城南亚洲最大的宝石博物馆中陈列着斯里兰卡乃至世界主要宝石国生产的宝石。

宝石，成了斯里兰卡的名片。早在 7 个世纪前，马可·波罗就曾描述斯里兰卡所产宝石"无与伦比"！

斯里兰卡的茶叶同样举世闻名，其为世界四大茶叶生产国之一和第二大茶叶出口国，其中"锡兰红茶"知名度最高，是世界上四大红茶之一，被称为"送给世界的礼物"。在茶叶展厅，街边店铺、商场超市都可看到茶叶售卖的火爆场景，购买者常常需要排起长队，特别是外国游客，对斯里兰卡茶叶情有独钟。斯里兰卡种植茶叶的历史悠久，主产区在康提和汀布拉等地，那里到处都是茶叶种植园。

◎茶叶店

攀爬狮子崖

到达斯里兰卡的第二天，我去攀登了闻名世界的古城遗址锡吉里耶，僧伽罗语称其为"狮子崖"。

清晨，汽车从科伦坡出发，向北行驶。穿过椰树林，涉过泥河滩，越过岗石坡，行驶 85 千米后，汽车停在宾纳瓦拉大象孤儿院门前，这是路过的一个必看景点，是世界上第一个大象孤儿院。

走进公路右边的大象孤儿院，只见这里有许多大象，它们正安闲地吃着树叶。管理人员介绍，大象孤儿院专门收养被母象遗弃和因伤致残的小象。这些象在此按时进食、散步、游戏、洗澡、睡觉，这里已成为世界上最有名的大象繁育中心。40多年来，这里已收养上百头小象，其中在此出生的小象米噶拉还被作为国礼赠送给

◎ 树屋

大象孤儿院的大象

中国，现在生活在北京动物园。参观大象孤儿院时，正好遇到众大象在河中洗澡，我有幸领略了这一壮观场面。

之后，继续北行。汽车又驶出 70 千米后，一座顶天立地的大佛像屹立在山脚下，这是丹布勒石窟寺的所在地。丹布勒石窟寺于 1991 年被联合国列入世界文化遗产名录。此时天空下起了雨，我冒雨爬了 400 多节石阶，攀至半山腰，来到丹布勒石窟寺门前。按照当地的风俗和规定，进寺庙参观必须脱鞋。虽下着大雨，但我也只得脱掉鞋子，赤着双脚，踩着雨水，走出 100 多米才真正到达石窟入口。远远望去，石窟像一条横卧着的鲸鱼。工作人员介绍，石窟建于公元前 103 年，是一个叫瓦塔

世界文化遗产丹布勒石窟寺

伽马尼的国王下令修建的。石窟中有很多石雕佛像，有立佛、卧佛、坐佛，形态各异，还有康提王朝末代国王的雕像等。石窟中还有壁画，具有很高的观赏价值。我一连观看了五座石窟，它们年代都很久远。

离开丹布勒石窟寺，汽车行驶 16 千米，茫茫平原上突然出现了一座飞来峰，悬崖峭壁，挺拔突兀，岩树苍翠，景色清绝。这就是我行程的目的地：锡吉里耶，即狮子崖。锡吉里耶狮子崖于 1982 年被联合国列入世界文化遗产名录。

平地起宏图！平原沃野上凸起一座单体的石峰，太奇妙了！大自然就是这样，常常让人感到意外和惊叹。更让人不可思议的是，在这遗世独立的山巅峰顶，还有一座崖顶宫殿和城池，令许多游客兴奋不已。

狮子崖高约 200 米，至山巅峰顶，有 2200 节台阶，需要相当的体力！

从第一节台阶爬起，刚上去 20 多节台阶就是一线天，两块巨石压得人们喘不过气来。接着往上爬，一块巨石像是一条眼镜蛇直立在面前，一种压抑感让人胆战心惊。第三道关口是山崖上直上直下的云梯，使得许多人望而生畏、止步不前。我小心翼翼地一步一步挪动，艰难地攀登，终于到达半山腰的石窟。

道路虽艰却不虚此行，这个石窟保存了许多古老的壁画。壁画为公元 5 世纪所绘，这些古典风格的绘画弥足珍贵。壁画以人物为主，都是少女或少妇，大小与人相同。光线下，她们的皮肤多呈现金色，发间、手腕和胸前戴满珍珠璎珞，动作多拈花垂眸，有的肤色较深，穿紧身薄纱，手捧花盘。

过壁画石窟后是一堵 3 米高的石墙，石墙上涂有矿物材料，能反射

◎ 眺望狮子崖

◎ 石窟壁画

微光，因此当地人称其为"镜墙"。就在这面镜墙上，写有600多首动人心弦的情诗，是斯里兰卡最古老的诗作。这些诗作已于1956年整理出版，其中一首是这样写的："一见伊人，心驰神荡，你既无情，我甚忧伤。"还有一首为："胸绣金花朵，手挽维那琴；君王既离去，对人诉哀音。"

穿过镜墙，我又斜着攀爬了一段悬崖，猛然间看到两只巨型狮爪雕。太累了！我坐在狮爪雕前休整。这里恰有一位工作人员，向我讲述了一段锡吉里耶狮子崖的来历，相传狮子崖宫殿是斯里兰卡摩利耶王朝的国王卡西雅伯修建的。公元477年，卡西雅伯为与其弟争夺王位弑父登基后，为了逃避为父报仇的同父异母弟弟莫加兰的复仇，耗时18年在狮子崖建造了王朝和宫殿。为什么选择此地？工作人员介绍，在山顶建都的目的主要是易于防守。卡西雅伯动用大批民工，在悬崖上开凿出一条栈道，并用砖石雕砌了一座巨大的石狮，狮口为栈道入口，名谓"狮口栈道"，只有通过这仅有的一条栈道才能到达山巅。狮口栈道凿好后，又动用大量人力、物力，在山顶上修筑皇宫、建成城堡，作为首都。历经沧桑，石头狮身已被风化破坏，现在只留下两只巨型狮爪。

听完讲解，继续沿着昔日的狮口栈道缓慢上行。原来的栈道台阶依稀可辨，打桩的石洞也清晰可见。顶着狂吹的大风，经过半个多小时的

◎ 狮子崖上的栈道

攀登，我终于到达山顶。

2200 节台阶，太艰辛了。然而，站到山巅一看，却大失所望。原来的城域不见了，只剩下一片废墟。工作人员说："经计算，狮子崖东西南北的整体面积为 3 平方千米。在山顶平台上，原先的皇宫殿、讲经台、小壁龛的断墙依然存留，池塘、花园、仓室还能看出一些轮廓。在此建都，世界上少有。尽管险要，但是卡西雅伯还是没守住。18 年后，卡西雅伯被弟弟杀害，王朝就此终止，锡吉里耶城堡也荒废了……"

不过，从高处俯瞰，也有无限风光！站在锡吉里耶这座空中殿堂遗址四处眺望，一片绿树碧海，连绵辽阔，而脚下，更显得险峻挺拔！

群山环抱的康提圣城

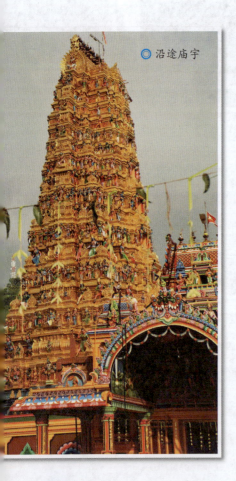

◎ 沿途庙宇

　　一路高山峻岭，一路蜿蜒山道，一路绿树繁茂，向着斯里兰卡第二大城市康提进发。康提于 1988 年被联合国列入世界文化遗产名录。

　　康提是斯里兰卡中部山区的商业、宗教、文化和交通中心，10 万人口的小城被群山环抱，全国最大的河流马哈韦利河横贯其间，恰似一个高山环抱的天然盆地。

　　康提在僧伽罗语中意为"高山"；康提在当地又被称为"马哈隆瓦尔"，意为"伟大的圣城"。康提始建于 14 世纪末，曾是康提王朝的首都。1807 年，康提王朝最后一位国王斯里·维克拉马·拉贾辛哈在城中心建造了人工湖——康提湖。康提人民在与殖民者的斗争中不屈不挠，所以这里被誉为"英雄的城市"。

汽车开进山城，我一眼就望见那碧波粼粼的湖水。美丽的康提，山清水秀。当地向导说："康提的城中心是康提湖，无论你站在哪个酒店的窗前，你的眼前一定是山水交融、风景如画。"

在康提，我转了一圈，确如向导所说，不论从哪个角度，都可以看到轻柔的湖水。湖边树木苍翠，花草艳丽，还有不少鸟儿飞来飞去，将康提古城装饰得更加美丽！

下午 5 点，我在湖边的一座演艺厅观看了一场文艺表演，舞蹈、独奏、演唱，引人入胜，极富民族特色，尤其是吞火和走火堆的表演，更加令人惊叹！

观赏完节目之后，我沿湖岸而上，去参观康提最有名也是最吸引人的佛牙寺。此时已是傍晚，康提笼罩在夜幕中。前面的佛牙寺却是灯火通明，屹立在马哈韦利河畔，庄重、伟岸、瑰丽，为康提的夜景增添了亮点。

走到佛牙寺门前，这里人头攒动。当地人、外地客，男女老幼，都整整齐齐排成长队，等待进入。为什么此时有这么多人？原来，大家主要是来瞻仰供奉佛牙的佛牙塔。佛牙塔每天对外开放 3 次，早晨、中午、

○佛牙寺

晚上各一次，每次开放半小时。最后一次开放的时间为傍晚 18 点 30 分至 19 点。我看了一下手表，时针指向 18 点 15 分，这里已是人声鼎沸……

我脱掉鞋子，赤着双脚，挤进寺门，踏上二楼，这里人挨人，一点空间都没有，大家都想看一眼佛牙塔。佛牙塔放在二层内殿，内殿正中供奉着一尊巨大的镀金坐佛，左侧暗室供奉着佛牙塔。内殿金碧辉煌，灯火通明，有多个僧人把守。如若瞻仰佛牙塔，则需排队而入。

利用排队等待的时间，我走访了一位庙内僧人，僧人说："释迦牟尼圆寂后，有两颗灵牙舍利留在人间，一颗在中国，一颗在印度。公元 311 年，盘陀公主将留在印度的佛牙藏在长发里，从印度带回斯里兰卡，供奉在这座寺庙。"据介绍，尽管斯里兰卡受到荷兰、葡萄牙和英国的入侵，但这颗佛牙一直保留了下来。这颗佛牙是斯里兰卡的镇国之宝。每年的七八月份，这里都要举行一次盛大的"佛牙节"，持续 10 个夜晚。

队伍在缩短，佛牙塔在靠近。排队 20 多分钟后，终于轮到了我。我放缓脚步，慢慢挪到佛牙殿堂门口，只见数根巨型象牙排列在内殿两旁，四周墙壁挂满灯火，灿烂如白昼。穿过一根根拔地而起的象牙，透过一束束耀眼的光芒，我终于看到坐佛左侧台架上镶着宝石和珍珠的金塔，金塔中还有一个小金塔，小金塔中有一个玉环，玉环中间便是佛牙……

佛牙寺已成为人们朝圣之胜地、康提的骄傲！

康提圣城的夜色是美丽的，万家灯火映照在湖面柔波上；康提圣城的夜是清悠的，寂静中传来潺潺的流水声……

◎ 佛牙寺殿堂

次日清晨，我来到康提圣城西南郊外，游览佩拉德尼亚植物园。这是亚洲第二大植物园，仅次于印度尼西亚的茂物植物园。

一进门就完全置身于林木之中，高大的树木参天蔽日。植物园始建于1371年，占地60万平方米，它原来是僧伽罗国王维杰拉马巴胡三世的皇家花园。其三面被马哈韦利河环绕，地势起伏，绿树成荫，风景旖旎。园中有芳香园、兰花馆、动物园、蕨园及两处大草坪。第一处草坪靠近马哈韦利河沿岸，有大片大片的竹林。穿过蕨园的是一条宽大笔直的棕榈林荫道，两排棕榈树昂首挺立，很有气势。棕榈林荫道前又是一片很大的圆形草坪。草坪东边是纪念林园。走进林中，看到的是各国领导人来访时种植的纪念树。我来到当年周恩来总理栽种树木的地方，那棵紫薇已经长成参天大树，树前立有牌子，上面标注着植树人的身份和植树的时间。

◎ 斯里兰卡的青年男女

马尔代夫：印度洋上的"花环之岛"

蓝天，碧海……

白云，绿岛……

飞机抵达马尔代夫上空。从机窗向外俯视大海，一个个多彩绚烂的岛群，宛若一串串珍珠撒落在印度洋上，宁静、美丽、神秘而又充满诱惑……

马尔代夫，在当地的迪维希语中意为"宫殿之岛"，全国共由 1192 个珊瑚岛组成，是世界上最大的珊瑚岛国，被誉为"千岛之国"。其总面积 11.53 万平方千米，陆地面积 298 平方千米，人口 55.7 万。地处赤道附近，是世界三大潜水胜地之一。

◎ 远眺马累岛

飞机降落在马尔代夫国际机场。走下舷梯后，我又乘摆渡船在一望无际的大海中飞速前进，向着马累岛行驶……

10分钟行程后，前面水域中出现了马累岛。目光所及，整个岛上挤满了各式各样的建筑，给人一种密不透风之感。然而，城市还在见缝插针地建设，最醒目的是写有"中天建筑"字样的大楼平地而起。马尔代夫首府马累市就坐落在马累岛上。

快艇靠岸，我登上马累岛，开启对马累岛、马累城的踏访。首都马累城与马累岛均称马累，在这个城市里，建筑占满了整个岛，才使得城与岛同名。这个岛实在太小了，是真正意义上的"弹丸之地"，面积不到3平方千米。

登岛后，我对马累的第一印象是摩托车太多了，大街小巷，遍地跑的都是摩托车，引擎的声音此起彼伏，震耳欲聋。

麻雀虽小，五脏俱全。马累岛上有政府机关办公楼、国家博物馆、清真寺、滨海大道、苏丹公园、地面卫星站、中心广场，街道小巷纵横，里面有商店、摊点和手工艺品市场。

走进手工艺品市场，那罕见的贝壳、珊瑚饰品琳琅满目，令人目不暇接，尤其是用被称为玛瑙贝的贝壳制成的贝雕工艺

◎中心广场及旁边的总统府

◎国家博物馆

品更为精美，是马尔代夫独有的出口珍品。这里的贝壳在很早以前就吸引了东非和阿拉伯人，而过去的贝币有极高的收藏价值。

走到马累岛北部，过滨海大道，是一条伸入海中 50 多米的防波大堤，高出海平面 15 米，它像一条巨龙卧在大海之滨，拦截着翻涌而至的海浪。这是马累岛乃至马尔代夫的一大景观。

中心广场面朝大海，马尔代夫国旗飘扬在广场上空，周边是政府机关所在地。

国家博物馆坐落在岛的中心，掩映在两棵古树之后，古树在清风下摇曳，仿佛在细诉悠长过往。在馆内，展有苏丹王朝时期的皇冠、宝座、古炮、刀枪、砍斧、长矛，还有贝雕、石刻、贝币等，而最为引人注目的是一支铜制长枪，这是马尔代夫民族英雄阿拉扎姆曾使用过的枪。解

◎ 中马友谊大桥

◎ 国家行政机关办公楼

说员说："那是 1558 年，葡萄牙殖民军派大批战船登上马累岛，修筑堡垒，实行残酷统治。阿拉扎姆带领各岛居民揭竿而起，奋力反抗，他用这支铜枪射中了葡军首领，此役大获全胜，使马尔代夫获得独立。之后，百姓选阿拉扎姆为苏丹王国国王，并视他为民族英雄。"

在马累岛，我又去了港口、海滨大道、清真寺。而马累岛的跨海大桥是中国建造的，当我看到桥头竖立的标牌上写着的"中马友谊大桥"字样时，倍感亲切。

马累岛是马尔代夫的政治、经济、文化中心，是游客必去之地，而更有魅力的海岛还有很多。马尔代夫作为一个旅游国家，海岛风光之美是罕见的。马尔代夫这个"千岛之国"不仅有"宫殿之岛"的美称，还有"花环之岛"的美誉！

花环，是指海岛的形状像花环。马尔代夫群岛由珊瑚礁组成，均属环礁岛，形如圆环或马蹄，稍稍高

◎ 马累的摩托车何其多

出海平面，最多高出一米。在一望无际的海平面上，远远望去，这些环礁岛犹如镶嵌在大海中的一串串花环。花环中间是鲜花组成的红色彩带，向外依次是绿色的丛林、白色的沙滩、蓝色的海水……一圈一圈向外伸展，美丽异常！因此马尔代夫才有了"花环之岛"的美称！

从马累岛乘船5千米，来到维林格里岛，这是距首都最近的一个海岛，也是马尔代夫最大的旅游岛之一。岛上建有一家名为维林格里的酒店，酒店拥有200多套白墙红顶的客房，另有10套专供部长级以上的贵宾下榻的高级客房。整个岛只有一条绿荫大道，大道两旁花草盈盈，争芳斗艳。

在马尔代夫，我还去了太阳岛、双鱼岛、卡尼岛、玛娜法鲁岛、白金岛、阿玛雅岛、哈库拉岛、阿雅达岛、丽莉岛、天堂岛和拉古娜岛等，其中，天堂岛是电影《日落之后》的取景地，拉古娜岛是电影《青春珊瑚岛》和《重回蓝色珊瑚礁》的拍摄地。

马尔代夫群岛风光绝佳，奇妙而神秘，吸引着世人的眼球。但马尔代夫举国却面临着重大威胁，即伴随着地球变暖，海平面上升，许多岛屿正在逐渐被淹没，有的已经彻底消失。这并非耸人听闻，马尔代夫人已经向全世界发出警告！ 2009年，马尔代夫时任总统在联合国气候变化峰会上说："你知道吗？海平面上升超过1.5米，全球将有数亿人死亡！"他呼唤全世界人民保护环境、保护地球、保护我们的家园！

原始生态的白金岛

　　劈波斩浪，木船向着白金岛滑行。此时此地，霞光万道，云海万里，景色如画！

　　我是早上乘船向白金岛进发的。船后的海鸥追逐着船儿，戏闹、欢叫、翻飞！

　　20分钟航程后，前方海平面上，白金岛渐渐出现在视线中，一种原始而自然的美展现在眼前……

　　登上白金岛，那洁白的海滩、白色的沙粒在白云下显得那样纯洁干净。

　　坐落在白沙中的白金岛

再加上闪烁着金光的椰子、金色的鱼群、金色的阳光，白金岛，果如名字一般！大自然恩赐了这个岛屿如此美妙的风景，真是令人如痴如醉……

面对洁白无瑕而又金光闪闪的白金岛，我询问陪同踏访的当地翻译娜娜女士，她说："白金岛的写法为 Hudhu Ran，其中 Hudhu 意为'白色'，Ran 意为'金子'，合在一起为'白金岛'。"

娜娜女士接着说："白金岛又名大劳力士岛，还被称为胡度兰富士岛。它隶属北马累群岛，地理位置为马累北环礁西南部，距离马累 26 千米，乘快艇前往需 30 分钟。白金岛面积为 0.19 平方千米，环岛步行一圈大约需 1 个小时。"

信步在白金岛上，这里简直是一个花的世界，到处是烂漫的花，红的、黄的、紫的、蓝的……引来飞来飞去的蝴蝶、蜜蜂。

在娜娜女士的带领下，我开始环岛行。穿行在林间沙路，我首先参观了"沙滩屋"。马尔代夫人围绕白金岛四周的沙滩，建起一幢幢草房木屋，全部面朝大海，而且都在茂密的棕榈树林中。从草房出来，过棕林、沙滩到大海，仅 20 米，近在咫尺。我看到一双双情侣、一对对夫妻、一群群游客，他们走向沙滩、走进大海，享受大自然的馈赠！

环岛行至一半，有一条长长的栈桥，尽头是"水上屋"，向导娜娜女士说："这是马尔代夫人打造的海上精品酒店，以吸引人们来岛上度

◎ 茫茫大海中的水上屋

◎ 出沙滩屋便是大海

假。"沿栈道步行至水上屋，看到这些浅海中的房屋建筑很有特色，像是空中楼阁，依靠钢筋或圆木柱固定在大海里，每个房间都有一个木梯与大海相连，宾客可足不出户就下到海中游泳。

过港口、音乐厅、咖啡厅、游泳池，最后来到日落厅。这是一处欣赏落日的地方。登上日落厅，恰逢日落时分，在白色的海滩、浪花上空，那金色的落日余晖洒下，编织成一幅白色和金色交织的画卷，铺展在天海之间。这不就是白金岛的缩影吗？如此壮观，美丽，神秘！

第三章 南亚：佛教、印度教的发源地　　243

第四章

中亚：苏联解体后的 5 个"斯坦"

"斯坦"源于古波斯语，意为"……之地"，又可解释为"……区域"。在亚洲，有不少国家的名字带有"斯坦"，而 5 个苏联解体后产生的"斯坦"国都在一个地域出现，这就是中亚。

中亚包括哈萨克斯坦、吉尔吉斯斯坦、塔吉克斯坦、乌兹别克斯坦和土库曼斯坦 5 个国家，面积有 400 万平方千米。中亚国家都是内陆国家，深刻着苏联的印痕；存留着丝绸之路上的古驿站——阿拉木图、比什凯克、杜尚别、撒马尔罕、布哈拉、塔什干……

哈萨克斯坦："苹果之城" 阿拉木图

　　中亚，濒临中国的西部；哈萨克斯坦，与中国比邻，两国边境线绵长。中亚之行的起点，我选择了哈萨克斯坦。

　　来到阿拉木图，别有一种感觉：民俗、民风和穿戴极似我国的新疆。翻开地图，可知它与新疆同在天山山脉，同饮伊犁河水。一方水土养育之下，甚至阿拉木图人的口音都有着新疆味。

　　阿拉木图是哈萨克斯坦前首都。哈萨克斯坦与中国疆域边境线长达上千千米，全国人口的 68% 为哈萨克族，与我国新疆的哈萨克族没有太大的区别。从土地面积上说，哈萨克斯坦是世界第九大国家，拥有 272 万平方千米，是中亚面积最大的国家，这里自古就是哈萨克和突厥民族的神圣之地。"哈萨克"这个名字是斯拉夫语"游牧战神"的意思。从天山到里海的中亚草原是这个游牧民族活动的地点，公元前 794 年至公元 1840 年，哈萨克民族就一直生活在这里。19 世纪的哈萨克王国也建在此地，后被沙俄占领并统治；1925 年称"哈萨克苏维埃社会主义自治共和国"；1936 年成为苏联加盟共和国；1991 年宣布独立，改称为哈萨克斯坦共和国。

◎ 阿拉木图的苹果雕塑

　　阿拉木图作为哈萨克斯坦的旧都历史悠久，古代中国通往中亚的丝绸之路就经过这里。清代时，阿拉木图被称为"古尔班阿里玛图"，属中国疆域，由伊犁将军管辖。

　　尽管该国首都 1997 年迁至阿斯塔纳，然而阿拉木图仍不失为中亚最大、最美的城市，其绿化面积达到 71% 以上，到处都是绿树花草。

　　"阿拉木图"在哈萨克语中为"苹果"之意，因为过去全城及郊外均出产苹果，阿拉木图还有"苹果城"之称。阿拉木图位于哈萨克斯坦东南部，处在天山北麓外阿赖山（中国称外伊犁山）脚下，三面环山，居民除哈萨克族之外，还有维吾尔族、俄罗斯族、鞑靼族等。哈萨克人有"以右为上"的民族传统，出门进门皆要先迈右腿。他们信仰伊斯兰教，做礼拜时忌讳别人从面前通过，并禁食猪肉，禁用猪皮制品。

　　走在宽敞的大街上，两边绿树成荫。阿拉木图习惯以名人来命名街道，当我看到冼星海大街时，亲近感油然而生。冼星海大街位于阿拉木图东市区，同拜卡达莫夫街并行，不远处是中心广场。

　　拜卡达莫夫是哈萨克斯坦的著名音乐家，当年曾援助过背井离乡、流落到此地的冼星海，两人在艰难岁月里结下了深厚友谊。

　　冼星海于 1942 年底从莫斯科辗转来到阿拉木图，在此度过了他 40

岁生命历程中的最后两年半时间。在这里，他深受当地人喜爱，获得了巨大的勇气和自信，创作了大批激情涌荡的传世佳作。其中，有他创作的第一交响曲《民族解放》和第二交响曲《神圣之战》及《中国狂想曲》《阿曼盖尔德》《满江红》等，他还收集、改编了大量哈萨克民歌，成为用音乐传递中哈友谊的使者。为纪念这位伟大的中国音乐家，哈萨克斯坦保留了冼星海故居，建造了冼星海纪念碑。纪念碑以荷花为造型，碑身正面用中、哈、俄三种文字写道："谨以中国杰出作曲家、中哈友谊及文化交流使者冼星海的名字命名此街为冼星海大街。"纪念碑上还镌刻着冼星海的简历和他创作的歌颂哈萨克民族英雄的交响诗《阿曼盖尔德》。

在阿拉木图，我走进潘菲洛夫公园。园内坐落着世界第二高的纯木质结构的教堂升天大教堂，整座教堂没使用一根铁钉。升天大教堂于1903年建造，2004年获联合国教科文组织亚太区文物古迹保护奖杰出项目奖。走近这座华丽多彩的教堂，我惊叹不已。1911年这里发生大地震，阿拉木图被夷为平地，幸运的是，这座教堂保留了下来。

◎ 升天大教堂　　　◎ 战士纪念碑

　　绕过升天大教堂南行，是一处雄伟的群雕，这是为纪念 1941 年在莫斯科郊外抗击德军坦克而牺牲的 28 位哈萨克步兵战士而建的。雕塑中的战士们目光如炬、满脸愤怒，那英勇不屈的气势，表现出民族的气魄和精神。

　　再向南行，是哈萨克斯坦国家乐器博物馆，里面陈列着众多各式各样的古乐器。

　　在阿拉木图，我还参观了蓝顶白墙的中央清真寺、十二生肖喷水池、中央国家博物馆和文化广场，最后乘坐缆车登上绿山风景区，游览了山顶动物园、电视塔和山巅市场。最让人动心的是站在山顶观景台，居高临下，俯瞰那高楼大厦、纵横的街道、滑雪场、纪念碑、大广场……阿拉木图秀美的自然风光和独特的人文建筑一览无余。

　　在绿山顶峰，还可以眺望城西北 170 千米外的泰姆格里山，那里的岩刻于 2004 年被联合国列入世界文化遗产名录。

　　夜幕降临，华灯初上。那闪耀的星光与璀璨的灯火下，阿拉木图这座中亚最大的城市，更显示出了它别样的魅力与奥妙……

◎ 中央国家博物馆

◎ 国家乐器博物馆　　　　　　　　　　　　　　　◎ 十二生肖喷水池

吉尔吉斯斯坦："丝路重镇"比什凯克

从哈萨克斯坦阿拉木图出发西行到吉尔吉斯斯坦首都比什凯克共计230千米路程。

公路就在天山脚下，那雪山逶迤延绵，横卧东西。北边是一望无际的空旷地域，偶有低矮的丘陵，其余皆是一片荒凉。

◎ 去往吉尔吉斯斯坦的途中经过李白的故乡

车行4个小时，快要到达比什凯克城之前，路过托克马克市西南8千米处的碎叶城遗址，这里是中国"诗仙"李白的出生地，古称碎叶镇，曾为中国唐朝安西四镇之一。李白的幼年是在这里度过的，当地人也因此处是李白的出生地而自豪。此地有许多"东干人"，足以说明这里与中国的渊源。据史料记载，吉尔吉斯斯坦有10万多东干人，是清朝时从陕西、甘肃等地迁来的，主要从事种植业。

◉ 国家自然公园

汽车又行驶半个小时，进入吉尔吉斯斯坦首都比什凯克。比什凯克是古代中亚地区的重镇，是古代丝绸之路中一条经过天山山脉、贯通西域和中亚草原的要道所经的驿站。1825 年，乌兹别克族人与浩罕族人在该处建立泥制堡垒。1862 年，沙俄吞并浩罕地区，大肆破坏泥堡，后将该地区发展为俄国的军事要塞。

行走在比什凯克大街，感觉该城看上去没有阿拉木图大，但街道同样非常宽敞、笔直，两边的树木高大粗壮，一片绿意。

沿着五一大道由南向北行驶来到玛纳斯英雄广场。玛纳斯是吉尔吉斯斯坦人民心目中的英雄，广场中心耸立着玛纳斯纵马奔驰的雕像，看上去威武不屈、凛然不可犯。广场的两侧是名人雕像，对面是老市政厅和国际大学。

从这里东行到达阿拉图广场，我一下子被震惊了，广场之大让人难以想象。阿拉图广场原来叫列宁广场，从前列宁塑像一直矗立在这里，2003 年取而代之的是一座自由雕像。每天早晨和黄昏这里都会举行升降国旗仪式。广场博物馆建造得宏伟壮丽，是比什凯克的地标。广场的西

◎ 玛纳斯英雄广场

◎ 阿拉图广场

侧是白色大理石宫殿白宫，是总统和议会办公地；东侧为公园，其中有上百年的橡树、艺廊、雕像和纪念碑。

最后来到胜利广场。广场上有一座巨大的由3根弯柱搭在一起的石碑，看似帐篷，其实这是二战胜利纪念碑，面积占了整整一个街区。纪念碑下跳跃着永不熄灭的火焰，一对年轻人正在此地拍结婚照。

临近中午，我去了当地著名的亚洲市场。市场大门是穹形石墙，门里门外，人山人海。摊位一个挨一个，上面摆放的多为中国产品，特别抢眼的是服装，绚丽多彩。在摊位旁，我走访了一个中国客商，他说："这里古时候就是丝绸之路的驿站，自古至今贸易都很火爆。现在交通发达了，我们进货都是乘坐飞机，非常方便。"

在服装摊拉上，我采访了一位当地中年女士，她说她所卖的衣服都是从中国商人手中批发而来，颜色鲜艳、款式新颖、价格合理，大受本地人欢迎。问到她的家庭时，她毫不隐瞒地说："我是被男人抢来做妻子的。开始我哭了两天两夜，后来见男人很实在，就同意嫁给他了。"原来，吉尔吉斯斯坦有"抢婚"的习俗。青年小伙若是看上哪个姑娘，可以硬生生将其"抢"到家里关起来，然后再去请求女方父母的同意。新娘可以"抢"，但不能做越轨之事，否则将受到法律的制裁。抢婚的成婚率达30%，若女方就是不同意，男方还要送回去。也有的男子使出各种手段"抢"，之

○ 胜利广场

后对女方特别好，以期让女方同意。当地有一句话"好婚姻都是从眼泪中开始的"，也就是说，多数以眼泪开始的婚姻都很成功。当然，这是当地的一种风俗，目前，吉尔吉斯斯坦对"抢婚"在法律层面做了约束。

玛纳斯，在吉尔吉斯斯坦可谓家喻户晓，许多地方都以"玛纳斯"命名，如玛纳斯广场、玛纳斯国际机场等。史诗《玛纳斯》是一部口口相传的故事，它以一位叫玛纳斯的英雄为主人公，讲述了吉尔吉斯斯坦的历史，其内容是玛纳斯带领他的人民开疆辟土、与敌对的游牧部落展开斗争的故事。《玛纳斯》不仅是吉尔吉斯斯坦传承的文化，也是中国民间三大英雄史诗之一。经过几十年的翻译整理，中国柯尔克孜族英雄史诗《玛纳斯》的汉文文稿已完成。世界上最长的唱本《玛纳斯》就出自中国新疆，共8部20多万行。

在吉尔吉斯斯坦，我还去了比什凯克南部45千米处的阿拉阿查国家公园，参观了玛纳斯国际机场，其中有美国对伊拉克及阿富汗作战时使用的空军基地，也有俄罗斯的军用飞机。

○ 当地青年　　　　　　　　　○ 广场上的婚礼

塔吉克斯坦：从苦盏到杜尚别

塔吉克斯坦位于阿富汗、乌兹别克斯坦、吉尔吉斯斯坦和中国之间，是中亚诸国中面积最小的国家。中国与塔吉克斯坦有地缘关系，两国接壤的边境线约 300 千米，两国同在帕米尔高原，同临瓦罕山谷，这里是丝绸之路重要的交通枢纽。由于塔吉克斯坦多山，因此其有"高山之国"的称谓。历史上，塔吉克斯坦大部分地区曾属中国版图。2011 年，中国和塔吉克斯坦边防部队代表在帕米尔高原中方 75 号界桩处举行了中塔新划定国界交接仪式。

过境后，我来到塔吉克斯坦最北部美丽的锡尔河畔的苦盏古城，它是该国第二大城市、中亚最著名的文明古城之一。传说苦盏城的建立者是来自欧洲东南部巴尔干半岛上的马其顿国王亚历

◉ 苦盏的历史博物馆

山大大帝，该城在希腊史籍中被称为"最遥远的亚历山大里亚"，波斯帝国崛起后，该城成了其北部边境的一部分，也是丝绸之路的重镇。公元8世纪时，苦盏被阿拉伯帝国占领；公元12世纪时，又被蒙古帝国征服；1866年，沙俄占领了苦盏；1924年，苦盏被划入乌兹别克斯坦。

在苦盏古城，我先后参观了凯拉库姆水库、文化宫、历史博物馆、中亚市场及清真寺和经学院等。

据当地向导格格修珠介绍，塔吉克斯坦人口的80%是塔吉克人。塔吉克人的面部带有地中海人的特征，也有绿眼红发的。可以想象，亚历山大大帝曾占领这里，他的士兵娶了当地的姑娘，故而留下地中海人的血脉。"塔吉克"一词在20世纪之前仅指"说波斯语的人"，而中亚其他国家都说突厥语，这是塔吉克斯坦与其他四个

◎ 市场

◎ 有"塔吉克海"之称的凯拉库姆水库

中亚国家最大的区别。当然，乌兹别克斯坦也有一部分人说塔吉克语。

塔吉克男子的传统服装是斗篷外套和刺绣黑帽；而女性着鲜艳靓丽的长裙，戴头巾。塔吉克女人非常勤劳能干且特别爱干净。通常情况下，未婚姑娘每天很早便起来清扫街道，很是讲究卫生。中国也有塔吉克族，新疆塔什库尔干塔吉克自治县有 3.3 万塔吉克人。

苦盏之行后，我驱车南行，前往 330 千米之外的首都杜尚别。

车行 80 千米，眼前出现一个大山丘，山顶有一座高大的建筑，旁边还有骑士策马奔驰的雕像。原来这个地方叫伊斯塔拉乌善，是塔吉克斯坦保存最完好的古城之一。在山顶之上、古遗址之中，从那片片碎瓦、颗颗碎石中，依稀可见它的沧桑过往。当地向导介绍说，雕像中的骑马人是帖木儿。

下山后，我到古城游览了经学院、清真寺，后又在经学院走访了一位 80 多岁的守经人，他说这里藏有很多经书，以供人研究。之后，我又参观了古城的刀具市场。据 90 多岁的刀具大师介绍，这里的刀都是手工制作的，在全世界都享有盛名。刀具市场的对面是一个更大的贸易

◎ 伊斯塔拉乌善古城著名
历史人物帖木儿雕像

市场，经营各种农副产品。

离开伊斯塔拉乌善古城继续南下。路途不再如先前那样平坦，山岭越来越多，海拔越来越高，天气也变得凉爽起来。沿途看到不少修筑公路和挖掘隧道的施工人员。司机师傅指着带有安全帽的施工人员不断地喊："China！"原来，这支建设大军来自中国。凡是修建好的高山隧道，都会在隧道口用中文和塔吉克语书写名称。

经过一处母狼哺乳孩子的雕像后，我登上一个叫恩佐伯的隘口，刚看到白雪皑皑的雪山，突然下起雨来，气温骤降，寒冷异常。我们将车停在一个叫古索格狄亚那的地方，稍加休息。这里原是一个废弃的 8 世纪古城，它曾是丝绸之路上繁华的城镇，由于山高路远，已被弃置，如今只留下了遗址。塔吉克人在此开辟了旅游景点，搭建帐篷，供游人参观和休息。

在这里我吃了一顿难忘的午餐。这里的气温极低，即使穿上了大衣依旧感觉寒气逼人。

饭后，继续南下。山，更加峻峭；路，越来越陡；雪，越来越近。行路 1 个多小时后，过一条隧道，中文标识为"沙赫里斯坦隧道"，可见此隧道也为中方所建。之后，又过几条隧道，其中一条感觉长 10 多千米，里面坑坑洼洼，汽车颠簸 40 多分钟后，终于走出了这条隧道。

一出隧道口，眼前竟是一幅美丽动人的雪山绿草的图景。我急切地叫停汽车，把这沟谷、深渊、雪山、陡坡拍摄下来。

之后，又过了一条隧道，上面用中文写着"友谊隧道"。两边风景同样很美。向导说："这里的山景确实不错。但是，它还是比不过帕米

◎ 高山、公路、隧道

尔的山景，那里才叫绝呢！”接着，她介绍起了帕米尔："塔吉克最大的亮点，应该是帕米尔高原。帕米尔公路是全世界景色最壮丽的公路之一。那条公路是苏联时期修筑的，直到最近才解除对游客的限制。帕米尔公路是一条非常偏僻的高纬度公路，沿路而行，可以欣赏到与西藏一样的高原风光，途中可见湖泊、毡房、牦牛。帕米尔高原没有清晰的山梁，有的只是道道山谷。其路上行驶着许多中国货车。中国人称帕米尔高原为'葱岭'。"

向导说，除帕米尔之外，塔吉克的第二大亮点是瓦罕山谷，该山谷非常偏僻，却异常壮观。

经过半个小时的休整后，又开始行进，不过，自此以后，都是下山路。不同的山、不同的谷、不同的坡，当驶过一层层红色山石后，右侧

◎ 著名诗人图尔松扎德纪念碑

◎ 胜利纪念碑

◎ 首都杜尚别的独立广场

坡梁上突然出现一片绿意，绿丛中间或有一些农舍，一条奔腾的河水横卧其间。

汽车驶出了大山，接下来是一马平川。又经过一段路程，杜尚别到了。

杜尚别是十月革命后，在3个荒僻小村基础上建立起来的一个新兴城市。1925年起建市，以前称"基什拉克"，意为"村庄"。1925年至1929年，称杜尚别，原译为"久沙姆别"，意为"星期一"，因此地每星期一的集市而得名。1929年后，称"斯大林纳巴德"，意为"斯大林城"。1961年后又改回杜尚别。1991年，成为宣布独立的塔吉克斯坦共和国的首都。

在杜尚别这个新兴城市，我先后参观了独立广场、胜利纪念碑、国宾馆、著名诗人图尔松扎德纪念碑、萨马尼雕像等。

乌兹别克斯坦：边境小城铁尔梅兹

从塔吉克斯坦首都杜尚别西行驶入乌兹别克斯坦边境。办完入境手续后，汽车左转南行，一直向着乌兹别克斯坦的边境城市铁尔梅兹行驶。

从一个国家进入另一个国家，紧张的气氛蔓延着。离开边界不到 10 分钟，我们就被检查站边检人员拦住，检查护照、行李、背包，非常严格。不仅仅是检查我们的车辆，当地人的也需检查。原来，这条公路是通向阿富汗的，那里依然弥漫着战争的烟火。

丝绸之路上的"中亚明珠"乌兹别克斯坦处在古中亚丝路要塞上，其中众多的古驿站和历史遗迹，就像一串宝石链，连接着东西文化。古代丝绸之路让欧亚文化在此激流回荡。亚历山大、帖木儿、成吉思汗等不同帝王的统治，让乌兹别克斯坦荟萃出一座座独具风格的古城：有凝聚中亚两千年文化及历史遗迹的古城塔什干；有中亚最古老、最美丽的城市撒马尔罕；有伊斯兰教的文化宝藏地古城布哈拉等。目前，该国共有 4 处古迹被联合国认定为世界文化遗产，是中亚拥有这一称号最多的一个国家。

◎ 边界铁丝网对面是阿富汗

◎ 沿途皆是"哭泣的母亲"雕像

汽车在烈日下行驶，西边是山峦，东面是棉田。偶见农村房舍，简陋古朴。农妇穿着艳丽的长袍从房舍中走出来，有的还向我们招手。沿途，不断看到"哭泣的母亲"雕像，那是二战胜利纪念碑。

车行3个多小时，终于走到公路的尽头，到达乌兹别克斯坦最南端的城市铁尔梅兹。

铁尔梅兹坐落在阿姆河北岸，在当地语言中，"阿姆河"是"不听话"的意思，河的对岸是阿富汗，两国隔河相望。这个边境城市实在太小了，仅有9万多人，我乘车10分钟就绕完了全城。纳沃伊路口的白色钟楼算是市中心。由于偏远且荒凉，在这里定居的人并不多，且居民也比较混杂。除当地土生土长者之外，有很多外国军队士兵与当地姑娘结婚后留了下来，成为永久居民。在阿富汗战争期间，这里有很多外国军事基地。

谈到阿富汗战争，当地人介绍道："1979 年，苏联在阿富汗作战，损失万余名士兵也没有打赢，10 年后只好撤走，回到铁尔梅兹。之前，英国人对阿作战，全军覆灭。有人坦言，历史上从没有人战胜过阿富汗，就连美国人对阿作战也很难说胜利。"

在当地工作人员的陪同下，我首先去边界考察。途中经过了德军基地、美军基地等。基地门口戒备森严，由多人把守。其实，市区距边界很近，站在楼上就可以看见对面阿富汗的建筑。边境岗楼很密集，依稀可见士兵扛枪瞭望。

○ 纪念堂

的确，铁尔梅兹的气氛过度紧张，而使得这座小城骄傲的，是历史留下的许多遗迹值得人们去参观和考证。

此地有埋葬着从 11 世纪到 15 世纪铁尔梅兹历朝历代统治者的苏丹陵。陵墓内的墙上悬挂着许多国家元首来这里参观的照片。

○ 泥墙要塞

参观的第二个景点是泥墙要塞（Kirk Kiz）。Kirk Kiz 的意思为"40 个女人"。这个建筑群呈正方形，边长 50 米，始建于公元 9 世纪。整座建筑群都是泥墙，四角是瞭望塔，还有多处通道。据介绍，当年有 40 个女人生活在这里，她们都是被杀贵族的妻子。为了给丈夫报仇，她们在这里曾抵御多起外来侵犯。

在市区北部还有一处建于公元 9 世纪的陵墓，里面埋葬着一位苏菲派哲人，他是这座城的保护神。

继续向北行，我又参观了法雅兹特佩佛寺遗址建筑群，这是一座公元 3 世纪的佛教寺院。登上建筑群顶部俯视，看到其与我国讲究对称的汉传佛寺迥然不同，有点像个迷宫。

在铁尔梅兹，我还走访了考古博物馆、中亚地区著名的祖尔马拉佛塔、体育公园雕像等。

◎ 寺院遗址

帖木儿的故乡沙赫里萨布兹

从铁尔梅兹向西北行，满目荒山丘陵，不见树木，少见村庄，整个大地仿佛失去了生命力，偶有飞鸟掠过天空，鸣叫声也分外孤独凄凉。这就是乌兹别克斯坦的东南部地区，太荒凉了！

驱车5个小时走出300千米，到达帖木儿的故乡沙赫里萨布兹时，终于望到了大片的绿色。

帖木儿，这个名字对于中国人来说可能有些生疏；而对于乌兹别克

沿路风光

斯坦乃至中亚地区的人来说，可谓家喻户晓。有人赞他是一代伟人、英雄，也有人说他是一个暴君、独裁者，历史评说不一。但不管怎样，他都是一个显赫一时的人物。

1336年4月9日，帖木儿出生在沙赫里萨布兹，"沙赫里萨布兹"在塔吉克语中意为"绿色的城池"，这里的语言是塔吉克语。帖木儿生性争强好胜，他召集一支硬汉大军起义，尽管与其他部落作战时伤了右腿成为跛子，但他依然从察合台王国夺取了河中地区，并四处作战扩大势力。他宣称和成吉思汗有血缘关系，于是像成吉思汗一样发动了横扫南北之战，先后征服了今天的伊朗、伊拉克、土耳其东部和高加索地区，正准备进攻中国时，却于1405年死于讹答剌。

在沙赫里萨布兹吃午饭时，我看到这个小城的建筑没有被俄国化，仍保留着旧时的风格。小巷斜街尽管狭窄，建筑尽管低矮，但都散发着旧时代的独特魅力。这里最有亮点的是帖木儿夏宫，位于城北处。当我站到夏宫门前时，简直难以置信，在那个时代怎么会建成

◎夏宫

这么高大的建筑？这是帖木儿的杰作，从中也可以看出帖木儿的实力。当年帖木儿斥巨资修建的夏宫，虽然大部分已毁坏，但残留的门廊依然伫立。门廊高40多米，墙体镶嵌着华丽的图案。从它的建筑体量、色彩运用来看，可与乌兹别克斯坦的任何一座建筑相媲美。夏宫前面是帖木儿广场，高大的帖木儿雕像矗立在广场上。在此，

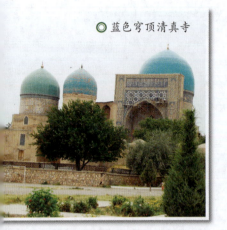

◎ 蓝色穹顶清真寺

我询问了当地解说员，她说："当年，帖木儿放言要建一座世界上最大、最高、最漂亮的建筑。当这座夏宫主体工程完工后，建筑师却走了，工程自然停了下来。4 年后，这名建筑师又回来了，帖木儿怒要挥刀问斩。建筑师解释说，这 4 年是为让墙体下陷，建筑稳固，这样贴出的瓷砖图案才不容易掉落。"

在沙赫里萨布兹，有一座蓝色穹顶清真寺，是帖木儿的孙子乌鲁别克于 1437 年为他的父亲即帖木儿的儿子修建的。寺院的东侧有帖木儿父亲及帖木儿老师的陵墓。

◎ 沙赫里萨布兹的帖木儿长子长眠地

沿着这座蓝色穹顶清真寺东行百米，来到一座建于 14 世纪的清真寺，寺院里有两棵 1380 年栽种的古树，在记述着这座寺庙的历史。在古寺的南面，建有贾汉季陵墓，贾汉季是帖木儿最喜爱的长子，但年仅 22 岁便死去了。看上去，土色穹顶建筑尚在，墓中却空无一物。在贾汉季陵墓东侧，还建有帖木儿的墓，不过这是一个空墓，因他死后来不及被运回家乡。

沙赫里萨布兹因帖木儿而出名。这个小小的历史古城于 2000 年被联合国列入世界文化遗产名录。

"东方罗马"撒马尔罕

汽车在飞奔……

北行 90 千米,来到魅力无穷的撒马尔罕古城。刚进城区,看到巨大的帖木儿雕像。显然,帖木儿与撒马尔罕也有着千丝万缕的关联。

撒马尔罕是乌兹别克斯坦乃至整个中亚最有吸引力的古城,被誉为"丝绸之路的明珠""东方罗马""穆斯林世界的明星"等。2001 年被联合国列入世界文化遗产名录。

有人说:"不到撒马尔罕,就不算真正到过乌兹别克斯坦。"撒马尔罕位于古代丝绸之路西段必经之地,2500 年的悠久历史融合了印度、突厥的古文明,让这座古城变得神秘莫测。这座帖木儿帝国古都的历史可以追溯到公元前 5 世纪,善于经商的粟特人把撒马尔罕建造成一座美轮美奂的都城。作为丝绸之路上重要的枢纽,撒马尔罕连接着波斯、印度和中国三个地区,但也饱受战火蹂躏,曾被成吉思汗攻陷。随着帖木儿帝国的兴起,他的大军横扫波斯、印度、阿塞拜疆和蒙古等。他发誓要让撒马尔罕成为亚洲之都,为此他把从亚洲各地劫掠来的珍宝堆积在撒

◎ 雷吉斯坦广场

马尔罕，在城里修建起最辉煌的宫殿和清真寺。

◎ 大殿富丽堂皇

◎ 壁画

雷吉斯坦广场是撒马尔罕的地标，广场上建有三座全世界现存最古老的经学院。雷吉斯坦在塔吉克语中意为"沙地"，而在沙地上崛起的宏伟建筑实属罕见。这座世界上独一无二的、具有宗教色彩的建筑群，真是令人叹为观止！雷吉斯坦广场上这组宏大的建筑群，建于公元15至17世纪。

广场左侧建筑为乌鲁别克经学院，乌鲁别克是帖木儿的孙子，为中世纪的学者、天文学家、诗人和哲学家。学院建成于 1420 年，乌鲁别克经常来此讲学、授课。期间，也遭受了很多磨难。

正面建筑为季里雅－卡利经学院，意为"镶金的"经学院，1660 年建成，里面有一座清真寺，顶部为黄金装饰。

右侧建筑为希尔－多尔经学院，意为"藏狮的"经学院，1636 年建成，其大门上方以两只狮子作装饰，这极为罕见。

这三座建筑高大壮观、气势宏伟，虽建于不同时代，但风格组合相当成功，是中亚建筑的杰作。

雷吉斯坦广场建筑群的东北方坐落着一座宏大的比比哈努姆清真寺，它曾是伊斯兰世界最大的清真寺，大门高度达 35 米，为帖木儿帝国的瑰宝。在寺里参观时，讲解员介绍道："这座清真寺是以帖木儿的妻子比比哈努姆的名字命名的。当年，帖木儿的妻子下令修建这座清真寺，在修建过程中，建筑师爱上了比比哈努姆，而且爱得不能自拔，于是，建筑师提出要吻她一下，如果不接受，则休想完工。无奈，比比哈努姆接受了他的亲吻。帖木儿得知此事后，立刻处决了建筑师，并从此下令，女人必须戴面纱，免得让男人关注。"

◎ 比比哈努姆清真寺

比比哈努姆去世后就葬在清真寺对面，这一建筑至今还保留得很好。

帖木儿有很多妃子，

其中最喜爱的一个葬在他妻子比比哈努姆东边的夏伊辛达陵，这是撒马尔罕的第三大景点。撒马尔罕的第四处看点是古里阿米尔陵。

古里阿米尔陵建于 1403 年，是帖木儿及其后嗣的陵墓，壮观而色彩鲜艳，有球锥形大圆顶，具有浓厚的东方建筑特色，是世界著名的中亚建筑瑰宝。陵墓的灵堂中放有 9 个石棺椁，真正盛放遗体的棺椁则深深埋在地下。陵墓中分别安葬着帖木儿、帖木儿的两个儿子、两个孙子，乌鲁别克的

◎夏伊辛达陵

两个儿子、乌鲁别克的宗教老师以及一个未查明姓氏者。帖木儿的墓曾被苏联考古学家打开，在打开帖木儿墓时，看到其右腿、右臂有残；而帖木儿之孙乌鲁别克的头骨是与身体分离的，证明他是被斩首的。这里最为引人注目的是乌鲁别克为帖木儿建的墨绿色玉石棺。石棺上刻着一段话：

◎古里阿米尔陵

"打开这座墓的人将被一个比我更可怕的敌人所打败。"1941年6月19日，苏联专家发掘帖木儿的墓，6月22日，希特勒就开始进攻苏联，不知这是否应验了帖木儿墓刻的咒语。

撒马尔罕还有一个看点，为乌鲁别克天文台。我驱车前往，看到了这一历史遗迹。天文台坐落在郊外，是当年帖木儿之孙乌鲁别克所建，遗址至今存留。我看到，那大理石制成的巨大六分仪斜插在11米深的地下，非常神秘。这一古天文台可谓东方建筑艺术的瑰宝。当年，乌鲁别克经常站在这里研究天文，他绘制的星阵图准确无误地描绘出1018颗星星的位置，他用六分仪测出的一年时间与现代科学计算的相差无几。乌鲁别克在从政的同时也潜心科学研究。他用日月星宿排列推算着天地运行，却没有算出自己的命运。1449年，乌鲁别克死于自己儿子刀下……

◎ 街心广场的帖木儿雕像

沙漠中的古都布哈拉

从撒马尔罕乘车西行 270 千米，克孜勒库姆沙漠中出现一片绿洲，那就是中亚最神圣的古城布哈拉。布哈拉是丝绸之路的重要驿站，跨越了上千年的建筑至今依然矗立，成了世界考古学家必去之地。

据翻译介绍，布哈拉曾有这样一个传说："当年，这里是丝绸之路的驿站。布哈拉处在大漠深处，驼队在此常常遇到劫匪的掠夺和袭击。为了安全穿越、避免匪徒的洗劫，驼队来到大漠时，便把一只小骆驼杀死，埋在沙漠中，并把价值不菲的货物也一起掩埋，之后继续行走。而如何再找回这些货物？答案是依靠母骆驼。返回时，小骆驼的母亲可以轻而易举地嗅寻到孩子被埋之地。"

汽车直奔古城中心的里亚比豪兹广场：一池碧水位于干枯千年的桑树旁边，岸边有丝绸驼队雕塑、智者骑驴铜像、露天饭店、音乐喷泉、杂货小摊等。

更值得一去的是南边的一条犹太大街。连着犹太大街的小巷里住的都是犹太人，翻译说："很早以前，这里有个国王的妃子生了病，怎么

◎ 里亚比豪兹广场的水池

也治不好，于是从遥远的地方请了一位犹太医生，结果病治好了。国王问这位犹太医生可否留下来，犹太医生答应了，条件是必须带全家移来此地。之后，犹太人在此繁衍生息，人数达到 2 万多人。目前，这里有犹太商店、犹太学校等。"

水池西侧的寺庙中有布哈拉全城的模型图，这里过去是僧侣居住的地方。

水池东边的建筑为经学院，门上有鸟儿的图案，翻译说："看了这些鸟儿的人，会幸福一辈子。"图画中的鸟儿抓着一只动物，动物鼻子像猪、身子像狗、腿像驴，当地人说鸟儿抓的是布哈拉的

◎ 经学院

○院内演唱会

敌人。乌兹别克斯坦独立之后，国徽上的鸟就出自这里。

翻译说："这个经学院本是客栈，为城内一名富人所建。这名富人去麦加朝拜，回来时给妻子买了一件很贵重的衣服，但妻子并不喜欢这件衣服，也认为它不值钱，就扔在一边不穿。无奈，她的丈夫便将这件衣服卖掉，建了一个客栈。国王走过客栈，问这是谁建的经学院啊，这么漂亮！于是富人便按照国王所言，称此为经学院了。"

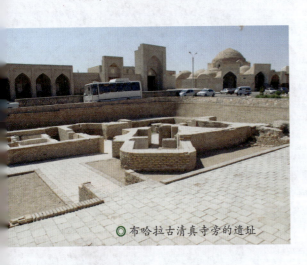

○布哈拉古清真寺旁的遗址

谈到水池，翻译说："在布哈拉古城区里，原来建有一个水渠和许多水池，曾是人们生活用水的主要来源。"

穿过里亚比豪兹广场向西北行，可见一座中亚最古老的清真寺，大约是公元9世纪建造的，木门是公元12世纪的，寺周围是古城遗址。

再向西北方走去，是一处圆顶的贸易市场，市场是由多个穹顶组成的建筑，通道也是拱廊。市场里有很多商业摊位，出售各种货品，尤为多的是纪念品。据介绍，这里在古代就是丝绸之路的交易场所。

在圆顶市场东北处，是乌鲁别克经学院。这是乌鲁别克为他祖母修建的，因祖母是布哈拉人。经学院的左扇门上写着：看书能学到知识，看一天书胜过念三天经。右扇门上写着：不管男女都要看书学习。在那个年代，科学尚未普及，人们认为地球是方的，天上的星星是上帝。乌鲁别克批判了这一思想。

通过一个窄小的巷道西行800米，一座高大的建筑出现在眼前，这是布哈拉的地标卡隆宣礼塔。这座宣礼塔是喀喇汗王朝1127年修建的，塔高47米，为当时中亚的最高建筑。卡隆在塔吉克语中是"伟大"之意。这个地方也说塔吉克语。传说当年成吉思汗来到这里，看这高塔时，头顶的帽子被风吹了下来，成吉思汗低头弯腰要去拿帽子，他的部下说，这是上帝让低头，说明宣礼塔很"伟大"，请不要攻打。成吉思汗也认为这是上帝的旨意，下令不得毁坏，为此这座高塔被保存了下来。不过，成吉思汗将宣礼塔下面的清真寺毁掉了。为什么建这座高塔？当地传说，当时喀喇汗王朝统治者亚尔斯兰可汗杀死了一名阿訇，他晚上做梦听到死者说："你杀死了我，请你施恩，将我的头颅放在一个没有人践踏之地。"于是，国王在阿訇的坟墓上修建了这座宣礼塔。

◎ 卡隆宣礼塔

在宣礼塔西北侧，还有一处令人瞩目的古城堡雅克城堡，它是布哈拉统治者及其亲属的居所，建于公元前 1 世纪。几个世纪以来，由于古堡几经毁坏并多次重建，整个古堡形成了一座高达 18 米的丘岗，外边由层层城墙所围。最上面一层是布哈拉最后一代统治者所建，面积约 4

◎雅克城堡

公顷。当时，该城堡为一个综合建筑群，有 3000 多人居住在里面，建筑群包括当时统治者的宫殿、国库、官吏住所、兵器库、清真寺、手工作坊、监狱等，但保留下来的建筑不多，留存下的建筑之一是城堡的大门。

布哈拉的另一大亮点为夏宫，这是最后一位国王埃米尔阿里木可汗生活居住的地方。驱车北行 6 千米，看到坐落在一片树林中的夏宫。国王的这座宫殿修建得非常豪华，里面摆放着各国赠送的礼品，包括中国的陶瓷。这位国王生前喜爱花，故而大厅墙壁上画的皆是花瓶，大大小小、各式各样、独具一格。国王的后宫建在水池边，是他和妃子们居住的地方，安静幽雅。当地解说员介绍："埃米尔当年坐在后宫旁一座木亭上俯瞰池中戏水的妃子们，他选择妃子的方式是向水中抛苹果，谁抢到了苹果，便跟谁过夜。"

◎夏宫

◎宫中收藏品

布哈拉过去是古都，生活于斯的国王及臣子自然要选择长眠之地。为此，布哈拉建有很多陵墓。最古老、最著名的是建于公元905年的萨马尼陵墓；旁边还有建于12世纪的查什玛阿尤布陵墓，它由陵墓和圣泉组成。传说《圣经》里的人物约伯用拐杖击打地面时，意外出现了一眼泉水，泉眼便位于陵寝的下方。在布哈拉东郊8千米处有纳克什班底陵墓群，及宣礼塔、水池、石化桑树、清真寺等。布哈拉西郊6千米处的陵墓群中有40名女人墓、清真寺、宣礼塔等。

布哈拉，这座沙漠中的古城，有许多历史遗迹，已于1993年被联合国列入世界文化遗产名录。

丝绸之路古驿站塔什干

列车呼啸，汽笛长鸣……

我从布哈拉乘火车到达乌兹别克斯坦首都塔什干。

塔什干，其现代化气息要比布哈拉浓多了，特别体现在众多的现代化建筑和苏联时期的高楼。其实，塔什干也是一座古都，公元前 2 世纪就有部落居住于此了，在阿拉伯统治时期是个重要贸易点，11 世纪被称为塔什干，意为"石头城"，是丝绸之路的古驿站。

如果追寻历史遗迹，可去古城区的伊玛目建筑群，那里有一座哈兹拉提伊玛目清真寺，现已改作古兰经博物馆。走进这座博物馆，看到里面收藏了一卷公元 7 世纪的《古兰经》，这是目前全世界保留的最古老的《古兰

◎古兰经博物馆

经》，整个经文书写在鹿皮上，这是塔什干最大的看点。博物馆对面是16世纪的经学院，现在是乌兹别克斯坦穆斯林委员会所在地。附近的夏西陵墓建于16世纪，墓主人是最早的穆斯林主教伊玛目之一，也是著名的诗人和预言家。

在塔什干还参观了一处以历史遗迹为主的朱玛清真寺。这座坐落在小山丘上的寺宇，有三个银灰色的圆顶，比肩而立，很有特色。清真寺建于公元15世纪，曾是处决不忠妻子的法场。沿台阶而上，站在山顶，可俯瞰当地著名的圆顶集贸市场。市场是因绿色圆顶而命名。走进市场，我看到这里有着成千上万的商户，在售卖各种农产品，尤以干果为多。我顺便问了一下黑葡萄干的价格，并不是很贵，而杏干就更加便宜了。这里的西瓜个大汁甜，有的像水桶那么粗。当地翻译带着我逛市场，她说："每个摊位都让你品尝，仅是试吃就饱了。"

古城距圆顶市场不远。走在古街巷道，能看到古丝绸之路驿站的许多痕迹。

○ 朱玛清真寺

◎ 圆顶市场

○ 市场内部

○ 独立广场上的议会宫及独立纪念碑

塔什干是个绿化水平较高的城市，每条大街的绿化带都很宽，林木参天，主街道从公共广场中的帖木儿雕像向外辐射，旁边的绿色圆顶建筑为帖木儿博物馆，西侧不远处是独立广场。独立广场的大门上面立有鹳鹕雕塑，广场中的建筑包括议会宫、哭泣的母亲纪念碑、独立纪念碑等。

在塔什干，我还游览了国家公园、地震纪念碑、火车站，给人总的感觉是：塔什干，既有古代韵味，又有现代气息，颇具魅力！

◎ 国家公园里的雕像厅

"中亚明珠"伊钦·卡拉古城

　　来到乌兹别克斯坦的希瓦城时已是深夜 11 点钟。在此，我要踏访世界文化遗产伊钦·卡拉古城遗址，该遗址是乌兹别克斯坦的第一项世界文化遗产，被称为"中亚明珠""太阳之国"。金庸所著的《射雕英雄传》中，铁木真就攻打过这座古城。伊钦·卡拉古城坐落于希瓦城中心，可谓城中之城。

　　晚上，我就住在伊钦·卡拉古城外的城墙脚下的一家宾馆。站在宾馆门口，夜幕下的古城墙像一条长龙横卧在眼前，城门也隐隐约约可见。

　　这是我到乌兹别克斯坦后最期待参观的地方。

　　今夜有些兴奋，迟迟无法入眠，便起身在大厅中观看摆放着的有关古城的照片。顺便，我采访了宾馆值班人员，询问有关希瓦城的情况。

　　希瓦城是一个边境城市，过境即是土库曼斯坦的达绍古兹。希瓦，旧译"基发"，古名"花剌子模"。还有一种说法，它是由突厥语"干燥的"一词演变而来，因为此地处在沙漠边缘。

　　中亚古谚语说："我愿出一袋黄金，但求看一眼希瓦。"希瓦是乌兹别克

◎ 晨光中的伊钦·卡拉古城

◎ 朱玛清真寺

斯坦境内西部的一个绿洲城市，归属于花剌子模州管辖，位于阿姆河以西。

希瓦城采用双重城墙建筑的形式，分外城和内城两部分。希瓦城是座古城，曾经是古代的旧都。它的内城为伊钦·卡拉。

次日清晨5点多，天边微光初现，我走出宾馆，去看晨曦中的内城伊钦·卡拉。从南城门进入时，城门前的几辆推土机已经开始作业。在此，恰好遇上了中国专家兼项目经理阎明，他说："眼下他们正在抢修希瓦古城，修复项目已被列为中乌丝绸之路的合作项目。"

进入城门，周围皆是民宅，我看到很多当地人正在屋外大街上睡觉，有的人还在打着呼噜，看起来睡得很香甜。

大约走出100多米，一座高大绚丽的宣礼塔出现在眼前，显然这是一座清真寺，看上去古老而有年代感。抬头看见清真寺里走出一位老者，于是我上前和他聊了起来……

老者说："内城很小，南北长650米，东西宽400米，城墙高10米，4个城门完好无损。"

据介绍，伊钦·卡拉始建于2500年前，公元712年阿拉伯人侵入，公元1221年被蒙古人征服，公元1512年被乌兹别克人占领，建立花剌子模汗国和布哈拉汗国，公元1643年为希瓦汗国首都。

在历史长河中，这里先后建起很多建筑物。其中著名的朱玛清真寺是中亚最古老的建筑之一，其中的213根木质圆柱雕刻精美，还有隔热的木质天篷、竖起的蓝绿彩釉高塔，都有很高的美学价值！

最具魅力的是公元1835年建造的沙里卡清真寺、伊山清真寺，各具特色！

西侧耸入云天的彩色古堡是希瓦汗国的皇宫，是整个古城的地标。

在西城门，一名工作人员拿着一页宣传单，上面印有世界文化遗产的介绍："在古代丝绸之路繁荣之时，伊钦·卡拉是穿越沙漠前往波斯的最后一个商旅落脚处。尽管古代的建筑遗迹所剩不多，但这里还是保存了最完好的典型中亚伊斯兰建筑，如朱玛清真寺以及诸多陵墓和伊斯兰学校。"

强烈耀眼的阳光从东方洒下，2个多小时的考察已近尾声。当我登上高处俯瞰这座古城时，感叹不已：

伊钦·卡拉，不愧为世界级文化遗产！

伊钦·卡拉，愿古丝绸之路重放光彩！

◎ 五彩缤纷的古堡

土库曼斯坦：喷泉之城·白色之城·不夜之城

土库曼斯坦是中亚第二大国，仅次于哈萨克斯坦，面积达49.12万平方千米，人口有572万。"土库曼"的意思是"突厥人的地区"，土库曼族占总人口的94.7%。土库曼斯坦国土大部分被卡拉库姆沙漠覆盖，是世界上最干旱的地区之一。干旱、少雨、炎热，造就了其独特的自然风光和人文景观。仅就首都而言，就有"喷泉之城""白色之城""不夜之城"等称谓。

◎喷泉林立的中心广场

信步在土库曼斯坦首都阿什哈巴德，这个拥有100多万人的城市到处都是喷泉，尽管阿什哈巴德处在沙漠之中，却是一座"水城"。在这里一点也不会感到干燥，空气湿润而清新。广场、公园、楼前、塔旁，各式各样的喷泉出于其间，涌出水花，也将此地变为世界上喷泉最多的都城。

在首都，我踏访的第一站是地震纪念碑，当然首先看到了飞洒的喷泉。土库曼斯坦地处地中海地震带上，时常遭受地震的突袭，历史上曾发生过多次大的地震，人员伤亡不计其数。为此，1998 年 10 月，此地建造了地震纪念碑。

◎有白色汗血宝马标志的体育场

◎中立门

位于中立广场的中立门是阿什哈德市最明显的标志，或者说是地标。走到中立门前，一座顶天立地的建筑物豁然冲击着我的视线，让人震撼！陪同的向导珠玛介绍说："1995年，土库曼斯坦提出'中立'这个主张后，很快被联合国185 个成员国表决通过，一致同意赋予土库曼斯坦永久中立的地位。为纪念这一历史事件，1998 年，中立门建成并对外开放。"

下一站来到国家博物馆，走进大厅，入目即是"丝绸之路"的巨幅挂图，还有许多从丝绸之路古驿站出土的中国陶瓷等。我站在"丝绸之路"图标下，听向导珠玛激情满怀地介绍——

2018年5月，"伟大的丝绸之路——迈向新发展"国际论坛在土库曼斯坦举行，来自丝绸之路沿线的国家政要出席了本次论坛。在这次论坛上，土库曼斯坦总统别尔德穆哈梅多夫说："复兴丝绸之路不只是简单地通过交通工具将沿线各国连接起来，而是具有重要的政治、经济和文化内涵。复兴丝绸之路是在平等、互信、相互尊重的基础上把亚洲和欧洲连接起来，以推动沿线各国相互了解并建立更加包容开放的世界。"

在国家博物馆，我还参观了大漠中的石油和天然气的开采和利用展示。一边参观，珠玛一边介绍。他说，中亚天然气管道建设是中国和土库曼斯坦共建丝绸之路经济带中的重中之重！今天土库曼斯坦的天然气输送管道与中国的西气东输管道相贯通，其中已投入使用的3条中亚至中国天然气管道的源头都在土库曼斯坦境内。管道线路从土库曼斯坦起，经乌兹别克斯坦到哈萨克斯坦，然后与我国新疆的西气东输管道相连，一直到达华北、华东、华南等地区。

这些天然气通过中亚天然气管道输入我国的千家万户。就北京而言，北京市民的一日三餐中至少有一餐所需的天然气来自土库曼斯坦。

走在土库曼斯坦的首都阿什哈巴德，放眼整个城区，到处是清一色的白色建筑：优雅纯净、迷人浪漫！

那白色的墙与塔、白色的楼宇和大厦、白色的纪念碑……统统一个色彩——白！统统一种材料——大理石！

站在楼顶从高处眺望，视野所及遍地白色……这就是土库曼斯坦的首都阿什哈巴德。

据悉，这里的很多建筑已被列入吉尼斯世界纪录，其中包括激光喷泉、国家博物馆前的大旗杆、国家电视台八角星、室内摩天轮、幸福婚礼宫……

一座城市有着如此之多的吉尼斯世界纪录，确实少见！

土库曼斯坦首都，世界独一无二的大理石城……

阿什哈巴德，全球为数不多的白色之城……

此时，正是土库曼斯坦首都万家灯火之际，在向导珠玛的带领下，我夜游阿什哈巴德，流光溢彩画中行，尽情感受异国他乡的首都之夜……

夜色下，我们首先来到总统府。漂亮的总统府有着伊斯兰风格的深黄色拱顶，府前是耸入云天的高塔，现任总统就住在里面办公。

离开总统府右行，满眼霓虹闪烁、满目彩灯流动，像是走进梦幻世界，令人迷离而心动！

感叹间，我们来到了体育场。这个体育场最明显的标志是用"汗血宝马"之形来装饰。每到夜晚，整个场馆有红、蓝、绿、黄等多种颜色变化，美轮美奂。

灯光下的巨幅地毯显示出土库曼斯坦人民的勤劳和灵巧，眼前的这块地毯是由 38 个妇女花了 8 个月才完成的。

幸福宫是个结婚的场所，不断变幻的霓虹灯将幸福宫渲染得非常神秘和奇妙，很多期许和幻想油然而生……尤其对于青年男女来说，更是如此。这就是土库曼斯坦建造幸福宫的用意。向导珠玛介绍说："土库曼斯坦政府鼓励人们多生育，孩子越多，国家就补助得越多。"

最后，我们来到一家楼顶餐厅，饮茶、观景，俯瞰城市的无边夜景和夜色，放松、惬意……

正在此时，钢琴师走来了！

聆听着悠扬的乐曲，进入了一个更美妙的境界……

透过琴声，仿佛看到重新繁盛起来的丝绸之路！

曲断歌停之后，余音久久绕梁……

正当我依旧沉浸于曲调之时，钢琴师邀请我弹奏。稍加思索，我决定就来弹上一曲《我的祖国》吧！

这真是一个美妙之夜！

钢琴声，在昔日的丝绸之路遗迹中飘扬、流转……

钢琴声，在今天中土两国合作的道路上荡漾、回响……

◎ 幸福宫

尼萨古城

汽车在茫茫戈壁上行驶，沿丝绸之路向尼萨古城前行……

窗外，但见阵阵沙尘随风扬起……

尼萨古城于 2007 年被联合国列入世界文化遗产名录。

我是从土库曼斯坦首都阿什哈巴德启程的。今天的天气非常晴朗，可谓万里无云。尼萨古城处在阿什哈巴德市西部，仅 12 千米车程。

汽车在戈壁上奔驰，天和地之间荒凉至极。

向导珠玛向我介绍说："土库曼斯坦的国土面积大部分被卡拉库姆沙漠覆盖，是世界上最干旱的地区之一，不过也因此保护了一些历史遗迹，

◎ 眺望尼萨古城全貌

其中包括尼萨古城。"

车行 10 分钟，前边出现一片土墙，向导珠玛说："尼萨古城到了！"

我从窗口探出头望去，蓝天白云下，广袤戈壁上，一座残缺的城池袒露在大地上，任大风吹拂、烈日酷晒，几乎被夷为平地。

下车后，我们走进这座废墟，如果不是珠玛介绍，我真不敢相信这是一片珍贵的历史遗迹：那道路街巷、住宅房舍，皆由泥土砌成。这就是 2000 多年前的建筑，至今仍保存着它本来的面貌。

珠玛说，眼前的这座尼萨古城，是公元前 247 年至公元 224 年古代安息王朝时期的都城，西方史学家称之为"帕提亚帝国"，为安息王朝开创者阿尔萨息一世所建。

尼萨古城分上城和下城两大建筑群。上城占地 14 公顷，坐落在一个五边形的土丘上，是台形土墩，类似于城堡，城墙高 20 米、宽 8 米，四周建有 43 个矩形塔台和防御土墙，还设有棱堡。上城是安息国王的皇宫、王室，有珠宝库和酒库。下城占地 25 公顷，城墙高 9 米，有 2

◎ 宫廷遗址　　◎ 神殿废墟

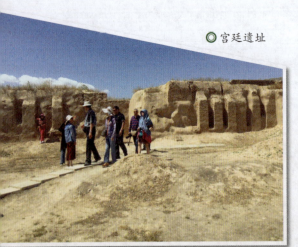

个入口，是行政中心和贵族居住区。上城和下城两个建筑群相距 1.5 千米。

行走在古建筑群遗址上，昔日的宫殿、神庙、陵墓、地基依然还在，还能分辨出建筑风格及特色。在考古工作者对尼萨古城遗迹进行发掘、抢救时，出土了来通杯、石雕像、银制品等，其中来通杯最为有名，它由象骨雕刻而成，杯身雕有希腊神祇图案，取材于希腊神话故事。来通杯既有东方风格又兼西方艺术，是

◎ 收藏于国家博物馆的来通杯

东西方文明融合的代表作，现存放于国家博物馆。

尼萨古城作为都城，曾经有过怎样的辉煌和沧桑历史？珠玛介绍道："公元前 3 世纪，这个地方归属塞琉古王朝管制。公元前 247 年，塞琉古王朝灭亡，作为当地的部落酋长，阿尔萨息开始征战、扩张，建立古安息王朝，并在尼萨建都，成为阿尔萨息一世。到公元前 1 世纪，安息王朝强盛到拥有 1000 多座城域，与汉帝国、罗马帝国和贵霜帝国并称亚欧四大强国。之后，安息王朝首都由尼萨迁至今伊拉克境内。公元 3 世纪，安息王朝衰落，并于公元 224 年被波斯萨珊王朝打败。"

安息王朝在执政的 400 年间与中国的汉朝关系友好。公元前 2 世纪

末，张骞出使西域，命副使前往安息王朝，安息国王令众兵到边界欢迎。后来安息国王又特意派使节回谢汉朝。当时，安息王朝还将国宝"阿哈尔捷金马"赠送给中国，中国称之为"汗血宝马"和"天马"，自此该马开始在中国繁衍。

尼萨古城没能保存下来，一方面源于这里地处地中海地震带上，不断遭到地震的破坏，建筑大多坍塌。另一方面，历经 2000 多年的战争，特别是波斯人、蒙古人、马其顿人、突厥人、阿拉伯人和沙俄的入侵和统治，使这个泥土之城伤痕累累。

土库曼斯坦尼萨古城作为安息王朝的都城，与中国有千丝万缕的关联。蒙古人曾统治这里，13 世纪至 14 世纪，它属于蒙古大汗国的伊利汗国和金帐汗国。

尼萨古城在历史上曾是丝绸之路上的重要驿站，记述了丝绸之路的兴衰，深印着商旅的足迹，荡漾着驼铃的声响……

在土库曼斯坦首都阿什哈巴德郊外不远处，还有一处类似尼萨古城的安瑙遗址。

在安瑙遗址上，我看到一个蓝色的牌子上写有清真寺的文字介绍，第一行的英文是：Seyit Jemaletdin。

谈到这个古老的清真寺，珠玛说："这个清真寺是公元 1456 年时国王为他的父亲 Seyit Jemaletdin 修建的。寺的正面绘有龙的图案，证实了这里曾是丝绸之路的通道。"

向导指着墙壁上残留的图案说："这个清真寺的遗物已由国家博物馆收藏，并制作了模型。这个寺的突出特点是寺的外墙写有以阿拉伯语

◎ 安瑙遗址

◎ 安瑙遗址原貌模型

字母讲述的《古兰经》上的神圣句子，所显示的两条龙的图案活灵活现。除这座清真寺外，别的地方很难见到阿拉伯语字母是和其他任何宗教雕塑、图片在一起的，尤其是龙的图案更是独一无二。"据悉，早期这里是沙漠中的一个土丘，是驮运商队休息的地方，后来此地在国王巴布尔的统治下建立了土库曼人的部落王国。

汗血宝马

曙光万里，洒满大漠……

车窗外，在如血的朝阳、四射的晨光下，卡拉库姆沙漠分外妖娆……

汽车向着汗血宝马种马场奔驰……

清晨，我从土库曼斯坦首都阿什哈巴德出发，经过1个多小时、60多千米的车程，终于到达了盼望已久的汗血宝马种马场。

一进场门，左侧突然掠过两匹黑色的骏马，它们奔腾而去……

紧接着，右侧数十匹白马、黄马在草地上傲娇昂首、扬蹄飞奔……

这就是名扬四海的汗血宝马！

《史记》中记载，张骞出使西域时说："西域多善马，马汗血。"由此，"汗血宝马"之美名在中国广为流传。

汗血宝马的发源地就是土库曼斯坦，或者说土库曼斯坦是汗血宝马的故乡。不过，土库曼人称汗血宝马为"阿哈尔捷金马"。

汗血宝马在中国历史上赫赫有名，吸引了无数帝王、英雄——

汉武帝为得到汗血宝马曾指挥千军万马远征西域……

成吉思汗非汗血宝马不骑……

关羽骑的就是汗血宝马中的极品……

……

突然，一阵马的嘶叫声打断了我的思路。原来，种马场要进行现场表演。草地上立刻围起一圈肤色不同的观众。

向导珠玛说："土库曼斯坦有很多种马场，眼前这个种马场的拥有者叫阿什尔。"话音刚落，穿着一身红色衣衫的大汉阿什尔走到大家面前。

为什么汗血宝马如此宝贵呢？马场主人阿什尔介绍说："汗血宝马的皮肤薄透，血管密集且浅，尤其是脖子部位。马在奔跑时鲜红的血管膨胀凸起，在强烈的阳光照射下，脖子上会流出血一样的汗水，因此叫汗血宝马。"据介绍，汗血宝马不仅

◎ 听取种马场主人阿什尔介绍汗血宝马的饲养过程

汗流如血，而且日行千里，是历史上帝王、宫廷、贵族、名家等追寻的马种。

阿什尔介绍完，各种颜色的马一一上场亮相：有的奔跑、有的踟蹰，还有的亲昵地蹭着脸颊！

据历史记载，汗血宝马最早见于公元前 4 世纪，产于土库曼斯坦

◎ 汗血宝马马脖特写

的科佩特山脉和卡拉库姆沙漠间的阿哈尔捷金部落，是最古老的世界名马，也是世界公认的优良马种，是经过 3000 多年的培育而成的。这时有人问："汗血宝马一天能跑多远呢？"阿什尔回答："汗血宝马一天可行 100 英里，大约为 160 千米。奔跑 1000 米仅用 1 分 7 秒。"

汗血宝马还可以负重上百公斤的东西不间断地飞奔。

据介绍，这个种马场共养殖着 200 多匹汗血宝马。该国共有多个种马场，分布在全国各地。

汗血宝马是土库曼斯坦的国宝，被称为"天马""金马"，它是这个国家的符号，被庄重地印刻在土库曼斯坦的国徽上。

表演结束了，大家一一和汗血宝马合影留念。

快要告别种马场了！我走向汗血宝马，轻轻地抚摸马背，这匹马不仅没有躲开，反而靠近了些。

原来，这骄傲如斯、恣意飞扬的世界名驹——汗血宝马，也有温柔的一刻。

"地狱之门"

汽车穿行卡拉库姆沙漠，向着"世界十大坑洞"之一的"地狱之门"飞驶……

我是早晨从土库曼斯坦首都阿什哈巴德出发的。

窗外，茫茫无边的沙漠、一望无际的戈壁，空旷、荒凉……

卡拉库姆沙漠是中亚地区最大的沙漠，为世界第四大沙漠。

卡拉库姆，突厥语意为"黑沙漠"，该沙漠东西长880千米，南北宽450千米，面积为35万平方千米，约占据土库曼斯坦面积的70%。

车行1个多小时，进入大漠腹地。途中不断看到大漠中悠闲行走的骆驼，有些骆驼还缓慢穿行于马路上，我们需要不时停车让路。

大约又开出了100多千米，眼前出现一池湖水，平静而湛蓝，像一颗璀璨夺目的明珠，镶嵌在茫茫的大沙漠中……

○ 汽车穿越茫茫的卡拉库姆大漠

百里行路无人家。又行进了一段路程，汽车突然一个左转弯，开进沙漠中的沙地，车轮碾压着沙石和沙粒，艰难跋涉。突然，一个巨大的圆坑出现在眼前，原来这是一个被废弃的天然气坑。俯瞰坑底，其中灌满了水，成为"大漠之眼"，吸引了不少人前来围观。

◎ 废弃的天然气坑

在距离大漠之眼不远处，又发现一个天然气坑，这个坑四壁摇摇欲坠，濒临坍陷，坑中还有火苗，非常危险！我们迅速离开。

汽车又开起来了。继续北行1个小时，里程表上显示260千米，也就是说，我们从阿什哈巴德向北行了260千米。

这时，马路边出现了一个牌子，上面写着达尔瓦扎村。这个村庄有350个居民。达尔瓦扎，当地语意为"闸门"，其实这里并没有什么闸门，却有一处"地狱之门"闻名于世。

我们从村口驱车10分钟，来到"地狱之门"。只见眼前一个巨大的火坑，冒着浓烟大火，让人不敢靠近。原来，这就是"地狱之门"。

为什么叫"地狱之门"呢？据当地人介绍，这里地下蕴藏着丰富的石油和天然气。在1971年的一次开采过程中，突然出现崩塌、坍陷，于是形成一个巨大的坑洞，直径达70多米，坑深30多米，坑内温度达1000多度。

天然气喷吐而出后，可致人中毒的气体向外流溢，造成巨大的环境污

◎ 熊熊燃烧的天然气坑洞被称为
  "地狱之门"

◎ 冒着热浪拍照

染。经土库曼斯坦政府批准，人们将洞中的天然气点燃。于是，熊熊火焰燃起，腾空而上。自此，燃烧的大火一直没有熄灭，直到今天。由于当地人不敢靠近，故该坑洞被称作"地狱之门"，现已被认定为"世界十大坑洞"之一。

　　2013 年冬季，世界著名冒险家乔治·康罗尼斯来到"地狱之门"，查看地形之后，他身穿耐火防护服，头戴呼吸装置，冒着 1000 摄氏度的高温，用绳索吊下到 30.48 米的深度，进入满是火苗的大坑，零距离拍摄到燃烧的火光，成为世界上第一个进入土库曼斯坦"地狱之门"的人。他发布的照片揭开了"地狱之门"的真实面目。

　　夕阳渐落，夜幕降临。我们站在山顶上，观看"地狱之门"。

　　只见那炙热的火焰腾空而起，浓烈的瓦斯味道扑鼻而来，夜幕下的坑洞地狱一般阴森可怖……

　　这，就是传说中的"地狱之门"……

　　这，就是"世界十大坑洞"之一……

达绍古兹印象

　　到达土库曼斯坦北部的边境城市达绍古兹，有一种特别的感觉：这里和土库曼斯坦首都阿什哈巴德同样洁净漂亮！尤其是机场，典雅多彩，富丽堂皇！

○ 达绍古兹中心大道

达绍古兹是丝绸之路上的重要驿站，是土库曼斯坦最北部州的首府，距离首都500多千米，乘飞机仅1个小时左右。

在机场的时间很短暂，在这里我了解到：土库曼人习惯乘飞机赶集！这真让人惊讶！

在机场，我看到7个当地人，正结伴欲乘国内717航班去赶集。

他们要去的这个集市处在土库曼斯坦首都阿什哈巴德郊外20多千米处，被称为"沙漠集市"。于是，我询问了其中一个年长者，他说："我们习惯了乘飞机，一天就可来回。我们国内各州不少人都是乘飞机去赶集的，这并不奇怪！"

问到机票的价格，真是出乎预料，让我简直不敢相信，我算了一下，单程票只合人民币约17元。土库曼斯坦人均月收入为200美元至300美元，可见这还真不是什么负担。土库曼斯坦的汽油相当便宜，故而飞机燃油费用很低。

此外，土库曼斯坦人用电、用燃气等都是免费的。

土库曼斯坦确是一个石油、天然气大国。

据悉，土库曼斯坦的沙漠集市是全国最大的集市，这里大都是批发商品，品种齐全，批发价比零售价低20%~30%，所以，机票费用可以忽略不计。

穿行在达绍古兹大街，感觉宽阔、敞亮、整洁，这里和土库曼斯坦首都阿什哈巴德一样，大多是白色大理石贴面建筑，而且喷泉也很多。

土库曼斯坦是沙漠国家，因为盛产石油、天然气，从而改善了城市的面貌。

在这个土库曼斯坦的北方边境城市，我沿着中心大道来到大巴扎探访。当我走进市场后，感到非常震惊：这个大巴扎真是太大了！若不是有向导珠玛带领，我真会迷路。从货物来看，这里交易的大都是中国产品。

走到一个摊点，我采访了2名年轻人，他们说："这些中国货物都是我们乘坐飞机从沙漠集市购来的，每隔一天去一次。"

在大巴扎，出出进进的人很多，各种各样的服饰多姿多彩，很有地方特色。珠玛说："土库曼斯坦是个多民族国家，其中有土库曼族、乌兹别克族、哈萨克族、俄罗斯族、亚美尼亚族、阿塞拜疆族、鞑靼族等100多个民族。"

中午，我们在一家饭店就餐，无意中听到在播放中国歌手徐千雅的歌曲。原来，达绍古兹曾经举办过一场盛大的有国内外人士参加的音乐晚会，中国歌手徐千雅在晚会上演唱的一首《心连心》在土库曼斯坦几乎家喻户晓。这首歌唱出了中土两国人民的友谊，故而引爆全场！

这首歌的歌词这样写道：我们心连心，心连心，连成了天空海洋……路连着路，风雨连着阳光，血连着脉，爱和爱才一样……

走出饭店，阳光明媚，天空湛蓝。耳畔依然萦绕着《心连心》的歌声……

抬头望向远处，我仿佛听到了中土两国人正走在丝绸之路上的脚步声……

◎ 中餐饭店隐藏在中心广场一侧的树林中

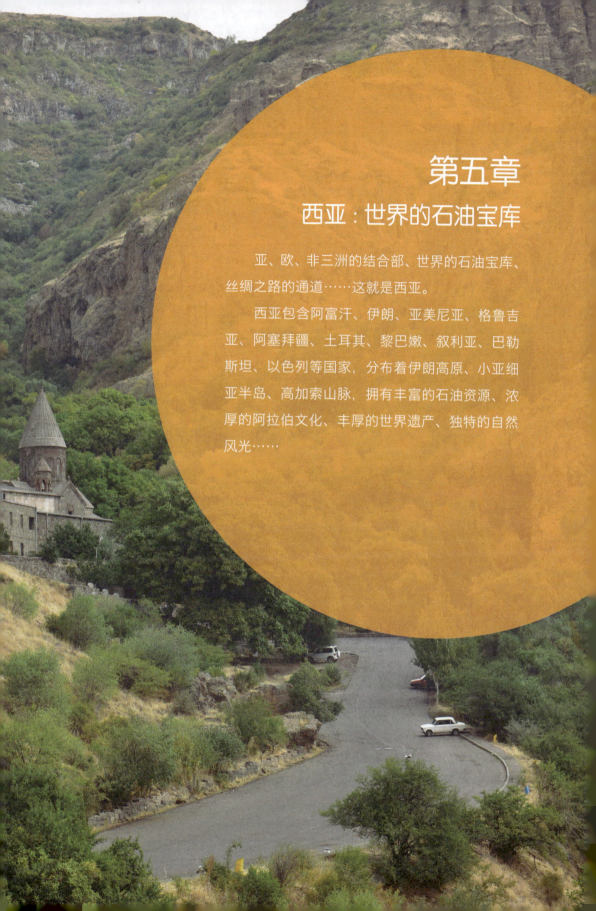

第五章
西亚：世界的石油宝库

　　亚、欧、非三洲的结合部、世界的石油宝库、丝绸之路的通道……这就是西亚。

　　西亚包含阿富汗、伊朗、亚美尼亚、格鲁吉亚、阿塞拜疆、土耳其、黎巴嫩、叙利亚、巴勒斯坦、以色列等国家，分布着伊朗高原、小亚细亚半岛、高加索山脉，拥有丰富的石油资源、浓厚的阿拉伯文化、丰厚的世界遗产、独特的自然风光……

阿富汗：饱受战乱、历史悠久的国度

  阿富汗位于亚洲的心脏地区，连接西亚、中亚和南亚，在历史上被称为通向南亚大陆的"锁钥"。文明的交汇孕育出阿富汗独特的文化和历史，令人神往；但文化、宗教、宗族等各种矛盾交织的阿富汗硝烟不断，令人心酸、心碎……

  阿富汗，这个国名在当地普什图语中意为"普什图人的地方"，普什图是该国人口最多的族群。阿富汗总人口有 3360 万，普什图族占 40%。阿富汗是世界上最贫困的国家之一，国家久经战乱，还有大量鸦片与海洛因等毒品充斥市场。

  飞机即将飞抵阿富汗首都喀布尔，这是世界上海拔最高的首都之一，

◎ 城市及远山

其海拔为 2000 米。从空中俯瞰，静谧的大地竟满目疮痍，几处浓烟提示着人们战争仍在延续。这就是战时的阿富汗，是我去西亚采风进驻的首个战乱国家。

最繁华的市中心主街道

驶出喀布尔机场，迎面就是放置在街头的一架被炸毁的战机，无形中让我这个刚到达该国的来客增加了几分忧虑和担心。汽车行驶在路上，路旁布满了哨卡、岗楼、掩体，到处是军人、警察、军车，警笛不断，不断提醒着人们这里的一切都笼罩在战争的气息之中……

汽车穿过喀布尔的街道，来到阿富汗国家博物馆。这里刚刚从战火中恢复了原样。建于 1919 年的国家博物馆，被誉为"世界上奇珍异宝收藏最多的博物馆之一"，曾经拥有 10 万件以上的珍贵文物。1992 年内战开始后，这里的大量文物被毁、被烧、被盗，历尽磨难。保留下来的文物仍艰难地记述着阿富汗5000 多年的悠久历史和灿烂多姿的古代文明。

通过参观博物馆，我了解到阿富汗这个文明古国历史上多次遭到战争的严重毁坏。公元前 4世纪，世界上首次横扫欧亚大陆

街上的军车

的亚历山大大帝就曾率兵经喀布尔攻打印度。19世纪，阿富汗成为英国和沙俄的角逐战场。1919年，阿富汗人民打败英国人的三次入侵获得独立。1979年，苏联入侵阿富汗。1992年至1996年，阿富汗爆发内战。1996年，塔利班掌权，后改国名为阿富汗伊斯兰酋长国。2001年年底，美国发动阿富汗战争，推翻塔利班政权。2021年8月，塔利班进占喀布尔，9月组建临时政府……

谈到塔利班政权，当地解说员是这样解释的："'塔利班'在波斯语中是'学生'的意思，它最初的组成人员多是阿富汗难民营伊斯兰学校的学生，后逐渐发展壮大，掌握国家政权。"

◎ 国家博物馆

国家博物馆对面是皇宫，这是喀布尔的著名景点。但此时皇宫闭门不开，正在重修。我只能从外面远观这座伤痕累累的历史建筑。据向导兼翻译曼先生介绍，这座皇宫遭到战争炮火的严重打击，只剩下主体结构，目前正在抢修。

遭受战争摧残的何止是皇宫呢？巴布尔花园也在其中。巴布尔花园是喀布尔的主要历史遗址，坐落于城南，依山而建。因为局势不稳，常常是闭门谢客。我是从后门进入巴布尔花园的。这个花园实际上是个陵园，园林中长眠着印度莫卧儿王朝的开国皇帝巴布尔。1530年，巴布尔在印度

◎ 巴布尔花园

阿格拉逝世后，人们遵照他的遗嘱将他葬在这里，并用他的名字"巴布尔"命名了园林。园林规模很大，其长度为400米、宽200米，四周由高大的黄色围墙环绕。花园中，树

木参天，花草萋萋，分外幽静，成为战火之外的难得的平和安逸之处。巴布尔就长眠于一座白色大理石清真寺旁边。清真寺建造得精细秀美，为古印度风格。据介绍，这座清真寺是莫卧儿王朝的另一位皇帝沙阿·贾汉为纪念占领阿富汗境内的巴尔赫王国于1664年所建。

国家展览馆又称国家档案馆，坐落在喀布尔市中心。穿过街区去往国家展览馆的路上，我看到不少被炸毁的房屋，战争留下的痕迹令人触目惊心。

然而，在破旧的房舍中，也不时出现一些华丽辉煌的建筑，可谓鹤立鸡群，非常醒目。据悉，那些建筑是婚庆场所，装饰得五彩缤纷、鲜艳夺目。为什么婚庆之地这样豪华呢？当地向导说："阿富汗90%的人都是由父母包办婚姻，婚礼举办得特别隆重，参加者最少500人，最多5000人。"

这些婚庆之地给当地带来了些许生机，也带给人们少有的希望和期盼。

穿过繁杂的街区，我来到国家展览馆，这个地方同样遭到战争的毁坏。门前设有哨卡，我被两位持枪士兵反复检查后才得以进入。国家展览馆的规模不是太大，但它展出了很多珍品，尤其是记述各个时期战争的展品。

走出展览馆，在不远处的防护墙上，一幅"双眼壁画"引起我的极大兴趣，我立刻把它拍摄下来。这幅壁画是阿富汗一位画家的作品。画面表达了反对腐败的意义，仿佛每时每刻都有双眼睛在盯着那些官员。但也有人有不同的解读：阿富汗人民盼望战乱停止，国家统一，百姓安居乐业。那双眼就是在祈求和平、祈祷平安，那是企盼安宁的目光。

对于这幅"双眼壁画"，一位姓葛的女士写了一首诗这样理解道："防护墙上的眼，你看到了什么？是往日的战争还是今日的混乱？你看到喀布尔河了吗？河水不再清澈，就像老人混浊的眼。你看到昔日的皇宫了吗？宫墙已塌，难寻绚丽如前……"

⊙色彩华丽的婚庆所

长期的战争给阿富汗带来了难以平复的灾难和毁坏，尤其是对古迹的摧毁，最严重的莫过于巴米扬山谷遗址！

巴米扬处在喀布尔西北 120 千米的山谷中。驱车前往需 2 个多小时。阿富汗是个多山国家，总面积有 64.75 万平方千米，高原和山地占 80%，而且地形崎岖，有利于隐蔽。

巴米扬佛像群位于距巴米扬镇东北部不远的山崖处，这里遍布着 750余座大小石窟。遗址于 2003 年被联合国列入世界文化遗产名录。巴米扬石窟与敦煌石窟、印度石窟并列为三大佛教艺术圣地。原本该受到保护的

◎路边古堡　　　　　　　　　　　　　　　◎古建筑

巴米扬山谷的两尊巨佛像却在 2001 年被炸毁，引发国际舆论一片指责之声。其中高 53 米的佛像叫赛尔萨尔，着红色袈裟，造于公元 5 世纪；高 37 米、身披蓝色袈裟的佛像叫沙玛玛，造于公元 1 世纪。山谷中近千座人工斧凿的洞窟，内有壁画、佛像，融合了印度文化和希腊文化风格，呈现犍陀罗特色。

　　直到离开阿富汗后，我紧绷的神经才一下子放松下来。但多日之后，不时还有警报声在脑海中响起，战争的阴霾挥之不去，令人心悸。我不禁为阿富汗默默祝福，希望那里的人民早日脱离战乱……

◎巴米扬石窟遗址

伊朗：披着神秘面纱的德黑兰

秃芜的山岭，寂寥的原丘……

眼前这历史悠久的伊朗高原，竟如此之荒凉。

伊朗是伟大的波斯帝国的继承者，现代伊朗的与众不同之处在于，它是世界上少有的神权国家之一。同时，这里也是执行伊斯兰教义和法律最严格的国度，伊朗的女人们仍披着神秘面纱。

伊朗全名为"伊朗伊斯兰共和国"，位于亚洲西部，境内有高原、盆地，处于大漠戈壁之中，面积有 164.5 万平方千米、人口有 8500 万，是著名的产油国，素有"欧亚陆桥"和"东西方空中走廊"之称，还是著名的丝绸之路的通道。古老的波斯文化留存于建筑、艺术、服饰及生活方式、风俗习惯之中，与伊斯兰文化交织在一起，形成了自己的特色。

首都"德黑兰"为古波斯语，是"山脚下"之意。行车路上，除道路两边的树木外，两边的旷野竟无一丝绿色。很难想象就是在这样一个荒芜之地，伊朗人民创造了 5000 年的文明史，孕育了辉煌、灿烂的文化，造就了世界著名的文明古国。

◎ 霍梅尼陵内景

◎ 霍梅尼陵

　　当快要到市区时，右前方出现了一个圆塔式伊斯兰风格的建筑，陪同踏访的马闯告诉我，那是伊朗伊斯兰共和国的创建者霍梅尼的陵墓。

　　霍梅尼陵像一座庞大的清真寺，寺顶四周有 4 座尖塔，高度都是 91 米，意为霍梅尼 91 岁去世。门前的广场上有喷水池、绿树、甬道。陵墓前是一个宏伟的过厅，墙壁上挂着霍梅尼的头像。大厅呈方形，地面铺着厚重精致的地毯，屋顶装饰极为豪华，廊柱上的雕刻非常精细。霍梅尼的石棺放置在镀金圆顶下的绿色玻璃罩内，上面盖着绿色的毡毯和《古兰经》。来这里参观的人络绎不绝，大厅中满是身着黑衣的缅怀者，他们或跪拜、或仰视、或匍匐在地祈祷，用各种形式追忆这位领袖。霍梅尼于 1902 年生于一个宗教世家，从小由其婶母养大。1918 年中学毕业后，赴伊拉克拜读神学。1929 年开始讲授神学。20 世纪 60 年代初被尊为伊朗什叶派宗教领袖。1963 年，霍梅尼在宣教中因要求废除君主专制统治而被逮捕，当时，他宣称："我准备让利刃穿透我的心脏，但决不向暴君屈服。"1979 年，他领导伊朗人民推翻君主立宪的巴列维政权，建立了政教合一的伊斯兰政权，1989 年逝世。

进入德黑兰城区后，我发现大街小巷的墙体上挂有很多霍梅尼画像，可见民众对他的尊敬和爱戴。最引人注目的是自由纪念塔，从很远的地方就看到它巍然屹立。如此宏伟的建筑，让德黑兰城区大为增色。这座高塔是为纪念波斯帝国建国 2500 周年而建。自由纪念塔高 45 米，塔基长 63 米、宽 42 米，外观呈灰白色。

沿着霍梅尼大街，我来到国家博物馆参观。这里是伊朗人的精神家园，是伊朗古老而灿烂历史的缩影，收藏的历史文物达 30 万件，其中最著名的是《汉谟拉比法典》的复制品。汉谟拉比是古巴比伦国王，他制定了世界上现存最早的成文法典，即《汉谟拉比法典》，该法典共规

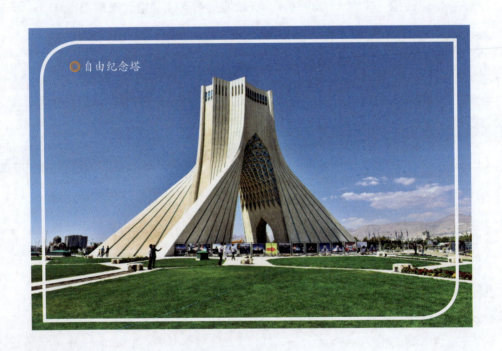

◎ 自由纪念塔

定了 282 项法律条文。古巴比伦在伊拉克境内，埃兰人征服古巴比伦时，将其作为战利品搬到了伊朗。《汉谟拉比法典》刻在一块黑色玄武岩石柱上，这块玄武岩是 19 世纪法国考古队在伊朗南部古埃兰首都苏萨挖掘出来的。原石被收藏于法国的卢浮宫，伊朗国家博物馆的这块是复制品。博物馆中还展有居鲁士圆柱的复制品，上面书写着公元前 539 年波斯帝国统治者居鲁士征服古巴比伦的历史，其中有一句豪言壮语："我，居鲁士，波斯的王，世界的王，伟大的王……"此外，在博物馆的一面墙上展有"波斯波利斯王宫遗址"，其内容是帝王大流士正坐在椅子上接见贵族。

原美国大使馆坐落在城区中心，大门紧闭，很是萧条。外墙上还有很多敌视美国的图画，表现了反美情绪。1979 年 2 月，流亡国外的宗教领袖霍梅尼回国，领导了一场伊斯兰革命。当年 4 月，成立伊斯兰共和国。11 月，德黑兰 4000 多名学生占领美国使馆，并将 52 名美国外交官扣押起来。电影《逃离德黑兰》中记述了这一经过。

萨德阿巴德王宫又称巴列维王宫，位于德黑兰市北部。这是一处幽静的园林，曾作为原伊朗皇室的避暑胜地。这里有着参天的大树、盛开的鲜花，风景十分优美。园林中建有 18 处宫殿，其中包括国王、王后、王储、亲王等王室人员的宫殿。王宫建造得富丽堂皇，高贵至极。走进王宫，可见各式各样的波斯地毯、挂毯，图案精美，极为珍贵。这里的家具，如沙发、桌椅、木床等，都是从英法等国进口，精致而奢华。宫殿中还有各国赠送的礼品，包括中国送的玉器和陶瓷。

距萨德阿巴德王宫不远处，还有一个涅瓦兰宫。这也是一个园林式

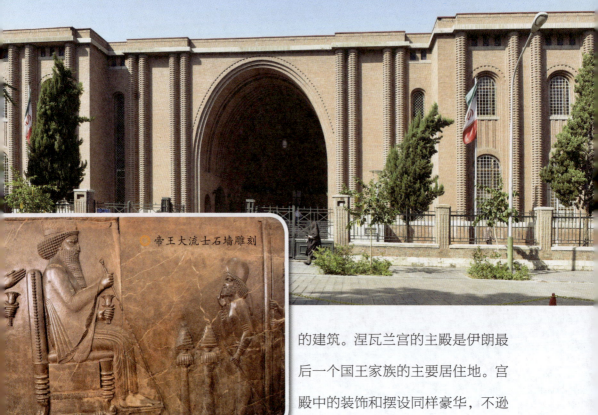

◎ 国家博物馆

◎ 帝王大流士石墙雕刻

的建筑。涅瓦兰宫的主殿是伊朗最后一个国王家族的主要居住地。宫殿中的装饰和摆设同样豪华，不逊于巴列维王宫。

在探访德黑兰的过程中，我还专门去了一家地毯加工厂。伊朗的波斯地毯历史悠久、世界闻名，由手工织成，让人叹为观止。传统的波斯地毯图案有清真寺庙、宫廷王子狩猎场景、宗教图腾、繁花蔓枝等；现代的有风景、花鸟、人物的构图。德黑兰市区还有一座地毯博物馆，收藏了各地的地毯珍品，共计上千件。博物馆的镇馆之宝为一条产自大不里士的古老真丝地毯，迄今已有 450 多年的历史，如今仍色泽鲜亮。馆内最大的一块地毯达 176 平方米，最古老的一块地毯是 16 世纪的。在众多地毯中还有中国元素，如龙凤吉祥的图案、清朝服饰图案、十二生肖图案等。

◎ 原美国大使馆

　　伊朗还是红花的主产地。在红花专卖店，各式各样的红花吸引着顾客。红花被誉为软黄金，全世界只有阿富汗、伊朗等少数几个国家生产，其原产地在伊朗，年产量约为200~300吨，占全世界产量的70%~80%。伊朗出产红花的土地在种植1年后，必须休整10年才能再种。中国西藏和新疆的红花是从伊朗引种的，名叫藏红花。红花有降压、活血的作用，还有治疗头痛、解毒、利尿、养神的功能，被伊朗视为国宝。

◎ 王宫内景

◎ 萨德阿巴德王宫

从苏萨古城到乔加赞比尔塔和舒什塔尔

　　从首都德黑兰出发南行，经过长途跋涉，我来到伊朗西南部的胡齐斯坦省。这个省处在美索不达米亚平原，南面濒临波斯湾，西面与伊拉克相连，省会为阿瓦士市。因为盛产石油，所以这里素有"石油城"之称。胡齐斯坦省有着众多的历史遗迹，有著名的苏萨古城，还有乔加赞比尔遗址、舒什塔尔古代水利系统遗址。

　　从阿瓦士市继续北行，来到苏萨古城。

　　苏萨古城处在阿瓦士市的北部，距乔加赞比尔不远，距今已有8000多年的历史，曾是古埃兰、古波斯、古帕提亚的都城。在居鲁士大帝时期，苏萨是古波斯帝国四大都城之一。《圣经·旧约》中曾提及，被巴比伦人奴役的犹太人也曾集中在苏萨，因此，直到现在，此地仍有犹太人的社区。著名的《汉谟拉比法典》就是在此地出土的。苏萨古城于2015年被联合国列入世界文化遗产名录。

　　苏萨古城的地标是耸立在城中心的白塔，这就是著名的《圣经·旧约》中的先知但以理的陵墓，这位犹太圣人长眠于此。后世的很多宗教教派

○ 苏萨广场白塔

○ 古城先知陵

○ 内景

对他都极为尊敬，因此这里引来很多朝拜的人。陵墓设在塔的最底层。

古城里还有一个博物馆，馆内珍藏着许多从遗迹中挖出来的浮雕，如人面狮身浮雕、卫兵浮雕，皆精美无比。馆前的一个巨型石柱基座，诠释着苏萨古老文明曾经的辉煌。

博物馆后面有一个山丘，山顶建有一座城堡和帝王大流士的冬宫。城堡仍完好无损，站在上面俯瞰古城风貌，拔

○ 城堡

冬宫遗址

地而起的白塔更加醒目、耀眼，仿佛古城的一颗洁白的明珠。冬宫则已被夷为平地，只剩下宫殿的根基，透过广阔的遗址，还能看出冬宫的宏大规模和气势，也可想象出当年大流士在这里的奢侈生活。

苏萨古城自公元前 6000 多年前起就是繁华之地，周边留下了许多遗迹。

乔加赞比尔遗址就在苏萨附近。乔加赞比尔遗址又称乔加赞比尔金字塔，站在这座古建筑前，我看到的是一座暗红色的砖土结构建筑，竟

◎ 乔加赞比尔遗址

小孩脚印

与四周荒凉的丘地浑然一体。乔加赞比尔遗址呈方形，有三道方形城墙环绕，边长 105 米、高 25 米。我围着遗址走了一圈，用去了半个多小时，这个过程中，我还看到了 1000 多年前的埃兰小孩的脚印。乔加赞比尔遗址是公元前 1250 年埃兰王国的圣城，讲解员说："当初的建筑比现在的要高。随着岁月流逝，它已经下沉了许多。在发掘时，发现内部有一些楔形文字，还有一些陶瓷和工艺品。这座古遗址是 20 世纪 30 年代英国石油公司做航拍时被发现的。1979 年被联合国列入世界文化遗产名录。"

苏萨古城的姊妹城舒什塔尔古城也沾了苏萨的灵气。这里有个古代水利系统遗址坐落在城边。站在城头俯瞰，简直不敢相信这是公元前 5 世纪建造的，而且它现在还在正常运转。

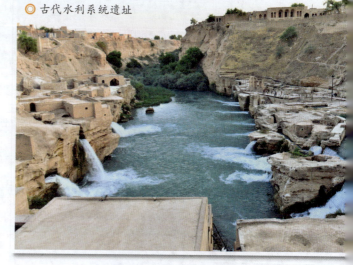

◎ 古代水利系统遗址

但当看到世界文化遗产的标识后，不得不赞叹古代人的聪明才智以及他们创造的如此杰作。据悉，这是昔日帝王大流士的功劳，是他倡导在克鲁恩河上建造的。该工程借助一道高耸的崖壁，让水流倾泻至盆地后流到平原，再以一系列地道与水车引水，不但能灌溉农作物，还能为城市提供用水。据说，在 2009 年评选世界文化遗产时，评委们一致赞叹这是一个历史上的天才杰作！

粉红清真寺·哈菲兹陵·波斯帝国遗址

从阿瓦士启程，我们去往 550 千米外的设拉子。一路上，汽车在茫茫的荒野山岭中行进。时而是望不到头的荒漠，时而是看不到边的沙丘。一个个高高的钻井架、一处处冲天的火焰、一座座的储油罐，给孤独的大漠带来些许的生机。经过 10 多个小时的车程，到达设拉子时已是繁星满天、万家灯火。夜幕之下，我参观了古兰经门，大门因其顶部的房间里放置着一本《古兰经》而得名。

◎古兰经门

设拉子是伊朗南部最大的城市，也是该国第三大城市，距德黑兰 900 多千米。设拉子以"玫瑰城""蔷薇城"及"诗人之都"闻名于世。公元 10 世纪，这里曾是波斯的首都；18 世纪时也曾为赞德王朝的首都。2500 年前的波斯人居鲁士以此地为中心创建了波斯帝

◎ 粉红清真寺内景

国。设拉子最著名的景点是粉红清真寺、包格艾拉姆庭院、卡利姆汗城堡、哈菲兹陵园及城郊的帕萨尔加德都城遗址和波斯波利斯遗址。后两处遗址都被联合国列入世界文化遗产名录。

次日清晨，我首先拜访了粉红清真寺。粉红清真寺因其外墙的彩釉以粉红色为主调而得名，它最吸引人的是大堂里门窗上五彩缤纷的玻璃。晨光透过这些玻璃洒在厅堂里的地毯、廊柱、墙壁上，五光十色、绚丽多彩。很多人就是为欣赏这美妙绝伦的阳光远道而来的。这座清真寺始建于1876年，设计者匠心独具，巧妙地运用彩色玻璃给清真寺带来多姿多彩的美景。

◎ 城堡的一部分——设拉子斜塔

卡里姆汗城堡又称摄政者城堡，是当时皇宫的一部分，由18世纪伊朗历史上的赞德王朝的开创者卡里姆汗大帝建造。城堡高12米，四角的圆形塔楼高14米。城门不是很大，门的上方是瓷砖拼起的壁

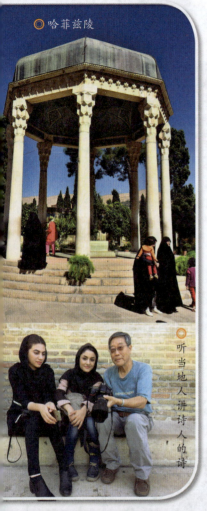
哈菲兹陵

听当地人讲诗人的诗

画，如同一位武士张开双臂。城堡内是园林，四周的房屋已被开辟成博物馆和工艺品商店。西南角的塔楼下面曾是王室的浴室，长年的水渗透使得墙根向下塌陷沉降，从外面看，塔楼已经明显倾斜。这使其更成为人们关注的景观，大家纷纷照相记录这一极不寻常的塔楼。

哈菲兹陵处在园林中的八角亭内。在这里，我看到两个穿黑色衣服的女子正在亲吻大理石墓盖。那种真诚的表情表达出对这位诗人的爱戴和崇尚。设拉子的穆斯林几乎每人都有两本书，一本《古兰经》，一本《哈菲兹诗》，这种情况反映了人们对哈菲兹这位诗人的喜爱和敬仰。哈菲兹生于公元14世纪，幼年丧父，是在苦难环境下长大成人的。"哈菲兹"在波斯文中意为"熟背《古兰经》者"。因为哈菲兹能背诵《古兰经》全文和14个传说故事而得此名。

他是伊朗最著名的抒情诗人，他的诗热情奔放、清澈如水，是波斯古典诗歌的高峰。每当人们在生活中遇到婚丧嫁娶、建房盖屋、祸患临头等重大事件拿不定主意时，都要从哈菲兹的诗中寻找答案。

在设拉子古城郊外，有一处波斯帝国遗址——帕萨尔加德都城遗址。乍一望去，这里是一片荒芜之地，只有遍地的黄草和土堆。但当静下心来细看时，远处的旷野中零零散散显露出都城中的国王接见大殿、将军府、居鲁士石像等的残垣断壁，只有居鲁士坟墓还算完整，在风中静静地横卧着，感受着时光的沧桑巨变，不禁让人有一种肃穆、悲凉的感觉。在国王接见大殿，遍地的石柱静静地耸立着，没有了曾经的辉煌，只有宫殿中的一根巨型方柱显示着曾经的威严和壮观。石柱顶部用楔形文字刻着居鲁士国王的话："我，居鲁士，波斯的王，世界的王，伟大的王！"

居鲁士（约公元前600年—公元前530年）是古代波斯帝国的缔造者、波斯的皇帝，或者说是阿契美尼德王朝的第一位国王。他由伊朗西部的一个小部落首领起家，击败三个帝国——米底、吕底亚和巴比伦，统一了中东的大部分地区。今天，伊朗人尊称居鲁士为伊朗的"国父"。

帕萨尔加德都城就是由居鲁士所建，它是阿契美尼德王朝的首都，直到大流士迁都波斯波利斯。2004年，这座都城遗址被联合国列入世界文化遗产名录。另一处波斯帝国遗址——波斯波利斯遗址距帕萨尔加德遗址只

◎ 巨型方柱

◎ 方柱顶部文字

◎ 波斯波利斯遗址

有一箭之地，但它要比帕萨尔加德遗址宏伟得多，主要遗迹有大流士的觐见厅和百柱厅等。波斯波利斯在当地语中意为"波斯人的都城"或"波斯人的宫殿"，是公元前515年大流士始建的最豪华、最庞大的都城，是波斯帝国的权力中心，是阿契美尼德帝国的首都。

　　大流士是居鲁士之后的波斯帝国国王，他继承了居鲁士的传统，强化了王朝的统治地位，拥有一支"万人不死军"。都城建在一座高13米的天然平台上，占地13.5万平方米。入口是万国门，高达20米，门面雕刻的是牛身鹰翅人面保护神，门上有刻字说明。过了万国门，则是觐见厅、宫殿、百柱厅等。觐见厅在都城中部西侧，边长83米，大厅和门厅用72根高20多米的大石柱支撑。都城中部是有名的百柱厅。都城西南角为王宫，东南角为宝库和营房。整个都城有大量的大理石雕刻，上面的刻画栩栩如生，讲述着一个个生动的故事。波斯波利斯都城曾经十分辉煌，可惜后来被亚历山大大帝焚毁。1979年，这里被联合国列入世界文化遗产名录。

走遍亚洲
Travelling around Asia

伊斯法罕半天下

　　设拉子至伊斯法罕有 485 千米的车程。汽车跑了整整一天的山路，到达目的地时已是夜幕降临，于是我迎着灯光进入城区。"伊斯法罕"在波斯语中意为"兵营"，古时这里曾是屯兵之地，为伊朗第二大城市，始建于公元前 4 世纪，是多代王朝的首都。萨法维帝国(1501 年—1736 年)是古代波斯的全盛时期，留下了多种风格的古建筑。伊朗人赞誉这座古城为"伊斯法罕半天下"。

　　披着夜幕，我穿过市区的扎鲁德河，一座座古桥、一湾湾清水、一排排灯光，将幽静的古城点缀起来。最壮观的是三十三孔桥，桥孔一字

◎ 三十三孔桥

◎ 桥头休憩的人们

排开、伸向远方，是那样神秘多彩。此桥于 1602 年竣工，全长 300 米、宽 15 米，为二层拱桥，它不仅见证了萨法维帝国的历史，也见证了伊斯法罕的发展。大桥的艺术价值在于它独特的设计、严细的工程、精美的雕刻。伊斯法罕共有 11 座桥，其中三十三孔桥被誉为"世界上最美的古桥"。

◎ 四十柱王宫

　　四十柱王宫也是伊斯法罕的著名景观，入口处挂有"世界文化遗产"的标识。当四十柱王宫展现在眼前时，只见它并不是 40 根柱，而是只有 20 根。后来，向导指着水中柱子的倒影说，加上倒影不是刚好 40 根嘛！这才恍然大悟。四十柱王宫建于 1647 年萨法维王朝阿拔斯二世时期。王宫是国王接见外国使节和举行宴会的地方。走进宫殿，可见四周全是壁画，每幅画都讲述了一个故事，反映了当年宫廷的生活。宫殿正前方的水池中的倒影给王宫增加了神秘感和奇妙感，令人惊叹。很多人来此不光是看王宫，还要一睹王宫前的水中倒影，它栩栩如生，如同一幅水彩画。水池 110 米长、30 米宽，四角的雕像是美女与野兽。

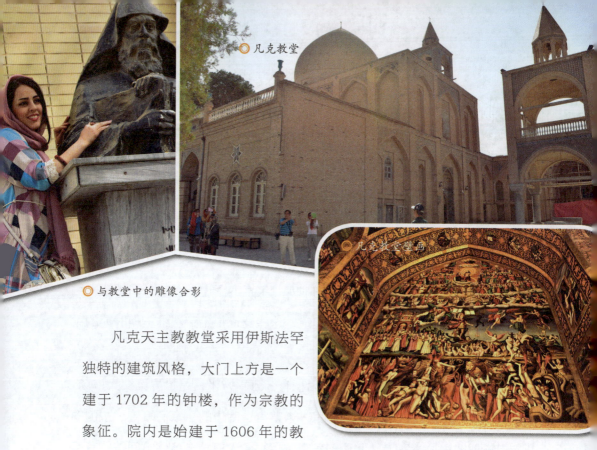

◎ 凡克教堂

◎ 凡克教堂壁画

◎ 与教堂中的雕像合影

　　凡克天主教教堂采用伊斯法罕独特的建筑风格，大门上方是一个建于 1702 年的钟楼，作为宗教的象征。院内是始建于 1606 年的教堂，圆圆的穹顶上立有十字架，既有天主教的风格，又有伊斯兰特色，还带有波斯风情，融会了三方面的元素。院里的三棵松树也颇有意味。这一多种色调的建筑，在世界上也不多见，给人一种奇特的感觉。大堂中的穹顶壁画描绘了上帝创世的故事，还有天使报喜、耶稣受难、最后的晚餐等主题，非常精美。在大堂一侧设有一个博物馆，馆内展出了伊斯法罕各个历史时期的展品，还有很多有关教会的书籍，其中包括最小的《圣经》书，只有手指头那么小，很是罕见。另有一个展柜，专门展示了奥斯曼帝国的"种族大屠杀"，描述了亚美尼亚人惨遭杀害的历史。凡克教堂建在亚美尼亚人集聚的社区。

　　伊斯法罕最宏伟的建筑是伊玛目广场，又名皇家广场，1979 年被联合国列入世界文化遗产名录。当广场映入眼帘的时候，顿时感到眼前一亮：

翠绿的草坪、挺立的侧柏、荡漾的池水、笔直的甬道……这一切都让人目不暇接。广场四周皆是双层拱形建筑，这些建筑都是萨法维王朝时期的古迹。

广场长 500 米、宽 160 米，面积有 8 万平方米，是世界第二大广场。广场四周的建筑依次为西边的阿里·卡普宫、南边的皇家清真寺、东侧的希克斯罗图福拉清真寺、北面的盖塞尔伊耶希大巴扎。各建筑间彼此有两层楼高的拱廊相连接，围成这一宏大的长方形广场。广场始建于 1612 年萨法维王朝时期，是当时举行阅兵、庆典和各种大型活动的场所。

阿里·卡普宫是阿拔斯帝王的皇宫，意为"壮丽的门"，是广场上最主要的建筑。阿里·卡普宫高 48 米，第一层为门厅，第三层设有阳台，为国王阅兵之处。宫内装饰十分豪华，雕塑、绘画、地毯等均让人印象深刻。

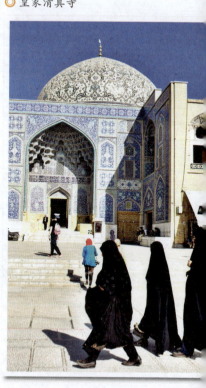
◎ 皇家清真寺

南边的皇家清真寺是广场上最为漂亮、宏伟的建筑，尤其是前部，其华丽多彩令人赞叹。贴满马赛克瓷砖的大门高 30 米，两侧的宣礼塔高 42 米。通过一个主道，可走到清真寺大院，这是一个四合院，中间有喷水池。祈祷大厅高大的蓝色圆顶直上云天，极为壮观。这里的内部空间很大，有回音石、传经台、礼拜堂等。站在大厅，不禁好奇当年的国王是如何在此地祈祷的。

东边的希克斯罗图福拉清真寺比皇家清真寺小多了，但它临近水池，水中映射出那蓝色的圆顶，如梦似幻。

北面的大巴扎实际上是一个商业中心，为普通民众所建。可以想象，当时的帝王也离不开普通百姓，从这一建筑可以看到当时的社会形态和生活的气息。在伊斯法罕，我还参观了一家地毯厂，也有大开眼界之感。

◎ 希克斯罗图福拉清真寺

过山顶洞穴去大不里士看大巴扎

　　伊朗最西北部的城市大不里士距德黑兰有 600 多千米的车程，那里有世界上最大的大巴扎，它于 2010 年被联合国列入世界文化遗产名录。

　　沿途同伊朗的南部一样，都是茫茫荒野，生机寥寥，间或有一些零零星星的村落和树木，给荒原带来一丝生机和绿意。

　　驱车 300 千米，路过一个叫赛伊迪耶的地方，可在此参观苏丹尼耶古城遗址，它于 2005 年被联合国列入世界文化遗产名录。来到古建筑遗址，满目疮痍，只有古城墙、古堡垒、古庙宇的根基还能显露出古城

◎ 欧杰图陵墓

的痕迹。这座古城是蒙古伊尔汗国的首都。在众多遗迹中，保存最完好的是建成于公元 1312 年的欧杰图陵墓，它像印度的泰姬陵一样，为八角形的建筑，上方 50 米高的双层圆顶是当今伊朗同类型建筑中最古老的，圆顶上镶嵌着土耳其蓝色陶片，四周围环绕着 8 座细长的宣礼塔。

　　汽车又前行 200 多千米，来到距大不里士 60 千米、有着"小卡帕多西亚"之称的坎多凡岩石村。蜂窝似的洞穴密密麻麻，好像竖起的"仙人鞋"一只一只挂在山上，令人震撼，又让人感到不可思议。当地百姓就是住在这样的山洞中繁衍生息，生活了几个世纪。据悉，公元 8 世纪，蒙古人侵略伊朗时，当地人为了躲避战乱和追杀才逃入洞穴中。这一带山石奇特，大自然如此巧妙地将山石竖立起来。据介绍，这是因远古时

◎ 坎多凡洞穴密密麻麻　　　　　　　　　　　　◎ 于巷口近观洞穴

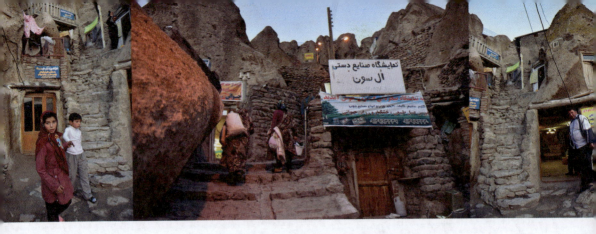

◎ 洞穴人家

期火山爆发时地下的泥沙和岩浆从地缝里喷出，冷却后形成的，特像非洲的蚁塚排列在一起。

又经过一个小时的车程，终于看到大不里士古城。

大不里士处在高加索山脉南部的河谷地带，被誉为"山谷中的古城"，始建于公元 3 世纪，历史上多次成为王朝的首都。公元 791 年，阿拔斯王朝的哈里发哈伦·拉希德的妻子曾居住在这里。第二次世界大战期间，大不里士曾是苏联控制的阿塞拜疆共和国的首府。现在，该城是伊朗东阿塞拜疆省的首府。

这是一个很古老的城市，城内清真寺随处可见，宣礼塔拔地而起，伊斯兰风格的建筑沿街排列，穿黑色服饰的人来来往往，宗教气氛十分浓厚。在城区，我参观了市政厅、蓝色清真寺、伊斯兰建筑风格的消防塔、古兰经博物馆、诗人纪念馆、古城门等，最后去了大巴扎。

大巴扎的大门建造得别具伊斯兰风味：两个尖塔，锯齿形墙顶，蓝色和粉色块砖浑然一体，朴素大方，又给人以庄重的感觉。走过大门是一条笔直的通道，通道两旁店铺众多，那精雕的门窗、斑驳的墙体、裸露的砖石，诉说着大巴扎的悠久历史。而大巴扎建筑群也很漂亮，其中，有穹顶装饰靓丽的清真寺、古兰经博物馆、交易所等建筑，还有世界上

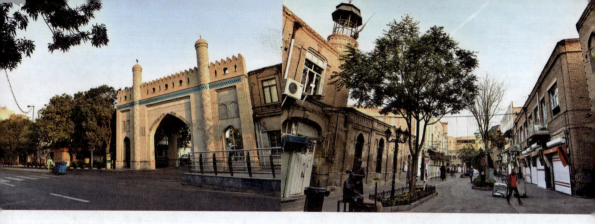

◎ 大巴扎大门　　　　　　　　　　◎ 大巴扎一条街

最大的室内巴扎，它包括无数子巴扎，全长达 7 千米。巴扎内还有 20 多个 15 世纪的大型拱顶，深奥而古老。宏伟的大不里士大巴扎见证了 600 多年的历史。

说起大巴扎，那是波斯帝国的产物，是伊朗人的创造。目前全世界面积较大的大巴扎分别位于大不里士、大马士革、伊斯法罕、马什哈德、伊斯坦布尔、德黑兰等。大不里士大巴扎被认为是世界上最大的巴扎，当之无愧。2010 年，这里被联合国列入世界文化遗产名录。

大不里士是丝绸之路上的重要驿站，大巴扎是丝绸之路的重要货物集散中心。从这个角度说，丝绸之路的兴起推动了大不里士大巴扎的发展。丝绸之路促进了中国与大不里士的交流，也给这里带来了很多中国元素。公元 751 年，中国唐朝的兵士曾来到这里，《资治通鉴》里对此有记载。唐朝诗人李珣是波斯籍，他的祖上曾来大不里士寻根。公元 1258 年，成吉思汗的孙子旭列兀曾来这一带征战，建立了伊尔汗王国，先建都在附近的马拉盖，后迁都大不里士，马拉盖古天文台就是旭列兀在 1261 年建造的，其建筑风格融合了中国和伊朗特色。

亚美尼亚：南北记行

穿山越岭，跨河过溪……

汽车进入亚美尼亚南部边境小镇梅格里，这里植被茂盛，上上下下满坡的山林。陪同踏访的苏亚华女士指着窗外的群山讲述了一个故事，她说："人们对亚美尼亚可能不熟悉，但提起诺亚方舟应该都知道。《圣经》和《古兰经》中记载：上帝建造了一只船，让诺亚与他的家人带上地球上各种植物的种子，躲避灭绝人类及一切的大洪水。洪水过后，诺亚在亚美尼亚种下人类历史上第一棵葡萄……"

亚美尼亚是一个位于欧亚交界处的高加索地区的国家，于 1991 年 9 月脱离苏联宣布独立。这里又是世界上最早的基督教国家之一，面积有 2.97 万平方千米、人口有 296.4 万。境内多山，90% 的领土在海拔 1000 米以上。

向导苏亚华女士是当地人，中文说得很流利，她曾在中国太原的山西大学读中文，其名字中的"苏"意为苏联，"亚"意为亚洲，而"华"意为中国。苏亚华在当地外事部门工作，性格开朗大方。

◎ 在当地向导带领下去考察远古洞穴

◎ 乘索道去塔特夫修道院

◎ 塔特夫修道院

◎ 深坑教堂里的深坑

汽车过卡凡市后，又行驶半个多小时到达戈里斯市，这是一个仅有2万多人的山城。在这里稍加休整后，我踏访了郊外的远古洞穴聚居地和建有世界上最长索道的塔特夫修道院。远古聚居地是古代的亚美尼亚人在山上居住的洞穴，而塔特夫修道院是在深山之中的一片古建筑群。我有幸乘坐5000多米长的索道穿山越岭前往该处。

在去往首都埃里温的路上，我走访了新教堂和深坑教堂。新教堂坐落在暗红色山体之中，其教堂外墙也呈暗红色，因此也有人称之为"红教堂"。深坑教堂位于一座小山顶上，教堂里有一个20多米深的地下洞穴，游客踩着悬梯可下到洞穴中。这里曾是基督教圣人圣格雷戈被关押的地方。在深坑教堂的台阶上，

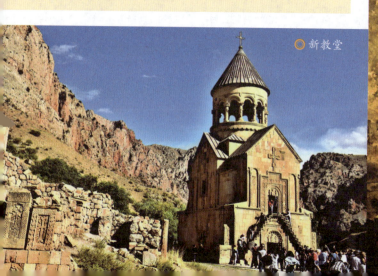

◎ 新教堂

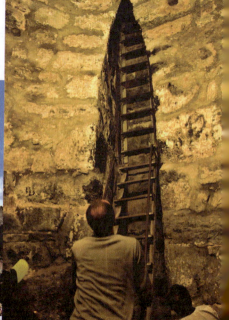

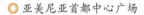

可以眺望亚拉腊山，当地人称之为"父亲山"。

经过6个小时的长途跋涉，我来到首都埃里温。

我首先去了中心广场，接着去了共和国广场。共和国广场在苏联时期被称为"列宁广场"，独立之后才改为现名，广场四周为国家历史博物馆、外交部、总理府、国家邮电局、万豪饭店等建筑。苏亚华带我走进国家历史博物馆，追寻亚美尼亚坎坷的历史印迹。这里在公元前9世纪建立奴隶制的乌拉杜国，公元前6世纪建立大亚美尼亚国。亚美尼亚曾被阿拉伯人、波斯人、蒙古人入侵，后被土耳其和伊朗瓜分。1915年至1918年，奥斯曼土耳其帝国对其控制区内的亚美尼亚人进行了屠杀，上百万人死于此次屠杀。尽管这里是最早的基督教国家，尽管是诺亚方舟的故乡，但耶稣基督和诺亚方舟却没能拯救亚美尼亚。直到1922年，亚美尼亚加入苏联，1936年成为苏联加盟共和国之一，亚美尼亚才稳定下来。

我还去了埃里温的地标之一母亲纪念碑，这是为了纪念在第二次世界大战中牺牲的英雄而修建的。纪念碑的顶部矗立着"祖国母亲雕像"，雕像手持利剑、表情严肃、目光刚毅。碑前摆有坦克、火箭炮、机关枪、苏制米格歼击机。

埃里温处在外高加索，是世界闻名的古城，有着悠久的历史。"埃里温"意为"埃里部落王国"，旧译音为"耶烈万"，公元前782年在此建有要塞，后慢慢扩展。埃奇米阿津大教堂、兹瓦尔特诺茨教堂遗址和格加尔德修道院这三座宗教圣地可以见证埃里温城的悠久历史，且这三处均被联合国列入世界文化遗产名录。

埃奇米阿津大教堂始建于公元301年。为什么在此建教堂？据向导苏亚华介绍，圣格雷戈里看到基督降临，迅速用一把金锤敲击地面，于是就在此地始建教堂。"埃奇米阿津"意为"神之降世处"。教堂大厅中央有一华盖，它的位置就是基督敲下金锤之处，只见有很多教徒虔诚地趴在地上亲吻华盖下的基座。教堂里珍藏着两件亚美尼亚的国宝：诺亚方舟残片和刺死基督的剑头。据说，刺死基督的长剑头是用圣油涂抹过的，装圣油的银罐就摆在教堂中。从公元301年开始，每隔7年，亚美尼亚各地教堂的祭司们都要来这里膜拜。

◎ 教堂内收藏的文物

兹瓦尔特诺茨教堂遗址前放有"世界文化遗产"的标识。教堂已不存在，只留下一片废墟，但半圆形走廊的高高石柱保存了下来，在风中默然伫立。依稀可见的还有

◎ 埃奇米阿津大教堂

◎ 兹瓦尔特诺茨教堂遗址

教堂地基、断裂的拱门、残片，以及刻在一米长石板上的日晷。这座教室建于公元641年，原为圆形的三层建筑，内部是一个有回廊的四瓣形大厅。

格加尔德修道院处在埃里温东南方向的山谷中，始建于公元4世纪。这个修道院是在巨山石上开凿出来的。修道院原名叫艾里凡克，亚美尼亚语意为"岩洞教堂"，它因岩洞建筑而出名。我走进岩洞中的礼拜堂，里面的石柱、石台、石桌、石凳、石碑、壁画，浑然一体。我是打着手电筒参观的，里面阴冷而宁静。

埃里温的名胜古迹还有戈尔尼神殿、希普思敏大教堂和古"哈奇卡尔"石碑等，它们一起印证了埃里温的古老。"哈奇卡尔"在亚美尼亚语中意为"十字架石碑雕刻"，它象征着生命之树。十字架周围的花纹雕刻很是精美，引人入胜。这已成为亚美尼亚的一个符号，而且扩展到全国各地。

亚美尼亚盛产葡萄，有"葡萄故乡"之称，"诺亚方舟"故

◎ 白兰地酒厂

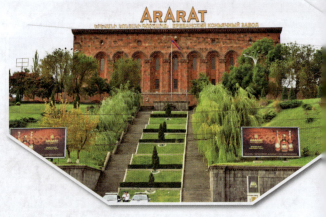

事中的葡萄树就是一个很好的例证，公元前 15 世纪这里就开始种植葡萄了。在首都埃里温，我探访了一家白兰地酒厂，品尝了当地出产的白兰地，口味甘甜，醇美无瑕，真是世上好酒。酒厂工作人员介绍道："亚美尼亚的白兰地，在 1901 年巴黎国际酒展上获得了最高奖。1912 年，该酒被俄国沙皇尼古拉二世定为皇室御用酒品。高尔基的评价更为幽默：从阿拉拉特酒庄的酒窖里爬上来，比翻越阿拉拉特山还要困难！据说，1945 年，斯大林用亚美尼亚白兰地专门招待英国首相丘吉尔，丘吉尔喝了之后就再也离不开这种酒了，一天就能喝完一瓶。一次，斯大林发现酒的味道变了，原来是因为酿酒师谢德拉基扬被发配到了西伯利亚。斯大林当即命令将其调回，并送他'劳动模范'称号。"

◎ 塞凡湖

看来，亚美尼亚的葡萄酒已经是久负盛名了。这个国家还有一处被联合国认定为世界文化遗产的哈格帕特修道院，坐落在亚美尼亚最北部的边境地带。为了一探究竟，我决意前往。

汽车沿蜿蜒的山路北上，车行 1 个多小时后经过著名的塞凡湖，这是高加索地区最大的湖，被高尔基誉为"群山中的太阳"。只见平静的湖水像镜子一样镶嵌在山峦中，不愧为"高加索的明镜"。塞凡湖的湖名是由亚美尼亚语"黑色的寺院"转化而来的。突厥语称此湖为"戈克恰伊湖"，意为"蓝色的水"。湖边的山坡上有很多石碑，且多是断裂的，据说是 13 世纪蒙古人来到这里后砸断的。

◎ 山巅上的哈格帕特
　　修道院

山上有一座教堂，大厅中有一块巨石，记述着有关塞凡湖的情况。

去往哈格帕特修道院的山路很窄，我们顺着库拉河的支流在峡谷中崎岖而上，同一条通向格鲁吉亚的铁路并道齐驱，有时也与火车并行。这里的景色十分优美，漫山遍野"燃烧"的红叶更加让人无法自拔。峡谷、村舍、小河，组成了一幅风景画。经过一处废弃的工厂后，汽车一个大转弯来到哈格帕特小镇。哈格帕特修道院就耸立在山坡上。

◎ 哈格帕特修道院对面山谷中的格加尔德
　　修道院

深山藏古寺。这座世界文化遗产位于这样遥远的深山老林中，可见它的价值所在。我沿着石子路走上去，看到一座以修道院为主的古建筑群。高高的尖塔、凌空的钟楼，既有木式结构的地方特色，又融会了拜占庭式的建筑风格，两种不同类型的结合，体现了亚美尼亚宗教艺术最杰出的成就。院子里满是墓地和石碑，在落叶中横七竖八地摆放着，颇为凄凉。走进修道院内，我看到尽管壁画已经脱落了很多，但还能勉强看清内容。这里的石雕技艺很高超，耐人寻味。据介绍，修道院始建于公元991年，处在基乌里克王朝的繁荣时期。

亚美尼亚，是个多灾多难的国家，又是一个承载着深厚文化底蕴的国家，但愿它的明天更加美好！

格鲁吉亚："上帝的后花园"

格鲁吉亚位于亚洲西部高加索地区的黑海沿岸，是古丝绸之路和欧亚走廊的必经之地，面积有6.97万平方千米、人口有371万，86%的人口为格鲁吉亚人。格鲁吉亚被誉为"上帝的后花园"，其面积不大，却非常美丽

◎ 格鲁吉亚首都之晨

富饶，可谓"物华天宝、人杰地灵"，因此，它一直被异族邻邦觊觎。历史上，格鲁吉亚先后被阿拉伯人、突厥人、蒙古人以及德国、奥斯曼帝国和英国入侵，1936年正式成为苏联加盟共和国，1991年宣布独立。

首都第比利斯坐落于格鲁吉亚东部大高加索山和小高加索山之间的库拉河谷地，建在库拉河两岸，长30千米、宽1.5千米。第比利斯建都于公元前 4 世纪，曾作为多个朝代的首都，也历遭外来侵略。第比利斯人渴望和平和自由，于是在市区姆塔茨敏达山顶纳瑞卡拉堡垒旁竖起了一座高 25 米、意为拥抱全城的"格鲁吉亚母亲"雕像。她右手执剑、左手托碗，目光坚毅，象征胜利，寓意和平。格鲁吉亚人将这座银白色的雕像视为国家的象征、民族的灵魂。站在雕像前，城区的总统府、格鲁吉亚王宫、自由广场、格特希尔教堂、大钟塔、国家历史博物馆及穿城而过的库拉河历历在目，古城和新城尽收眼底。

第比利斯在格鲁吉亚语中是"温泉"之意，城内最早的建筑是圆形的硫磺温泉浴池。传说，1500 年前，瓦赫坦·戈尔加萨利国王在这里的森林中射中一只老鹰，老鹰掉进了硫磺温泉中，这只血迹满身的老鹰被硫磺水浸泡后竟奇迹般地活了下来，于是国王下令在此建城。至今，温泉河还源源不断地流淌着。洞穴式浴池建筑群旁立有一座老鹰的雕像，记述着这段传说。

◎ 硫磺浴池

◎ 从母亲雕像处俯瞰全城风光

瓦赫坦·戈尔加萨利雕像竖立在库拉河沿岸，旁边是始建于5世纪的梅特希教堂。此教堂曾作为监狱使用，高尔基曾被关押在此。这不是一个很大的教堂，但是十分古老。这里最大的教堂是圣三一大教堂，为高加索地区最大的教堂，其塔顶高100米，在市区各个角落都能看到。

坐落在市中心的木偶钟楼建于5世纪，现已破旧不堪，面临倒塌的危险。为了保护这一古建筑，政府用铁架支撑，使其免遭破坏。这个钟楼旁有个温泉，是昔日大仲马、普希金经常光顾的地方。

第比利斯城古老又现代，古迹旁高楼林立、大厦各异，其中有中国援建的蘑菇状大楼、耳式大厦、玻璃大桥、十字形银行大楼等。

第比利斯这个有着110万人口的城市，商业区颇多，而在商业区中，葡萄酒店、茶叶店特别多。这个国家盛产葡萄和茶叶，茶叶是公元1893年一位名叫刘峻周的中国广东青年带来的，他在此试种成功。他在此地培育的茶叶还在巴黎博览会上夺得过金奖。

第比利斯还有"革命"的元素，保留有斯大林领导建立的地下印刷厂，至今还有一位老布尔什维克日夜坚守在这里，接待前来参观的人们。《第比利斯的地下印刷所》是中国著名作家茅盾的文章，曾出现在中学语文课本中，许多人读过这

◎ 瓦赫坦雕像及高尔基被关押的教堂

◎ 木偶钟楼

◎ 玻璃大桥

◎ 自由广场

◎ 总统府

篇文章，因此，地下印刷厂对中国人来说更具吸引力。

　　该印刷厂是从一口井的底下横向挖出的一个洞穴，其中放置了一台印刷机。印刷人员只能通过从井口系下的绳子进入，非常机密。那是在 20 世纪初，列宁亲自给俄国社会民主工党高加索委员会写信，要求他们在第比利斯建一所秘密印刷厂，以加强革命宣传力度。1903 年，在斯大林领导下，这座秘密印刷厂很快开凿出来。斯大林在此工作期间，多次遭到外来干扰，警察不断来此地搜查。1906 年，由斯大林提议，乔治亚的革命组织内成立了军事组织，开会地点就在印刷厂。这就惹来更多麻烦，特别是遭遇叛徒告密，几次险被发现。尽管当时条件十分艰苦、环境十分复杂，但印刷宣传活动从没有停止过。

穿行高加索山脉

汽车穿行在山野上，沿途农田里的农民们正忙于秋收。

高加索山脉位于黑海和里海之间，自西北向东南延伸至俄罗斯、格鲁吉亚、阿塞拜疆等国家，全长 1200 千米，中段格鲁吉亚一带山势较高，许多山峰在海拔 5000 米以上，山上终年积雪，天气寒冷。山脉北侧称前高加索，南侧称外高加索或南高加索，包括亚美尼亚的一部分。山脉中有 2000 多条冰川，也有特殊的植被。

从第比利斯市出发经过 20 分钟车程，来到姆茨赫塔古城，该城于 1994 年被联合国列入世界文化遗产名录。这座古城可追溯到公元前 2000 年，公元 4 世纪曾是格鲁吉亚卡特里王国的首都，直到公元

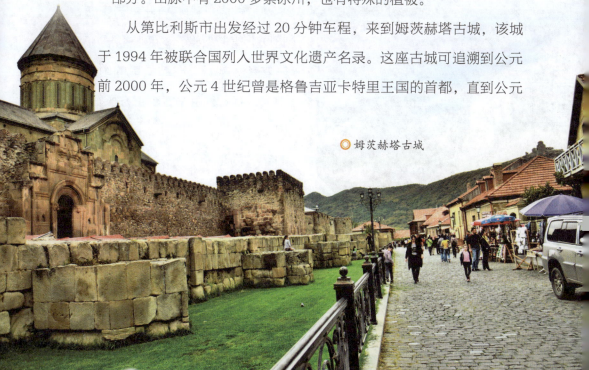

◎ 姆茨赫塔古城

5世纪才迁都第比利斯。这里是宗教的中心，放眼望去，建筑全部沿袭11世纪圆屋顶和十字形平面的建筑风格。这座古城历史上是基督教的分支东正教的教会所在地，是格鲁吉亚都城的雏形，城中建筑是中世纪高加索地区宗教建筑的杰出典范。格鲁吉亚的文字和东正教教会的起源也与这座古城相关。

姆茨赫塔古城最著名的建筑是斯维特特斯克维里教堂，当地称生命支柱大教堂，始建于公元11世纪。走进教堂，墙上的壁画显示着教堂的古老。大堂里摆放着格鲁吉亚第一位基督教传教士圣·尼诺的画像。最有看点的是大厅右侧的一座方形立柱式小屋，据说世界上唯一留存的耶稣受难后的衣服就埋藏在这里，因此成为信教者朝拜的重要地点。这座小屋的建造时间是早于教堂的。相传那是公元1世纪，一位叫埃利亚斯的格鲁吉亚人在耶路撒冷从罗马士兵手中买下耶稣的圣袍，回国后，姐姐西多尼亚穿上后立刻死去，埃利亚斯便将姐姐的遗体连同耶稣的圣袍一起埋葬，不久后，坟墓上突然长出了松树。300年后，圣女尼诺来此，听到此事后，就在此坟上建造教堂，这是格鲁吉亚第一座基督教堂。在教堂里的中心柱子上，有一只手举着个正方形石碑，碑文上写着：神的仆人阿舒克斯基的手，为他祈祷吧。据向导介绍，阿舒克斯基是教堂建筑者，因为他

○ 安南努利城堡

○ 莫可沃尔伊山

的技艺超过他的师傅，师傅因妒生恨，断其手臂。

姆茨赫塔古城还有一座古老的教堂——季瓦里教堂，建于公元585年，屹立在库拉河与阿拉格维河交汇处的一座山顶上。"季瓦里"在当地语中是"十字架"之意，教堂顶上的木十字架成为当地人膜拜的对象。据说，耶稣受难的十字架是被修女带到季瓦里教堂的。教堂里的一幅画像生动描绘了卡特里国王斯特普诺兹二世虔诚地跪拜耶稣的情形。站在教堂前，可以俯瞰整个古城。

驶出古城后，汽车一路北上。当经过由乔治亚领主建于16世纪的安南努利城堡后，山越来越高，云朵越来越近。当行至一个叫"古道里"的地方时，里程表上显示已驶出125千米。这时，我看到了气势磅礴、白雪皑皑的莫可沃尔伊山。古道里是格鲁吉亚著名的滑雪胜地。每到滑雪季节，这里便开始热闹起来，滑雪者纷纷踏雪而来。古道里拥有60千米的雪道，供滑雪者挑战极限。这里建有很多高档的宾馆和酒店，供滑雪者入住。

◎ 沿途的观景台

从古道里继续北行，沿途的风景变化无常，颇为迷人。汽车绕过一座山峰，我看到一个半圆形观景台，于是停下来拍照，将那层层叠叠的高山峻岭、层林尽染的原始森林、交错纵横的沟壑，还有飘带似的溪流和白云般的羊群一一定格在相机里。

汽车继续北上，穿过一座座高山，

◎ 石瀑布

公路左边出现了一个淡红色的石瀑布，那是含有碳酸钙的流水侵蚀形成的，非常罕见。

随着汽车的加速，海拔在升高，绿树被青草取代。大山中的村落、农舍镶嵌在谷地，这一段是高加索的深山区，人烟稀少，飞鸟在天空中翱翔，陪伴着我的行程。行车1个多小时后，我到达卡兹别克山脚的卡兹别吉镇。卡兹别克山海拔5033米，处在格鲁吉亚与俄罗斯的交界处。卡兹别吉镇是个边境城镇，有2万多人。这里能够成为一个观光之地，是因为高加索山的高峻美丽和山顶上有一座圣三一教堂。向导介绍说，在格鲁吉亚境内，除了西北部的斯瓦涅第，最美的自然风光就在这里。

圣三一教堂坐落在山顶上，是格鲁吉亚海拔最高的教堂，步行而上，需要2个多小时。我乘坐一辆越野车向上"攀爬"，崎岖的山道路面很窄，全是泥土地。汽车颠来颠去，花费40多分钟才开到山顶。站在山头瞭望，终于领略到真正的高加索：那延绵不绝的山峦、白雪皑皑的山峰、刀劈般陡峭的悬崖，都让人感觉进入梦幻之地……

圣三一教堂内灯火辉煌、烟雾缭绕。有一个僧侣一边添加灯油，一边祈祷膜拜，宗教气氛分外浓烈……

◎西葛纳齐古镇

◎眺望山顶之上的圣三一教堂

◎ 家庭酒庄

　　西格纳吉古镇处在格鲁吉亚东部山区。这是一个山城，房屋建在山腰，错落有致，不管去到何处，都要爬上爬下。小镇建得很漂亮，有古城门、古城墙，还有一些古房子。街心建有一个公园，其中的雕像、雕刻也显示着古城的悠久。城外有一个游客必去之处——博德贝修道院，院内树木参天、绿草萋萋、鲜花怒放。修道院的出名，是因为 4 世纪影响格鲁吉亚民众信仰的东正教的圣女尼诺就在这里长眠。

　　在西格纳吉郊外，我还踏访了一家古老的酒庄。这是一个很普通的农户，而造酒年代已经很久远了。院内堆放了很多木制酒桶，房里摆满了酒缸，这里酿制的葡萄酒香甜适口，回味无穷。

　　在西格纳吉踏访期间，我还北上格雷米镇，参观了丝绸之路上的格雷米城堡，了解了丝绸之路的一些情况。格雷米地区曾是古丝绸之路的必经之地，当时这里的货物集散地达 15 公顷，远方来的货商经此地继续前行。这里后被伊朗人入侵焚毁，只剩下孤零零的建于 16 世纪的城堡。

　　日落西山，天已近晚。回到住地已是繁星满天。格鲁吉亚的高加索山区之行给我留下极为深刻的印象……

◎ 格雷米城堡

访斯大林故乡

在一个充满朝霞的清晨，我乘车去往距格鲁吉亚首都第比利斯 75 千米的斯大林故乡哥里。

哥里位于高加索山脉深处，城区四周高山环绕。城区中心耸立着斯大林塑像，街边的墙上可见巨幅斯大林画像。作为斯大林的故乡，这里不仅有斯大林故居、斯大林纪念馆、斯大林专列，还有斯大林广场、斯大林大街、斯大林咖啡厅……我感受到斯大林对这里的影响非常深远，就连许多男士都留着斯大林式的小胡子。

斯大林的故居是个很普通的农舍，为砖木结构的建筑。门廊用木柱支撑，木门、木窗都已经磨损，彰显了它的久远岁月。门旁用俄语写有"斯大林故居"的字样。1879 年 12 月 21 日，斯大林就出生在这里。据

◎ 街边墙上绘有斯大林画像　　◎ 斯大林故居

讲解员介绍，斯大林是一个劳苦的鞋匠家的孩子，他的父母是从格鲁吉亚东部农村搬来这里谋生的，自生下斯大林后，生活更加清贫。斯大林的童年也是苦难的、贫困的童年。斯大林故居是一间不到 14 平方米的小屋，里面摆放着一张大床、一张餐桌和四把凳子，这就是全家的家当。讲解员说，斯大林在这间屋子里降生后，是靠他的父母给人修鞋长大的，生活条件很差。

斯大林故居开始并没有被保存，斯大林成名后，政府部门才将其列为文物，并于 1937 年在屋外搭建了一个很大的厅堂，将故居罩住，以防风吹日晒和倒塌。在故居旁边，还竖立了斯大林雕像，好似在守护着自己的家园。

1953 年，斯大林去世后，政府部门在故居的后面建起了一座宏伟的斯大林纪念馆。纪念馆大厅明灯挂柱，富丽堂皇。二楼若干个展厅，从斯大林的童年到去世，将这位鞋匠儿子一生的经历通过照片、实物加以展示。一个展厅还专门将斯大林用过的烟斗、皮椅、沙发、衣服、桌子摆放出来，供来客参观。据讲解员介绍，每到 12 月 21 日斯大林的生日这一天，有很多崇拜者会从原苏联各地专程赶来缅怀这位伟人。

在博物馆一侧，停有斯大林在世时使用过的专列。我走进车厢，参观了斯大林在专列上的办公室、会议室、卧室及休息室。讲解员说："斯

◎ 斯大林纪念馆内的收藏品　　◎ 斯大林专列

◎ 乌普利斯岩城

大林看起来很严肃、冷漠，其实他很热情、平易近人。他在这个专列上，对待服务员就很温和、客气。"

为推介斯大林的故乡，当地政府将哥里郊外山上的乌普利斯岩城开发为景点。3500年前，当地人在山上岩石上开凿出了石头城，城中有教堂、仓库、酒窖、住宅，当时有上千名居民生活在这里。今天看来相当不可思议。这里现在已没有人居住了，留下的都是空空的洞穴。现山顶上还有一座建于12世纪的东正教教堂。

夜幕降临，我离开哥里。返程的路上，不免思绪万千，因为我和斯大林这位历史人物从未如此接近过。

阿塞拜疆：从舍基古城到巴库

　　阿塞拜疆位于亚洲西部、外高加索山脉的东南部，东临里海、北靠俄罗斯、南邻伊朗，面积 8.66 万平方千米，人口有 1020 万。阿塞拜疆的发展曲折，历遭磨难，它和亚美尼亚、格鲁吉亚一样，曾是苏联的加盟共和国，1991 年正式独立。

　　阿塞拜疆盛产石油。"阿塞拜疆"意为"火的国家"。公元 10 世纪，这里就开始打井汲取石油，1873 年打出第一口油井，从此以"石油城"闻名于世。20 世纪初，阿塞拜疆拥有世界上产量最高的油田，占当时世界石油产量的一半。这是一个非常富饶的国家。在苏联时期，它和俄罗

◎ 阿塞拜疆首都巴库

斯是仅有的两个不需要中央财政补贴的共和国。

我从格鲁吉亚进入阿塞拜疆西部边陲的城市舍基，从这里开始游览阿塞拜疆。舍基古城始建于 2700 多年前，曾是丝绸之路上的落脚点。这个小小的古城，保留了一座 16 世纪的舍基可汗王宫宫殿。宫殿前的两棵古树有上千年的树龄，宫殿为两层高的楼宇，内部装饰奢华。窗镜、门庭、地板、屋顶，都装饰得富丽堂皇。尤其是精美绝伦的壁画和窗口镶嵌的工艺精湛的彩色玻璃，让人深感惊美。会客厅、起居室的家具和陈设，显现了当时宫廷的奢侈生活。在宫殿附近，有一个古老的清真寺和历史博物馆，其中陈列的文物记述了阿塞拜疆的历史。市内还有建于 18 世纪的旅店，当年穿行于丝绸之路的商队均投宿于此。

丝绸之路古驿站旁的石板路上今日已听不到当年哒哒作响的骆铃声、马蹄声，但是留下的古建筑提示着游人，舍基这个历史悠久的小城曾是商贾云集、繁华热闹的富庶之地。我从舍基古城东行来到沙马基市。这里有一座聚马清真寺，建造得宏伟、肃穆，4 根塔柱直上青云，更显示了它的地位。这是阿塞拜疆最大的清真寺，又名"星期五清真寺"。内部装饰中，地毯铺设得非常讲究。地毯上有些圆形、多边形的石块，是什叶派穆斯林进行祭拜时所用的拜石。穆斯林在行跪拜礼时，额头要接

◎ 希尔凡沙家族墓园

触到地毯上的石头。该清真寺始建于公元 743 年，经历 1859 年、1902
年的两次大地震和 1918 年与亚美尼亚战争的破坏，很多地方已成断垣
残壁。

距聚马清真寺不远处是希尔
凡沙家族墓园，遗址中有几座高
大的圆形墓穴，是几代国王的安
息之地。

阿塞拜疆之行的第三站是马
拉扎镇。马拉扎镇玛鄂泽村的岩
石上，有一座迪里巴巴陵墓，具
有神秘色彩。据说，拜谒此地可
以祛病减灾，甚至升官发财，于是，
有很多人前来拜访。此陵建在一
个悬崖峭壁边，从山脚一直建到

◎ 迪里巴巴陵

◎ 希尔凡宫　　　◎ 宫旁树画

山顶。从山脚攀岩而上，先后经过陵的大门、门庭、洞穴、圆顶，最后到达崖顶。回看整个建筑，感觉非常险峻。陵墓内埋葬着一位名叫迪里巴巴的修行者。据悉，这位修行者生前非常善良，为周围百姓做了很多好事，深受人们爱戴。他去世后，附近的人们经常来这里祈祷、祝福。为了保存好这一古迹，玛鄂泽村专门派出一个年轻人看守，以防破坏。

◎ 宫中装饰画

巴库是阿塞拜疆的首都，是里海最大的港口，有"石油城"之美誉。它是外高加索地区最大的城市，也是丝绸之路上的重要驿站。

巴库有着悠久的历史，古城于 2000 年被联合国列入世界文化遗产名录。巴库古城中有 11 世纪建造的瑟纳克卡尔清真寺、12 世纪的克孜卡拉瑟塔楼、13 世纪的巴伊洛夫石堡、15 世纪的希尔凡宫和少女塔等众多的名胜古迹。

希尔凡宫是古城的标志性建筑。从市政厅一侧进入高大的古城门后，经过一座作家雕像和微型博物馆，便到了希尔凡宫。这是一座典型的阿塞拜疆式宫殿，外部墙体皆是土黄色，没有什么特别，但进入宫殿却是

◎ 少女塔

另一个世界：华丽的地毯、精雕的座椅、考究的瓷器、彩色的壁画，让人感受着美轮美奂的环境。接待厅、会客厅、起居室也被装饰得高贵典雅。

少女塔又称处女塔，位于古城的东侧，濒临里海，外部呈灰黑色，全部由石头垒起。它在古建筑群中算是地标。少女塔有"古建筑明珠"之称，建于公元前7世纪，塔高30米、塔基直径16.5米，分为8层，每层均有一个穹顶。游人可以通过塔内壁的石阶盘旋而上爬至塔顶，既可俯瞰全市景色，也可饱览里海风光。少女塔的名字也有着不凡的来历。传说一位王后生下一女，可国王求子心切，大为不满，便将其驱出宫殿。小公主长大后，国王在选美中发现了她，却不知道她是自己的亲生女儿，就要娶她为妻。她坚决不从，并提出除非为她修建一座高塔。国王果然下令建成一座高塔，没想到她跳塔身亡。因此，人们为其起名少女塔。

◎ 火焰塔

巴库还是一座现代化的大都市，高楼大厦林立，现代风格的建筑拔地而起。最著名的是火焰塔，它由三座火焰状的楼宇组成，为巴库带来新的风情，不管你身在哪个方位，它都能从不同的方向呈现到你的眼前。除此之外，巴库的知名建筑还有塔式石油大厦、圆顶形英雄纪念碑、锯齿形体育馆、仿古"门"字形政府办公大楼、"鸟"形艺术中心等，风格各异。

英雄纪念碑坐落于里海岸边的一个高台上的烈士陵园中，园内设"殉难者的小路"、纪念墙、火焰柱等，不远处是电视塔。

阿塞拜疆境内有世界上最大的泥火山群，处在里海沿岸的洛克巴坦镇一带和中部哈吉贾布尔地区。这里的泥火山别具特色，是由地热形成的，不过，它喷出来的不是岩浆，而是泥浆，这是特殊的地貌所致。泥火山喷发时伴有阵阵巨响，冒出的火焰是黑色的，喷吐着棕色的浆水，非常壮观。据悉，阿塞拜疆全境共有 400 多座这样的泥火山，是世界上少有的泥火山群。泥火山喷发后，留下一处处干裂荒凉的山地，有一种神秘之感。

◎ 英雄纪念碑

◎ 里海海滨

土耳其："宣礼塔之城"伊斯坦布尔

　　飞机缓慢地下降，几乎贴着海平面飞行，终于对准了伸向大海的跑道，降落在伊斯坦布尔机场。

　　接迎我的是伊斯坦布尔大学的中文教授肖岛，这次踏访由他做翻译。汽车沿着马尔马拉海岸线向市区行进，肖岛在车上向我讲述了伊斯坦布尔的情况。

　　世界名城伊斯坦布尔是土耳其最大的城市，拥有500多万人口，但土耳其的首都设在安卡拉。伊斯坦布尔处在欧洲和亚洲中间，被与马尔马拉海和黑海相连的博斯普鲁斯海峡分隔。而博斯普鲁斯海峡恰位于欧亚两洲的分界线上，使得伊斯坦布尔成为世界上独一无二的横跨欧亚两大洲的城市。因此，伊斯坦布尔素有"两洲之城"的称谓。

　　进入伊斯坦布尔城区，只见山城中冒出大大小小数不清的尖塔。肖岛介绍，这叫宣礼塔，耸立在清真寺上，全市有3000多座清真寺，每座清真寺都会建有一个或多个宣礼塔。没有人能说清楚伊斯坦布尔到底有多少宣礼塔，因此该城也被称为"宣礼塔之城"。

◎ 圣索菲亚大教堂

伊斯坦布尔这座城市，有近 3000 年的悠久历史。早在公元前 9 世纪，希腊人最先来到这里安家落户，到公元前 660 年时，希腊人在这个地方围山建城，名为拜占庭。公元 324 年，罗马人占领了这座城市。公元 330 年，君士坦丁将罗马帝国迁都至此，起初称为新罗马，不过很快就以其创建者君士坦丁命名——君士坦丁堡。公元 395 年，罗马帝国分为东、西罗马帝国，君士坦丁堡成为东罗马帝国的首都。公元 1453 年，东罗马帝国被奥斯曼土耳其灭亡，这里成为奥斯曼帝国的首都，奥斯曼帝国将城市改名为伊斯坦布尔。这里曾是东罗马、奥斯曼两国之首都。这两个国家所占领的区域跨欧洲、亚洲、非洲。不同时期、不同文化的帝王和贵族在这里打造出不同风格的各式宫殿，也建造了教堂、清真寺等不同的宗教建筑。于是，宗教、民族、思想、文化、艺术在这里交融，使其成为名副其实的历史文化名城。

进入古城，首先映入眼帘的是古城墙，土色城墙拔地而起，矗立在绿草丛中，尽管有些地段已是残垣断壁，但仍显露着它的巍峨。肖岛介绍，古城墙从马尔马拉海岸一直延伸到金角湾，全长7千米，它于公元5世纪由狄奥多西二世建造，城墙及城区已被联合国列入世界文化遗产名录。

　　沿着伊斯坦布尔海岸大街前行，右边是马尔马拉海，左面是古老的城区，视线中出现一座宏大的清真寺，上面有6个宣礼塔，肖岛说，那就是闻名于世的苏丹艾哈迈德清真寺，又名"蓝色清真寺"，已有400多年的历史，是世界上唯一拥有6个宣礼塔的清真寺，是伊斯坦布尔的地标。汽车绕过几条古老窄小的街道，我来到蓝色清真寺参观。进入寺内大殿后，骤然感到它的空间大到难以想象，可同时容纳3500人做礼拜。因寺内墙壁全部用蓝、白两色瓷砖装饰，故人们又称之为"蓝色清真寺"。

　　出蓝色清真寺后门，便是古罗马赛马场、埃及方尖碑及古亭饮水井。

　　与蓝色清真寺相对的是圣索菲亚大教堂，来到这里，我同样感到惊叹。据介绍，这座教堂规模仅次于梵蒂冈、米兰和伦敦的教堂，始建于公元325年。它的特点是由大理石堆垒而成，上面有4个塔尖，堂内可容纳5000人。千年教堂随着历史的变迁曾改作清真寺，后改

◎ 埃及方尖碑

作博物馆，它融进了伊斯兰教和基督教两大宗教和欧亚两种文化的色彩。多种艺术风格的巧妙结合便是这座建筑的特征。

　　紧靠圣索菲亚大教堂的是托普卡帕宫殿，这是奥斯曼帝国的王宫。宫门口有两名卫兵持枪把守，还有两条狼狗蹲坐一边。我进第一道门后，展现在眼前的是一处很大的园林。过第二道门，左边是一些古老的房屋，是办公的场所；右边屋顶有数十个烟囱，那是宫廷做饭的地方。再进第三道门，宫廷殿堂才出现，这是帝王的住所，建造得非常豪华，而且里边还保留着当年的大量珍宝，包括中国的瓷器。这里收藏的中国古瓷仅次于北京故宫，其中，有一件瓷器上还题有苏东坡的《前赤壁赋》。这里的中国瓷器多，大概是与丝绸之路有关，因为这里是丝路的重镇。这里还有琳琅满目的宝石，其中一颗宝石竟有拳头那样大，闪闪发光。宫殿的后院，是观看大海的极佳位置，难怪帝王选择了这个居高临下的位置作为居所。站在亭台上，马尔马拉海、博斯普鲁斯海峡及海峡大桥、金角湾及金角湾上的三座大桥、伊斯坦布尔的亚洲大陆及欧洲大陆等全部景观皆可收入眼底。那波光粼粼的水域、错落有致的楼房、耸入云天的宣礼塔尖、来往游动的船只，共同绘成一幅美丽的图画，绚丽多彩。

　　离开王宫后，我沿海岸线

◎ 两洲交界

◎ 行走在王宫中的当地妇女

左拐进入金角湾。这个海湾把伊斯坦布尔的欧洲部分分成两块，并由三座桥梁连接：第一座桥名叫加拉塔桥；第二座桥名为阿塔图尔克桥，意为"土耳其之父桥"；伸进海湾最里边的一座桥为新切夫雷桥。

汽车停靠在第一座桥的桥头，苏莱曼清真寺出现在眼前。这里会聚了很多人，周边有着数不清的摊位，有卖皮革、毛毯的，有卖香料、首饰的，还有卖许多叫不上名字的商品的。密密麻麻的建筑有拜占庭式的房屋，有伊斯兰式的屋宇，有哥特式的房楼等，宫殿、别墅、城堡、碉堡、学校、寺院、大厦等比比皆是。古老与现代、粗糙与精美、大街与小巷、欧洲与亚洲，不管是人种、物品，还是建筑，统统交织在一起，这便是伊斯坦布尔的独特之处。

◎ 奥塔科伊清真寺

金角湾的第一座桥与第二座桥之间有游轮码头。我乘坐一艘游轮离开金角湾，顺博斯普鲁斯海峡朝黑海方向而去，蓝蓝的天空下是碧绿的海峡，习习的凉风吹在衣衫上，十分惬意。博斯普鲁斯海峡全长30.6千米、水深50米，最宽处3.7千米，最窄处700米。海峡两边多是陡峭的岩壁，上面还有房屋建筑。穿行在伊斯坦布尔，畅游在海峡间，左边的欧洲大陆近在咫尺，加拉塔古城堡、议会大厦、海洋博物馆、多尔玛巴赫切宫等建筑出现在山坡；右边的亚洲部分近在眼前，贞女塔、海达尔帕夏港口大道、阿纳多卢城堡镶嵌在山壁上。

船行半个多小时，前面水城之上出现了一座宏伟的大桥，这就是举世闻名的博斯普鲁斯海峡大桥，又称欧亚大桥。这是一座飞跨欧亚的大桥，是欧洲第一大吊桥、世界第四大吊桥，它将欧洲和亚洲紧紧连在一起，将被海峡分隔的伊斯坦布尔紧紧连在一起，使这座世界名城大放光彩。博斯普鲁斯海峡大桥建成于 1973 年，全长 1560 米，桥面宽 33 米，设有 6 个车道。桥身距水面 64 米。这是一座钢架悬索桥，中间没有桥墩，由两根 58 厘米粗的钢索牵引。从桥下穿过，在船头远眺，又一座大桥出现，那是 1988 年在海峡上建造的第二个悬索桥，此桥有 8 个车道，桥面更加宽阔。

返航中，我注意到半岛上面的王宫、圣索菲亚大教堂、蓝色清真寺依稀可见。这些古老的建筑记录着伊斯坦布尔的历史，也是其精华所在。不知不觉间，教堂的钟声敲响，清真寺里的经声传出，航船的汽笛声鸣起。眼望海峡两岸的欧亚风光，这才领悟到土耳其伊斯坦布尔这座世界名城的价值……

◎畅游海峡

特洛伊遗址·棉花堡·卡帕多西亚

土耳其古称小亚细亚，小亚细亚的文明在特洛伊遗址、棉花堡和卡帕多西亚上体现得淋漓尽致。其中，棉花堡和卡帕多西亚被联合国认定为世界文化与自然双重遗产，这在全世界是不多见的！

特洛伊遗址

我从伊斯坦布尔乘车向西南行驶 250 多千米，到达特洛伊遗址。

走进特洛伊遗址，只见那古老的剧院、耸立的城堡、破败的神庙、残缺的宫殿、坍塌的议事厅等，仍然不失当年的宏伟！从躺倒的石柱、断墙、根基、烂石、破瓦看，这里的年代十分久远。整个遗址处在深达 30 多米的地层中，细细分辨，达九层之多，每一个层面都体现了一个历史时期。最底层的年代可追溯到公元前 3000 年，第六层和第七层的年代为特洛伊战争时期，第八层为希腊时期的遗址，最上层是罗马帝国时期的建筑。

整个遗址中，最有代表性、最有故事性的是特洛伊木马。在遗址的入口处，只见一座巨大的木马模型鹤立鸡群。陪同的翻译肖岛先生指着木马模型说："这个遗址中最著名的就是有关木马的传说了。"接着他介绍了有关木马的故事。肖先生说："这里是《荷马史诗》之《伊利亚特》篇叙述的特洛伊木马计的发生地。诗中是这样描述的：特洛伊王子帕里斯来到希腊斯巴达王墨涅拉俄斯的王宫中做客，受到盛情款待，但是帕里斯骗走了墨涅拉俄斯绝美的妻子，这就引发了一场战争。墨涅拉俄斯带兵攻打特洛伊，然而打

◎ 木马模型

了 10 年之久也没有攻下。之后，根据部下奥德赛的计谋，造了一匹巨大的空心木马，将士兵装进马，造成撤退的假象。于是，特洛伊人把木马作为战利品拖进城内，藏在木马中的士兵一涌而出，攻城成功。"

讲完之后，肖岛先生说，公元前 9 世纪的古希腊诗人荷马描述的特洛伊之战十分详尽，但世人一直以为其中的故事是编造的。特洛伊遗址被挖掘出后，证明了这是一个真实的历史事件，于是引来众多的游人前来参观。

棉花堡

汽车从特洛伊遗址向东南行驶 320 千米，到达棉花堡。棉花堡是俗称，其真正的名字为"帕穆克卡莱"，土耳其语"帕穆克卡莱"意指"棉

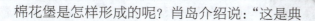
● 棉花堡

花堡"，这是土耳其境内知名度最高的自然奇观。

　　站在棉花堡前，只见像白雪一样的山坡、似云朵一样的山梁、如棉花一样的山岗，自上而下，呈现出一层层梯田的形状；一池池晶莹的水、一道道拦水坝、一片片飞洒的瀑布、一股股流动的清泉，全是白色的、洁净的、耀眼的，真是仙境之地！那态势仿佛仙女下凡，缥缈虚无、婀娜多姿、亦梦亦幻……

　　棉花堡是怎样形成的呢？肖岛介绍说："这是典型的石灰岩形成的奇观。因为这座山全是火山喷发后形成的石灰岩，从山顶流下的泉水、瀑布含有丰富的碳酸钙，而这种泉水流经山体中的火山浆而成为温泉。这种含有钙质的温泉经过千百年的不断冲刷、沉淀、钙化，堆积成结晶体，形成一层层半圆状态的白色石灰岩平台。"望着眼前蒸腾的白色气体、叠嶂的白色石阶、一圈圈白色的岩墙，我不禁感叹自然界的创造力。

　　从棉花堡走出，我和肖岛来到附近的赫拉波利斯，这是始建于公元前190年的一座古城，融合了古希腊和古罗马的建筑风格，是帕加马国王欧迈尼斯二世的杰作，然而，17世纪的一场地震将古城变成了废墟。

　　走在遗址上，依稀看到破败的石墙、古道、神殿、浴场、剧院、城门等。1988年，赫拉波利斯和帕穆克卡莱即棉花堡一并被联合国认定为世界文化与自然双重遗产。

卡帕多西亚

自棉花堡向东行 500 多千米，来到卡帕多西亚岩石区。

卡帕多西亚岩石区是典型的喀斯特地貌，到处是婀娜多姿的玄武岩壁，引人入胜、令人着迷！大片大片的"石柱森林"、数不清的奇特岩石、突兀挺立的碳酸钙结晶石、平滑如波浪般的石头阵，还有一处处高挑的仙人洞，让人目不暇接、惊呼赞叹。如同作家笔下的"如月球般荒凉诡异的地貌""地球上最像月球的地方"，卡帕多西亚被美国《国家地理》杂志评选为"十大地球美景"之一。

卡帕多西亚不仅自然景观绝美，人文景观同样奇特，尤其值得赞赏的是连绵数千米的山顶洞穴，当地人称之为"白鸽屋"。

格雷梅地域是山顶洞穴最集中的地带。这里有个居里美山寨，40 多户人家全部住在山壁上的洞穴中，与外界隔绝。这些洞穴都是当地人在悬崖上开凿出来的。当我顺着扶梯爬进一家人的洞穴时，看到石屋中有大堂、餐厅、粮仓、睡铺，很是

◎ 卡帕多西亚的石柱森林

◎ 近距离观看石柱

● 山顶洞穴

宽敞。我拜访了户主老大爷，他说他的祖祖辈辈就住在此洞里，从来没有换过地方，他们已经习惯了山洞生活。

走出山顶洞穴，望着眼前无际的奇石山、林立的悬崖人家，不禁无比感慨！向导肖岛先生说："这里的山是在数百万年前的两座火山爆发后形成的特殊地貌。早在公元前 8 万年这里就有人居住，后来不少人为了躲避罗马人的迫害，而特意选择了这个千石嶙峋、万岩峥嵘之地，开凿洞穴避难。之后，来的人多了，山顶洞穴就像蜂巢一样密集，成为一大景观。"

卡帕多西亚奇石林与棉花堡齐名，同为世界文化与自然双重遗产！

黎巴嫩："中东瑞士"贝鲁特

贝卡谷地，土壤肥沃，良田遍地；连绵不断的黎巴嫩山脉，白雪皑皑……

黎巴嫩位于地中海东岸，沿海有狭窄的平原，内有黎巴嫩山、贝卡谷地，南北长220千米，东西宽88千米，最窄处30千米，总面积达1万多平方千米。国名取自黎巴嫩山脉，因长年覆盖白雪，因此意为"白山之国"。因山上有名贵的雪松，其国旗上红线间的白底上有嫩绿色的雪松。该国600多万人口中，大部分是阿拉伯人。这里的人崇尚数字"7"，他们认为"7"是一个星期的圆满数字、是完整的，这个国家的饼干品牌也有"777"字样。大海、雪山、森林、草地，给黎巴嫩带来了独特的景色，这里还产有香醇可口的葡萄酒。黎巴嫩被誉为"中东瑞士"。

进入首都贝鲁特，朱向导介绍说，贝鲁特分东区和西区两地，西区为穆斯林聚居地，东区为基督教徒居住区。东区的范围包含了毗邻的几个县，被称作"基督教王国"。我去了东区领地，只见溪水清澈、树木参天，掩映着白墙、红瓦，时不时地看到基督教堂和圣母玛利亚塑像，还有军营，

◎ 贝鲁特城区

山坡浓荫处就是总统府。在黎巴嫩，人们喜欢住在山的最高处，最好的宾馆、最好的别墅大都位于山顶。

信步在贝鲁特海滨大道上，一边是一望无际的平静的地中海，一边是青松满坡、风光绮丽的黎巴嫩山；一面是白沙海滩，一面是白雪山巅，雪山碧水相依相伴。难怪人们说，住在此城，一天之中既能上山滑雪，又能下海戏水，真是人间天堂。为此，贝鲁特被称为"中东伊甸园""东方小巴黎"。

濒临圣·乔治湾的贝鲁特，高速公路穿越其间，此地还有古老的莫闹街、哈姆拉大街、维尔丹大街。它是地中海沿岸最古老的城市，建于公元前14世纪，到公元6世纪时已成为丝绸贸易的中转地。现在，这里有约200万人口，主要集中在东区和沿海的狭长平川，这片区域是这座城市最繁华之地。

随着旅游业的发展，贝鲁特开始不断拓展卫星城，如北部的朱尼耶就是新发展起来的地区，它已和贝鲁特市区连在一起。哈里萨地区也已发展为一个旅游景区。在这里，我乘车爬到山顶，上面修建了一座非常特殊的教堂，是螺旋状的，教堂顶部建有圣母玛利亚雕像。我沿着旋转的台阶登

◎ 贝鲁特之夜

到教堂顶，朱尼湾及远处的贝鲁特城尽收眼底，体会到了"一览众山小"的感觉。

入夜，我来到烈士广场消闲，这里满是人群。广场立有烈士雕像，纪念一战期间被奥斯曼帝国绞死的黎巴嫩民族英雄。广场周围依次是商店、军营、星光广场、古浴室遗址、罗马石柱遗迹、清真寺等。

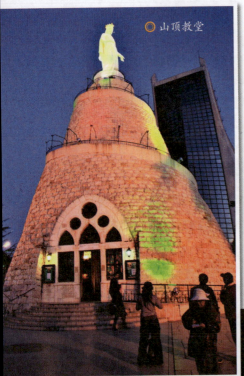

◎ 山顶教堂

在星光灿烂的晚间，我走进一家鱼化石商店，这里出售各种各样的鱼化石，都是从附近山体上开采出来的。这里的山，在很早以前都沉在海底，后由于地壳的变化浮出海面，从鱼化石上的图案可以证实这一点。

◎ 蓝色清真寺

巴勒贝克神庙 · 贝特丁宫 · 穆萨城堡

  巴勒贝克被称为"太阳城"。"巴勒"在当地语中意为"太阳","贝克"意为"城",所以巴勒贝克神庙即为"太阳城神庙"。它是世界上规模宏大的古罗马遗址,始建于公元前2000年。起初由当地腓尼基人所建,后来埃及人、希腊人、罗马人等多次扩建,融入了东西方多种风格。这里历经战乱、地震、抢窃,已残败不堪,但迄今为止世界上再也没有比它更宏伟、更巍峨的神庙遗址了。1984年,这座神庙被联合国列入世界文化遗产名录。

  巴勒贝克神庙分主神朱庇特庙、酒神巴卡斯庙和爱神维纳斯庙三部分,分别代表太阳、丰收、爱情。

  从神庙正门进入,映入眼帘的是高高耸立的巨石浮雕,尽管这些石刻浮雕已经断裂残缺,但仍然宏伟昂扬。

◎ 巴勒贝克神庙大门

走入大门，是一个六边形的庭院。为什么是六边形？据了解，古时人们的观念认为，大自然有水、火、地、风、雷、日六方，六边各代表一方。庭院中央，有两个高 18 米的祭坛，上面曾是用 128 根长 20 米、宽 5 米、厚 4 米的花岗岩石柱组成的柱廊。现石柱横七竖八躺在地上。

绕开散乱的石柱前行，踩着巨大的石阶向上走，是一个高出祭坛 15 米的台基，这就是主神朱庇特庙。站在台基上，可以远眺远处的松林和雪山，酒神巴卡斯庙和爱神维纳斯庙也都一览无余，神庙和美景错落有致，静静地展现在人们的眼前。石群中满地倒卧着的巨大的圆形石柱，在此沉睡了几千年，只有 6 根圆形石柱在瓦砾中巍然屹立、挺拔高悬。朱庇特庙原有 54 根巨型石柱，每根高 22 米、直径 2 米，倒伏的 48 根都已断裂。主神朱庇特庙是巴勒贝克神庙中最高、最大、最宏伟的神庙。

从朱庇特庙台基向下 10 多米，就是酒神巴卡斯庙。巴卡斯庙给人的感觉是陷在一个很大很大的深坑中。

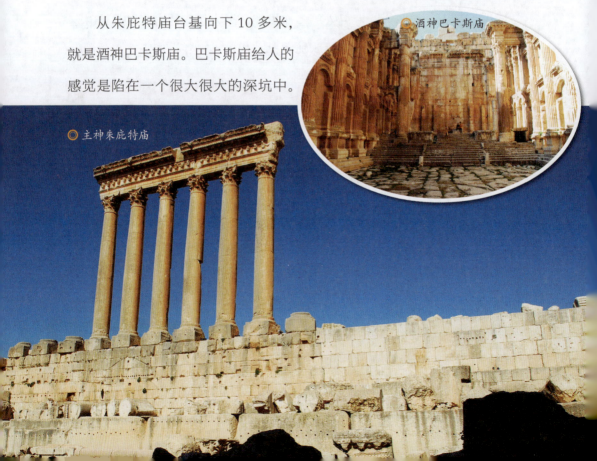

◎ 酒神巴卡斯庙

◎ 主神朱庇特庙

◎ 爱神维纳斯庙

此庙保存相对完好，大门两侧石柱上刻有谷类、蔬菜、水果，还有象征生老病死的图案。大殿尽管顶部塌陷，但四周墙壁仍保留着原样，上面刻有葡萄和酒壶图案，殿内有巴卡斯酒神像，旁边还有一个大酒窖。

爱神维纳斯庙在更低、更深的位置，约低于地面5米，同样满地石柱、石块、残基、废台，神庙内还有维纳斯像，完美地展现了人体的美感。

贝特丁宫位于贝鲁特南部45千米的山谷中，当我们驱车来到这里，看到这座带有艺术风格的建筑时，不禁为之惊叹。那暗红色的楼体、宽敞的庭院、美丽的喷泉，简直令我们如痴如醉，视线久久不愿移开。

◎ 雨中的贝特丁宫

贝特丁宫由巴哈尼埃宫、马斯塔宫和哈里姆宫三部分组成，始建于公元1788年，一直是巴希尔·谢哈布酋长的行宫。该酋长生于1767年，他不满奥斯曼帝国的高压统治，组织阿拉伯各族力量与其斗争，结

◎ 宫院中的巨幅马赛克画

果被奥斯曼帝国制服，并被软禁于伊斯坦布尔，1850年去世。该行宫一直由国家保护，1861年成为政府办公地，1943年为黎巴嫩首任总统的夏宫。

穿行在贝特丁宫，我参观了酋长、王后及嫔妃的生活场所，以及酋长处理朝政的办公地、接见厅、会客室，欣赏了庭院中的巨幅马赛克画。

宫内解说员介绍，贝特丁宫由意大利设计师设计、叙利亚艺术家雕刻，完工后，所有工匠的双手均被剁掉。

与贝特丁宫对应的是穆萨城堡。该城堡以修建者穆萨的名字命名，是穆萨用了35年的时间建造的。城堡分两层，上层展出了生活用具，底层展示了1000多种兵器，讲述了中东两千年来发生的战争……

◎ 穆萨城堡

从提尔穿赛达去比布鲁斯和卡迪沙圣谷

　　提尔是欧洲神话中战神的名字，提尔城是著名的腓尼基古城，也是古希腊数学大师毕达哥拉斯生活过的地方。1984 年被联合国列入世界文化遗产名录。

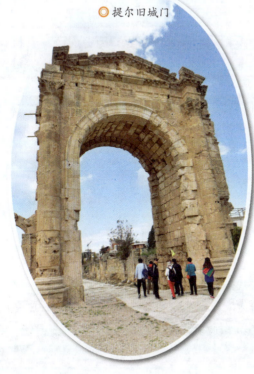

◎ 提尔旧城门

　　来到提尔古城，到处可见历史遗迹，其中有历代王朝的陵墓群、古凯旋门、古跑马场、古罗马遗址、古浴池、古罗马石柱，等等。

　　提尔古城始建于公元前 3000 年，到公元前 1000 年发展到鼎盛时期。据史料记载，早在公元前 10 世纪，提尔国王海拉姆大量填海造田，并将两个海岛连起来，建了城镇。由此，

◎ 古跑马场　　◎ 古罗马遗迹

腓尼基人开始扩张，于公元前815年在北非建立了迦太基。公元前6世纪，古巴比伦国王围攻提尔古城13年。公元前332年，亚历山大大帝侵占此地。后又经十字军等统治，提尔陷入困境，逐渐衰败。

提尔古城在黎巴嫩最南部，距贝鲁特80千米。

离开提尔古城北行到达赛达。赛达又称西顿，是古代腓尼基人的城邦，始建于公元前2000年。它与提尔一样是一座历史古城，曾经历过希腊人、罗马人、阿拉伯人、十字军和马穆鲁克王朝的统治。

在赛达，我首先登上海上城堡，这是赛达最重要的历史遗迹，一直是抵抗外来侵略的要塞。

站在城堡俯瞰赛达古城，仿佛看到了历史的兴衰和时光的流动……

从赛达古城继续北上，驱车1个小时，过贝鲁特后又前行20千米，来到比布鲁斯。

◎ 赛达古城新貌

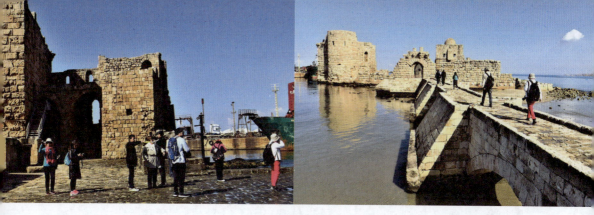

◎ 赛达海

比布鲁斯是世界上最古老的、至今仍有人居住的城镇之一。本来，比布鲁斯并不出名，是因为考古学家在这里出土的一件文物上发现了腓尼基 22 个字母而名扬世界。1984 年，它被联合国列入世界文化遗产名录。比布鲁斯的希腊语是"纸草"之意。6000 年前，腓尼基人把当地雪松运到埃及去换取纸草，

◎ 比布鲁斯十字军城堡

因为纸草在埃及只有法老拥有，是无价之宝，所换回的纸草表明腓尼基人的富有。腓尼基人以航海起家、贸易发达，身着紫红色的衣服为其特色。

比布鲁斯古城依山傍水，从山顶一直到地中海海滩，全是古老的建筑群。穿行在老街，但见古屋、古道、古院、古墙，还有残断的古罗马石柱、石墩、石碾，仿

◎ 城堡中的藏品陶中蛋

佛穿行于历史之中。我绕过一座最古老的教堂，穿过一排石头立柱，登上壮丽的十字军城堡，这是比布鲁斯唯一保存完好的建筑。在城堡中展示了出土的文物，其中就有腓尼基22个字母的石板样品。讲解员向我详细讲述了出土该文物时的情况。早在6000年前，腓尼基人在此居住，后来迦南人在这里建都，再后来被希腊人、埃及人、巴比伦人、波斯人侵占。

比布鲁斯历史厚重、十分神秘，受到全世界考古学者的关注。1870年，法国考古学家来此开始挖掘，50多年后，在皇家墓葬群中出土了一个公元前14世纪的石棺，石棺上镌刻着22个腓尼字母。20世纪80年代，一位科学家破译了这些字母，这段文字是诅咒的内容，意思

是说：谁要动我们皇家的坟墓，在他一生中就要遭受干渴和灾难。这是世界上发现的最早的字母，是世界字母文字的开端。黎巴嫩引以为荣，甚至在广告语中把条条大路通罗马改作"条条道路通ABC"。

◎ 去往世界遗产卡迪沙谷的途中风景如画

十字军城堡地势较高，在此可仰视黎巴嫩山，俯瞰地中海，比布鲁斯全城更是尽收眼底。步下石阶，我考察这座从新石器时代就开始有人居住的地方。先是察看了一处古住宅遗址，只见地墓、石坑、半墙、乱砖记述着历史的沧桑。南去是一口硕大而幽深的古水井，已经破败不堪、杂草凄凄。海边一处很小的罗马式露天剧场很有风采，是当初腓尼基人面朝大海放歌的地方。沿海岸而去，有深深的墓穴遗址，有高高的瞭望台基，有平缓的农家小院痕迹，有古人留下的 6000 多年前的残缺港口……这一切的一切都和数千年来地中海文明的传奇和历史紧密联系在一起。

◎ 纪伯伦博物馆内景

我离开比布鲁斯城继续北上，去往卡迪沙圣谷。1998 年，卡迪沙圣谷被联合国认定为世界文化遗产。汽车在山路上盘旋，山势越来越陡，海拔越来越高。窗外，我不断看到山体上的一些洞穴，这些山洞有的是古人的住屋，有的是墓穴。

车行 1 个小时后，到达一个更加隐蔽的山洞，洞前竖有一座人物雕像，原来这是纪伯伦博物馆。纪伯伦是黎巴嫩著名作家，被称为"黎巴嫩文坛骄子"，是阿拉伯文学的主要奠基

◎ 纪伯伦的朦胧画

◎ 卡迪沙圣谷村寨白雪皑皑

人，主要作品有《泪与笑》《先知》《沙与沫》等，与鲁迅、泰戈尔一样是近代东方文学走向世界的先驱。纪伯伦博物馆山洞中存有纪伯伦的著作和他的绘画作品，还有他的生活用品。山洞的最下面是纪伯伦的墓室。这里距卜舍里镇不远，古树绿荫、山谷深川，十分幽静。

离开纪伯伦博物馆，继续北行。山上出现积雪，且越来越厚。山顶有大片杉树森林，这里就是著名的卡迪沙圣谷：山峰、雪浪、杉树，好一派雪地风光……

叙利亚：边境古城布斯拉

　　乌云于天空飘荡，车轮滚滚向前……

　　进入叙利亚境内，立刻感受到一派战争的氛围，那被炮弹炸毁的房舍、一个连一个的弹坑、被战火烧焦的土地……千疮百孔、伤痕累累。战争的硝烟仍未散尽，不时听到枪声，让人的神经紧绷起来……

　　车行一段路程后开始转弯，我要去的地方是叙利亚的布斯拉古城。陪同访问的翻译是叙利亚的一名电力工程师，叫塔塔，他会说一口不太熟练的汉语。在叙利亚的中国人很少，找到翻译不易。塔塔先生曾在中

○ 古石门

国武汉学习，汉语基本上能掌握。塔塔先生介绍说，"叙利亚"的阿拉伯语意为"高地"，叙利亚古称"苏里斯顿"，意为"玫瑰的土地"，面积有18.5万平方千米，人口有1929万，80%以上的人口为阿拉伯人。境内大部分为高原，南部多沙漠。叙利亚工业基础薄弱，农业占重要地位，是阿拉伯世界5个粮食出口国之一。叙利亚是世界上最古老文明的发祥地之一，已有4000多年的历史，被称为"世界上最大的小国家"和"文明的摇篮"。如果穿越叙利亚大地，可随时、随手触摸到古文明的遗迹，路上随处可见公元元年时代的遗址。

塔塔先生把话题一转，说："一场战争，让叙利亚倒退了30年，很多文物也被炸毁……"

布斯拉是叙利亚最南部的一个边境城镇。这座历史悠久的古镇已见证了2000多年的沧桑，曾是古罗马阿拉伯省的首府，又是通向麦加的中转站。1980年，布斯拉被联合国列入世界文化遗产名录。

◎ 古罗马剧场

汽车刚进布斯拉，一座古城门展现在我们眼前。城门古老而陈旧，趟过了历史的长河。据悉，这座城门始建于公元前1世纪，2000多年来仍保留着它的原貌。

走进城门，撞入眼帘的是一座庞大的古建筑，这就是闻名世界的布斯拉古罗马剧场。剧场虽然古老，却依旧宏伟，令人惊叹。这又是一个人类文明的杰作。在这样一个小小的古城，竟有这么宏大的古建筑，再次证明了叙利亚不愧为文明古国。我从剧场大门走进，沿着宽大的半圆形通道盘旋而上，通道内漆黑压抑，而且格外漫长，十分考验人的耐力。爬到剧场外墙的顶部后，俯身下看，雄伟的剧场全貌尽收眼底，环形座台自上而下一层一层一直延伸下去，足有50多层阶台，最底下是一池碧绿的清水，对面是宽敞的舞台，台后是一排罗马石柱。

布斯拉古罗马剧场可容纳15000人，舞台长45米、宽8米，是世界上保存最完好、最绚丽的圆形罗马剧场，声光效果，特别是声音的效果非常好，现在还在使用。我在剧场顶部走了一圈，然后下到最底层，步入舞台。站在那里，我不禁浮想连连，仿佛体验到历经2000余年的一幕幕精彩剧目。

出剧场向左行200米来到古布斯拉遗址，大片大片废弃的房屋根基、烟道、浴池、罗马石柱、窑洞、古街道一望无际，十分壮观。我又走出100多米，一根古老的石柱旗杆耸入云天。这些都是公元元年时期留下的，再次印证了叙利亚随处可见古迹的说法。

叙利亚，一个遭受战争重创的国家！

布斯拉，一座硝烟未散的边境古城！

⊙战后城貌

千疮百孔的大马士革

从布斯拉驱车 120 千米，我来到叙利亚首都大马士革。

"人间若有天堂，大马士革必在其中；天堂若在天空，大马士革必与它齐名。"这是阿拉伯古书中对于大马士革的赞美。

大马士革坐落在卡辛山脚下、巴拉达河两岸，起源于公元前 3000 年，被誉为"世界上仍然活着的古城"，有"天国之城""香城""东方珍珠""人间天堂""圣城""古迹之城"之称。亚述、巴比伦、波斯、希腊、罗马等文明都在这座古城留下遗迹，基督教和伊斯兰教记载的亚伯拉罕、耶稣、穆罕默德等先知都曾在此城驻足。多少代阿拉伯大臣、贵族、巨商等都首选在大马士革居住，死后在这块土地安葬，甚至有一部古书中记载"真主宠爱谁，就把谁安顿在大马士革"。1979 年，大马士革古城被联合国列入世界文化遗产名录。

可见大马士革的魅力以及其浓重的传奇色彩！

然而，连年的战争已让大马士革失去了光彩、失去了往日的繁华，披上了战争的硝烟……

沿着巴拉达河进入大马士革，只见街道上的电线、电缆横七竖八，两边的建筑被熏得漆黑，到处是被毁坏的房屋残垣……一座历史悠久的古城堡，也无法避免战争的炮火，变得伤痕累累。

◎古集市大门

◎古集市

我沿着古城堡外墙前行，来到大马士革保留了最古老传统的哈米迪亚集市。古集市建于罗马时期，位于大马士革的古城区，街道的两侧开设着众多商铺，售卖玩具、古董、手工艺品、糖果、服装等，数不胜数。这条长500米的集市通道中，多是戴头巾的阿拉伯人。诸多罗马时期的遗迹保留在集市的一端，残败断落的石柱挺立着，历经战火却顽强地存在着，仿佛如今的叙利亚。哈米迪亚集市的对面是倭马亚清真寺。倭马亚清真寺是伊斯兰世界的第四大清真寺，其建筑风格独树一帜。然而，这里也没能逃脱战争的阴影。我步入倭马亚清真寺，长方形庭院内，正面是主殿，三面是拱廊。站在庭院瞭望，可见三个耸入云天的宣礼塔和一个宏伟的圆形穹顶，穹顶下面是宏大的做礼拜的主殿大堂。步入大堂，可见廊柱、窗户、灯具等虽有破损，但仍不失庄严神圣。许多人在此朝拜。大堂中最引人注目的是一座神龛，那里围了很多虔诚的信徒，他们在默默祈祷。倭马亚清真寺的建造可追溯到 1000 多年前，是在一座天主教堂基础上改建的。

◎ 倭马亚清真寺

◎ 原始街巷

◎ 古城门

出倭马亚清真寺，我沿着古城大街，穿越数条极为古老的原始街巷。这些街巷大多有一米多宽，有的只有一个人的宽度。路旁的房屋也是历经岁月的洗礼，有的以铁架、木棍作为支撑，仿佛随时都会倒塌。

走过七八条街巷，在一条窄小街巷的拐角处有个古院落，我来到了亚拿尼亚教堂，这是一个非常古老的基督教堂。从一个不足 30 平方米的庭院里可下到地下室，地下室面积不大，只有两大间，里边放着长凳子，正面挂着 4 幅油画，记述了使徒保罗回心转意的经过。尽管教堂很小，但名气很大，因为教堂隐蔽，躲过了炮弹的轰炸。

大马士革可看的古迹很多，我还去了邻近倭马亚清真寺的古城门、阿兹姆宫、萨拉丁墓、古城堡等。

傍晚，我驱车登上卡辛山山顶。望着大马士革全城的万家灯火，想着隐藏在灯光中的 200 多座清真寺和 70 多座教堂，心中不免感到悲凉。这座神秘奇特的历史名城，如今遭到战争的重创，不再是"东方珍珠""天国之城""人间天堂"……

马卢拉小镇·霍姆斯堡·帕尔米拉遗址

由大马士革北去 80 千米，我冒雨来到马卢拉小镇。这是一座建在悬崖峭壁上的古镇，房屋挂在峭壁之上，这一独特的奇观立刻让我打起精神，尽管下着雨，但参观的兴趣非常浓厚。那陡峭的悬崖、林立的房屋、崎岖的山路、倒挂的岩石，似一幅画卷。一处处小屋自下而上，一层层排列在悬崖山壁上，一直接近崖顶。悬崖上部还有一座耶稣的塑像，张开双臂，仿佛拥抱着整个山镇。

◎ 悬崖小镇马卢拉

塔塔先生介绍说，像马卢拉这样建在悬崖峭壁上的山镇，世界少有。马卢拉还有一个独特之处，就是小镇至今仍然还使用着阿拉米语，即耶稣诞生时期人们使用的语言，为此马卢拉被称为"基督教重镇"。此外，还有迷人的地方，就是镇内还保留着两座古老的修道院。

我先去了坐落在半山腰的塞尔吉斯修道院，然后冒雨步行前往另一座坐落在悬崖峭壁上的圣塔克拉修道院。这一修道院供奉的是一位名叫塔克拉的姑娘。

风雨路上，塔塔边走边向我讲述塔克拉的故事。塔克拉是一位善良的姑娘。当初基督教开始流传时，塔克拉很快为之所动，对耶稣深信不疑，并虔诚地决心加入。然而她的爸爸坚决不同意，百般阻拦，但也没有阻挡住她的决心。塔克拉的父亲气得要杀死女儿，她只好拼命逃跑。这时，前面一座高山挡住去路。在这危急时刻，耶稣出来帮忙，将塔克拉面前的山头劈成两半，开出一条峡谷。于是塔克拉顺着这条窄谷逃跑，并由此爬到山崖上的一个山洞里。

说到这里，塔塔先生讲："现在我们脚下所走的路，就是昔日塔克拉所走的路，也就是当年耶稣为塔克拉开出的路。"说完，塔塔先生带我转下山路，走下山沟，一道直立的峡谷出现在眼前，两边似刀劈，谷中流水哗哗，塔塔又说："塔克拉姑娘曾经走的山路，平时不下雨时很好走，现在路变成了河，只能涉水前进了！"塔塔的虔诚感动了我，我随之走进山谷。

雨还在下，水还在流，窄小阴森的峡谷

◎ 塔克拉姑娘所走之路

◎ 教堂壁上的塔克拉画像

中只听得到雨声。大约半小时后，当走到峡谷尽头时，雨突然停了，但见一位女人塑像耸立在山口，神情安详。塔塔说："这就是塔克拉！"我立刻拿出相机与之合影，留下这一宝贵的瞬间。走出峡谷便是直立的山壁，我沿着山壁石阶，一步一步向悬崖顶部攀登，大约爬了半个小时，看到一座悬崖修道院镶嵌在山壁的崖洞里，这里是塔克拉逃生的地方，她死后，教徒专门在此建造了修道院以纪念她。修道院里庄严、肃穆，好像驻有一位姑娘的灵魂，感召人们拥有勤劳、善良的品格和对宗教虔诚、坚定的信念。

出马卢拉小镇后北行，沿途仍然是山路。当汽车驶出 80 千米后，我们到达一个叫霍姆斯的城市。距此城不远处的山顶上坐落着一座欧洲风格与阿拉伯风格融合的宏伟建筑——骑士堡，这就是十字军堡垒，迄今已有 1500 多年的历史。2006 年，骑士堡被联合国列入世界文化遗产名录。

绕过一座山峰，我来到堡垒的入口处。大门位于城墙外的中间部位，

◎ 霍姆斯城被战争摧毁

需踏台阶而上。门后是黑黢黢的门洞，四壁皆是砖石。走过一段长长的潮湿通道后，才知道这座堡垒有两道城墙，刚才的通道设在第一道城墙内，之后是平整的沙石地和护城河。里边是第二道城墙，或者说真正的堡垒坐落在外城墙内的护城河后面。我又回身爬上外城墙，通过顶部一个接一个的箭孔眺望，墙外的远山、近岭、绿树及房屋尽收眼底，城墙内的护城河碧波粼粼，雄伟的内城墙好似钢铁般巍然屹立。

当顺时针走完外城墙后，我再穿行内城。内城有军库、宿舍、厨房、浴室、指挥所、剧院、祭坛等各色建筑。我在此参观了军马房，它巨大无比，四壁全是拴马柱，据说可圈养400匹马。教堂和清真寺修建得极为豪华，墙上浮雕精致，罗马石柱依然光亮。

◎ 霍姆斯骑士堡

塔塔先生说："这个堡垒之所以叫'骑士堡'，是因为这里驻扎的多是骑兵，总计2000多士兵。他们保卫着商家、贵族和百姓，使其不受侵犯。但这里后来被欧洲人侵占，接着又被阿拉伯人收回。"

骑士堡建在一座高650米的山上，面积有3万多平方米。它是中东最大、最美的堡垒。

出霍姆斯骑士堡东行，便是无边无际的戈壁沙漠，不见树木、不见村庄，一片荒芜、凄凉。车行75千米，前面突现一片古城废墟，那是位于叙利亚中部沙漠的荒废古城——帕尔米拉遗址，1980年，该古城被联合国列入世界文化遗产名录。

站在遗址前，那直立有序的罗马石柱、遍地散乱的石墩、断壁残垣、参差排列的石块、摇摇欲坠的屋顶，像是在狂野阵风中哭泣、鸣叫……

这就是大漠中失落的帕尔米拉古城遗迹！

塔塔先生说："帕尔米拉又名塔德木尔，起源于公元前19世纪，到公元前1世纪，这里已成为东西方商贸交易的纽带和中国丝绸商队必经的驿站，也是阿拉伯香料的中转地，贸易的发展使得古城初见规模。公元260年，阿拉伯人将帕尔米拉从罗马统治者手中夺回并重新加以修整，建造了气势宏伟且更加辉煌的宫殿长廊。公元272年，此地又被罗马人攻占，并遭到抢劫烧毁。"

这就是大漠中帕尔米拉古城坎坷的历史！

站在凯旋门下，只见气度非凡的大门、石框、石柱、石阶及精美的雕刻彰显着昔日的辉煌。入门之后，我漫步在1600米长的中央大街上，旁

◎古城门

◎帕尔米拉遗址

边耸入云天的 400 多根粗大廊柱足以让人惊叹！这些廊柱是公元 2 世纪哈德良皇帝所建造的。顺着廊柱走，旁边分别是太阳城大殿、王宫、戏院、祭坛、商贸城等遗迹，这些建筑融进了阿拉伯、希腊、罗马的风格，体现了东西方的不同文明。

　　贝勒神庙坐落在古城南侧，大院中有 3 座殿堂，四周排列着 15 米高的石柱，地上铺满断裂的圆柱、石块。陵墓群在古城的另一侧，修建得像一座座碉堡，散落在荒漠中。登上古城北部山顶上的城堡，俯视神庙、古城、陵墓，更感到几分凄凉。

　　帕尔米拉古城旁有一座新建的小镇，镇上的博物馆中记述着当年罗马人在帕尔米拉抢杀焚烧的情况。走出博物馆门，望着眼前废弃的帕尔米拉古城，我心潮澎湃，不由想到纪伯伦《泪与笑》中的描述："我来到塔德木尔废墟。长途跋涉使我早已筋疲力尽，于是我躺在草地上，曲肱而枕。周围是一些巨大的石柱，岁月把它们连根拔起，又让它们卧倒在地，好似一场奋战之后，沙场上留下的几具尸体。"

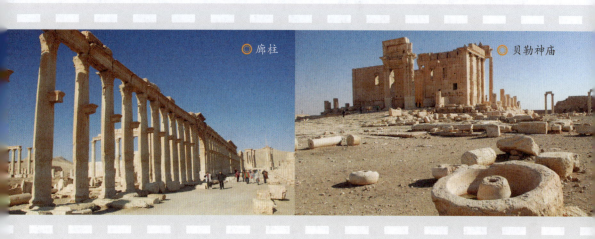

◎廊柱　　　　◎贝勒神庙

从哈马到阿勒颇

公路上的弹坑、房屋上的弹孔……经过战争袭击的叙利亚，到处是枪弹的痕迹，一片狼藉。

我从帕尔米拉重新穿越大漠，返回霍姆斯继续北上到达哈马。在哈马城区的入口处，竖有一座巨型水车，向导塔塔说，哈马是"水车之城"。

在哈马市区穿行，巨大的水车、凌空的引水渠道、石砖砌起的水槽随处可见，还有水车的图画、标牌、雕塑均举目可望。这足以说明哈马被称为"水车之城"当之无愧。

◎ 哈马城的巨型水车　　　　　　　◎ 哈马城人从容应对战争

午餐是在连接水车的引水渠道旁一家饭店吃的。据塔塔介绍，哈马可算作一座古城，当地人十分重视水资源的利用，他们通过水车将河流里的水提起，再传送到人工渠道，供人们日常饮用以及农业灌溉。此举已有上千年的历史，但这里也同样遭到战争的破坏。

　　餐后，我沿着宏伟屹立的引水渠道来到横穿市区的一条河流旁，只见一架庞大水车上的圆形木制转轮沉进河中，将水从河里提起，再倒进半空中的人工水渠中。顺着长长的河流观望，这里架设着许多水车，而且在不停地转动着。

◎ 战后的阿勒颇

　　哈马位于叙利亚中部，已有2000多年的历史，一条河流穿过城区，更增加了它的活力。

　　出哈马去阿勒颇的公路上，只见两边的房屋被炮弹炸得破烂不堪，在凉风中悲鸣！

　　阿勒颇位于叙利亚最北部，为叙利亚第二大城市，其工业基础较好，也是一座古城，早在4000多年以前就已成为重要的商业中心，历经赫梯人、亚述人、阿拉伯人、蒙古人、土耳其人多种文化的渗透，留下了厚重的历史印记。1986年，阿勒颇古城被联合国列入世界文化遗产名录。

◎ 阿勒颇城堡

穿行在城区的中心地带，只见此地已失去古城的面貌，到处是战争造成的创伤。眼前的倭马亚时期的清真寺、老城墙遗址、古商业街、老土耳其浴室已经面目全非，塌陷、断裂，到处是炸弹袭击后的残景。阿勒颇是遭叙利亚战争摧毁最严重的城市。

在城区中心一座山上坐落着阿勒颇城堡，城堡四周是深深的壕沟。城门的上端飘扬着叙利亚国旗，下端是木制吊桥。在城区中心修筑城堡，这在世界上不多见，而且此城堡已有 5000 多年的历史。从外观上看，城堡高大、雄伟、厚重，不失为一座令人震撼的古老的建筑。我拔腿登上城堡，真是这山还比那山高，看上去它比骑士堡还要大，特别是其中的剧场，很有规模，占据了城堡的很大一部分，城堡中还设有皇帝住宅、院落、觐见大厅及清真寺。城堡的制高点是一个塔楼，从这里可以瞭望整个城区。中部为浴室、兵营、马房、仓库等。阿勒颇城堡历经破坏、重修、再建，既有古罗马的印痕，也有希腊、阿拉伯的风格。

阿勒颇城的出名，还因一部侦探小说《东方快车谋杀案》，这本书

◎ 城堡顶的钟楼等建筑　　◎ 在城堡剧场与学生们在一起

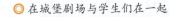

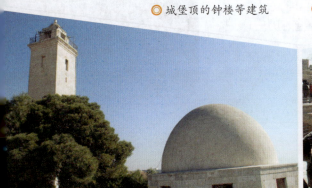

◎ 阿勒颇的战后废墟

的开头是这样描述的："叙利亚。一个冬天的早晨，5 点钟。阿勒颇城的月台旁，停着一列火车……"这部小说是英国作家阿加莎·克里斯蒂于 1934 年出版的。据向导介绍，作者在阿勒颇留下了创作的足迹和身影。为了寻找这位作者的踪迹，向导带我来到一座不太知名的楼房，这座楼房逃脱了炸弹的袭击。在工作人员的带领下，我步入二层的一个房间，看到房内放有一架破旧的钢琴，还摆有《东方快车谋杀案》一书及书稿。

阿勒颇，叙利亚北部的边境古城，它是由土耳其前往西亚和海湾地区的必经之路，它又是东西方政治、经济、文化交往的纽带。因此，它孕育出极富特色的教堂、清真寺、城堡，为叙利亚的重要城市和战略要地，也是历代兵家争夺的目标。

阿勒颇，战争交火最激烈的历史古城！

巴勒斯坦、以色列：圣城耶路撒冷

　　来到历史名城耶路撒冷，第一印象是这里的教徒那样多、那样虔诚，第二感觉是这里的建筑那样洁净、那样一尘不染。

　　这里就是世界上唯一被犹太教、伊斯兰教和基督教三大宗教都认同的"圣城"耶路撒冷。对犹太人而言，这里是先知亚伯拉罕献祭的地点；对基督教徒来说，这里是耶稣被钉上十字架又复活的圣地；对伊斯兰教徒来讲，这里是穆罕默德升天之处。1982 年，耶路撒冷被联合国列入世界文化遗产名录。

　　在耶路撒冷的 85 万人口中，68% 以上是犹太人。巴勒斯坦和以色列都宣布耶路撒冷为其首都。"耶路撒冷"在当地语中意为"和平之城"，但它却一直处于非和平状态。

　　来到耶路撒冷，我首先去往犹太教的圣地——哭墙，它位于耶路撒冷老城的东部，圣殿山的西侧，长 50 米、高 18 米。墙面石缝中冒出一丛丛青草，墙下集结着很多犹太教徒，这些男男女女的朝拜者面对石墙，有的低声祷告，有的失声痛哭……

◎ 哭墙及教徒

这就是闻名于世的哭墙!

哭墙,又称西墙。公元前961 年,犹太王国创始人大卫的儿子所罗门在圣殿山上修建了第一座犹太教圣殿,存放犹太王国的国宝级圣物诺亚方舟。圣殿两厅一廊,外有一道很长的围墙。墙内的庭院是犹太人的宗教活动中心。公元 586 年,巴比伦王国攻占耶路撒冷时,圣殿被付之一炬。后来,圣殿被犹太人反复重建,又被反复摧毁,犹太人也一度被迫离开耶路撒冷。公元前 20 年,希律国王又对圣殿进行重修和扩建,历时 40 年,建成象征犹太民族精神的第二圣殿。然而,公元 70 年又毁于罗马帝国之手,犹太人也被驱赶流落至世界各地。被夷为平地的神殿遗址上,残留着一段围墙,因其处在庭院西边,因此,当时称其为"西墙"。

时过境迁，这段西墙依然屹立，成了犹太人的圣地。犹太人视西墙为灵魂，圣殿虽然毁掉了，但"圣灵"还在墙基下。为此，世界各地的犹太人不断涌来，在西墙下悲痛欲绝，宣泄亡国之痛。

耶路撒冷是伊斯兰教中仅次于麦加、麦地那的第三大圣地。离开哭墙，我来到著名的阿克萨清真寺前，这是一座宏伟、壮观的伊斯兰风格的建筑，始建于公元705年。在伊斯兰世界中，阿克萨清真寺为世界第三大圣寺，仅次于麦加的禁寺和麦地那的先知寺。另一座著名的清真寺是始建于公元691年的萨赫莱清真寺，它有着金色的圆顶，又称巨石清真寺。之所以被称巨石清真寺，是因寺内存有穆罕默德"夜行登霄"的巨石，石长17.7米、宽13.5米、高1.5米。据说，公元621年的一夜，伊斯兰教创始人穆罕默德乘一匹飞马从麦加

◎ 萨赫莱清真寺

赶到耶路撒冷，他信步登上巨石登霄，遨游七重天。这就是有名的"夜行登霄"。萨赫莱清真寺及阿克萨清真寺是穆斯林顶礼膜拜的圣地。

作为圣城，耶路撒冷又是全世界基督教徒向往的圣地，它对于基督教的神圣不亚于犹太教的和伊斯兰教的，尤其每年圣诞节期间，来自世界各地的基督教徒都来此地朝拜。这里的基督教堂林立，而最著名的是圣墓教堂，又称"复活教堂"。圣墓教堂位于耶稣基督遇难之地，是一座由黑色圆顶覆盖的巨大教堂，内有一块红色的大理石石板，只见许多教徒面对石板跪拜、祈祷和亲吻。据说这是当年耶稣遇难后从十字架上被抬下来躺过的石板。走出教堂，是一条上坡的"苦路"，那是当年罗马士兵押解耶稣背负十字架走过的路。据说，公元 335 年，罗马皇帝君士坦丁一世的母亲希拉娜太后路过这里，下令修建了这座圣墓教堂。

耶路撒冷，这座有着 5000 多年历史的圣城，披着神秘的面纱。每当清晨时分，阿克萨清真寺传出悠长的邦克声；每当太阳升起的时候，哭墙下一片泣声；每当夜幕降临，圣墓教堂的祈祷声仍在继续……

这就是耶路撒冷，一个宗教色彩浓厚的神圣之地！

这就是耶路撒冷，一个亿万教徒追寻向往的圣城！

第六章

西南亚：阿拉伯半岛上的"油"国

大漠、戈壁、沙丘，干旱、燥热、少雨，这就是西南亚，即阿拉伯半岛给人的第一印象。

西南亚包括伊拉克、约旦、沙特阿拉伯、科威特、巴林、卡塔尔、阿联酋、阿曼和也门等 9 个国家。西南亚和西亚一样，是"丝绸之路"的通道，有着丰富的石油资源，其石油储量约占世界石油储量的 50%，有"世界油海"之称；这里是阿拉伯文化的摇篮，是伊斯兰教的诞生地。西南亚，《一千零一夜》的故乡，"阿里巴巴与四十大盗""辛巴达航海""阿拉丁神灯"等故事的发生地……

伊拉克：战后巴格达

空气好似凝固、大地犹如冻结，紧张的气氛围绕……

这就是战争过后的伊拉克，是我走访西南亚的开端。

进入伊拉克首都巴格达城区，首先要接受安全检查：全身上下、车里车外，包括随身携带的行李。眼前是军警、机枪和装甲车。紧接着，第二道岗、第三道岗、第四道岗……重复着第一道岗的检查程序。

抬眼望去，满街的掩体、岗楼、哨卡、铁丝网、士兵，仿佛硝烟未尽，战火还在弥漫，不安全的阴影依然笼罩着这里……

走在巴格达大街上，到处是残垣断壁，遍地砖石瓦砾，伤痕累累，满目疮痍。战争给伊拉克、给巴格达造成了巨大灾难！

伊拉克所在的地区，在历史上曾被称为"美

◎ 伊拉克首都处处设岗

索不达米亚"，是对两河流域的称谓。两河流域是世界古代文明的发祥地之一。伊拉克有悠久的历史，境内古迹遍布，有许多著名的古城及历史遗迹。公元前4700年，这里就出现了城邦国家。公元前3000年，两河流域最早的居民创造了楔形文字、60进制计数法和圆周分割率。公元前2000年，这里建立了被誉为"四大文明古国"之一的古巴比伦王国。公元13世纪至公元14世纪，这里曾为蒙古族统帅旭烈兀所建立的伊利汗国属地。

"巴格达"在波斯语中意为"神的赠赐""天赐"，它同开罗、科尔多瓦并称为古阿拉伯世界三大文化中心。早在公元前18世纪的《汉谟拉比法典》中就记载了巴格达。公元762年，阿拔斯王朝在底格里斯河西岸一个叫巴格达的村落建都，之后这里便成了阿拉伯帝国的都城。

踏访伊拉克首都，我第一站来到巴格达市中心的当年萨达姆的官邸，这是萨达姆担任总统期间的办公地和住所。站在官邸前，呈现在眼前的是一片废墟：残裂的墙壁、倒塌的房屋、横卧的石柱、成堆的瓦砾，一片狼藉……如果不是向导介绍，我完全不会想到这里曾是一座金碧辉煌的"信徒宫"。据悉，战争爆发的当晚，美军就向这里投放了两枚900公斤的重型炸弹，连同随后几天的轰炸，将此处几乎夷为平地。在被轰炸现场，我看到土堆瓦砾上插着一

◎ 萨达姆的官邸

◎ 被轰炸过的演艺大厅

个牌子，写着几行阿拉伯字，后面是仅存的一处白柱蓝顶大门。在官邸的旁边，很多建筑也都被炸毁，其中最醒目的是一座清真寺，拱顶蓝色贴瓦已被震落，露出里边的土坯。

　　萨达姆官邸周围不远处坐落着多处古建筑，它们都遭到美军不同程度的轰炸，看起来惨不忍睹……

　　走进老皇宫，只见外墙已全部被炸毁，残存的部分摇摇欲坠，好像马上就会坍塌。

　　在阿拔斯宫，我看到后墙一角已经断裂，旁边的树木也被战火烧尽，鸟儿飞来飞去，无处栖息。

　　萨达姆官邸右侧不远处是一座古老的演艺大厅，它同样没有逃脱炸弹的袭击，只余四周的墙壁，壁上弹孔累累……

◎ 老茶馆

　　在巴格达，穿过一个自由市场，我来到一座有着上百年历史的老茶馆。茶馆中陈列着各个时期的茶壶以及光临过茶馆的国王、官员、名人的照片。我走近一位正

◉ 国家博物馆

在饮茶的老者，与他攀谈起来。他说："萨达姆时代过去了。那个时候人们安居乐业，国家有尊严，也曾是世界上最富裕的国家之一。然而，现在我们面临的是战乱和生活压力，民不聊生，国无宁日。"

　　伊拉克国家博物馆是全世界第十一大博物馆，馆内藏有很多珍贵文物，都是两河文明的结晶、人类文化的瑰宝。馆藏品中，以巴比伦时期的文物和中世纪伊斯兰文物最为著名。从文物的历史年代而言，其涵盖了10万年前的石器时代到19世纪中叶的所有历史时期，以5000年前至3000年前的文物最多。各种石雕泥塑、青铜器、象牙细雕、壁画、工艺品等，丰富而令人震撼。更令人惊叹的是勾股定理、10进制计算和60进制

◉ 热情迷人的伊拉克青年

计算、木星轨道计算等，都在该馆体现。博物馆馆藏文物仿佛是一部浩大的史诗巨著，记录下两河流域独特的文化、灿烂的文明。可惜战乱时，博物馆遭到袭击和劫掠，大量文物流失。

巴格达有 100 多座清真寺，它们集中体现了伊斯兰建筑艺术特点。在此踏访期间，我走进两座清真寺内考察，在此我得知，伊拉克位于阿拉伯半岛东北部，全国居民的近 80% 为阿拉伯人，官方语言为阿拉伯语和库尔德语。全国 95% 以上的居民信奉伊斯兰教，其中什叶派占 60%，逊尼派占 18%。就首都而言，底格里斯河以东主要为什叶派穆斯林聚居区，河西则逊尼派穆斯林较多。在战争时期，两派携手站在一起，反对战争、祈求和平。

巴格达的神秘还在于它是《一千零一夜》的故乡，阿拉伯古典文学名著《一千零一夜》中的很多故事都源于这里。信步于街头巷尾，你会看到很多人物雕像，其大都出自《一千零一夜》的故事，最有代表性的是矗立于萨阿敦大街的《阿里巴巴与四十大盗》雕塑，个个栩栩如生，活灵活现。其中的一个雕像塑造了阿里巴巴的女仆手拿油罐浇向强盗的一刻，那神态与姿势，真是太逼真了，不由得让人回忆起那段故事的情节……

在《阿里巴巴与四十大盗》雕像旁边，还有一座椰枣树雕塑。椰枣树在伊拉克被称为"永恒之树"，因为伊拉克的椰枣产量和出口量均为世界第一。全世界共有1亿棵椰枣树，而伊拉克有3200万棵，约占全世界椰枣树总数的三分之一。所以，伊拉克人对椰枣树情有独钟。

在巴格达，我还参观了解放广场、自由纪念碑、巴格达大学、昔日的萨达姆广场等，均留下了深刻的印象。

巴格达，一座记载人类文明的都城！

伊拉克，一个遭受战争创伤的国家！

◎《阿里巴巴与四十大盗》中的女仆雕像

探寻古巴比伦王国

车轮飞转，沙尘扑面……

汽车穿破晨雾，向着世界闻名的巴比伦古城行驶……

沿途，岗哨密集，部队戒备甚严。

巴比伦古城位于巴格达以南 90 千米、希拉市北 10 千米处，坐落在底格里斯河和幼发拉底河之间的美索不达米亚平原上。

窗外，时而是荒芜沙丘，时而是绿水青草。战争遗留下的岗楼、掩体和炸毁的房屋交错其间。

经过 1 个多小时的行车，眼前出现了一座蓝色的大门，我马上意识到，那就是巴比伦城门！我曾在许多书籍画册中看到过，它独特的样子早

◎ 巴比伦城门

已深印在我脑海中。

站在巴比伦城门前，我贪婪地欣赏着这一人间杰作。那湛蓝的门壁，那一排排动物浮雕，那锯齿状门顶，那深厚的拱形门洞，看上去独特、大气又神秘，真是独树一帜的建筑。巴比伦城门被称作"女神门""伊斯塔尔门"，关于这些称号有多种解释和传说。总之，它是整个古巴比伦的符号和名片。

站在城门前，听当地解说员介绍："巴比伦"在当地语中意为"神之门"。在公元前 3500 年，这里就建立了天国。公元前 1900 年左右，闪米特人的一支阿摩利人攻占此地后，建立了古巴比伦王国。古巴比伦王国是世界四大文明古国之一，其他三个分别是古埃及、古印度和中国。古巴比伦被称为"世界上第一座城"，在这里颁布的《汉谟拉比法典》是世界上最早的一部较为完整保存下来的法典，在这里发现了流传最早的史诗、神话、药典、历书等。古巴比伦城经历代王朝的扩建、改建，形成了规模宏大的建筑群。

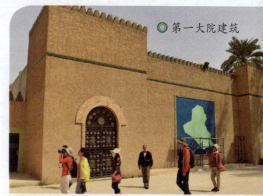

◎ 第一大院建筑

穿过美丽的城门，眼前出现了大片的古城遗址。古巴比伦遗址内城面积约为 3 平方千米，外城面积近 10 平方千米，周围是一条护城壕沟和双重

◎ 古道

◎ 古城墙上的神兽

城墙。外墙长 16 千米，内墙长 8 千米，均是砖砌而成。

首先我看到一条既宽又长的大通道，已被铁丝网封起，这是古巴比伦初建时存留的大道，是原汁原味保留下来的古道。还有一条更古老、更原始的街道，埋在地下 20 米深的地方，我下到一个硕大的深坑中，走入这条古街道。令人惊奇的是，街墙上的动物浮雕栩栩如生，最多的一种身体像鹿，却有着羊的头、鱼的身子，前面的两只脚是狮爪，后面的两只脚是鹰爪，尾巴是蛇尾，寓意古巴比伦能够降伏一切。这个动物是古巴比伦的吉祥物和图腾，被称为神兽。

在大通道的两边，有一个由 5 个大庭院组成的宫殿建筑群，面积为 6000 平方米。据说这里在萨达姆时代进行过大修，为保护宫殿的原样，对于重修用的砖都有标记，还有象形文字。走在宫殿群中可以看到国王的登基台、王后的欢乐宫，以及专门的祈祷室、演唱台。这里的每个庭院都宽敞明亮，历任国王就在这里行使着权力。古巴比伦王国第六世国王汉谟拉比，于公元前 1792 年至前 1750 年在位时期制定的《汉谟拉比法典》，是世界上现存最早的法典，包括 282 条法规，用楔形文字刻在玄武岩石柱上，现存于巴黎卢浮宫。

宫殿建筑群外是一大片尚未挖掘的古遗址。残垣断壁，瓦砾成堆。如今

◎ 埋在地下的古城　　　◎ 狮雕前的合影

的一片凄凉下，谁能知晓这下面埋藏着多少古巴比伦时期的辉煌？

穿过坑坑洼洼、高低不平的大片遗址，我突然眼前一亮，一尊巨狮雕像呈现在眼前。它是用整块岩石雕刻而成，线条粗犷，刀法浑厚，狮身下压着的敌人也雕刻得非常逼真，寓意古巴比伦的威力无穷、势不可当。巨狮雕像被称为古巴比伦的保护神，它可与"神兽""神之门"相媲美。

被称为"世界七大奇迹"之一的巴比伦空中花园，是人们最期待的景观。这个空中花园是古巴比伦国王尼布甲尼撒二世于公元前 604 年至公元前 562 年在位时，为他的王后所建。当时，尼布甲尼撒二世娶了波斯帝国的赛米拉米斯公主，公主思念家乡，郁郁寡欢。国王为了安慰公主，便下令在巴比伦修筑了空中花园。然而，时过境迁，如今空中花园早已被湮没在滚滚黄沙中。考古工作者在尼布甲尼撒宫东北部发掘时发现王后的墓，推测这里可能是空中花园的原址。

2019 年，巴比伦古城遗址被联合国列入世界文化遗产名录。

离开巴比伦遗址群，我艰难地攀登上旁边的一座高山顶，山上建有萨达姆行宫。站在行宫向下俯瞰，巴比伦全景尽收眼底。那宏大的建筑群、纵横的古道、笔直的围墙，恍惚间变成一座空中花园在蓝天下荡漾、在云雾中飞舞。

巴比伦城，绝无仅有的古遗址群！

空中花园，只能臆想那飘渺美景！

◎ 空中花园遗址　　　　　◎ 萨达姆行宫大厅

"东方威尼斯" 巴士拉

巴士拉也是伊拉克的古城，始建于公元635年。

去往巴士拉的路途比较遥远。经过长途跋涉，终于快要进入市区。这时，汽车穿过一座横跨公路的迎宾门。荒芜空旷的大地上突现这座高大的建筑，令人感觉很意外。迎宾门两侧是仿照巴比伦古城的蓝色城门建造的，大概是为了体现巴士拉城的古老。

◎迎宾门

巴士拉是伊拉克第二大城市，也是伊拉克最大的海港，位于阿拉伯河西岸、哈马尔湖出口。因是连接波斯湾和内河水系的唯一枢纽，它又被称为"东方威尼斯"。这座水道和运河纵横交错的秀美城市曾是著名的旅游胜地，由于两伊战争、海湾战争、伊拉克战争接连发生，这个城市被毁得面目全非。

汽车穿过迎宾门后继续飞驰。公路两边尽是被炸毁的房屋、被摧垮的工厂，战争造成的创伤一处连一处，在飞扬的沙尘中悲鸣……

驶入市区，城内的住宅、商场、店铺，都不同程度地遭到轰炸，留下残墙断壁。还有的楼体东倒西歪，摇摇欲坠，千疮百孔……

这就是战后的巴士拉。尽管我踏访时战争已过去近 10 年，但战争带来的伤痛依然延续。

◎ 凯旋门

沿街可见，就连意大利援助建造的高架桥也没能逃脱战火的袭击，它衰败地横卧在城区，失去了往日的光彩，湮没在硝烟中……

我来到凯旋门前，看到有很多士兵在此把守。凯旋门是当地人在和平年代的叫法，它实际是一座古城拱门，是巴士拉的一大景观，建造年代尚不清楚。仔细观看，古城拱门也有些像巴比伦城门，但它是土黄色，墙壁上的浮雕人物看上去意气风发、昂扬骄傲，记述着巴士拉的历史。

◎ 萨达姆行宫

距凯旋门不远处是昔日萨

达姆的行宫，这一建筑古香古色、庄重雄伟。当我靠近时才发现，行宫建造得非常精美，尤其是外墙浮雕、大门装饰、吊窗造型，令人震撼无比。走进行宫，前厅天花板上的油画意境深远。厅中收藏了各个历史时期的珍贵物品，还有来自中国的瑰宝。行宫建造之华丽，在伊拉克是少有的。现在这里已改作博物馆，收藏稀世珍宝。

巴士拉是座千年古城。在该地旅游部长的带领下，我去往旧城踏访。穿行在旧城街巷，"小桥、流水、人家"的自在悠闲感涌上心头。这里保留着的原始建筑，躲过了一轮轮轰炸，是战争的幸存者。走进一户人家，里面的老者说："房子已有 600 年的历史，不幸中的万幸，躲过了炮弹的袭击。"

巴士拉，这座千年古城，何时才能愈合伤痕，重现昔日风华？

◎ 旧城

约旦：佩特拉古城·尼波山·安曼

约旦处在地中海东南岸，西邻以色列、巴勒斯坦，国土面积8.9万平方千米。约旦是一个处在沙漠地区的国家，境内东部和东南部为沙漠地区，占全国总面积的78%，可耕地面积仅占国土面积的7.8%。约旦国名源于约旦河，约旦在希伯来语中意为"水流急下"。

佩特拉古城被评选为世界新七大奇迹，曾在电影《变形金刚2》中出现，而剧中的能量矩阵就藏在这座被喻为"玫瑰古城"的神秘之城中。

到达佩特拉古城景区门口，我看到旁边的墙壁上是国王的巨幅画像，入口左侧是马站，有许多马匹，免费提供给游人骑乘进入古城，因这里距古城还有一段距离。

我决定步行前往，踩在古人所走过的石子路上，领略古城之外的风光。路旁设有马道，并行伸向远方。两边的山并不高，但多为奇石异岭，石壁上凿有石穴、石洞，那是前人的住宅和墓穴。

一边走，一边听翻译讲述佩特拉古城的历史。佩特拉古城位于约旦南部的马安地区，坐落在连接死海和约旦亚喀巴海峡狭窄的穆萨谷地中。

佩特拉古城初建于公元前 200 年，是古代纳巴泰人建造的。他们将红海沿岸盛产的香料从这里运往地中海，并把从东方而来的丝绸、珠宝由此运向西方，可见它的繁华。到了公元 2 世纪，罗马帝国统治中东，商队路线改变，佩特拉古城沉寂下来。公元 7 世纪，此地又被阿拉伯人入侵，出于宗教信仰，这里成为禁地，除阿拉伯人，任何外来人进来，都将面临被杀的命运。公元 12 世纪后，由于战乱，佩特拉更加隐蔽，没有外人敢涉足。1812 年，瑞士探险家约翰·伯克哈特凭着一口流利的阿拉伯语，装扮成一名穆斯林深入禁地，探查后断定，这里就是传闻中的佩特拉古城。这一发现震撼全球，于是这个"失落之城"被公之于世。1985 年，佩特拉古城被联合国列入世界文化遗产名录。

◎ 山谷悬崖

徒步半个多小时，我来到佩特拉古城的唯一入口西克峡谷。方才路两边还是平缓的山，走到这里，两边山壁变得直上直下，很像刀斧劈开的一道山缝，前方道路变得非常狭窄，仰望一线天空，平视幽深窄长的峡谷，感觉通往古城的路真是隐蔽，我用脚步丈量了一下山谷，最宽的地方只有 7 米。顺着狭窄的山谷而去，悬崖变幻，峭壁更迭，谷道蜿蜒，这曾经的阿拉伯世界的禁忌之地真是神秘莫测。

走进峡谷大约800米处，出现一块巨石，很像一条鲸鱼。过"鱼石"，仍是变化莫测的幽深峡谷。峡谷两侧的山壁上雕刻有壁画、石像、神龛，记述着昔日的辉煌。

不知不觉，步入一处十分狭窄的峡谷，这里只有约2米宽，仰望苍穹，仿佛坐井观天，冲天一吼，音波撞向四壁，回声骤起。

又走出1500多米，到达峡谷尽头，眼前的山壁上突然出现一座精美宏大的岩石建筑，那就是佩特拉古城最著名的卡兹尼神殿。神殿于公元前1世纪由纳巴泰人建造，分上下两层，上层和下层分别由6根石柱支撑，传说这里是历代佩特拉国王收藏宝物的地方。整个建筑高40米、宽30米，呈橘红色。

从卡兹尼神殿右拐而去，佩特拉古城出现了：山坡石壁上凿有许多石洞、石屋、石墓、宫殿群。其中，有百姓的住宅、有国王的殿堂、有寺院的塔楼、有古罗马式的露天剧场，方圆20平方千米的古城建筑，统统都是在岩石上开凿出来的。难以想象，几千年前的古人，是如何建造出这样壮观宏伟的岩石城邦的！望着那赭石色山石、玫瑰色岩石建筑，不禁感叹，佩特拉被称为"石头城""玫瑰城"真是名副其实！

出佩特拉古城绕道山顶，可俯视古城全貌，特别是古城入口处，非常清晰。居民住宅区没有一丝绿意，据说是因为缺水造成的。在山顶的另一处，人们发现一眼神奇的泉水，阿拉伯人盼水心切，在出水之地修筑了伊斯兰风格的建筑，供奉水源，希望泉水长流、永不间断。

汽车在约旦境内奔驰……

窗外，一片荒芜，了无生气。据悉，约旦耕地少，蔬菜、粮食、瓜

◎古城

◎卡兹尼神殿

◎古剧场

◎山洞住宅

果依赖进口。窗外的荒野山梁上，偶见散落的帐篷，那是吉普赛人的居住地。听翻译介绍，这里有5万多吉普赛人，他们没有定居点，也没有国界的概念，常年过着游牧生活，以大自然的恩赐为生。

　　长途跋涉后，来到具有"马赛克城"之称的马德巴市。市区马路两旁的建筑多贴有马赛克，商站出售各具特色的马赛克，街上走着穿黑衣服、戴黑头巾的阿拉伯妇女。最吸引人的地方是古老的圣乔治教堂，建筑不太宏伟，但走进去以后，会发现地板是用马赛克镶嵌而成的一幅巨大的古老中东地图。据悉，像这种把地板绘制成巨大地图的创意在全世界独一无二。

马德巴城郊外 10 千米处有一座圣山名为尼波山，乘车盘山而上，经过荒凉的山丘，路过不毛之地的沙石，远处山巅上出现一片绿意，那就是尼波山。爬到山顶，天下起雨来，据说这是圣山在为旅客洗尘。

沿着一条不算宽的山路，穿过小片林带，经过一个身着阿拉伯服装的守护人，前面出现一座白色纪念碑。此碑极特别，很像是半本书，上面刻有整修尼波山参与者的名字和摩西等四位先知的头像，这是为纪念教皇保罗二世到这里朝拜而修建的。据翻译介绍，碑右侧的树林为摩西升天之地，旁边立有标牌介绍。尼波山相传是犹太教创始人、先知摩西升天的地方。摩西是犹太人，他在基督教中是仅次于上帝和耶稣的重要人物，也是伊斯兰教的六大使者之一。据《圣经》记载，摩西曾在尼波山度过生命最后的时光。但他的墓具体在哪个地方一直是个谜。有很多宗教信徒和西方游客前来朝拜，特别是犹太人和信奉基督教的人更是崇尚此地。

◎ 尼波山纪念碑

尼波山海拔 870 米，山巅有摩西纪念教堂遗址，其是世界上最早的教堂之一，山石上展示着当年教堂的图片，简易大厅中放着当年教堂破损的石柱、绘画、文字、马赛克画等，右侧一块圆形巨石像孔雀开屏耸立在碎石中。山巅的中心部位正在重建当年的教堂。走到山顶尽头，有一个白色指示牌，站在此地可看到死海与约旦河谷等地，据说，天气好的时候能看到耶路撒

◎ 尼波山山巅的圆形巨石

冷和伯利恒，还可以看到周边无尽的荒漠
山岗……

尼波山距约旦首都安曼 35 千米。进入安
曼城区，只见低矮的楼房遍布山顶、山腰、山脚，
几乎都是淡黄色调，密密麻麻，但却宁静淡雅。全城
不见一条河流、一处甘泉，一座座房屋密布于干枯的山中。汽车随山势
在窄小的马路上爬行，偶见庭院中伸出的塔松和棕榈，给这个干枯的山
城增添了一点点绿意。

预订的饭店是巴勒斯坦人开办的。老板介绍道："在安曼市民中，巴
勒斯坦人就占 75%，约旦人只占 25%。1948 年的中东战争使得以色列
侵占了巴勒斯坦大片领
土，大量巴勒斯坦人涌
入约旦，来到安曼，因

◎ 尼波山顶的方位示意图

◎ 去往安曼途中

此安曼人口增多，人口构成也随之发生变化。"老板接着说："巴勒斯坦人是很自觉的，尽管他们住在安曼，但身份并不归属约旦，只是在此居住、生活。一旦自己的土地被收回，他们将义无反顾地回到家乡。以色列，特别是巴勒斯坦被占土地离安曼很近，夜晚，站在安曼的制高点，可以看见耶路撒冷。约旦与以色列关系微妙，它们之间发生战争的可能性较小，因此，很多投资者涌入安曼，使安曼得以发展壮大。"

安曼坐落在7个山头之上，有"七山之城"之称。其中，安曼山建有机关政府；侯赛因山建有王宫，现国王就住在那里；勒维伯得山及其谷地为商业区。

登上城堡山，我来到安曼的制高点。山上有大力士神庙遗迹，有阿拉伯帝国时代倭马亚王朝的王宫废墟，有约旦考古博物馆。站在山顶，俯视城区的全貌，那错落铺展的淡黄色建筑、那一处处古迹遗址，一览无余……

◎ 安曼街头人物

◎ 安曼的建筑

◎ 约旦考古博物馆

死海漂浮

死海，世界著名的盐水湖，位于约旦、以色列、巴勒斯坦交界处。

穿过大片大片的沙漠，进入约旦河谷。这里是东非大裂谷的最北端，高山峻岭、悬崖峭壁从窗外一闪而过。从仪表上看，海拔不断降低，有直线下降之势。此时，公路旁突然出现一个标牌，上面写着"海平面"，表明此处与海平面等高。显然，汽车再向下开就是海平面以下了。

翻译介绍，海拔越高氧气越少，海拔越低氧气越多。

当汽车开到死海时，海拔高度降至负430米，即湖面低于海平面430米。这是世界陆地的最低点，被誉为"地球的肚脐"。这里日照充足，但紫外线辐射强度不大，空气纯净度列全球第一。

时下正值隆冬。谁能想到这里的人穿着短裤背心，正从死海里走出来，满脸热汗呢？我迫不及待地放下行李，准备先到死海游它一游。我兴奋地

○ 岸边远眺

连跑带跳，居然一点也不觉得累，大概是因这里的氧气太充足了吧！当我跑到死海边，天色已暗下来，正要跳进水中，工作人员过来告诉我，夜游是被禁止的。我只能站在死海边，观看和了解死海的历史。

早在3000万年前，由于地壳的变动，东非大裂谷开裂出低洼带，约旦河水注入后却不能流出，形成死海。死海南北长67千米，东西宽约18千米，平均水深146米，总面积约为810平方千米。死海气候炎热，水蒸发量大，含盐量高达34%，远远高出一般海水的含盐量。由于死海含盐量高，鱼虾及水生植物均无法生存，自然，也不见以鱼虾为生的水鸟，所以被称为"死海"名副其实。

工作人员说，死海作为世界奇迹，主要源于它的浮力大。他讲述了一个故事：相传大约2000年前，罗马军队攻打耶路撒冷时来到死海，抓获了当地的100多人，他们给这些人戴上镣铐扔进死海，欲使其沉湖而死，然而这些人都浮在水面上，因而得以生还。

当日没能畅游死海非常遗憾。第二天天刚放亮，我又一次走向死海。莫道君行早，此时死海中已有七八个人了。只见他们在水里悠然自得，有的竖立着漂浮，有的仰面浮着，还有的躺在水面上看报纸、哼着歌。看来死海的浮力是真大。我毫不犹豫跳下去，谁知一脚陷进淤泥中，怎么也拔不出来，后来，在两个人的拉拽下，我才摆脱淤泥。原来，要沿着岩石下水才安全。下水后，我感到水很光滑，身子怎么也沉不下去，总是漂浮着，死海的新奇就在这一点。在

◎ 人躺在死海水面不下沉

水中，我不断变换着身姿，或坐或立、或蹲或仰，如鱼得水，随心所欲。没留神，有水花溅到眼里，被盐水刺得泪流满面，疼痛难忍，赶紧上岸以大量清水冲洗。

畅游之余，有人到岸上将全身涂满黑色的死海淤泥，仿佛魔鬼怪兽。据悉，死海水中含许多矿物质，其中有硫化物、钾、溴等，能治疗多种疾病，如关节炎、瘙痒、风湿、哮喘等，特别是淤泥中含有皮肤需要的许多营养，所以人们将淤泥涂满全身然后躺在海边晾晒，之后再下水清洗。上岸后，湿漉漉的皮肤很快被晒干，身上又晒出一层白色的盐粉，十分光滑。总之，大家都在尽享大自然的各种馈赠。

返回住地时，路过海边的商店摊点，这里正在售卖海泥及用海泥制作的各种化妆品，引得人们争相购买，生意十分火爆。据说，死海中的上百种矿物质是美容的极佳原料。

步入宾馆大厅，听到死海"要死"的传闻：注入死海的约旦河水源不断被上游的国家分流，这使得注入死海的水量减少，再加上湖水蒸发量加大，自20世纪50年代以来，死海面积减少了30%。科学家预言：再过

◎ 出水后为身上涂泥

100年死海将不复存在。其中，有环境的因素，也有人为的缘故。目前，联合国正在协调，力争使死海这一世界奇观永放光彩。

沙特阿拉伯：走进世界石油王国

○飞机抵达沙特

茫茫沙海，无边无际……

飞机在阿拉伯半岛飞行。快要抵达沙特阿拉伯王国首都利雅得时，从舷窗可见整个城市坐落在大漠中，没有一丝绿意！

走下舷梯，离开机场，乘车驶向首都市区。车窗外，仍然是一望无际、浩瀚无垠的沙漠，这就是阿拉伯半岛。

阿拉伯，当地语意为"沙漠"。阿拉伯半岛沙漠广布，有"沙漠半岛"之称。整个半岛形似长筒靴，总面积有322万平方千米，是世界上最大的半岛，与印度半岛、中南半岛并称为亚洲三大半岛。阿拉伯半岛上共有7个国家，其中，沙特阿拉伯面积最大，占阿拉伯半岛面积的四分之三，有225万平方千米，人口有3218万。

沙特阿拉伯，其中"沙特"在当地语中意为"幸福"，而"阿拉伯"是"沙漠"之意，那么合起来就是"幸福的沙漠"之意。沙特阿拉伯素有"沙漠王国""石油王国"之称。

到达利雅得市区，只见高楼大厦鳞次栉比，公路上车水马龙，一派繁华大都市的景象。沙特首都如此繁盛，是因为其盛产石油。沙特阿拉伯王国石油储量、产量、销量均居世界前列。

石油使沙特一跃成为世界上最富足的国家之一，其人均收入、经济实力，均居世界前列。

富庶的沙特，拥有多项世界第一，诸如世界上最大的油田、世界上最大的海上油田、世界上最大的海水淡化厂、在建的世界第一高楼、世界上最大的女子大学、世界上最大的海上清真寺、世界上第一高的海上喷泉、世界第一大海滨公园等，还有"世界新七大奇观"之一的王国大厦。

在首都利雅得市区，沿着国王大道，我首先去了被称为"世界新七大奇观"之一的王国大厦。这座大厦是沙特目前最高的建筑，被称为"沙漠中的摩天大楼"。向导马先生说，大厦高311米，总建筑面积达30万平方米，大厦共有100层，是中东地区第二高的建筑（第一高楼位于阿联酋的迪拜）。王国大厦总投资合人民币36亿多元。从地面远眺王国大厦，最独特的是上部的倒三角式镂空设计，据悉，此设计是为避免沙漠大风与沙粒的侵袭和腐蚀。这座大厦被美国著名杂志《旅游者》评为"世界新七大奇观"之一，2002年还获得Emporis摩天大楼奖，并被评为"最佳世界摩天大楼设计"，目前是沙特的标志性建筑。夜幕降临，我登上楼的顶层，居高临下，利雅得的夜景全部展现在眼前，灯火璀璨、繁华如梦……

世界最大的女子大学——沙特诺拉公主大学，坐落于首都利雅得市区北部。驱车前往，只见一座现代化、规模宏大的建筑群矗立在大漠中，这就是世界最大的女子大学。该大学占地 800 万平方米，设有 20 多个学院，还有宿舍楼、运动场、教师住宅区，同时清真寺、医院、电影院等设施一应俱全。诺拉公主大学可容纳 6 万人就读，目前在校生有 3.5 万人，教师有 3300 人。2009 年初建时，法律规定禁止女士驾车。这么大的区域，这么多的学生，如何快捷地前去上课和参加活动？为此，沙特政府耗巨资，专门修建了一条供校园内部使用的轻轨铁路，长 19 千米，覆盖校园各区，可将全校学生快速送至校内各处。我们把车开到校

国王大道上的王国大厦

国王大道上的图书馆

◎ 诺拉公主大学

门口停下，想进去考察一下学校，与校方联系沟通了很长时间，还是被拒之门外了。这个大学是严禁男士入内的。

在利雅得，城区最明显的标识是耸入云天的水塔，这是沙特著名的建筑。沙特地处沙漠，石油资源丰富，但淡水资源匮乏。于是沙特投巨资建造了世界上规模最大的海水淡化厂，其海水淡化量占世界总量的21%。目前，沙特共有30个海水淡化分厂，建有184个蓄水池。走在大街上，只见道路两旁的绿树花草郁郁葱葱，这都是通过淡化水滴灌技术浇灌的。马先生说："只要三天不浇水，树木花草就会统统死去。"这绝对不是耸人听闻！在城区散步，稍一留意你就会发现，有的住宅院落里有树，而有的却没有。在沙特，树代表着一个家庭的富足程度，树越多说明这个家庭越富有。因为用水浇树成本非常高。

沙特有现代化的一面，也有古老的一面。在首都利雅得，我专程去了老城区参观踏访。

◎ 国王城堡

首先我来到国王城堡，又称"马斯马克堡垒"。站在城堡边，看到这座用黏土和泥砖筑起的建筑很是宏伟，尤其四角的瞭望塔，增加了它的雄劲和厚重感。据悉，该城堡的城墙厚达 1.5 米，经得住风吹日晒。

解说员介绍说，利雅得有文字记载的历史可追溯至公元前 715 年。公元 9 世纪，沙漠上的人们开始称呼此地为"利雅得"，阿拉伯语意为"花园""天堂"。因为此地历史上曾是一块绿洲，后因河水干涸而逐渐荒凉。1932 年，沙特王国建立时，利雅得正式成为首都。城堡是沙特国王早期在利雅得处理政务的宫殿。在当时的阿拉伯半岛上，这样的宫殿式城堡还是首创，建筑极为精美。可以说，国王城堡是现代沙特王室的发祥地。国王城堡始建于公元 1865 年，现已成为王宫博物馆，馆内陈列着各类图片和展品，记述了沙特的历史和变迁。

在国王城堡对面，有一座古老的清真寺，还有一个古刑场，是行刑的场地。

离开国王城堡，行走在老城区，看到这里的绿树很多，许多古树被保存了下来。路过沙特王宫、王宫广场，我来到国家博物馆。

国家博物馆共有 8 个展厅，馆内藏有沙特各个历史时期的重要文物，这里存藏的文物远比国王城堡的多，其中有麦加和麦地那清真寺的藏品，有大漠中的历史遗迹复制品等，这些文物反映了沙特王国的自然历史和文化发展进程。

沙特，富庶的石油王国，沧桑的历史尘烟！

伊斯兰教的圣城麦地那

　　麦地那，现为麦地那地区的首府，人口有 130 万，是一座被沙漠包围的古城。它是伊斯兰世界的第二圣地，被称为"先知之城""被照亮之城""和平之城""胜利之城""城邑之首""坚固的乐园"等，共有 90 多个别称美名。麦地那与麦加、耶路撒冷一起被称为伊斯兰教三大圣地。如果说麦加是伊斯兰文明的心脏，那么麦地那则是伊斯兰文明的躯体。此地一片荒漠，旋风卷起沙粒，翻滚着、呼啸着，是一个既冷漠又热烈之地。虔诚的伊斯兰教徒一个接一个地走向圣地"先知之城"麦地那，沙漠之风吹乱了她们的头巾，掀开了他们的长袍……然而，挡不住他们朝

◎朝圣的人群

圣的脚步。

麦地那，又称麦迪纳、麦迪莱，旧称叶斯里卜，坐落在赛拉特山区中的一个开阔平地上，四面环山。在麦地那郊外，依稀可见零零散散的历史遗迹，据说，那是公元 7 世纪的古战场，是各种势力相互厮杀的阵地。

在麦地那，古塔、古寺遍布街巷，这是一个伊斯兰世界。麦地那历史悠久，是伊斯兰国家的第一个首都，也是伊斯兰教初期活动的中心。

在麦地那城市中心区的各个路口竖立着拱形标牌，上面分别用阿拉伯文和英文写有"非穆斯林到此止步"。看到这样的标牌便不能再向前走了，否则，会受到宗教警察非常严厉的处置。

麦地那因穆罕默德而出名。公元 622 年，出生在麦加的穆罕默德来到这里，开启伊斯兰教初期的传教活动，并将"叶斯里卜"改名"麦地那"。穆罕默德在麦地那把《古兰经》精神转变成社会实践，创建了第一个伊斯兰政权，将这里变成世界上第一个单纯信奉伊斯兰教之地。穆罕默德在麦地那传教的岁月里，伊斯兰教徒的队伍逐渐扩大，并战胜了来自各方的武装入侵，巩固了伊斯兰政权。公元 630 年，穆罕默德率领教徒返回麦加朝觐，光复了麦加古圣地。

◎ 先知清真寺正门

宣礼塔

麦地那古城塔群中，有一座宏伟壮丽的寺塔，那就是先知寺，是伊斯兰教第二大圣寺，又称"麦地那清真寺""先知清真寺"，伊斯兰教先知穆罕默德就长眠在那里。先知寺最初是一个长52米、宽45米的土坯矮墙建筑，用料为椰树树枝、干草和泥巴，是当年穆罕默德亲自设计建造的。之后，在欧麦尔和奥斯曼以及历代王朝统治时期，都不断对圣寺加以修缮和拆建。1955年，沙特政府耗巨资扩建，将其总面积扩为1.6万平方米，寺内富丽堂皇，成为全城的标志性建筑，也是全世界最大的清真寺之一。随着朝圣人数的增多，2011年，政府又出巨资在清真寺周围的露天场地，增装了200多把巨型遮阳伞。遮阳伞收起时便是根灯柱，大大方便了朝圣者，也成为一道新的风景线。

◎ 遮阳伞下的朝圣者

去往麦加的门户吉达

飞机降落于沙特阿拉伯第二大城市吉达郊外的跑道上。

透过舷窗，许许多多的帐篷出现在目光中。原来，这座阿卜杜勒阿齐兹国王国际机场，其整个机场大厅由一个个白色帐篷连接起来，极其壮观，也别具特色，被人们称为"帐篷机场"。机场的候机大厅由210顶46米见方的篷布连接，相当于80个足球场大，可同时容纳8万旅客。"帐篷机场"可谓世界上独一无二，其设计理念既现代又传统，尤其具有阿拉伯风格特征，因此荣获了国际大奖。

吉达帐篷机场的设计主要是为迎合朝觐者的需求。吉达距离全世界穆斯林的圣地麦加只有70千米，每年有300多万朝圣者涌入麦加，吉达就成了进入麦加的海、陆、空交通要道，其中航空是一条主要途径。为了分离朝圣者的人流，吉达设计了这一宏大的"帐篷机场"。

◎ 帐篷机场

据悉，在朝圣高峰期时，每 30 秒就要降落一架飞机。

出机场，汽车沿着 80 千米长的红海海滨大道行驶。一边是蓝色的红海，一边是繁华的吉达城。陪同踏访的唐林先生在行车中介绍了吉达的情况。他说，吉达是汉志省唯一一个允许非穆斯林居住的城市。吉达作为通往麦加的门户，除航空外，还有港口、公路，都是转送朝圣者的渠道。吉达市的重要性就在于它是麦加的门户，因此，沙特外交部和世界上 70 多个国家的使领馆都设在吉达，沙特的双边及多边外交活动大多在吉达举行。这里还有伊斯兰国际组织和地区组织的总部等，许多与伊斯兰事务有关的重大活动也在此举办。另外，沙特的王公大臣们大都在吉达办公。故而，吉达也被称为沙特的"外交首都"。

汽车一路飞驰，我看到吉达的街雕非常多，有地球仪、巨型鱼雕、铁皮船雕等，五花八门、多姿多彩。

◎ 指向麦加的标识

◎ 水上清真寺

而每个路口都有指向麦加的标识，这个标识为一个方形的黑色房子，意为"天房"。

我在吉达参观的第一站是水上清真寺。这座建在红海水面上的清真寺别有洞天。那扎埋进水底的立桩、那耸入云天的宣礼塔、那蓝色的拱顶，那白色的建筑，很是漂亮，也独树一帜。水上清真寺，这在世界上也是少有的。据唐林介绍，因为吉达紧邻麦加，城里的清真寺很多，而且大都是白色的。

沿着海滨大道继续前行，路过一条靠海的绿化带，这是吉达新建的滨海公园，长达5千米。公园中有各种雕塑和游览场所，是人们休闲的好去处。唐林说："如此大的滨

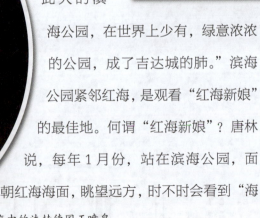
◎ 滨海公园

海公园，在世界上少有，绿意浓浓的公园，成了吉达城的肺。"滨海公园紧邻红海，是观看"红海新娘"的最佳地。何谓"红海新娘"？唐林说，每年1月份，站在滨海公园，面朝红海海面，眺望远方，时不时会看到"海

◎ 红海中的法赫德国王喷泉

市蜃楼"，因其奇特、神秘，让人们很容易联想到新娘，这才有了"红海新娘"之称。

沿海滨大道前行，我的视线始终停留在红海上。忽然，我看到海面上升起擎天水柱，原来那是著名的法赫德国王喷泉。司机师傅说，喷泉升起的水柱达 312 米高，超过法国的埃菲尔铁塔。抛上空中的水量达 18 吨，是目前世界第一高喷泉。望着那耸入云天的水柱、升腾的雾气、水落下掀起的巨浪，感觉真是气势恢宏，令人心潮澎湃！据悉，建造喷泉，吉达同样投入了巨资，现法赫德国王喷泉成了吉达的象征。特别是每到夜晚，喷泉水柱腾空而上，灯光下流光溢彩、妩媚多姿……

吉达的世界第一何止一个喷泉，还有一座在建的世界第一高楼——吉达塔。当我走近时，才感觉到它的雄伟。这座在建楼的规划高度为 1007 米，共 252 层，总建筑面积达 24.39 万平方米。自 2013 年开建至今，吉达塔仅建到 60 多层，而且建建停停。据悉，近年来沙特开始反腐，开发商卷入其内。所以，吉达塔何时建成，不得而知。

吉达是一个既古老又年轻、既传统又现代的城市。汽车穿过新城区时，高楼大厦到处可见。这里还有一些新建的企业工厂，高耸的烟囱、现代化的车间，一排排、一片片，还有世界上最大的海水淡化厂。

从吉达新区来到吉达旧城，一座巍然屹立的老城门出现在眼前，苍凉而庄严。老城门记述了吉达的历史：公元 1 世纪，这里就有人居住。公元 7 世纪，随着吉达港口的出现，这里也开始兴盛。公元 17 世纪，麦加朝觐大军涌来，穆斯林通过吉达港口登岸，每年的朝觐者达 20 多万人，

◎ 老城门   ◎ 老城中的清真寺

在那个时候，吉达就成为进入麦加的门户。尤其是 1869 年苏伊士运河通航后，这里成为水上国际航道后，接待、转运朝圣者的任务便落在吉达人的身上。过城门，沿着老街道而去，城中尽是窄小的街巷，老商铺、老旅店、老作坊乃至老住宅一字排开。这里的建筑皆为厚墙，由灰石堆砌。看上去，白色的墙壁、凸出的褐色窗棂，构成了古典的阿拉伯风格建筑群。走进一处画匠的家，这座 500 多年前的老住宅实在有些陈旧，屋内摆满了各式各样的画作，包括老城区的写生画，真实地反映了吉达的过去。在此，我沿小巷去了著名的古迹老王宫，考察了著名的沙菲清真寺等。吉达古城有近 2000 年的历史，城内的建筑大都在五六百年以上。吉达以其作为世界各地穆斯林进入圣城麦加朝觐的门户和具有独特风格的古老建筑而闻名。2014 年，吉达古城被联合国列入世界文化遗产名录。

伊斯兰教的圣地麦加

麦加是伊斯兰教的发源地，又是伊斯兰教创始人穆罕默德的诞生地。因此，麦加成为伊斯兰教的第一圣地，是全世界数以亿计的穆斯林心目中的神圣之地，是他们一生中至少要去一次的地方。每年的朝觐季节，来自世界各地数以百万计的穆斯林，像潮水一样涌向麦加、涌向大清真寺、涌向天房……

麦加和麦地那一样，路边有很多"禁地边界"标识牌，上面字意表明"非穆斯林到此止步"，看到这样的标识一定要注意，否则，宗教警察将进行非常严厉的处置。

麦加全称为麦加·穆卡拉玛，意为"荣誉的麦加"。麦加在阿拉伯语中意为"吮吸"，即特别渴望饮水，以解干涸之急。麦加的名称来源与其所处的地理环境是分不开的。麦加坐落在赛拉特山一个非常狭窄的山谷中，周围全是山，再加上这里气温高、降雨少，炎热、干燥，水，对当地百姓来说异常珍贵，故而起名"吮吸"，即"麦加"。

相传，公元前 18 世纪，圣人易卜拉欣（基督教称为亚伯拉罕）的孩子易斯玛依在一处干涸河谷上哭泣时，意外发现了一股泉水，这股清泉便成了麦加人的救命之水，并将其命名为"渗渗泉"。后来，易卜拉欣和他的儿子在渗渗泉的旁边建造了克尔白。克尔白，当地语意为"方形房屋"，俗称"天房"。

麦加发现了水源渗渗泉，于是成为来来往往骆驼商队会集的地点，又逐渐成为部落与商贾贸易的驿站。于是，人们视渗渗泉为"神水"，旁边的克尔白天房成了神庙。

公元 4 世纪，伴随着阿拉伯半岛大漠中骆驼商队的增加，麦加的人气越来越旺，贸易也随之扩大，尤其是经营商业和手工业的古莱氏部落，从庙会和集市中获得了丰厚的收入，慢慢发展为麦加的贵族。

公元 570 年，穆罕默德在麦加降生。他出生于统治阶层古莱氏部落的一个小分支，为哈希姆家族。他 12 岁随叔父外出经商。回到故乡后，他经常去麦加城郊希拉山上的一个山洞中隐居，静修、冥想。公元 610 年，穆罕默德在山洞中静修，突然接到安拉的启示，首次开启《古兰经》文，创立并开始传播伊斯兰教，跟随他的穆斯林越来越多。

公元 622 年，穆罕默德和他的信徒去麦地那传播伊斯兰教，其传教影响力越来越大。

公元 630 年，穆罕默德返回麦加，将克尔白神庙改为伊斯兰教清真寺。在此，穆罕默德宣布麦加是伊斯兰教最神圣的地方，为穆斯林朝觐的中心，

◎ 大清真寺广场　　　　　　　　　　◎ 大清真寺内景

伊斯兰教从此兴起，穆罕默德成为穆斯林的领袖。

　　"伊斯兰"阿拉伯语原意为"顺从"，而教徒"穆斯林"意为"顺从者"。

　　自此，克尔白即天房，成为穆斯林朝拜的对象，因为这是穆罕默德最初宣教的地方。

　　天房高约 14 米、南北长约 13 米、东西宽约 11 米。东北面装有两扇金门，离地 2 米，高 3 米、宽 2 米，用 286 公斤赤金精工铸造。天房内 3 根通顶立柱昂然挺立。

◎ 天房金门特写

◎ 天房

天房外东南角一米半高处的墙上，用银框镶着一块长 30 厘米的陨石，又称玄石，当年穆罕默德曾亲吻过它，它自此被视为神圣之石。天房东北正对金门处，有个六角小阁，阁中有易卜拉欣建造天房时留下的脚印。天房用黑丝绸帷幔蒙罩，帷幔中腰和门帘上用金银线绣有《古兰经》文。

每年伊斯兰教历 12 月，来自世界各地的虔诚的穆斯林都要按逆时针方向绕天房祈祷；天房是穆斯林每日礼拜所面向的方向，也是穆斯林朝拜的最神圣的地方。

大清真寺即禁寺，环绕着天房，或者说以天房为中心。大清真寺占地面积达 35.68 万平方米，每年的朝觐季节，来自世界各地的 300 多万穆斯林来此朝拜。大清真寺共有 25 道大门和 9 座高耸的尖塔，24 米高的围墙将门和尖塔连接起来。

◎ 天房、清真寺宣礼塔、皇家钟塔浑然一体

大清真寺的围墙、楼梯、台阶、地面都用洁白的大理石铺砌。当年穆罕默德宣布天房周围严禁杀生、斗殴和一切邪恶行为，并禁止非穆斯林进入，因此大清真寺也称禁寺。

麦加作为"宗教之都"不断发展，位于大清真寺入口对面的麦加皇

◎ 皇家钟塔直冲蓝天

家钟塔酒店高 601 米，为世界第五高楼。酒店的顶部建有钟塔，钟塔上安装有四面钟。面向禁寺的大钟镶嵌着"安拉至大"的阿拉伯文，大钟高 80 米，宽 65 米，面积是英国伦敦著名的大本钟的 6 倍。

从大清真寺到禁寺广场，再到禁寺广场中央的方形天房，铺展出一幅巨大的朝圣图。每到朝觐高潮，朝圣者围绕着天房潮水般地旋转着、祈祷着。

麦加最早见于中国典籍，是在南宋淳熙五年，即公元 1178 年，周去非所著的《岭外代答》中称之为"麻嘉国"。此外，《宋会要》称麦加为"摩迦"，《诸蕃志》称麦加为"麻嘉"，《明史》称之为"默加"。公元 1430 年，郑和下西洋，部下马欢等七人曾到天方（即麦加），带去瓷器等物品，购买狮子、鸵鸟，并画《天堂图》一册。天方国也派遣大臣带方物随七人朝贡。

麦加，作为伊斯兰教第一大圣地，附近还有萨法和麦尔卧山、阿拉法特山、米纳山谷及与穆罕默德有关的希拉山洞、骚尔山洞等历史遗迹。

值得提醒的是，朝觐之处非穆斯林不得入内，包括国家元首。

为了方便穆斯林朝觐，沙特政府修建了机场、铁路、快速公路等，交通网遍布，快捷方便。

科威特："小国家大石油"

  科威特是一个很小的国家,位于阿拉伯半岛的东北部、波斯湾西北处、面积只有 1.78 万平方千米，人口 446.4 万。然而它却是个石油大国，储量达 140 亿吨，占全世界石油储量的 10% 以上，居世界第七位。科威特因气候干旱，境内地表以沙漠为主，因此又被称为"金色的国家"。

  科威特在公元 7 世纪时是阿拉伯帝国的一部分。1756 年，科威特酋长国建立。1871 年，科威特为奥斯曼帝国巴士拉省的一个县。1961 年，科威特宣布独立。

  科威特并没有太长的历史，有关"科威特"一词的由来有一段故事。1760 年，哈立德家族的后代在库特外围修筑了一道 2 千米长的城墙，还在墙外挖掘了一条护城河，成为一面朝海、三面是城墙的堡垒。哈立德家族依靠这个堡垒护卫了家人，使子孙后代得以繁衍生息。自此，当地人称这个堡垒为"科威特",意为"小城堡"。科威特从此也慢慢发展起来，特别是在发现了石油以后。科威特既是国名，也是首都名。

  石油富了科威特，千真万确！

◎ 解放塔是科威特城中的标志性建筑

科威特首都科威特城中，石油大楼、石油宾馆、石油大道及石油管道遍布各处，不愧为一个因石油而发达的现代化都市。解放塔、眼镜蛇塔、拉尔哈姆拉塔，以及各式各样的清真寺宣礼塔，显示出这个石油之城的经济实力。

科威特的建筑群里，最为耀眼的是科威特水塔。它是科威特的象征，也是首都的标志性建筑。

沿着科威特城海滨大道，我来到科威特水塔。抬头仰望，这真是一座奇特的建筑，造型美观，色彩夺目！那耸入云天的尖塔、蔚蓝色的

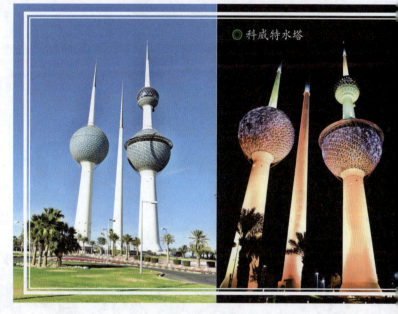

◎ 科威特水塔

圆球、威风凛凛的塔柱，不禁让人惊叹！科威特水塔已成为科威特的符号。

科威特水塔屹立在大海边，由 3 个高低不一、大小不等的尖塔组成。最高的尖塔高 187 米，直径有 32 米。塔身插着大小两个巨型球体，分别象征地球和月亮：下面的大球体直径 31 米，里面有餐厅、宴会厅和室内花园，可容 200 人进餐；顶上的小球体是个旋转餐厅，可容 100 人观光。第二座尖塔高 147 米，中间有一个球体，直径有 26 米。第三座尖塔高 113 米。科威特水塔是集储水、旅游观光为一体的宏伟建筑。

我走进第一座尖塔，随着观光的人群登上电梯，不一会儿便到达观光球体。透过弧形玻璃，举目远望，心旷神怡。那埃米尔王宫、议会大厦、国家博物馆、科威特大清真寺、首相办公楼等全市街景，连同碧蓝的波斯湾一起尽收眼底，真是太壮观了！

◎ 从塔顶俯瞰全市

在科威特城，地标建筑还有萨斯木船饭店。它是世界上最大、最豪华的以木板建造的船上饭店，其船体长84米、宽18米，重2500吨，是全球最大的独桅三角帆船，船舱内有豪华的多功能厅，可同时容纳500多人出席会议和就餐。其已被列入吉尼斯世界纪录。

科威特因海湾战争留下的累累伤痕，现在正在修复中。在科威特踏访的过程中，我特意驱车从首都出发，去往南边20千米处的一座小镇走访。这是一个受战争破坏严重的小镇。街边墙壁上弹孔遍布，房屋残破、坍塌。街头至今还保留着当年作战时的一辆坦克。

科威特，这个小小的国家，经历战乱，却也繁盛依旧。总之，科威特是一个既荒凉又美丽的地方，很值得一去！

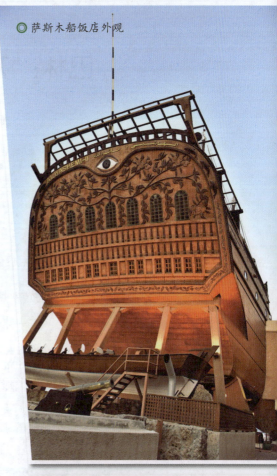

◎ 萨斯木船饭店外观

◎ 木船饭店的餐厅

巴林："万冢之岛"

    "海湾明珠"巴林王国是一个位于波斯湾西南部的岛国，全国有 36 个大小不等的岛屿，其中巴林岛最大，首都麦纳麦就坐落于巴林岛上。巴林王国总面积仅有 780 平方千米，人口有 150 万。无论从面积还是人口来看，巴林都是个很小的国家。

    巴林虽小，但它拥有世界上最大的史前时期的冢林，因此巴林被称为"万冢之岛"和"死岛"。

◎ 一望无际的冢林

    巴林岛冢林面积到底有多大？数量是多少？最早产生于哪个年代？首都麦纳麦以西的那片冢林，就绵延数十里、占地 30 多平方千米、冢丘达 17 万座以上。这才仅仅是首都边上的一片，那么，整个岛上的冢林呢？而且，这也仅仅统计的是地面上的一层，地面下还有，一层叠压着一层，前人之冢被埋，后人接着垒加。据考古工作者挖掘，冢林厚度最大的在 10 米以上。

从飞机上俯瞰这些排列整齐的冢丘，如同海浪般连绵起伏。冢林之多，令人惊叹！据考证，这些冢林的历史最早可追溯到公元前 3000 多年的青铜器时代。如此庞大的冢林，起初并不被人注意，是来到此地的英国人发现并挖掘的。2019 年，该冢林被联合国列为世界文化遗产名录。

为什么这里冢林如此之多？当地向导兼翻译斯林玛女士介绍说："这里的人相信死后可以重生，生命还在继续，而且一定要让蛇陪葬，当地人认为蛇代表永恒。"斯林玛女士补充道："不仅仅是巴林人，周边国家也相信这里是天堂、是永生之地，因此也选择这里作为生命继续的场所。所以这里出现了冢林，且越来越多。"

"蛇代表永恒，代表永生。"这是斯林玛女士反复说的一句话。为了验证这句话，她带我来到巴林国家博物馆。馆前，一条数十米长的巨大蛇雕横卧在广场上。我走进博物馆大厅，看见这里展出了很多从冢林中挖出的棺木，而每个棺木中都有人骨和蛇骨，再次证明了巴林人与蛇息息相关、命运相连。可见巴林人自古而来的信念：人与蛇永恒，二者共生存、共命运。

我还参观了巴林的卡拉特考古遗址，又称巴林"贸易港"考古遗址，该遗址于 2005 年被联合国列入世界文化遗产名录。不过它与冢林相比规模逊色多了。

◎ 国家博物馆前的蛇雕

其实，卡拉特遗址只是规模相对冢林而言小多了，它也有独特之处。卡拉特遗址始建于公元前 3000 多年，曾是迪尔蒙文明时期的首都。5000 多年以来，房舍不断被摧毁，又不断叠建。一层叠一层，层层加高，慢慢抬高成一个长 600 米、宽 300 米的大土堆。如此大的土堆下，埋没的房屋建筑不计其数。在 12 米高的土堆上，建有葡萄牙堡垒，高高的尖塔依然存在。这里残留的墙壁、房屋历经风吹雨打，已显颓败，但它见证了巴林的沧桑历史。

在巴林，还有一处历史遗迹为巴尔巴尔庙，是一座建于公元前 2500 年的宏大庙宇遗址。这座庙是举行祷告及涤罪仪式的场所，发掘出来的有大门、祭坛、小池等。

◎ 巴林世贸中心

在巴林，值得一去的还有世界一级方程式赛车场。巴林是阿拉伯国家中第一个举办此项赛事的国家。赛场由王后出资兴建，场内可容纳 4.5 万名观众，看台观众席位为 1 万个。

法赫德国王大桥是巴林的又一大景观，是连接巴林与沙特的跨海公路大桥，全长 25 千米。

巴林首都有很多高楼大厦，尤其是风车发电的巴林世贸中心成为国家的地标建筑，其高大宏伟、造型奇特，引很多人前来打卡。

海湾四季酒店是巴林最豪华的星级宾馆，登上酒店顶层，国际会展中心、联合塔、巴林世贸中心等建筑清晰可见，全市风光一览无余……

巴林，这个小小的岛国，独特而令人回味……

卡塔尔：浮在油海上的国度

卡塔尔，一提到这个字眼，很多人会联想到"卡塔尔半岛电视台"。半岛电视台是阿拉伯世界也是全球收视率最高的电视台之一，与美国CNN、英国BBC并驾齐驱。尤其在阿富汗战争中的独家报道令其名声大振，CNN也在购买它的独家画面。卡塔尔，又因多哈国际机场中转旅客数量之多而闻名于世。

其实，卡塔尔是一个很小的阿拉伯国家，位于波斯湾西南岸卡塔尔半岛上，面积仅有1.15万平方千米，人口仅有300万，其中包括250多万外籍人员。

卡塔尔盛产石油和天然气，其中天然气储量位居世界第三，出口量

◎ 半岛电视台

一度位居世界之首，被称为"浮在油海上的国家"，人均国内生产总值达8万多美元,美国《福布斯》杂志公布的全球最富国家中,卡塔尔位居第一。

登陆卡塔尔，走进首都多哈，满目皆是现代化建筑。尤为突出的是西湾一带，高楼大厦林立，式样各异，有尖塔式、螺旋状、圆柱形、斜拉式等等，千奇百怪，好像走进一个楼群博物馆，可领略不同风格的建筑。身临其境，感觉不到这是一个小国家。多哈，

◎ 多哈现代建筑林立

◎ 伊斯兰艺术博物馆

充溢着现代大都市的摩登气息。

卡塔尔有着如此规模的高大建筑群，源于其经济实力：丰富的石油和天然气支撑起全国经济。而在众多建筑里，最有特色和代表性的要数伊斯兰艺术博物馆，它是卡塔尔的地标。

伊斯兰艺术博物馆矗立在海边。这是一座层层叠叠、连绵延续的白色建筑，充满艺术气息，顶部细长的镂空处，仿佛眼睛注视着四方。据翻译介绍，这是世界著名建筑大师贝聿铭的封山之作，是全球迄今为止最大的以伊斯兰艺术为主题的博物馆，很多人慕名而来，都是想要一睹这座建筑的艺术内涵。博物馆占地4.5万平方米，馆内保存和展出世界

各地的伊斯兰艺术品，还有图书馆和餐厅等。走进大厅，可见博物馆内部装饰得十分现代和艺术。在馆内，可以眺望大海，可以观赏全市风光。蓝色的大海和这座白色的建筑既相得益彰又浑然一体，无论是馆外漫步还是馆内参观，都是一种艺术享受！

卡塔尔的开发和建设，并没有舍弃原来的老建筑，也没有拆除旧房舍，而是保留了旧城区的所有建筑，使传统文化和古老历史依然传承在现在的时光中。

旧城区保留了过去所建的清真寺、老马厩、老街道、老集市，以确保历史痕迹不被破坏。走进一条只容一人通过的窄巷时，我仿佛穿越到百年前的卡塔尔。我还参观了一座一人高的小矮房，这是几百年前留下的遗址，从中可了解当时人们的生活状态。在满是阿拉伯风景的老集市，至今还保留着旧时以独轮小车送货的传统。

让我最感兴趣的是古老的猎隼市场。隼，是一种小型猛禽，具有勇猛和刚毅的品性。这个猎隼市场的建筑有上百年的历史，百年来人们一

◎旧城窄巷　　◎老马厩

◎ 养隼者

直在这里进行隼的买卖。据了解，当地人有养隼的习惯，隼也是获得王室和达官显贵们青睐的宠物，它象征着权力、高贵和财富。在交易现场，我问起价格，得知最昂贵的一只隼售价达 50 万美元。

多哈的新城处于海滨地区，政府首脑的办公重地埃米尔皇宫也坐落在这里。

多哈还有两处可去之地，一个是卡塔拉文化村，那里有鸽子塔、圆形剧场等，国家清真寺也在附近；另一个是珍珠岛，岛上有游艇码头、高档住宅、商场酒店、各种风味餐厅和休闲海湾。

◎ 埃米尔皇宫　◎ 鸽子塔　◎ 国家清真寺

阿联酋：迪拜的世界之最

　　荒芜的沙漠、无边的旷野、干涸的土地，这些包围着一座繁华的城市，这座城市就是财富聚集的迪拜。

　　进入市区，大厦林立，各种豪华轿车行驶在 12 条车道宽的马路上，两旁的世界级高档宾馆、商场比比皆是，令人目不暇接。这就是世界第一奢华的城市——迪拜。

　　阿联酋共有 7 个酋长国，其中迪拜所在地域原是世界上最贫困的地方，因为在沙漠深处，几乎到了穷困潦倒的地步。

　　然而当发现储有大量石油后，这里"一夜暴富"，从挣扎在贫困线上"一步登天"，成为阿拉伯世界财富的象征，跨入世界上最富有地区的行列。

　　迪拜建造了无数个世界第一：世界第一座水下酒店——水母酒店，世界最大的游乐园——迪拜乐园，世界最大的购物中心——迪拜购物中心，世界第八大奇迹棕榈岛，世界第一高楼哈利法塔，世界最大的人工港，世界顶级的七星级帆船酒店，等等。它超出了人们的想象，眼花缭乱得令人窒息！迪拜人信奉："我们永远要做第一名，因为没有人记得第二名。"

◎ 帆船酒店

还有人说："拒绝平凡，渴望建造世界第一，这是迪拜人的性格。"

我来到帆船酒店。这家酒店仅装饰就用了几十吨黄金，是世界上第一家七星级酒店。它坐落在大海中，很像一艘正准备启航出海的帆船，不过它是永远走不进深海的，但可以看尽出海的千帆。碧海、波涛、浪花，托着这艘非凡的、世界独一无二的帆船酒店，令人产生无限遐想。在帆船酒店的顶楼，还建有一座直升机停机坪，银灰色的直升机不间断地从顶楼起飞、降落，令人感叹、浮想：天上的飞机、海中的帆船、地上的轿车，天、海、地，任你享受，这就是迪拜。

棕榈岛被誉为"世界第八大奇迹"，是因为它的独特创意。棕榈岛是人工填海建成的，是世界上最大的人工岛，而人工岛的造型则是棕榈树，这样的情景似乎只有在科幻电影里才可能出现，全球无出其右。汽车向棕榈岛尽头开去，脚下走的是棕榈树的主干道，路边宣传画上的也是棕榈树，两旁浅黄色的漂亮楼房一字排开，干净幽雅。汽车开到顶端，来到一家高级酒店，建得雄伟高大，周围由众多各式各样的树木花草环绕，还有人造瀑布、沙滩、石山。酒店设有海底世界、购物天堂，碧波荡漾的大海就在不远处。站在海滩上，望着独特的科幻建筑、奇花异草、翠树塔松，感叹这里不就是亚特兰蒂斯失去的乐园吗？

　　哈利法塔是世界第一高楼。站在哈利法塔下仰望，只见高楼直插云中，不见其真面目；准备进门参观，才得知参观券 10 天前就已售完，看来，此行只能在外远观。哈利法塔由连为一体的多组管状塔组成，看起来像"品"字形，基座周围采用的图形为六瓣的"沙漠之花"。主体楼高162 层，由地表拔地而起，直冲云天，总体高度为 828 米。塔顶有瞭望台，可俯瞰全城风光。塔楼正门有一池碧水，池边绿树相间，青草覆地。塔后围绕着蓝色的湖水，人工岛屿有鲜花点缀。周围有购物中心、餐馆、酒店、高级公寓、街心花园、音乐广场、露天咖啡厅等。

◎ 哈利法塔

　　穿行在大街上，两边的建筑各具特色，都显示出这个沙漠城市的富庶。在城区，我还参观了朱美拉清真寺、国家博物馆、有"海湾威尼斯"之称的迪拜河、国王及其妹妹的庄园外景等。所经之地，树木很少。这里是沙漠地带，干旱、缺水，特别是淡水稀少，饮用水为海水提取或者进口。所以在此能种活一棵树是很困难的，难怪当地衡量富有的标准之一，是看院子里的树有多少。在迪拜，我除看到国王妹妹的庄园里有很多树外，其他地方的树就很少了。可以想象，帆船酒店、棕榈岛、哈利法塔前所种植的珍贵树木之用意了！

阿曼："千堡之国"

奔腾狂啸的沙漠之风，铺天盖地的风中细沙……

我从迪拜启程前往阿曼，乘车在大漠中穿行。

阿曼，全称为"阿曼苏丹国"，处在阿拉伯半岛东南沿海，是阿拉伯半岛的一个文明古国，公元前 2000 年就有人在此居住并在海上活动，是"丝绸之路"的要道。阿曼面积 30.95 万平方千米，人口有 508 万，是一个较为富裕的阿拉伯国家。

悠久的历史，造就了"千堡之国"，这里的城堡遍布各地。来到阿曼后，我先后走进杰拉里城堡、密拉尼城堡、尼兹瓦城堡、贾布林城堡和巴赫莱城堡 5 个城堡踏访。

杰拉里城堡坐落在首都马斯喀特老城阿

杰拉里城堡

曼湾的一座山顶上，气势恢宏，极为壮观。悬崖峭壁之上的堡垒一面朝海，险要至极。杰拉里城堡于公元 16 世纪葡萄牙人占领阿曼时期建造。18 世纪波斯帝国纳迪尔沙赫反复的入侵动摇了马斯喀特地区的稳固统治。1784 年，赛义德王朝在马斯喀特建都，对城堡又进行了扩建修整，使之更加险峻且坚不可摧。

密拉尼城堡

密拉尼城堡也出自葡萄牙人之手，始建于公元 16 世纪，同样处在阿曼湾，与杰拉里城堡遥遥相对。两堡被称为"姊妹堡""双胞胎堡"，雄居海湾山顶，守护着位于它们中间的阿兰姆皇宫。

来到阿兰姆皇宫外，可以看到这座宫殿建造得金碧辉煌。宫前漏斗式廊柱采用蓝黄两色，鲜艳夺目；而窗框采用白色，纯洁如玉。蓝、黄、白三色交融，浑然一体，造就了其独特的建筑风格。阿兰姆皇宫并没有对外开放，只能在宫外遥望。

皇宫对面是阿曼国家博物馆，不远处

阿兰姆皇宫

是大清真寺。沿皇宫下行的海岸边，有一处马特拉集市，是马斯喀特知名度最高的老市场，在这里可以找到各式各样的阿拉伯特色产品。

尼兹瓦城堡是阿曼最大的城堡，距今已有 1500 多年历史。不过，它并不在马斯喀特市，而在遥距首都西南部 130 多千米的尼兹瓦城。驱车来到这里，我看到这个城市建筑的样貌比马斯喀特的还古老，原来此地曾是阿曼的旧首都。

◎ 尼兹瓦城堡塔楼

走到尼兹瓦城堡前，我被这一巨大的保存完好的城堡所震惊！城堡始建于公元 17 世纪，城堡内有各种暗室、房间、祈祷室、地牢等。城堡还有一座圆形的塔楼。那圆形塔楼拔地而起，雄伟壮观。走进城门，我直奔这最引人注目的圆形塔楼，拾阶盘旋而上，一直攀至塔楼顶。据当地解说员介绍，塔楼高 30 米、直径 36 米。整个城堡设有上百个炮位和 480 个枪眼，可以阻挡来自四面八方的攻击。走出尼兹瓦城堡，我看到旁边有集市、椰枣专卖店、陶器市场等，可见城堡附近是一处繁华地带。

贾布林城堡距尼兹瓦城有半个多小时的车程，始建于公元 17 世纪，由当时一位势力强大的领主所建。驱车来到这里，发现这是一个保存完整的城堡。城堡外是一片墓地，杂草丛生，荒凉至极。而进入堡内，就会发现这里还呈现着昔日的辉煌，尤其是天花板上的绘画，色彩鲜艳，非常精致；地毯的铺设也较为考究。这里有祈祷室、阅读房、接见厅，都保持了原状。让人感到惊奇的是，楼上房间地板上都挖有小洞，据说一旦有敌军上来，可倒热水、热油阻挡。

◎ 巴赫莱城堡

巴赫莱城堡是阿曼最著名的城堡，它和贾布林城堡一样，处在距尼兹瓦城不远处，1987 年被联合国列入世界文化遗产名录。巴赫莱是阿曼最古老的村落，以制造陶器而闻名。

巴赫莱城堡矗立在山丘之上，地势险要。山丘下，先是过一个很窄的小门，小门旁边挂着世界文化遗产的标识牌，显示着城堡的价值所在。当我一步步攀登上堡顶时，才发现这是一座三角形城堡。眺望那绵延 12 千米的旧城墙，不由得感叹它的壮观和古老。向导介绍，该城堡始建于公元830 年，之后经历了三次扩建，扩建最完整的时期是在公元 12 世纪至公元 15 世纪的巴努·内布罕时代，当时采用了未经窑烧的砖块堆砌。从坚固宏伟的建筑群可见当时的设计标准和建筑水平之高，尤其是崛地而起的主塔，高耸入云，见证着这里沧桑的历史。

阿曼古时称"乌干"，在当地语中，"乌干"意为"船的骨架"。《一千零一夜》中，辛巴达航海的故事就取材于阿曼著名的航海家艾布·欧贝德·卡赛姆的故事。

阿曼还是"乳香之国"，阿曼的乳香被誉为"沙漠的珍珠""上帝的眼泪""白色的黄金"，是举世公认的极品。古时，阿曼的乳香被运往欧洲、非洲，走出了一条"乳香之路"。途中的乌巴尔古城就是乳香的交易点，不过这座城后被黄沙埋没，成为"沙漠之中的失落之城"。在《一千零一夜》中曾经描述过这座失落之城。1990 年，人类通过卫星雷达发现了"乌巴尔古城遗址"，遗迹中还有乳香燃烧工具，这在当时引起考古界的震动。据考证，乌巴尔城已有 4000 多年的历史。

◎陶器市场

走进"乳香之路",沙漠中的乌巴尔城

  汽车在阿曼境内空旷的荒野中飞驰,向着世界文化遗产"乳香之路"中的瓦迪·道卡谷地前进……

  我是清晨 7 点多离开塞拉莱城区,向着北部 40 千米外的瓦迪·道卡行进的。塞拉莱是阿曼第二大城市,处在阿曼最南部的佐法尔省,距首都马斯喀特约 1000 多千米。塞拉莱是一座古城,与古代的乳香之路有着千丝万缕的关联,其城内的清真寺、钟楼、城门都与乳香之路有关。尽管乳香之路上的很多古城被黄沙埋没,但塞拉莱城却被保存了下来。

  黄沙飞舞,公路西边远处的柳树、芭蕉、房舍依稀可见。

  半个多小时车程后,眼前出现了一道

◎ 钟楼

◎ 刻有世界文化遗产标识的白色拱门

白色的拱门，上面刻有"世界文化遗产"标识。显然，瓦迪·道卡到了。从大门旁的图标上获知，"乳香之路"包含了盛产乳香的瓦迪·道卡、塞拉莱北 180 千米处有古代沙漠商队绿洲之称的什斯尔，以及科尔罗里和阿尔巴厘德港口。这四处都是古代乳香贸易活动的场所。2000 年，它们一并被联合国列入世界文化遗产名录。眼前的便是瓦迪·道卡遗址，它是"乳香之路"的一部分。

瓦迪·道卡遗址处在瓦迪·道卡河谷内，但见这里生长着一片乳香树林，树冠有的 5 米多高，有的只有 1 米，郁郁葱葱，生机盎然，与远方的荒凉大漠、戈壁形成鲜明的色彩对比。时下乳香树正是花期，淡黄色的花瓣、暗红色的花蕊，随风荡漾，散发着幽幽芬芳。

站在乳香树下，陪同的翻译唐先生指着眼前的大片荒漠说："我们现在在乳香之路中的瓦迪·道卡河谷，要参观的乌巴尔城就在前边不远处的沙漠中，还需要走一段路。"我一边踏沙前行，一边听取关于乳香之路的介绍。

乳香，是阿曼的特产。乳香树，是阿曼古老的植物，生长在干旱、贫瘠之地。

◎ 穿行乳香树林

乳香是古代统治者权力和财富的象征，是世界上最神秘的香气。有传说，耶稣出生时上帝第一次把乳香传递给耶稣，预示乳香与神同在。乳香产于乳香树。采收乳香时，将乳香树皮切开，从中会渗出白色乳汁，汁液风干后变硬，形成黄褐色半透明的树脂。乳香用于宗教祭典和熏衣待客，还能祛除异味，也可以做熏香料以及入药。

阿曼的乳香是上等香料，在古时是一种极昂贵、极奢侈的香料，价格胜过黄金。珍贵的阿曼乳香成为当时北部非洲、欧洲、西亚一些国家的抢手货，尤其是在埃及、罗马、波斯等国家，其国王、王室、贵族、部落首领都对乳香倍加青睐。

唐先生介绍："据《圣经》记载，东方三博士到耶稣诞生地伯利恒朝拜，带了三件礼物，其中就有乳香，可见乳香之珍贵。"

◎ 盛开的乳香树花枝

因此，乳香交易在古时候成为一种时尚，乳香商便通过阿拉伯半岛的最南端，将乳香运往罗马、波斯和远东地区，或走海路从阿拉伯半岛南部出发，沿红海北上，一直到埃及和其他地区。这就形成了著名的乳香之路，沿路还开设了诸多驿站，这些驿站慢慢发展成为城镇。

乳香的使用历史可追溯到公元前 2000 年，公元 1 世纪时达到高潮，那时的乳香贸易火热，浩浩荡荡的乳香商队沿着乳香之路，穿行阿拉伯半岛，去往世界各地。然而，到公元 400 年时，罗马大帝君士坦丁禁止火葬，这使当时火葬大量焚烧乳香的习俗式微，乳香市场开始衰落，并逐渐消失。兴盛了 300 多年的乳香之路不再繁华，历时长达 2400 年的乳香之路被历史湮没，尤其是公元 6 世纪后，阿拉伯半岛严重沙漠化，大漠中的许多绿洲随之消失。至此，乳香之路的线路及沿途的驿站、城镇，几乎全部被黄沙吞没……

面对如今阿拉伯半岛上一望无际的滚滚黄沙，昔日的乳香之路究竟在哪里？乳香之路沿途的古城、古镇在哪里？古代乳香贸易的交易遗址在哪里？这些历史遗迹都被埋没在大漠之中、黄沙之下、地层深处……

在很长一段时间里，乳香之路只在人们的谈话中出现；关于乳香的故事也只是历史传说；乳香之路上的古城没有留下任何蛛丝马迹，成为千年之谜。

这千年之谜，也引起无数考古学家和探险家沿着古代的商贸路线去寻找乳香文化。

1981 年，一位名叫尼古拉斯·克拉普的制片人对"掩埋之城"产生了极大兴趣，尤其是对《古兰经》《一千零一夜》书中提到的乌巴尔城更为着迷，决心解开这个千年之谜！

于是，克拉普借助美国与法国地球轨道卫星装载的专门雷达，采用穿透地面的成像技术探寻乌巴尔城的踪迹和遗迹。

克拉普利用卫星照片在电脑上分析地形、地貌，判断古代的商队行走的路线轨迹，设想乳香之路上有可能停留的驿站，经过精心研究，绘

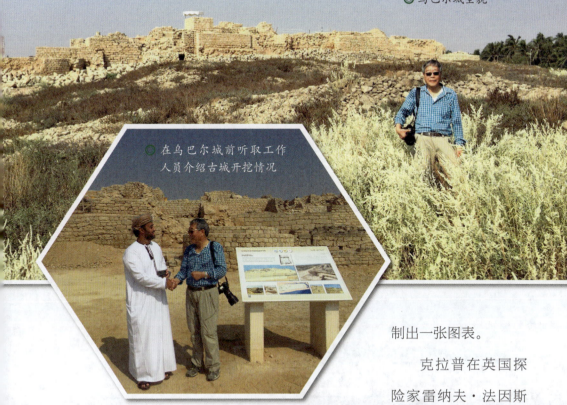

◎ 乌巴尔城全貌

◎ 在乌巴尔城前听取工作
人员介绍古城开挖情况

制出一张图表。

克拉普在英国探

险家雷纳夫·法因斯

爵士和考古学家朱里·扎林斯的协助下，开展了长期的探索活动。直

到 1990 年，克拉普一行三人组成的探险队，把

目标锁定在瓦迪·道卡河谷。

我们走到一个低洼处时，唐先生说，这就是

瓦迪·道卡河谷的中心。

瓦迪·道卡是一个石质半沙漠的山谷，有低

缓的圆形山丘和古代偶发洪水形成的浅滩。而这

里正是乳香树的生长地，乳香树也是这一带的主

要植物，或许这里就是昔日乳香贸易的中心地带，

又或许这里就是乌巴尔城的掩埋之地。于是，克

◎ 从乌巴尔城出土的乳香陶器

拉普又确定了古城的下陷位置。

这时，我的眼前出现了一座古城遗址，唐先生说："那就是克拉普锁定的目标。"唐先生指着眼前的丘地介绍：1991年11月，克拉普探险队在阿曼政府的协助下开始挖掘。一铲铲、一锄锄，小心翼翼地扒开黄沙，一层一层掘土、刨石……

突然，奇迹出现了！他们惊喜地发现，地下有了瓦砾、陶片，接着出现了砖墙、街道、房屋……一座历史遗址逐渐显露出来！就是我们现在眼前的这座古城遗址。

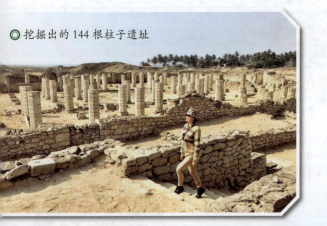
◎ 挖掘出的144根柱子遗址

经过日日夜夜的挖掘，整个古城出现在克拉普探险队的面前。于是，他们向全世界宣布：失落的乌巴尔城找到了！挖掘出的古城呈八边形，有高达9米的城墙，城中分布着8座10米高的

◎ 乌巴尔城一角

塔。在遗址中，还挖掘出数以千计的古代陶器碎片，这些陶器碎片可以证实古城建于公元前 2000 多年，迄今已有 4000 多年的历史。更让人惊叹的是，这里还挖掘出了乳香燃香器，说明了古城就是乳香之路上的一个重要场所。在古城遗址的一侧，又挖掘出一片竖有 144 根柱子的遗址，这些柱子看上去为八棱柱，柱顶装饰着花卉图案。据考古学家分析，乌巴尔城应该自公元 100 年起被黄沙淹没，深陷地表下的石岩洞中。

天已近晚，我走进距乌巴尔城遗址不远处的历史博物馆，馆中展出了很多从乌巴尔城出土的文物，其中就有乳香燃香器。

消失之城，从历史积淀中重见阳光！

失落之城，乳香之路繁华重现！

乌巴尔城历史博物馆中展出的藏品

也门：战乱之国东西大穿越

　　汽车向着也门方向飞驰。我是上午 10 点从阿曼边境城市塞拉莱前往也门的。也门，阿拉伯语为"右边"之意，即站在麦加，面向东方，也门即在其右。

　　刚过边界，进入也门境内时，道路突然变得坑坑洼洼，路面不时有塌陷，汽车上下颠簸、左右晃动。车窗外，满目苍凉，真真切切感受到战争带来的创伤。

◎ 换上当地长袍踏上采访路

　　行车中，向导兼翻译穆斯塔法介绍："也门拥有 3000 多年文字记载的历史，是阿拉伯世界古代文明的摇篮之一。但也门也是世界上最不发达的国家之一，粮食不能自给、土地条件差、沙漠化日渐严重，再加上连年的战争使也门处在动荡之中……战争是由地域差别、教派冲突、部落矛盾等多方原因造成的。"

这时，我的手机接到中国移动的短信："因为形势严峻，中国驻也门使馆已暂时关闭。外交部领保中心提醒您：前往也门，可能存在极高安全风险……"

天黑下来，月亮升起，四周的无人区静得要死。汽车在月光中行进，一直到夜里 12 点半才到达宿营地——也门迈赫拉省东部边境小镇希汉附近的一个酒店。300 多千米的距离竟走了 13 个小时。原来，为了避开危险地带，我们不得不绕道而行，所以才花了这么长的时间。夜宿小镇，彻夜未眠……

次日一大早，一路向西，我们又开始了长途的跋涉。因也门 99% 的人信奉伊斯兰教，宗教管理非常严格，为了安全起见，向导兼翻译穆斯塔法让我换上了当地的白长袍，并裹上头巾。

大漠，黄沙，戈壁。汽车在一望无际的旷野中行驶，一片苍凉。我猛然发现副驾驶座上放着一支步枪。穆斯塔法告诉我："带枪是为了防止遇到危险。3000多万也门人生活在这片 52.8 万平方千米的国土上，这些年的战争，导致不安全因素加剧。"

翻译的话音刚落，前面便出现了一座哨卡。哨卡处有机枪、大炮、军车，还有很多军人。

自此，手机再无信号。

过塞纳乌，一路愈加荒凉，

○哨卡

仿佛进入了无人区。但岗哨、路卡、军人并没有减少。

汽车在飞驰。百里行路无人家，始终不见树、草、花。大约走了4个多小时后，我们在塞穆德地域的路边店用餐。这是一处村舍，房屋破旧不堪，满地垃圾。尽管处于战乱地带，但这里的人们已经习以为常，一个个都很从容、淡定。

随后汽车又开始行进，一路向西。仍是哨卡重重，仍然到处是岗楼、到处是军人、到处是枪。车窗外，仍是无边的沙漠、无际的戈壁。

行驶中，汽车左侧出现一个大峡谷。原来，这就是著名的哈德拉毛河谷。又行驶半个小时，至泰里姆时已是日落西山、月亮升起。按行程安排，我们将在此过夜。这一天，700千米的路程走了14小时。

泰里姆是也门的腹地，也是哈德拉毛省曾经的文化中心，处在哈德拉毛河谷。"哈德拉毛"在阿拉伯语中意为"死亡来临"。哈德拉毛是当

◎ 哈德拉毛河谷及河谷中的山寨

◎ 山寨特写

地古代的一位首领，力大无穷、杀人无数，他与哪个部落交战，哪个部落就感到"死亡来临"，这片土地由此得名。

凌晨，被清真寺的晨礼邦克声惊醒，又迎来新的一天。在此，我首先去了古老的清真寺，寺中有座高38米的宣礼塔。接着又去了也门第二大图书馆，馆中藏有手稿5000多卷。翻译说："这里已进入战区，千万要保持百倍的警惕！"

之后，进入赛文，赛文是哈德拉毛河谷地区最大的一座城，从公元15世纪起，曾是几个王国的都城。市内有著名的5层楼高的阿尔卡夫家族宫殿。

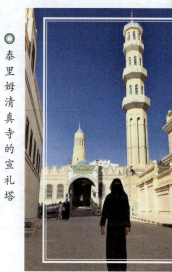

◎泰里姆清真寺的宣礼塔

出赛文，又一路向西。车行一个多小时，在鲁卜哈利沙漠南部边缘的哈德拉毛河谷旁边的山丘上，一片暗红色的超高建筑群惊艳亮相，仿佛海市蜃楼般，有种不真实的感觉。原来，这就是著名的希巴姆古城，它于1982年被联合国列入世界文化遗产名录。一座城池、一段浮沉、一片记忆……古城始建于公元3世纪，城中500多座高5至9层的泥砖建筑全是经典之作，也是世界上最大的泥砖建筑群，矗立在沙漠山崖上，被称为"沙漠里的曼哈顿"！此地，数道季节河交汇，其中主要的季节河哈德拉毛河在这里逐渐变窄，与之相比，希巴姆古城更显得雄伟险要。

走进希巴姆古城，看到楼的顶部皆涂白色。为什么大漠之中会有高楼？翻译说："这是传统家族制的产物。每次家族分家后，并不去他处另建房，而是在原来的房屋顶上加层扩建，这样逐渐形成了这些高楼。现有的建筑大都是 300 年前建造的，最古老的可追溯至公元 10 世纪之前，这里还有公元 3 世纪的房屋。"据介绍，古城呈长方形，东西长约 500 米，南北长约 400 米。

翻译说："希巴姆古城及泰里姆、赛文一带，在古时候曾是乳香之路的必经之地。如今散落在阿拉伯半岛上的很多商贾世家都和此地有着很深的渊源，所以这里成为也门最富裕之地。"

驶出希巴姆，仍在哈德拉毛河谷穿行。这条河谷长 170 千米，是也门最大、最长的峡谷。河谷中有很多古老的村庄。

又是一路关卡、战车、枪林。

顺着大峡谷前行，我首先探访了哈加拉村。村中皆是土墙、土房、土院。哈加拉村位于马纳哈市的西部，坐落于哈拉兹山上，建于公元 12 世纪，古朴原始。

继续在大峡谷中前行。窗外，那悬崖、峭壁、深谷，那奇山、怪石、险峰，均令人惊叹！在峡谷中又艰难前行 5 个多小时，到达瓦迪达万荒漠谷的山巅旅店已是半夜 11 点多。一路走来，经过数十道哨卡，实在太累了……躺在床上，梦中仿佛听到了枪声，嗅到了战火中的硝烟……

第二天一早，隔窗望去，下面就是刀劈的山壁、斧砍的大峡谷。居高临下，那悬崖下的村寨、那万丈深渊的谷底、那弯弯曲曲的河流，在晨光的照耀下绘成一幅绚丽多彩的画卷！

◎ 走进希巴姆古城　　◎ 古城门

◎ 在哈加拉村和当地百姓在一起

早餐后，顺着峡谷下行，我来到瓦迪达万荒漠谷中的一座村镇。这是一个有着700多年历史的村镇，凭借泥砖混合建筑而闻名。这里用泥搭建的建筑很有名气，尤其是建在峭壁上的小泥房。更让人惊讶的是，山崖上还有一座古老的宫殿，谷底皆是椰枣树。正沉醉在这别样风景中，翻译提醒说："此地不能久留，很不安全。2018年1月，比利时人曾在此遭到袭击……"

连日来，在哈德拉毛踏访，从古城、古镇、古村看，哈德拉毛不愧为也门文化、历史、文明的源头之一。

又是一个明月高悬的夜晚。几天来，在也门境内的东西大穿越累计行程达800千米，行车72小时。艰难辛苦且不说，恐怖不安紧随身畔。伴随着车轮飞转，星月照耀，看向窗外的哨卡、机枪，不自觉地感叹：战争太残酷，和平太珍贵！

◎ 战乱中无奈的儿童

也门的战争夺去多少人的生命，导致多少人无家可归，又有多少人因战争而走向贫困？据统计，也门战争使8.5万儿童因饥荒或疾病而死、

◎ 也门战争中的武装人员

1000 多万人处于饥荒状态、120 多万人受到病魔疫情的折磨和威胁、200 多万人在死亡线上挣扎、无数人流离失所……

在踏访中，每到一地，就看到残破的房屋、瘦弱的儿童、贫瘠的土地，感到无比心痛。也门，因战争伤痕累累、遍体鳞伤！

伴随着汽车前行，我又去了多个地方采风，采访了许多当地普通人，他们都表示厌恶战争、盼望和平，希望战争早日结束，过上平安的生活。

战争使得也门人生活在水深火热之中。但是，我在踏访中看到，当地人的心态是积极的，他们认为，黑暗总会过去，黎明一定会到来，并对未来充满希望，期盼着过上和平安宁的日子。他们纷纷到清真寺祈祷，还向国际社会呼吁：要和平，不要战争！

在也门踏访的日子里，我在田间农舍抓拍到很多镜头。从那镜头中一双双渴求的眼神中，可以读懂当地人的内心世界：从容淡定、满怀希望，盼和平早日到来，望国泰而民安！

也门，饱受着战争的痛苦，期望着和平的发展……

令人咀嚼成瘾的喀特叶

　　连日来，我在"战乱之国"也门踏访，每到一地，常看到人们脸上鼓起很大的包，在咀嚼着什么。原来，他们嘴里塞满了喀特叶，以此提神醒脑。这习俗很特别。

　　问起陪同采访的穆斯塔法才知道，也门民众有三大爱好：喀特、咖啡和腰刀。其中喀特被列为三宝之首，可见它在也门人心目中的分量。

　　喀特是一种灌木树，树上的叶子是当地人热衷的咀嚼品。我在也门边境希汉地域，恰遇喀特叶市场。只见一车车、一筐筐、一堆堆，皆是喀特叶，有大包，也有分装成小包售卖的，交易火爆。陪同的翻译穆斯塔法和司机特意停下车来，各自买了好几包，上车即食。我问翻译："喀特叶怎么这样抢手呢？"他说："咀嚼喀特叶是也门人的习惯，喀特叶是也门人生活中必不可少的物品。也门喀特树种植面积达到 10.8 万公顷，

◎ 咀嚼喀特叶百态

产量达 15 万吨，总价值达 642 亿里亚尔（当地币），约占农作物产值的三分之一，从事喀特种植的人员数以百万计。"

也门喀特树之多，在世界首屈一指。

这时，汽车停在公路边，翻译带我走近一棵喀特树，让我近距离观察。这是一种常绿的灌木植物，树龄可达上百年。树叶呈椭圆形，边缘呈锯齿状。这里的山地丘陵生长着很多喀特树，郁郁葱葱，枝繁叶茂。树里叶间，有人在剪枝、有人在采叶，一派繁忙景象。喀特树原产于埃塞俄比亚，传入也门已有上千年。翻译信手摘了几片绿叶，含在嘴里，说："反复咀嚼它，出来的汁液会由苦变甜。它所含的麻黄碱类物质提神健脑，可以让人精力充沛、思维活跃、很有欢愉感！"翻译从树上又采摘几叶递给我："试试吧！很提神，像喝咖啡一样，有保健作用。"我拿着喀特叶，顾虑重重，终究没敢张口。

行至一个叫塞云的地方，这里的很多庭院中种有喀特树。走进一户人家，我看到室内墙壁上挂着喀特树枝叶。主人非常热情，端来一碗喀特叶自制茶招待："本来喀特叶是用来嚼食的，作为茶饮是种创新。而古代也门人曾用喀特枝叶酿酒，迎送贵客。"他说："也门人用于喀特的消费占整个家庭开支的一半以上。在也门，上至国家政府官员，下到平民百姓，都有嚼食喀特叶的习俗，就连政府的许多决策，也在咀嚼喀特叶时作出。甚至在作战交火时，只要一方提出咀嚼喀特叶，便可立即停火修整。"

傍晚，漫步在塞云街头，咀嚼喀特叶的人们从我身边走去，一个个面带微醉，沉浸在喀特叶带来的满足感中……

喀特，简直成了也门的名片和符号。

后记
Afterword

    2013 年我国提出共建"一带一路"倡议后，我便开启了行走亚洲的行程。为相关项目寻找投资环境、发展空间、合作机遇，走遍了亚洲所有国家及地区，见证了"中国—中亚天然气管道""印尼雅万高铁""中老铁路""中巴经济走廊"等"一带一路"建设项目的实施和进展。

    直到我结束对最后一个国家也门的采访，从阿拉伯半岛回到祖国，亚洲的 47 个国家，一个不漏，全部走遍。屈指算来，从南极洲、南美洲、北美洲、大洋洲、非洲、欧洲到亚洲，我走过了地球上七大洲的 230 多个国家（地区）和南极、北极点，我的足迹遍及世界上所有国家，我为此而感到兴奋和自豪！

    我在心情激动之余，也感慨万千。回顾走过的行程，这其中付出了多少艰辛努力，排除了多少困苦艰难，遭遇了多少性命之忧！

    原始森林、高原雪峰、茫茫沙漠、无人区、禁区、战区……

    一路走来，几多铤而走险、几多命悬一线，与死神擦肩而过、幸免于难的心悸和后怕至今记忆深刻……

    一路走来，尽管舟车劳顿，历经风雨艰辛，却又让人刻骨铭心，值得留恋、回味和珍惜……

    且不说其他六个洲，仅是刚踏访完的亚洲，就让我感到没齿难忘和深深的感怀！

亚洲，在身边，又很遥远。在亚洲踏访的日日夜夜，最担惊受怕的是在阿富汗、叙利亚、也门、伊拉克的日子，甚至有时是冒着枪林弹雨和炮火前行，危险至极。而为拍到一张真实的照片，不去现场怎么行？

亚洲，又是那么美丽，它有那么多让人难以忘怀的自然风光和人文景观。黑海、红海的水光夜色，小亚细亚的青山碧野，波斯湾沿岸的沙漠绿洲……太多难觅的世外桃源。

本书共有6章、102篇、30万字，并配有我拍摄的700多张照片。在此，非常感谢丁改生、张渤、张晓林、任铁良等为我提供了我没拍到或没拍好的照片。

《走遍亚洲》是继我的《乡路》《乡情》《乡曲》《春韵》《千山万水》《西藏穿行》《穿越大西北》《行走南极》《去南美》《去加勒比海》《去中美洲》《去北美》《去大洋洲》《去非洲》《去欧洲》等之后出版的第20本书。除此之外，还有一部电视连续剧《先遣连》（编剧），已在央视一频道晚8点黄金时段播出，并获得"飞天奖"一等奖。这些著作的出版、电视剧的播出，得到了广大读者和观众的鼓励，在此表示感谢！同时，感谢当代世界出版社、风景图文社、北京金图社等单位的关爱和支持。

踏遍青山人未老，风景这边独好。新作《走遍亚洲》就要正式出版发行了，愿您随我一起，走进让人漂浮不沉的死海去戏水抹泥，到神秘莫测的阿拉伯沙漠听驼铃声声，去茂密繁盛的马来半岛的原始热带雨林看动物世界……

王喜民于北京

2023年9月1日